突圍
黃國榮
著

【脊樑】

──《突圍》台灣版序

《突圍》於西元一九九六年十一月首次在中國大陸以《兵謠》為名出版，此後曾多次再版。一部作品的生命力，取決於作品中人物的生命力，人物的生命力源自他的藝術個性是否獨特，靈魂是否不朽。這是一種高度，我一直致力於此，或許別人不以為然。

古義寶這個人物誕生十一年了，他之所以至今能讓上世紀五〇年代至九〇年代間中國軍人喜愛，是因為他能夠使他們從他的身上看到自己的影子。年前一位退伍軍人發來郵件，說他的命運幾乎跟古義寶一樣，他讀了小說想再看到電視劇，打聽如何求購光碟。福建一位書店經理，讀完小說，另買了九本書，分別寄給最要好的九個戰友，說這是寫咱們的小說。一位野戰部隊的戰士來信說，他要是早一年讀到《兵謠》，他可能會是另一種命運。一位秦皇島電視台的導演來信感謝，無意間《兵謠》陪伴了他們一個月的海防採訪生活，讓他們一車人眞正瞭解了當代軍人，使他們的採訪生活富有美好的回憶。評論家孟繁華至二〇〇三年才讀到此書，稱「是軍旅文學中『最優秀的成長小說』。」它「最大不同就在於，它在否定『國家寓言』式的成長小說類型的同時，也改寫了當下『私語』言說的成長小說類型。更難能可貴的是，《兵

謠》是在主流話語的範疇之內展開人物的成長歷程的。」

台灣及海外的讀者對解放軍完全陌生，或許正因爲陌生，它可能把你帶進一個全新而奇異的世界，讓你認識另一種完全不認識的軍人。

軍隊是一個特殊的群體，這個群體由人組成，這裡的人同樣「一半是野獸，一半是天使」。和平時期的軍人註定了不可避免的悲劇命運，因爲軍人的職業本身是一種矛盾：使命是保衛和平，職業是屠殺人類。以戰爭保衛和平，以屠殺消滅戰爭。養兵千日的唯一目的，就是鑄煉不可戰勝又戰無不勝的堅強戰鬥力，但一切付出的價值在和平時期往往難以得到證實，引而不發，備而不戰，爲此付出一生心血和才智的軍人，可能終於無功無勳。

堅強戰鬥力的形成在於這一群體、這一團隊所有成員那一根根脊樑的硬度和品質。和平時期各國軍隊都在以各自的方式錘鍊自己兵們的那根脊樑。古義寶就是中國軍人錘鍊脊樑的典型，他走過的人生之路就是中國軍人的成長之路。

寫一個人的失敗容易，寫一個人失敗之後的死而復生難。現實的人生因失敗挫折而一蹶不振者比比皆是，斷了脊樑再挺立起來活出別樣的無畏者少有。古義寶當是這少有之中的佼佼者。

有人說我所寫的「農家軍歌」是另一種旋律，深沉中有高亢。我覺得他看出了門道。這種高亢絕非交響樂中的不和諧高音，而是進行曲中高潮的強音，沒有強音組成的高潮，就不成其爲交響樂，只能是小夜曲，或者哀樂。一部作品同樣如此，沒有高亢與悲壯難成其爲軍事小說，這是人性所決定的。與軍人整天爲伴的是槍與炮，眞正的軍人嗜槍炮如命，槍炮握在他們手裡如同捏著自己的命。槍炮都由特殊的鋼材製造，槍炮的品格潛移默化了軍人的品格。沒有鋼一般堅硬的脊樑，軍人無法扛起槍，也無力搖起炮。

古義寶身爲軍人，但生不逢時，因爲是和平時期，他又是個後勤兵，他幾乎沒有扛槍操炮的機會。他身穿軍裝，但沒有與槍炮爲伴，所以他不知如何找軍旅人生的準星，於是他誤入歧途。他自以爲攀登到了人生的光輝頂點，其實他壓根沒有軍人的脊樑，像哈巴狗一樣委瑣，註定跌入萬丈深淵，從「模範」一下滑到「罪犯」的邊緣。他像一條死狗一樣趴到地上，在人們的唾棄中慢慢聞到了軍人血性的氣味，在別人鄙視的目光中慢慢品味出硝煙的滋味，在領導的冷落中慢慢領略到槍炮的品格。他用自己的舌頭一點點舔盡身上的血跡，用自己的汗水一點點洗淨身上的污垢，以恥辱一點點磨練那根被彎曲了脊樑。他終又站了起來，站立成一個大寫的人字。

在李錫東先生的幫助下，古義寶終於要與台灣同胞和海外僑胞見面了。你們可能對他非常陌生，但我相信，你們會喜歡與他交朋友，因爲他血管裡跟你們一樣，流的是炎黃的血。

二〇〇八年一月九日於北京皇家大飯店

【代序】

上帝給的日子

曾經說用三隻眼睛看世界，並非標榜自己有「二郎神」的神通，而是指故鄉、兵營、都市三塊生活令我終生眷戀。我在故鄉度過了美麗又艱辛的童年和少年，在膠東半島海防戍邊奉獻了最燦爛的青春，現在北京爲軍隊文學藝術的創作、出版，傾注了自己的心血和才智。江南水鄉、海防軍營、首都北京的環境、文化、大米白麵、玉米高粱、牛奶麵包、空氣、陽光、雨露，養育了我，造就了我。自小到今天，是父老鄉親、戰友、同仁朋友與我一起在人生路上跋涉，品嘗人生的苦澀和甘甜；經受生存的艱辛和殘酷，感受人間的歡樂和溫暖。是他們給我生活、給我智慧、給我靈感、給我毅力。生活把我與他們融合，血肉相連，息息相關，唇齒相依。我不能不關注、凝視、遙望他們，不敢有半點疏忽和懶惰。《兵謠》、《鄉謠》、《街謠》，算是對戰友、父老鄉親、同仁朋友的一個交代。《兵謠》獻給部隊同甘共苦的戰友們，《鄉謠》獻給故鄉生我養我的父老鄉親們，《街謠》獻給書業界艱難創業的同仁、朋友和哥們兒。自己是以這樣的一種誠意來寫這三部作品，不敢奢望戰友、父老鄉親、同仁朋友們叫好，他們讀了作品，只要承認我是他們的戰友、鄉党或者哥們兒，就知足了。

故鄉是我人生的出發點，也是我文學的根。每一個作家都有自己寫作的根，根植得深或淺，獲取養分的豐富或單調，成長土壤的富饒或貧瘠，決定著作家的寫作生命。除了山水、地域文化和風情的薰陶，我以爲賦予作家文學天資和靈性的往往不是父母，而是爺爺或奶奶。父母對兒女考慮更多的是責任，是管教，心理上的對立會導致距離。爺爺奶奶則不同，他們給孫兒孫女更多的是疼愛。隔代老小之間幾乎沒有距離，相互間可以無話不說。

家族的歷史，村裡的故事還有民間的傳說，常常是爺爺奶奶與孫兒孫女間永恆的話題。爺爺除了告訴我那些歷史、故事、傳說外，對我影響最大的便是他寬厚的性格。他是當地方圓幾十裡有名望的「牛頭」，也就是現在所說的經紀人。做中間人首要的是公正，要主持公道，離開了公平、公正，這碗飯就吃不下去。我跟爺爺在一起生活十八、九年，從沒見爺爺與誰有過糾紛，也沒見他跟誰吵過架。就是我娘與鄰居發生口角，他也會把我娘叫回家。我記得他總是這樣勸我娘：「大小姐，誰對誰錯都擺在那裡，你讓她去說，她不占理再罵人，村上人就會說她，一人說她一句，她三天三夜不睡都罵不夠本。」很小的時候，我陪爺爺睡，我問爺爺，我們家的屋子爲啥比左右鄰居的窄，床要是橫著擺，連過道都沒有。爺爺說造屋的時候家裡沒有人，把活兒都包給了他們，他們把自己的牆溝挖到了咱家的宅基地上。爺爺跟我說：「忠厚才能有後。人一輩子不能占別人的東西，尤其不能占別人家的地，要是占人家地占到棺材坑那麼大，他就該死了。」當時我無法判斷爺爺的話是否靈驗，可鄰居的長輩們不到四十就短壽倒是事實。

爺爺的寬厚影響了父親，父親在鎮上豬行掌秤，也是一輩子做中間人，他完全繼承了爺爺的品行，江、浙、皖都有朋友。寬厚待人成了我們家的祖訓。現在想起來，太爺爺活到八十因帶短工下地搶收麥子中暑而死；爺爺活到八十三，因患腸梗阻醫院不給治療而死；父親今年已經九十一了，還常跟兒子們搓麻將，八十九歲那年跌斷了大腿骨，居然還能長起來，如今走路連拐杖都不用，一天一趟街，天天到茶館喝茶聊天。現在再品味爺爺的話，道理盡在其中。我的作品沒有跌宕起伏、曲折離奇的大悲人喜；也沒有你死我活、爾虞我詐的深仇大恨；即便寫心地陰暗的小人，也總是以規勸的寬容讓其反思。這怕是直接受爺爺寬厚性格的影響，這一點，可以說是長處，也可以說是短處。

我們家的生活境況，從太爺爺開始，一直處在叫富不富，叫窮不窮的中間狀態。這種狀態讓我自小看到了比我家窮困的人家，冬天穿不上褲子的貧寒，幼小的心靈裡埋下了對貧民的同情；這種狀態還讓我看到了比我家富裕的人家，寧願拿剩茶剩飯喂豬也不給叫花子一口飯吃的勢利，與叫花子一樣對富裕小人充滿憎恨。同情與憎恨讓我過早地成熟，我的情感變得細膩，對人情特別敏感，思維活躍豐富，世事記憶永久。或許就因爲這些，我的小說才描寫生活細膩逼眞、人物鮮活生動、故事新鮮獨到，與別人的不一樣。

三部小說，冠以「日子三部曲」，該有點想法。寫小說的都在以各自的角度思考人，書寫人。在部隊一個青年作家讀書班上我說過這樣一個觀點：凡是一個成熟的有成就的作家都有自己獨到的視角。比如魯迅先生的平民視角。他的眼睛始終盯住社會最底層的貧民，他的愛與恨都交織在國民的那根脊樑上。無論阿Q、孔乙己還是祥林嫂，都傾注著他哀其不幸、怒其不爭的複雜情感。比如郭沫若老先生的文化視角。他的全部作品中，無論是秦始皇、屈原還是王昭君、高漸離，在他們身上放射出來的藝術光芒，都飽含著民族文化和民族精神。再比如莫言的童貞視角。他喜歡用童貞的眼光來看待現實世界，無論是現實還是歷史，世界在他的童貞目光裡，非常滑稽可笑，又非常眞實可愛。無論是《透明的紅蘿蔔》、《紅高粱》，還是《牛》、《拇指拷》，只要他用這種視角來觀察生活，他的作品就必定是全新、獨特的，也是令人叫絕的。

說到底視角其實是一種哲學，是觀察認識世界的方式方法。竊以爲，有些長篇前緊後鬆、虎頭蛇尾，有的概念、空洞、蒼白，有的人物思想大於形象、符號臉譜化，完全是哲學思想不夠扎實所致。存在決定意識、矛盾的普遍性與特殊性、鬥爭性與同一性、外因與內因等等這些基本觀點，或許還停留在書本上，未能眞正成爲自己觀察世界和思維的方法。人物看不出現實、家庭、地位、經濟、環境、地域文化、民風民俗、教育等諸方面對他個性形成的營養成分，人物命運和結構也與事物運動發展的內在客觀規律相背離。一個作家的哲學觀念尙未確立，便始終無法確定，或者無法找到屬於自己的視角，那麼可以斷定，他的寫作很難創新。沒有獨特的視角，就不可能有獨特的發現，作品很難具有原創性。主題跟別人大同小異，人物似曾相識，結構司空見慣，故事陳舊老套，語言東施效顰。現時這樣的作品比比皆是，有的還炒得頗響，有的還得這樣那樣的獎。其實眞要是坐下來平心靜氣問上幾句，它寫了個什麼樣的人物？提供了什麼新鮮故事？語言有什麼魅力？對生活有什麼獨特發現？表現形式有什麼創新？可能有的作品就被問成了一灘泥。

不敢說自己已經有了獨特的視角，或許只是有了這種意識和追求。我著力關注普通人生命的價值。在評論家、作家眼裡，從拙作中發現更多的或許是人物、思想、細節、語言、文化和風情。但我寫的是普通人的日子，他們所遭受的天災人禍、遇到的命運挫折，碰到的生存困難、人與人之間產生的矛盾是非，他們按照當地的文化習俗爲人處事的所作所爲，都是生存的客觀賦予他們日子的內容，都是日子本身的程序和過程，他們就是如此一天一天活著，生命的價值完全涵容在他們平凡的日子裡。《兵謠》是士兵和下層軍官的日子，《鄉謠》是鄉村底層農民的日子，《街謠》是都市下層市民的日子。

一個生命，當他從娘肚子裡鑽出來呱呱來到人世間，無論上帝給他安排怎樣的命運，官也好，民也罷；高貴也好，卑賤也罷；天才也好，愚蠢也罷。作爲人，他活著，都要過日子，每一個人的生存權利是平等的。我們的社會、我們社會的掌權人、政府的權力機構、我們的法律、法規、政策、制度都應該給他們以平等，可現實恰恰給人以不公正、不平等。有的人爲了別人過好日子，把艱難和困苦留給自己；有的人則把自己的好日子建立在別人的痛苦之上。這種客觀或人爲的不公正、不平等，製造了許多人間悲劇。我只想爲那些被不公正、不平等所抹煞其生命價值的、爲這種抹煞所折磨所困惑的人們呼喊，讓我們的社會更加尊重人過日子的權利。古義寶、汪二祥、聞心源、莫望山就是在這種不公正、不平等的扼制下，艱難地過著苦澀的日子。

既然是訴說他們的日子，三部作品就盡力跟生活本身一樣自然和眞實，不製造人爲的懸念和曲折。敘述，說也。訴說的功夫，關鍵在說。一部幾十萬言的書，如果能讓當代人讀完，作者的語言便有些功夫；如若能讓讀者讀出滋味，甚至品味陶醉其中，作者的語言功夫便修煉到相當的程度。我是作者，也是讀者。我以爲一部好的小說，它應該讓讀者隨時隨地，隨便翻到哪一章、哪一節、哪一頁，都能讀下去，而且一讀，很快就能把讀者帶進小說營造的氛圍，讓其沉浸其中。這是小說的一種境界，也是我一直追求的境界。

在《街謠》最後修改的日子裡，上帝給了我人生最大的痛苦，母親患肺癌醫治無效，於臘月二十六（二〇〇二年二月七日）傍晚七點零八分，永遠離開了我，我再也見不到用血和汗養育我的娘。儘管在她最後的日子裡，我在病床前陪伴了她十八天，這是我當兵三十四年中與母親在一起最長的日子，也是叫娘最多的日子，盡了一點兒子應盡的責任，但遺憾仍沒法彌補，我無力讓她活過八十，給她做八十大壽。天意無法抗拒，這是上帝給我的日子。《街謠》的後三章就是在這悲痛的日子裡改畢，我僅能以此排解心中的悲痛。母親一直企盼兒女事業有成，我認定這是對母親養育之恩最好的報答。

黃國榮　二〇〇二年三月二日於黃寺宿舍

目錄

人物介紹

古義寶——當代軍人，戰士、司務長、副指導員、指導員。解放軍中的「于連」式人物。奮鬥中被名利誘惑靈魂裂變，寫的說的做的都是假象，眞愛眞話眞心見不得陽光；「模範」跌到「罪犯」邊緣，起死回生的煉獄找回本我眞我，重新站立書寫大我。

趙昌進——軍人，新聞幹事、副科長、科長、團政委。古義寶的人生教父。妙筆生花，將古義寶點化成金；循循誘導，讓古義寶喪失本性；宣揚他人實爲宣揚自己，見風使舵永遠破浪前進。

文　興——軍人，文化幹事、副科長、政治處主任。古義寶的心靈教父。是嚴師又是兄長，呵護古義寶靈魂責無旁貸；只盡責任不計恩怨，顯達衰落都眞誠相待。

劉金根——軍人，戰士、排長、副連長，古義寶同鄉。當面老鄉，背後對手，明爭暗鬥，落井下石，自食其果。

林春芳——古義寶妻子。有一顆寬容透明的心，一生只愛一次，認準了全身心交付，以夫榮爲榮、夫辱爲辱。

尚　晶——劉金根妻子，古義寶戀人。時尚開放，敢愛敢恨，後悔的事不做，做事絕不後悔。

白海棠——寡婦，古義寶的紅顏知己。紅顏薄命，男人剋星；心地善良，生活高手。

上卷　入夢

1

新兵要集結開拔了。

運送新兵的解放牌汽車一輛接著一輛，搭著車篷，吼著喇叭，轟隆隆駛過，捲起一片塵土。這些軍車頭一天就開進了村子，開進公社大院。村鎮裡的男女老少都丟下手裡的事情，擁到村口街頭，站到院門前街巷邊，那情景就像當年歡迎八路軍進村一樣壯觀。

一大早，新兵們羞答答喜滋滋地穿上有些不合體的新軍裝走出各自的土屋。原本歡蹦亂跳的小夥子一穿上這新軍裝，都變成了扭扭捏捏的大姑娘，連路都不會走了。想扮出軍人的氣派，可又弄不出那模樣，不僅自己彆扭，別人看了也是忍俊不禁。

各村送新兵的隊伍敲敲打打歡天喜地從四面八方擁向公社，簡直比過年還熱鬧。

公社院子早已沸騰起來，每個新兵的身旁都圍著一堆人，爹娘兄弟姐妹七姑八姨再加要好的小哥們，有的未婚妻也來了。說不完的離別話，訴不盡的肺腑言。小夥子們一個個都高興得合不攏嘴了，忽然覺得自己一下子成了人物。

古家坡有兩個新兵，一個叫古義寶，一個是劉金根。

劉金根像頭起性的小騾駒，滿院了歡竄。

古義寶沒有一點喜幸，送他的只有他爹。不是親人不想來送他，是他不讓他們來送。他頭一個不讓春芳來送，他心裡窩憋著一肚子悔恨。

古義寶當兵的念頭萌生於兩年前暈倒在坡上的那個上午，具體說就是他們村那個在外面當什麼司令員的坐著小轎車回村省親的那個上午。那天清晨，他起得晚了一些，娘又朝他沒完沒了地囉嗦起來，本來一看那黑不啦嘰的地瓜煎餅就沒有多少食慾，讓娘這一說就更沒了吃的願望，匆匆地抹了把臉，梗著脖子就出了門。那一日的活是往地裡送肥，這活你一車我一車，你一趟我一趟，做不得半點假，偷不得一絲力。要命的是滿車時走上坡，回來空車才是下坡。劉金根這小子又偏偏跟他較勁，他在村裡是個極要強的小夥子，粗活細活、出力用腦，哪樣也不輸人。賽到第三趟時古義寶就開始冒虛汗了。小夥子們都愛面子，誰也不肯輕易認輸，古義寶咬著牙挺著，實在扛不住了就在空車回村時偷偷掰了個青玉米嚼了。人是鐵飯是鋼，一頓不吃心發慌，何況是空著肚子幹力氣活。送到第五趟時他的兩條腿就開始打顫，這時他也顧不上被人譏笑了，步子慢了下來。他咬著牙拚上吃奶力氣把那車肥送到坡上，躬腰放下車，剛要直腰站起來，眼前突然一黑，暈倒在坡上。

他暈倒時別人都返車回村了，不知過了多久，他才被風吹醒，醒來後發現自己孤零零被遺忘在山坡上，身邊沒有一個人。他心裡想要是自己死了也就跟死一條狗差不多，沒人在乎他。

古義寶心裡一酸，眼淚無聲地從黝黑的臉龐上滑落下來。等他有氣無力地推著空車回到村裡時，村裡卻是一片歡鬧。滿村的男女老少都圍住了那家平常路過都不願瞅一眼的院子。這家院子的主人解放前是地主，那年代誰還敢和他們家來往？今天可不一樣了，一輛漆黑的小轎車停在他家的場院上，人堆裡喜氣洋洋絲毫沒有一點階級鬥爭的氣氛。那位穿軍裝的司令員，不停地向老少爺們扔著菸；他的夫人忙著給女人和孩子們發著餅乾和糖塊。村民們拿到菸的滋滋地吸著，拿到糖的甜甜地吮著，同時不忘都用羨慕的目光看著司令員兩口子。

古義寶既沒上前去接菸，也沒上前去領糖，儘管他此時是那麼地需要餅乾和糖塊。他爲了某種面子支撐著站在圈外，他在想一個很複雜的問題，昨日的冷落和今日的熱鬧，往日的敵視和眼前的親善，這一切都說明了什麼？在他那沒有裝多少思想也不怎麼複雜的腦袋裡雖然找不到完整的答案，但他還是明白了一個簡單的道理——家裡有了當官的就沒有人敢欺負。他們家不就是因爲有了這麼一位司令員，才重新揚眉吐氣的嗎？就在這時他心裡便萌生了一定要當兵的念頭。只有當兵才能改變自己的一切，只有當兵才會有出息，才能耀祖光宗。

接到入伍通知書那天，古義寶哭了。他是實實在在地因爲高興而哭，夢想終於成眞了，滿肚子的歡喜一下子變成了熱淚。第二天他爹告訴他，春芳讓她姑父找過武裝部長，能當上兵八成是春芳她姑父暗中幫的忙，要不這麼多人爭著要去，哪能輪著他。古義寶對春芳從心底生出了感激之情。前天晚上，他家擺了席，不單單是爲了送他，更重要的是爲了謝人。大隊幹部小隊幹部和親戚朋友，能請的都請來了，林春芳當然要來幫忙。飯後送走客人，義寶娘攆走弟弟

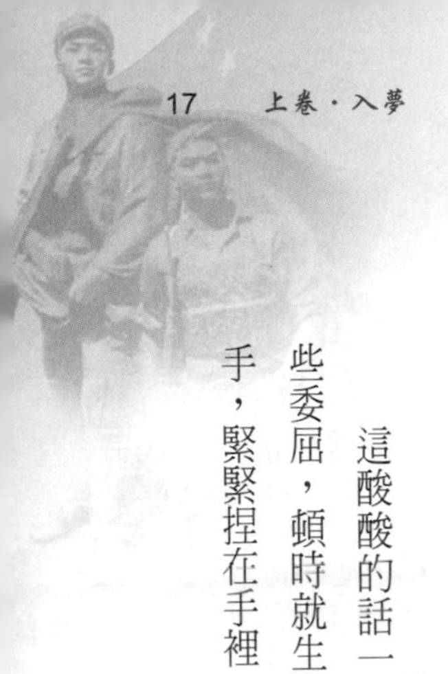

妹妹，故意閃出空來讓他倆單獨在屋裡說說話。

古義寶爹娘有意地讓他們單獨面對面地坐在一起還是頭一次。農村不比城市，一談戀愛，在公共汽車上都能旁若無人地抱成一團親昵，在鄉村訂了婚，雖在一個村，平常也很少見面，就是見面也很少說話。兩人坐在炕沿上，一時誰也找不到開口的話題，只是在心眼裡充滿激動。想起這一去就是三年不能見面，春芳也是戀戀不捨。古義寶從春芳眼裡看到一種從未見過的眼神，心裡立時就像竄進了一隻小兔子，嘴裡還有些乾渴，他不明白是因菜吃多了還是因她那火辣辣的眼睛，鼻子裡全是春芳身上那股幽幽的雪花膏清香。兩人就這樣你看我我看你默默地坐著沒說一句話。這時屋裡熱得讓人有些難受，古義寶便提議到外面走走，春芳默默地點了點頭。兩人出了門，這裡沒有柏油路更沒有公園，只能繞著場院轉圈。不知道轉了多少圈，古義寶說咱們坐坐，春芳說好。兩人就在一個麥秸垛旁邊坐了下來。最終還是古義寶先開的口，他說春芳我打心眼裡謝謝妳。春芳聽到後心裡甜蜜蜜的，本來心裡想說謝啥，都兩口子了還謝，可她就是不願實話實說。

春芳紅著臉說：「別嘴甜心裡苦，一出去還說不定把人家忘成啥樣呢？」

這酸酸的話一進古義寶的耳朵，心裡那隻小兔子跳得就更歡騰了。他覺得她有些可憐有些委屈，頓時就生出許多男子漢的責任感來。他身不由己地伸出一隻手來一下就握住了春芳的手，緊緊捏在手裡，這一捏兩人渾身都燒了起來。

古義寶說：「我要忘了妳，我就……」

古義寶的後半句話被春芳用手捂了回去，她的手彷彿被他雙唇燙了一下，立即縮了回去。春芳羞答答地低下了頭。此時他們挨得很近，彼此都能感覺到對方呼出的熱氣。古義寶感到有一種必須向她表明眞心和信義的責任。

他認眞地說：「妳要是不信，我現在就跟妳定死！」

春芳疑問地問道：「定死？咋定死？」

春芳還沒反應過來，古義寶用顫抖的手一下子把她摟在懷裡，這時春芳心裡更是一片慌亂，渾身著了火似的發熱，身子像要熔化了一般柔軟無力……

他們倆誰也沒有去想他們做下的事意味著什麼，這事將給他們帶來什麼，春芳失去的是什麼，古義寶又得到什麼。那時他們沒有時間也沒有這種理智去想，他們只是感到雙方都不由自主需要這種表白和承諾。

古義寶從麥秸垛裡站起來，慌亂地拍打沾到身上的麥草時，心裡就開始悔恨了，他突然意識到自己已經是軍人了，婚前做這種事是丟人的，老百姓都認爲是不光彩的事，部隊自然是更不允許的。回家的時候首長曾對他說，穿上軍裝就成了軍人，一切都要按軍人的標準來要求自己。自己怎麼就昏了頭把這話給忘了呢，這種事軍人是絕不允許做的，萬一讓部隊領導知道

了，當兵的夢想就要成爲泡影，自己的一生也就完了。想到這些，他竟有些恨春芳：「妳一個姑娘家怎麼這樣沒主意？怎麼就這樣隨人擺佈？」所以，他堅決不讓她送，他怕部隊首長發現她。

還有讓他高興不起來的是他的小弟弟。部隊首長給他們交代得明明白白，說照例穿上軍裝就不允許回家了，可是公社沒地方可住，只好破例讓新兵回家住。回家後，一不准把所發的東西送人或留在家裡，這一切都是裝備；二不准把軍裝被裝弄髒，新兵就一套軍裝，被子要滿四年才能換發，弄髒了沒法換洗；三是穿上軍裝就是軍人，軍人的一切行動要聽指揮，回家後不許喝酒不許違紀違法，集結時必須在規定的時間內趕到公社。誰想到他小弟弟非得鬧著要蓋他的軍棉被。他娘被鬧得沒辦法，臨走那晚就讓他蓋了一晚上。誰想這小子夜裡尿了炕，把他的新被子尿濕了一大片。

這些事讓古義寶一路上都提不起神來。他一路走著，聽不見歡鬧的鼓樂，眼睛裡只有一路黃土。原野裡黃得幾乎看不清地裡還長著稀疏的麥苗。麥苗沒有一點綠意，泛著和泥土一樣的紫青色；路邊只有一些乾枯的酸棗樹和一些在寒風中抖動的枯草。從申請入伍到穿上這套軍裝，他做的是喝涼水降血壓、和春芳做糊塗事、讓弟弟尿濕棉被這樣一連串的壞事，沒做一件好事。他想如果這樣下去就白費了心血，怎麼走出去就得怎麼走回來，一輩子也就幹些面朝黃土背朝天的營生。他看著那些精神抖擻的同鄉戰友，突然明白了一個道理：你不向前別人就向前。

「義寶，春芳怎麼也不來送送？」劉金根這些天一直處在亢奮狀態。

「我們散了。」

「胡吹，前天還在你家吃的飯，小倆口躲在屋裡，你娘沒讓我去打擾。」

古義寶的臉一紅：「金根，到部隊你要再提到我和春芳的事，我跟你沒完。」

「嘿，這是怎麼啦？當兵又不是去做和尚，有對象怕啥？」

「我這麼早就找對象，不是光榮的事，我不願意讓部隊的戰友和首長知道這事，你聽明白了，要是別人知道了我就跟你算賬。」古義寶一本正經，絲毫沒有半點開玩笑的意思。

劉金根居然就沒了聲氣，就像那次劉金根在文興面前暗地裡損古義寶，古義寶立時讓他額頭鼓起個包包一樣，劉金根見古義寶吃人似的眼睛和攥得咯咯作響的拳頭，頓時沒了脾氣。車就要開了，新兵們排著隊領路上的食品。古義寶沒站在新兵的隊伍裡，而是幫著抬食品，發到最後一個他才領。

新兵們開始排隊上車。篷車敞著口，後面塵土飛揚，大家都想往前面坐，可又不敢。古義寶本來排在隊伍中間，他藉故扶別人，就站到了一邊。等大家都上車後，他又幫著司機關上擋板、煞緊篷布繩，這才上車坐在最後面。這一切都被細心的文興幹事看在了眼裡，他把這些情

況告訴了接兵連長。

2

熄燈號吹滅營區最後一盞燈的同時，也吹走了連隊的喧鬧。夜色伴著富有節奏的濤聲淹沒了整個軍營。剛剛入伍的新兵們還不習慣這種一切行動聽號令指揮的生活。不管你睏不睏，熄燈號一響你必須立刻熄燈上床睡覺；無論你睡得如何香甜，起床號一響就得身下安彈簧般一躍而起。

古義寶靜靜地躺在炊事班靠門的雙層床上鋪上，瞪著兩眼散亂著目光盯著漆黑的頂棚。下鋪的老兵早已呼嚕響成了一片。

新兵連訓練結束後，古義寶和劉金根一起被接兵連長帶到了守備三連。劉金根分到八五炮排，古義寶分到火力排。四天後古義寶向連長上交請調報告，要求調到炊事班。第六天，古義寶就被批准上了炊事班。今天晚飯後劉金根找到古義寶，神神秘秘地把他拉到背人處。「你小子玩什麼鬼心眼，怎麼申請上炊事班？」劉金根一副責問的神態。

古義寶說：「現在咱們都是軍人，又是老鄉，不能再你爭我鬥狗肚雞腸，咱要相互關心，相互幫助，相互照應才對。」

劉金根嘿嘿一笑說：「是這理，那你就更不能瞞我。」

古義寶說：「我要求上炊事班是爲了更好地鍛鍊改造自己。」

「撒謊，騙得了別人騙不了我，沒好處你能主動要求上炊事班？鬼才信。」

古義寶說：「那你說我爲什麼？」

劉金根說：「我弄不明白才來問你的呀！當兵的不願操槍弄炮，偏要到炊事班餵豬做飯，就爲了多吃點多佔點？」

古義寶覺得有些好笑，劉金根這小子眞有點四肢發達頭腦簡單。多吃多佔？見你娘的鬼！到了部隊，誰不覺得天天跟過年似的。雖然伙食費每人一天只五角五分錢，可連隊有菜地，光豬就養了十幾頭，隔幾個禮拜就宰上一頭，靠著海邊一個禮拜至少還能吃上兩次魚；就是沒魚沒肉，大米飯白麵饅頭也是管夠，跟家裡相比眞是如同冬天的野老鼠鑽進了白米囤，怎麼會在吃上費心思呢？古義寶沒反駁劉金根。他想，與其讓他知道他上炊事班的眞實動機，還不如讓他誤會自己就是爲了多吃多佔。

也許是老家的窮山惡水讓古義寶嚐夠了貧困的滋味，也許是家境的貧寒逼迫他時刻琢磨著改變自己的命運，也許他天資聰明勤於思考，腦子裡的彎彎道的確比同鄉戰友多得多。下到了連隊，他很快就發現一個奧秘，全連戰士一上訓練場，一色的著裝，一同的操練，一樣的動作，一樣的流汗，幾乎分不出誰是誰；可一進俱樂部就看出了差異，光榮榜上，立功的是炊事班班長，集體嘉獎的是炊事班。再一想，在學校裡聽說的部隊，那些在全國出了名的模範，幾乎都是炊事員出身的司務長。由此他得出一個結論：要想進步快，就上炊事班。於是他就寫了申請，果然連裡做了調整，炊事班的一名老兵下了排，他上了炊事班。古義寶的名字第一次上了黑板報。黑板報是連隊的連報，是黨支部的喉舌，新兵裡有的不以爲然，有的就動開了腦筋。

古義寶餵完豬挑著兩隻空桶路過黑板報。眼睛一掃掃著了劉金根的名字，於是他停住了腳步。壁報的題目是《廁所衛生的秘密》。打掃廁所不是件好活，每個蹲坑裡都墊著乾土，滿了後把糞便挖出來，然後再挑水把廁所掃刷乾淨，再給每個糞坑裡墊上乾土。幹這活又臭又髒，還要花不少力氣。本來是按班排表輪流值日，劉金根發現這活士兵都不大願幹，派到誰頭上都是一副無可奈何的樣兒。大家不願意做的事他主動去做，自然是件該稱讚的事。他每天提前起床，悄悄把這活幹了。古義寶一跺腳，怪不得這些天廁所特別乾淨，自己怎麼就沒想到呢！

劉金根第二天早晨提前起床去掏廁所，碰上兩個新兵從廁所裡掃興地走出來，說廁所已經被人打掃了。

劉金根心想：「誰起這麼早，難道他夜裡不睡覺？」其實打掃廁所的人睡得香著呢，這個人就是古義寶。他的心計的確比他們更勝一籌，他是等大家上床睡下後才去打掃的。選擇這個時間他費了一些心思。他覺得選擇這段時間，既用不著提心吊膽怕早上睡過了時間，弄得成宿睡不好覺，又不會有人來爭，也不會被人發現難堪。

古義寶在連隊渾身有使不完的勁。連隊可做的事太少，何況大家都瞪著眼睛在找，生怕自己落了後。做好事還眞難，廁所就一個，菜地都分到了班，這點活還不夠班裡新兵幹的。院子每天都集體打掃，眞找不到多少事幹，要不做好事不光是悶著挺難受，不做好事就無法與衆不同，就顯不出自己，就實現不了自己的夢想。

古義寶是個頭腦靈活的小夥子，他很快就找到了可以表現自己的事。他發現連部門口經常停放著一些自行車。機關幹部下部隊，除了陪同首長有小車坐，一般都騎自行車。首長們忙，車子髒了顧不得擦，零件缺了沒時間換，部件壞了也瞎湊合。古義寶就悄悄攬起這個活。他修的第一輛車是宣傳科報導幹事趙昌進的。趙昌進那天到守備三連來瞭解報導線索，騎的是報導組的公車，車子還是半新的，可是保養得極差：外帶的膠皮針還沒磨掉，鋼圈和輻條卻沾滿泥水生了鏽。古義寶逮住獵物般悄悄地把車推走了。他到炮班工具箱借了鉗子扳手，還灌了一瓶

汽油和一小瓶潤滑油。先洗後擦再上油，著實下了番功夫。

下午趙昌進離開連隊，一時竟找不到自己的車子。其實車子仍放在連部門口，他也看到了，只是沒有認出來而已。趙昌進沒有急於離開連隊，而是特意到炊事班找到了古義寶。他沒有簡單地表揚或感謝他，而是深入地跟這個新兵進行了一番交談，並十分眞誠地給予了啓發和誘導。

古義寶有些激動和侷促，他不敢抬頭正眼瞧首長。

「你怎麼會想到幫別人擦車子的呢？」

「我看首長工作都挺忙，我閒著也是閒著，幫首長們做點小事，首長也好省下時間多做些大事。」

「你怎麼會想到用晚上的時間清理廁所呢？」

「我想他們比我更累，好讓他們多睡一會兒，第二天好有精力訓練。」

「這樣做很好嘛，處處爲他人著想，時時想著革命工作，那麼你想沒想過利用星期天爲群衆義務修車呢？」

「我想了，只是還差點工具，準備這個禮拜進城添置點材料和工具，下個禮拜就可以開始了。」

古義寶說完這些話時臉紅了一下。他吃驚自己怎麼會順嘴說起假話來，而且說得一點都不結巴。這是他第一次在首長面前撒謊，他壓根也沒想到要買材料工具爲群衆修車，可他覺得首長都提到了，自己要是還想不到是不好的。

「好，年輕人應該把有限的青春用到無限的爲人民服務之中去。」

古義寶恨自己的腦子笨，不能把首長的新鮮話全都記下來。

「你寫日記嗎？」

「我、我……」

「別不好意思，我不是要看你的日記，要堅持記日記，這是鞭策、督促、激勵自己的最好方法。下次我給你帶一些學習材料來，看看那些先進人物是怎樣嚴格要求自己加強自我改造的。做好事要有思想，不要一味爲做好事而做好事。」

古義寶激動了半夜，他爲自己能碰到這樣一位好首長而興奮，儘管他還不能完全理解趙幹事跟他說的那些話的全部含意，但他明白趙幹事是眞心誠意關心他幫助他，他決心好好幹，豁

命幹，幹出成績來，爲趙幹事爭氣長臉。他越想越激動，激動到後來又憂愁了半夜。憂愁的是他原本沒有買修車工具的打算，原計畫星期天進城要把節省下的十五元津貼寄給爹，家裡窮得連醬油都打不起，眼巴巴在等著他的錢。現在話已說出口了，說出去的話，潑出去的水，而且是當著師裡的首長的面說的，一個人說話得算數，這也是爹從小要他做到的。現在要不買修車工具等於欺騙了首長，騙人是道德品質不好，這怎麼可以呢，這不等於斷送自己的前途嘛！可要是把這點錢買了修車工具，就沒錢給家裡寄，他爹臨別時千囑咐萬囑咐要節省，家裡窮，有錢就要往家裡捎。他答應爹每個月節省八元錢，自己一個月只用一元錢，要是不寄，又騙了自己的爹。是騙爹好還是騙首長好呢？他權衡了半夜，到天亮還拿不定主意。

吃早飯的時候，古義寶看到了劉金根，這下有了主意。中午古義寶找到劉金根，向他借十五元錢。劉金根問他幹什麼用。他說給家裡寄。劉金根說不能一下子寄這麼多，以後寄少了反而挨罵。古義寶騙他說自己的十五元錢不知怎麼丟掉了，要不往家裡寄他爹會罵他的，早晨他還打了好幾個噴嚏呢。古義寶說得很自然，他認爲騙劉金根不是品質不好。劉金根倒沒覺著古義寶在騙他，很爽快地借給他十五元錢。不過提出一個小條件：以後別跟他爭著掏廁所。古義寶也爽快地答應下來。

不久，古義寶就上了軍區的報紙，古義寶的名字第一次印成了鉛字。文章是趙昌進寫的。古義寶趁大家吃飯的時候偷偷地躲到宿舍拿出了藏在褥子下的報紙。他的手有些顫抖，當他看到用鉛字印成的自己的名字時，眼淚忍不住掉了下來。他連續看了兩遍，掉了兩次眼淚。這能不激動嗎？他所知道的他的祖輩，有誰的名字上過報紙呢？他們一輩子都在那塊貧瘠的土地上悄悄地降生，默默地生息，然後悄然地死去。他們的降生、活著和死去，似乎與這個世界毫無關係，出了家門，出了村子再沒有人知道他們的存在，再沒有人關注他們的生老病死，這樣的人活著和死去幾乎沒有什麼區別。他想再找一張報紙，寄回家裡讓家裡人和村上的人都看看，讓他們也高興高興。於是他先把那張報紙藏到了三屜桌屬於他的那只抽屜裡，這是士兵唯一屬於自己的秘密世界。裡面除了積攢下來的津貼和不能公開或不想公開的日記，還有屬於士兵的一切需要藏匿的隱私。他把這也做為需要藏匿的東西珍藏起來。他剛鎖上抽屜，劉金根就闖了進來。

「你小子心眼兒也太多太壞了吧，竟然騙我，拿我的錢買工具爭名譽，弄得我反挨家裡來信罵，說人家古義寶知道節省孝敬爹娘，你在外邊忘了家。」劉金根生氣地說。

古義寶覺得理虧，卻又想不出法來補償，最後只得說要不星期天咱倆一塊修車吧。劉金根可不領他這個情，「我才不來做你的陪襯，自己已經出了名，再叫我去幫你出力，拿我當大頭啊！」

古義寶沒別的法，也只好答應星期天買包好菸謝他。劉金根說這次就算便宜了你。

3

古義寶有些日子沒見到趙幹事了，見不到趙幹事他心裡空落得沒處抓撓。連隊開到雙盾山施工，離城有四十多里，來一趟不容易。不過，真要想來，還是挺方便的，工地每天都有到城裡拉材料的車。

趙幹事來三連兩次，古義寶就上了兩次軍區報紙。趙幹事每次來不僅要找連隊的人瞭解古義寶的好人好事，還要單獨和古義寶談一兩個鐘頭。每次趙幹事一來，古義寶便渾身有使不完的勁，想盡一切辦法做好事。

趙幹事與古義寶的接觸，兩個人都嚐到了甜頭。趙幹事見報篇數增加，發現培養了典型，受到了領導的表揚；古義寶則成了先進，當上了代理給養員。

連隊來山區施工後，生活供給很不方便，魚肉蛋菜都要到城裡去買。古義寶跟著施工拉料車進了幾次城，覺得挺費勁。

古義寶想起趙幹事的話來，不要爲做好事而做好事，要有思想。做好事不就是好思想嘛，怎麼另外還要有思想呢？他不大明白，又不好意思問，於是便老在心裡琢磨這事。那次往山上送午飯，到排碴的谷底小溪洗手，發現谷底小溪兩邊有好多空地。他豁然開竅，這裡可以開荒種菜嘛！這樣既節省了錢，又改善了生活，這算不算既做了好事又有思想呢？古義寶瞞著連首長，趁進城買菜的機會買了許多瓜菜種籽，在小溪邊開墾出了一塊塊小菜地。

做好事成了古義寶的一種習慣。每天清晨醒來，他想的頭一件事便是今天做什麼好事，一天不做好事，他就覺得沒法向趙幹事交代，心裡就有愧，他幾乎每時每刻都在尋找做好事的機會。

二班一個新戰士得了闌尾炎被送進了師醫院。古義寶最先的反應竟是暗暗一喜，他在進城買菜時，加快了買菜的速度，他把買好的菜存到店裡。買了一兜水果，急急忙忙直奔醫院。

當他踏進醫院大門時，趙幹事的話又響在他的耳邊，做好事要有思想。這樣到醫院看戰友似乎太平常太平淡了。古義寶站在醫院大廳裡犯愣。醫生護士們在他面前匆匆過往。他看著來去匆匆的醫生護士，看著看著，一會就看出了門道。古義寶立即離開大廳，他沒有急著去看戰友，而是疾步走向手術室。

古義寶來到手術室對醫生說：「我是O型，我要捐血。」

在場的醫生護士都一愣，說我們沒有動員捐血啊。古義寶說，我們連隊在雙頂山施工，來一趟不容易，你們給我抽吧，血總是有用的。外科主任讚揚了他的精神，問他是哪個團哪個連的，叫什麼名字，說現在有留存的血漿，不缺，不需要捐血，以後需要的時候再獻。古義寶執

意要獻。醫生護士被他的精神所感動，就給他抽了三百cc的血。

古義寶這才了卻心願去看望二班的戰友。

古義寶只顧著一門心思做好事，忘了約定的乘車時間。當他趕到乘車地點，司機早就等得不耐煩了，狠狠地發了一通牢騷，古義寶滿臉通紅立即裝出笑臉給司機賠不是。司機是師運輸連派來配合施工的，自我感覺比連隊的戰士高兩等，態度挺橫。

古義寶在車上顛兒顛兒的沒一點情緒。自打當兵以來，連首長都沒訓斥過他，挨一個開車的訓，憋氣。心想我又不是去玩，我是爲連隊做好事，是爲全連的幹部戰士著想，你有什麼資格訓我！古義寶這麼一想，心裡也就豁然開朗了，做好事反挨訓，挨訓了不計較，我還要做好事，這才是思想呢！古義寶心裡的氣沒有了，反而特別高興。他恨不得謝謝司機，要不是他訓，自己還是弄不懂趙幹事的一片心意。

古義寶心裡高興起來，渾身又有了勁。可他怎麼也抹不掉腦子裡司機那張蠻橫的臉，好像車是他個人的似的。我又何必求他呢，對呀！我可以自己推車步行進城買菜。搭車進城，最苦最累還要看人臉色，別人還以爲你挺舒服，逛逛街，看看景；推車進城買菜出大力流大汗，自己吃苦，大家改善生活，爲大家受苦受累心裡甜，這不是思想嘛！

古義寶滿懷喜悅地幹了兩次。說實在的眞累。別說推車，就是空手來回走八十里路也夠受的。可是力沒白出，汗也沒白流，指導員兩次點名表揚了他的精神。

古義寶很希望趙幹事現在就來。可是趙幹事卻不知幹什麼去了，他當然不能給趙幹事打電話。趙幹事沒盼來，卻收到了林春芳的信。當兵後，他給春芳寫過兩封平平淡淡的信，都是背著人寫的。他千叮嚀萬囑咐，要春芳一定不要給他寫信，這麼早戀愛影響不好。他還告訴她，他碰到了一位好首長趙幹事，非常關心和器重他。

這封信在連隊營房壓了一個多月才轉到山上。古義寶一看信封就來氣，讓她不要寫信她還是寫了。古義寶立即拿著信躲進了廁所，撕開信一看，古義寶差點一屁股坐到糞坑裡，驚出了一身冷汗。這一下午加上一夜他都沒能定下心來，第二天兩個眼球通紅。

古義寶進城時把信帶在身邊。出了村過了幾道坡，他鑽到路邊樹林子裡把春芳的信又看了一遍。一點沒錯，寫得明明白白，已經懷孕了！問他是來部隊結婚，還是到醫院打胎。古義寶頓足捶胸打自己耳光，怎麼一時昏了頭做出這種混蛋事來呢！他眞後悔，自己都做了什麼，那件事他什麼也沒記住，除了春芳那一聲哎喲和一大堆亂七八糟的動作什麼也沒給他留下印象，他根本說不清那件事是怎麼回事，像傻子一樣做了一件傻事。可她怎麼就懷孕了呢！眞他媽傻，還要來部隊結婚，你這不是要毀我嘛！這事能讓人知道嗎？事不宜遲，刻不容緩，必須讓她立即到縣醫院打掉。古義寶立即在小樹林裡寫了信，用一種沒有半點商量餘地的口吻，讓春芳瞞著父母叫她姑父帶著到縣醫院把孩子打掉，不能讓村裡的任何人知道，也不要讓他父母知

道。這事要傳到部隊，他的前途就完了。

古義寶被這件事攪得頭昏腦脹，進城忘了帶中午的乾糧和鹹菜，買好菜肚子咕嚕咕嚕叫才想起這件事來。下館子沒處報銷，自己掏腰包又捨不得，餓著肚子又無法把這車菜推回去。猶豫了半天，狠下心吃了一碗麵條。

一碗麵放到小夥子的肚子裡能頂什麼事，加上半夜沒睡著，走出不到二十里路他就開始冒虛汗，兩條腿發顫，渾身的力氣忽然一下被抽走了。他有些發慌，看著眼前沒有窮盡的路，感到自己實在沒有力氣把這車菜推回去。

他把車子停到路邊，剝開一棵白菜心生嚼起來。吃了白菜心，古義寶在路邊坐了一陣，覺得身上有了點勁，又開始上了路了。他艱難地走了四五里路，來到一個大坡下。他咬著牙將小車推上坡，剛到坡頂，突然眼前一黑跌倒在地上。

古義寶醒來，眼前一片雪白，他搞不清自己在做什麼，身在何處，也弄不清自己在夢中，還是醒著。他掙扎著想坐起來，發現手上正在打著吊針。原來是老鄉救了他，把他送進了當地衛生院。

晚上連長和副指導員來到衛生院，給他帶來了許多補養品，說了許多讚揚的話。古義寶哭了，哭得十分傷心。連長和副指導員以爲他是感動的，兩個人一起安慰他表揚他。越安慰越表揚他越傷心。他從心裡感到自己做了見不得人的事，對不起連首長對不起部隊，可他心裡的話一句也不能往外掏。連長和副指導員讓他安心修養，不要急於出院。

古義寶聽到隔壁有小孩的哭聲，他讓護士把連長他們送來的東西都分給隔壁病房的孩子們。他第一次不帶思想不帶目的地做了件被醫生護士稱讚的事。他對醫生護士的稱讚沒有任何反應，這也是他第一次這樣麻木地面對別人的表揚。

他不由得想起趙幹事，此時他忽然害怕趙幹事來。他在心裡祈求趙幹事這時候千萬別來，可是趙幹事卻偏偏來了，他像個戰地記者，臨時抓了收發員的差，用摩托車把他送來的。而且是先到連隊，把情況瞭解了才趕到醫院的。跟往常一樣，趙幹事不需要古義寶談事情的具體經過，他只問他是怎麼想的，他要古義寶的思想。

古義寶顯得十分爲難。趙幹事卻誇他開始成熟了。在趙幹事面前，古義寶不能不說。他把自己那次在車上想的，把開荒種菜的動機和所謂思想的東西全部說了出來。只有一點沒有說，即他忘帶乾糧和一夜沒睡的眞正原因。

趙幹事激動得幾乎想擁抱古義寶。他語重心長地對古義寶說：「人的靈魂深處只有兩個字，一個是公，一個是私，這是一對永恆的矛盾，公戰勝一次私容易做到，難的是一個人時時刻刻防備警惕並粉碎私的進攻。」

趙幹事說完，又風風火火坐摩托車趕回了機關。

4

文興是古義寶的事蹟上了軍報以後去的三連。

雙頂山的石質不好，坍方接連不斷，連隊人心惶惶，施工進度直線下降。師團工作組蹲到工地。黑洞洞的作業口如同魔鬼張著的血盆大口，走進這黑洞如同走進魔窟。在這種直接面臨生與死的考驗面前，說教式的政治工作顯得軟弱無力，有時甚至會起反作用。這時候幹部和黨員的以身作則才最具號召力。人心都是肉長的，將心比心是個人修養的最高境界。文興是爲幫助連隊搞工地文化活動到的三連。

正是槐花盛開的季節。條條山谷裡槐樹交相掩映塡平溝谷，登高遠望，一條條山溝像一條條綠色的河；一串串雪白的槐花掛滿枝頭，就像綠色的河裡泛出的一簇簇白色浪花。山谷到處流溢著濃郁撲鼻的芳香。戰士們每天踏著這一路芬芳去與死神較量。

文興要在工地建廣播站和工地壁報，讓音樂、歌聲驅趕空寂和魔鬼；讓人們在平等的心理感覺中，發揮出人的原在的價值和潛在能力，實現他們的人生意義。

文興在去連部的路上碰到了古義寶。當古義寶發現文興的瞬間，他的雙眼瞇縫成兩條彎彎的線，兩片嘴唇也是不自然地抿了起來。十五米外就見他右手的五指併攏，中指自覺貼於褲縫，極不協調地甩著一條左臂向文興接近。一直走到文興的跟前僅兩步的距離才嘎然立定，隨著一聲響亮的「首長」，右臂迅速抬起構成一個僵硬且變形的軍禮。文興以爲他是握手呢，反弄得他伸出去的手握了個空。

古義寶每天中午都來工地送飯。文興幾乎每天都見到他。每次兩人相遇，古義寶總有一種侷促和尷尬。文興也發現了古義寶的侷促和尷尬，幾次想找他坐下來聊聊，總碰不上合適的機會。古義寶一到工地，每次分完飯就進坑道跟班作業，無論誰勸阻，無論炊事班有多忙，他都是這樣堅持。

文興不完全明白古義寶見他的那種侷促和尷尬的內涵。倒像是他捏著他什麼把柄掌握著他致命的隱私似的，可他沒掌握任何於他不利的東西。儘管他不是像趙昌進那樣幫助他，但他也從心裡覺得古義寶是個難得的老實巴交的好小夥子。文興一看到他那侷促樣，心裡不免生出幾分憐憫和同情。不少農村來的兵，都有這樣一種心態，似乎只有靠拼死拼活才能尋得出路，凡事小心翼翼生怕得罪了誰。這就不能不讓有一些正義感的人生出一些憐憫和同情，可是這種憐憫和同情更多的是可憐。

文興是公認的沒有架子的人。有人認爲沒有架子的人一般沒有什麼大能耐，然而文興則認爲，只有那些不學無術沒有眞本事的人才怕別人小瞧了自己，而故意擺出一副了不得的樣子來撐面子嚇唬人，有眞才實學有作爲對社會有貢獻的人自然會有人尊敬會有人崇拜的。一個人不要老自以爲如何如何，你究竟如何別人心裡都有一杆公平秤。文興從來沒有不被人尊敬的感覺，無論上級下級是男是女是老是小他都很隨和。偏偏古義寶讓他感到他與他之間有距離。難道是因爲那件事？

那是古義寶入伍後文興第一次到守備二連。文興是騎自行車去的。文興騎的是自己剛買不久的加重「永久」車。

古義寶照例每天要到連部門口轉轉。古義寶看到了文興的車，但他並不知道是文興的車。車子沒鎖，很新，也很乾淨，就是鋼圈上有一些泥水，車輪一轉，發現輻條鬆緊調得不太勻。於是古義寶把車子推走了。調好輻條後，古義寶就擦車。他擦得很仔細，車子本來就不髒，他就只好專找那些旮旮旯旯摳擦。文興的車子的閘是脹閘，古義寶擦閘時爲了方便動作，鬆開了後閘拉條的螺絲。車子正好擦完，那邊文興要走，他不在連隊吃飯。古義寶立即把車子送過去。

文興謝了古義寶蹬上車就走了。

三連營房座落在半山腰間。鄉下公路上車少，文興一出三連營門就撒把飛車下坡。下到半坡，沒想到旁邊岔道上一台拖拉機和一輛馬車搶道上公路。文興急忙刹車，可是古義寶匆忙中忘了把後閘拉條的螺絲上緊，結果車閘失靈。車子徑直向拖拉機和馬車撞去。文興當時就慌了，想停停不下，想拐拐不了，眼看就要和拖拉機相撞。就在自行車和拖拉機要相撞的瞬間，文興下意識地撒把一倒，人沒出事，只是手和膝蓋破了點皮，自行車壞了，前輪被拖拉機軋變了形。

文興沒跟連裡說什麼。機關有人把這事傳到三連。古義寶心裡很內疚，好心辦了壞事，更不好意思。古義寶從心裡有些怕文幹事，他不明白爲什麼一碰上文幹事就沒好事。

古義寶一直後悔那次在體檢站跟他說了實話。

古義寶聽劉金根說部隊的一位首長在找他，他很緊張，素不相識，首長怎麼指名要找他？文興看出了古義寶的緊張，就很隨便地拉他在路邊的石頭上坐了下來。

「你爲什麼這樣堅決要求當兵呢？」文興是看了古義寶寫的血書才想找他的。

古義寶十分爲難地看著文興。他不知道該怎樣回答。說爲了保衛祖國，怕首長懷疑他撒謊說假話；說爲了離開山區找出路，又怕首長笑他覺悟低看不上他不讓他當兵。

文興看出了他的心思，古義寶自然不知道他是個業餘作家，更不會想到他找他談話並不是

爲了工作，而是要瞭解普通人的內心世界。

文興說：「不要有什麼顧慮，我現在不是以部隊領導的身分跟你談話，咱們是隨便聊天，有什麼說什麼，不論說什麼與你能不能當兵都毫無關係。」

「家鄉太窮，在家裡一輩子沒有出息。」

「當兵的津貼也只有幾塊錢。」

「部隊起碼不愁吃穿。」

「當兵也挺苦的，施工打坑道比家裡幹活還苦，而且還有生命危險。」

「苦不怕，再苦也不會比家裡苦，人吃飽了穿暖了就是要幹活的，最苦最累的活我都願幹。」

「當兵也不一定都能找到出路，能提幹的，一百個裡也就兩三個。」

「起碼能見見世面，學點東西。」

「能去當兵當然最好，但名額有限，身體合格的也不一定都能當上兵。萬一當不上兵，在家也不是沒有出路的，事在人爲，再說你家裡勞力也不足，不是有對象了嗎，在家早點成家立業也是很好的。」

古義寶將頭埋到了兩條腿上。直到文興離開，他再沒說一句話。

文興在工地吃飯。

「又進去了？」

「也挺難為他的，當先進不容易呀！」

「這樣的先進我寧願不當，有什麼意思。」

幾個戰士一邊吃飯一邊議論著。文興聽出是在說古義寶。

「有車不坐，故意步行進城，不知道他算的是什麼賬？」

「哎！要不怎麼能顯出精神呢！」

「說穿了還不是為那名聲，為那四個兜嘛！」

「別背後議論人啊，人家可是師裡樹的典型。」

文興聽到這些，心裡有些沉重。

吃過晚飯，文興到炊事班找古義寶。說想跟他出去走走。古義寶便像個懂事的大孩子般跟在文興的身後出了村。文興時不時要停下來等古義寶，兩個人一前一後走著散步是很彆扭的。可走不了幾步，古義寶又落在了後面。古義寶自己也搞不明白，他在文興面前怎麼也不能和在趙昌進面前那麼自在。

文興沒跟他談工作，也沒有問他學習，卻隨便問了一個讓古義寶十分尷尬的問題。文興問他未婚妻來信沒有。古義寶滿臉通紅。

這些日子，古義寶讓春芳懷孕的事弄得心神不安，一提到春芳的名字就膽戰心驚。他沒想到春芳這傻蛋居然不願去流產，她捨不得肚子裡的孩子。古義寶一連幾夜都沒睡好，恨不得回去掐死春芳。幸好春芳的姑夫明白其中的利害關係，做通了她的工作。可這事已經沸沸揚揚弄得滿村風雨。那天晚上劉金根神秘兮兮地來找古義寶，眼裡的幸災樂禍也是毫不掩飾。古義寶只能和盤向他托出，讓劉金根的耳朵過一次癮。接著他們便訂立了私下的盟約：古義寶以保證不提劉金根在學校做的一樁見不得人的事封住了劉金根的嘴；劉金根也保證不洩露此事爲條件算兩相扯平。古義寶心裡總還是懸著塊石頭。文興一提到未婚妻，他不能不想到劉金根是否出賣了他。

文興是知道林春芳懷孕的事，而且確實是劉金根告訴他的。不過並不是劉金根背後故意搗古義寶的鬼，也非他背信棄義，而是劉金根和文興閒聊時無意中說漏嘴的。劉金根是在師軍體隊裡跟文興結下的交情。

劉金根來到部隊後，沒想到單雙槓、跳馬這些玩意兒也是軍事技術，他終於找到了用武之地。本來就喜歡這些玩意兒，這下更來了勁，起早貪黑黏在這上面，一天不玩渾身不舒服。他這麼一練，不僅能準確熟練地完成訓練要求的規定動作，而且還自己摸索練就了一套自編動作。不久他便當上了連裡的軍體教員。師裡組織軍體比賽，他有了出頭之日，比賽結束就被選拔到師軍體隊。這個軍體隊就是文興和一位參謀負責抓的。他本來就認識文興，自然是一見如故。文興對誰都是一片眞誠，何況劉金根在軍體隊表現極好，在軍裡比賽給師裡爭得了榮譽：團體第一他是主力，單槓拿了個人自選動作第一，跳馬拿了個人第二，他是帶著師裡直接給的三等功回的連隊。回連不久就當了班長。文興來到連隊他幾乎天天要去看他。那天晚上散步，文興問了他家的情況，又問古義寶的未婚妻時他失口說漏了嘴。

古義寶不能不打自招，他低著頭不敢看文興，底氣不足地說自己還年輕，不能這麼早就談戀愛。文興聽了忍不住笑了，說是不是穿上軍裝就看不上鄉下姑娘了？說者無意，聽者有心，古義寶一下急白了臉，矢口否認。

文興不解地問：「談戀愛有什麼不好的呢？談戀愛和服役是兩回事，沒有一點矛盾，我上高中的時候就有女朋友。幹革命就不能找對象了嗎？馬克思不是還喜歡年輕美麗的燕妮嘛！」

古義寶疑惑地看了文興一眼，心裡話，我不能上他的套。文興似乎從他的眼神裡看出一些東

西。他總覺得農村兵致命的弱點是擺脫不了狹隘的農民意識，他想讓他明白這一點。於是文興故意問了一個讓古義寶難以回答的問題。他問古義寶進城買菜爲什麼有拉材料的便車不坐要故意步行？

古義寶的臉立刻紅了，他低著頭沒有回答文興的問話。

文興見古義寶羞於開口，以爲他不願標榜自己，於是鼓勵他說心裡話，隨便聊天不要有什麼顧忌。

古義寶再也不想與文興隨便聊天了，他告誡自己不能跟他說心裡話。於是就說爲了大家自己願意多吃苦，苦累可以磨練自己的意志。

這些都是趙昌進文章裡的話，文興自然聽得出來。文興沒有笑他的意思，也並非要打擊他的積極性，他只是想讓他眞眞實實地生活，實實在在地做人。他一點也沒有對他反感，反而更誠懇地跟他說：「你想過沒有，這樣磨練究竟有沒有價值？工地每天有車進城，不是專門爲買菜派車，是來回順便捎帶，既快又方便，也不用額外消耗什麼，你也不用受累；再說你眞想爲連隊多做事，你回來也可以做別的，用不著一天都泡在路上呀！」

古義寶怯生生地看了文興一眼。

文興十分耐心地繼續勸導，他說：「你再想想，你這樣故意自己找苦吃，自己找累受，你心裡究竟想達到一種什麼效果，這種效果又能讓你實現什麼目的呢？」

古義寶沒有回答文興的話，卻低著頭問文興：「您跟趙幹事不是一個科的嗎？您跟趙幹事的關係不好嗎？」

文興被古義寶問得皺起了眉頭。他不明白古義寶爲什麼會想到這一層上去。他覺得有必要幫他理清自己的思想動機。他還是耐心地跟他聊天。文興說：「這個問題與我們倆關係好不好沒有牽連。一個人做任何事情總有他的出發點和目的，我們在做一件事情的時候如果沒有好的正確的出發點和目的性，就不會有好的效果。你說你這樣做是爲了大家，是有意在苦累中磨練自己，我認爲你做這件事的出發點不是爲了大家，也不是爲了連隊，更不是爲了別人，而完全是爲了你自己；說明白一點，本來搭便車用半天時間就可以辦好的事，你爲了磨練自己，卻故意用一天時間來辦；本來用半天時間可以辦得很妥帖的事，你卻爲了自己用一天時間還沒有辦好，還要累及老百姓，累及連裡的領導。我這樣分析，不知你是不是同意？」

古義寶似乎有些委屈。他不明白，趙幹事和文幹事說的都有道理，可爲什麼完全不是一個意思。他打心裡承認，文幹事的話是自己心裡想的卻又不能告訴別人的話，他不相信他會看到他的心，可他又不能否認他眞像鑽到自己肚子裡一樣對他的五臟六腑知道得清清楚楚。在他面前他感到自己就像在體檢站檢查外科一樣被脫得一絲不掛，渾身的醜處全都暴露在他的眼前，他像是嚴厲的醫生一樣在挑自己的毛病，又像是嚴父一般不許自己走錯半步。趙幹事呢，對自

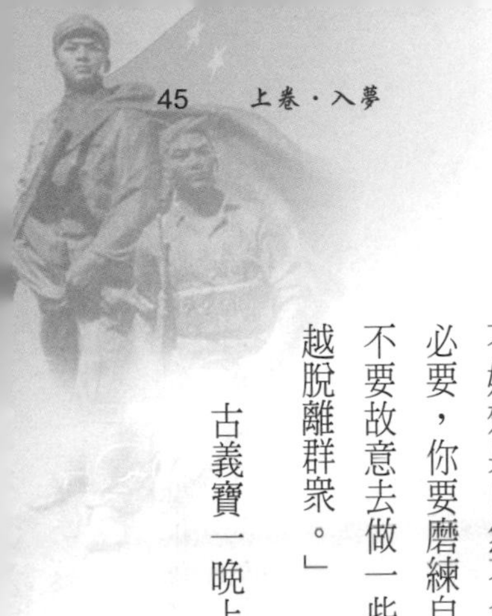

己的確是一片熱忱，時刻在關心、幫助、教育、培養自己，希望自己出人頭地，每件事每段日子他都給定方向定任務，迫使他努力奮鬥，只是覺得他對自己的要求越來越高，要他做的越來越難，新的思想新的事蹟越來越不好想不好創造。

夕陽在山那邊落下去了，槐林裡有一些寒意。古義寶求助般問文興：「那我該怎麼辦該怎麼做呢？」

文興明白自己的話有些傷他的情緒，他畢竟是個農村來的入伍剛一年多的兵，他正是爲了使他在軍旅生涯中走好自己的每一步路才主動找他。文興感到這時候他不能再這樣說下去了，過了火候就會走向反面。於是他放得十分輕鬆地說：「任何事情都包含著兩個方面，或許我過分強調了一個方面，其實每個人都知道自己該做什麼不該做什麼，只是在決定自己做什麼的時候受到客觀和主觀的各種因素的左右和干擾，有時被某種意念所控制，便身不由己地做起自己本來不想做的事情。不過，我們是動機和效果統一論者，有了好的動機還要考慮到效果，動機不好效果自然不會好，動機好效果不好也不行，有時甚至會適得其反。步行進城買菜完全沒有必要，你要磨練自己，機會多得很，你用自己的工餘時間直接參加掘進作業就很好嘛！一個人不要故意去做一些讓別人看的事，這樣就摻進了太多的個人目的，這樣的事做得越多，你反而越脫離群眾。」

古義寶一晚上都提不起精神來。他心裡明白，趙幹事和文幹事都是關心他，都是要他好，可是他倆要他做的卻完全不同。趙幹事要他創造事蹟，文幹事卻不要他故意去做好事。他不知道自己究竟該如何是好。

5

黑夜把人世間的萬物都裹到一層厚厚的黑色帷幕之中，一些不適宜在光天化日下進行的行爲便在夜色的遮掩下行動起來。趙昌進踏著夜色跑到了辦公室。周圍的人誰也沒注意到他的匆忙，他也沒功夫注意別人的悠閒。

這件事情已讓他心急火燎三天了，他覺得事情已到了不能再拖的地步。打開門拉亮燈他急急忙忙拿起電話機。他連續三天往三連打電話，一次也沒打通。中轉太多，又是臨時架的線，分機離總機太遠。白天好不容易打通一次，雙方都沒能聽清對方一句話，趙昌進的嗓子倒是喊啞了。

也許是他的工作精神感動了守機員，電話終於接通了。趙昌進用左手的食指堵住了左耳朵

眼，右手把聽筒緊貼在右耳朵上才勉強聽到對方一點微弱的聲音。趙昌進連喊了八遍，那邊才明白他要找古義寶。

趙昌進的嗓門極度嘶啞充血，好歹聽到了古義寶的回答。他把要說的話一字一字對著話筒送了過去，他怕他沒聽清胡亂回答，又重複了三遍，再次聽到古義寶在裡邊嗯嗯才扣上電話喘了口氣。趙昌進如釋重負，心滿意足地回家了。

其實古義寶沒完全聽清趙幹事的話。不過他心裡似乎已經有了一種被趙昌進一點就通的靈犀，古義寶連猜帶蒙知道了趙昌進這個電話的大概意思：《毛澤東選集》第五卷出版了，讓他要有所舉動。

古義寶接完電話就開始琢磨，滿肚子心事的樣子。炊事班長以爲他不舒服，盤問了半天，他經常有病不說。

古義寶一直琢磨到第二天中午往工地送飯路過村裡的小學時才豁然開竅。他終於全面理解了趙昌進電話的內容和他的一片情意。對趙幹事產生感激之情的同時他不由得想起文幹事，於是，他對還未完全成型的方案是否付諸行動猶豫起來。他一路上拿趙幹事和文幹事鬥爭著，最後在他的幫助下，趙幹事還是把文幹事打敗了。他認爲學習毛澤東思想那是上面到下面軍內到軍外的頭等大事，做這樣的好事怎會有錯呢！決心一定，他立即行動。一是立即買書，二是立即讀書。

第二天進城買菜他接受了文幹事的意見，搭了工地的便車。下車他先奔書店，買了十一本《毛澤東選集》第五卷，他個人的錢不夠，暫時挪用了連隊的公款，當然這些只有他自己知道。買了菜跟車中午就回到了連隊。

給學校送書又傷了他一個晚上的腦筋。思來想去，他覺著做這事讓很多人看到不好，不讓人看到也不好，最後他決定中午去送，選擇教師已經到校學生還未上學的時機比較合適。古義寶按預定的時間手捧著書來到學校。令他為難的是，他來早了，學校裡空無一人。這時他又拿不定主意了：放下就走，學校不知道是誰送的，要是讓別人拿走就等於白送；站在這裡等人來，又似乎不太高尚。他猶豫不決地先上了廁所。他在廁所裡卻碰到了趙幹事，趙幹事告訴他不能這樣悄悄地放下就走。從廁所出來，學校裡仍無來人。這時他看到了文幹事，他們還沒說話，古義寶的臉就紅了。他認為不能再等下去了，於是就捧著書走到教師辦公室門口，門自然是鎖著的，他下意識地朝裡面望了望，望自然也是白望。最後他戀戀不捨地把書放到教師辦公室的窗台上。

古義寶剛轉身，一陣微風刮來，書被翻得嘩嘩作響。他返回身去，想用什麼捆一捆，卻又找不到合適的東西。古義寶在口袋裡摸了半天只摸出一張發票和一張沒用過的信箋。他就用那張信箋把最上面的那本書的書口包了一下，壓到那疊書的上面，這樣風就不能把書翻亂。他在做這些時，那張發票掉在了地上。他放好書彎腰伸手去撿那張發票時，腦子裡忽然閃過一個念頭：這張發票掉在這裡不就行了嘛！上面有連隊的代號。於是伸出去的手又縮了回來。他像是

怕被人發現內心隱秘般跑出學校的院門。剛走出不遠，他就停了下來，「不行，這樣會讓人一眼看穿，太不高明了。」於是又轉身跑回學校。幸好發票還在原地，沒有被風刮走。他撿起來快步走出院子。

恰好這時，一位漂亮的青年女教師走進了校門，一眼就看到了正要離去的古義寶。

「解放軍同志，有事嗎？」女教師大方而又熱情。

「沒，沒事，我走啦。」

古義寶拔腿就走。他這一走，引起了女教師的新奇和特別的注意。她發現了窗台上的書，於是她做出了準確的判斷：這個解放軍是送書人。

其實見證人不只是她，古義寶的一舉一動被尾隨的劉金根看得一清二楚。第二天，學校敲鑼打鼓，拿著大紅感謝信來到了連隊。古義寶的事蹟很快就報到營裡，營裡報到團裡，團裡報到師裡。趙昌進便不失時機地將它報導在報紙上。

報紙上的文章古義寶是背著人看的。在這之前劉金根悄悄地對他說，你到學校送書，我都看見了，正好路過，不知道你去幹什麼，就跟著你進去了。古義寶聽了又氣又惱又無奈。他氣的是劉金根這小子老是心懷鬼胎不能像別的老鄉那樣推心置腹，惱的是自己辦什麼事總是這麼拖泥帶水不俐落，無奈的是他有那麼檔子事在劉金根手裡捏著，在他面前怎麼也英雄不起來。

事情就這麼巧，古義寶的事蹟傳了沒幾天，古義寶眞的差點兒成了烈士和英雄。古義寶創造了送書的事蹟後，他的名字再一次上了報紙，但他心靈深處並沒有多少激動，相反心裡總有一絲憂鬱。他很怕文幹事來，他老覺得文幹事那對眼睛像X光一樣能透視他的心靈。他唯一能排遣這種憂鬱的辦法竟是盡力到坑道去作業。那天他進去不到半個小時，掘進段出現險情，古義寶沒忘先人後己，結果被一塊石頭砸到安全帽上，安全帽被砸破，他的頭也破了皮流了血，古義寶堅決不讓連裡送醫院，只叫衛生員包紮後躺在屋裡休息。

劉金根帶著女教師來到古義寶的住處。女教師是受學校的委託前來看望慰問古義寶的。送書後，古義寶被學校聘爲校外輔導員。此時他已知道女教師叫尙晶，師範進修學校畢業，獨生女，未婚。

尙晶走進屋後，劉金根沒有離開，他也不想離開。他發現尙晶握住古義寶的那隻白嫩的手有些激動，他們握手的時間比其他人握手的時間要長一點點，而且他清楚地發現尙晶在鬆手時有些遲疑、留戀和迫不得已。劉金根心裡有一種說不出口的滋味。他知道自己在這裡三個人誰都尷尬，可他寧願自己尷尬也不願離開。

放下慰問品，尙晶說了一些問候的話，同時她還告訴古義寶原計畫星期六隊日活動時，想請他去講課的。劉金根再次感覺到了他在這裡的多餘和無奈。劉金根雖然明白自己不該在這裡當電燈泡，但他一點都不想離開，他也說不上爲什麼。反正他不想讓古義寶他們倆無拘無束地

說話。

劉金根不是個沒有心計沒有志氣的人，他並沒有因爲古義寶的揚名讓自己氣餒而甘居人後。他當瞄準手單炮射擊五發五中；當了班長，全班成了軍體尖子班。在連裡也算得上是有頭有臉的人物。他早放棄了夜裡搶著挖廁所這種新兵蛋子幹的毫無價值的活兒。在外界他固然沒有古義寶的名氣大，可在團裡在師裡，他並沒有感到地位比古義寶差到哪去，何況他還掌握著古義寶好些事，他反覺著自己比他活得輕鬆自在。還有一個說不出口的原因，尙晶那一對明亮的大眼睛實在太動人心魄了。他認爲交女朋友這一點，他比古義寶更有權利。

劉金根一直等到尙晶無話可說自動告辭才送她離開。送走尙晶後，他又返回到古義寶的屋裡。

「義寶，我看尙老師對你那媚眼，有點那個意思喲！」

「金根，你可千萬別胡說！」

「嗨，我是怕你糊塗才提醒你的，別忘了林春芳人家可是死心塌地在等你啊。」

「別說了，我們現在都沒有資格談論這種事。」

「我是爲你好才說的嘛，你現在可不是一般的人物，別負了人家趙幹事一片心，爲名爲利都是小事，要是在那上面出岔子，麻煩就大了，弄不好就毀了自己一輩子。」

古義寶躺在炕上閉著眼睛沒再說一句話。

6

搞不清是誰帶頭立了這麼個規矩，星期天吃兩頓飯，儘管有人不習慣或牢騷或反對，這個不成文的規矩卻一直在軍營裡延續著。

吃過上午這頓飯，古義寶決定要做一件事情。這件事情是他自己發自內心要做的，沒有誰給他提示或啓發。做這件事的念頭在古義寶心裡活動半年多了，他要實實在在感謝趙幹事趙昌進。知恩圖報，人之常情。古義寶打心裡明白，沒有趙幹事，出了三連沒人認識他古義寶；沒有趙幹事，他的名字也登不到報紙上；沒有趙幹事，他哪能當上先進；沒有趙幹事，身邊的人怎麼會只能羨慕忌妒而不能損害他；沒有趙幹事，他怎麼能當上給養員。趙幹事在古義寶心裡是聖人是救世主，像堯、舜、孔夫子、伯樂。如果叫他聲爹叫他聲爺，古義寶也會響亮而充滿

情意地叫。

趙幹事不要這些，他不要古義寶叫爹叫爺，不要古義寶感恩戴德，也不要古義寶任何回報，他什麼也不要。趙幹事一見到古義寶除了關心就是幫助，除此沒有一句題外的話，他只要求古義寶一切都按他的心願行事，按他的心願做人，這就是最好的報答，別無他求。儘管他們倆接觸這麼長時間，古義寶對趙幹事的瞭解只停留在名字和職務上，連他結沒結婚，有沒有孩子，老家在哪裡，現在住什麼地方，一概不知。當古義寶意識到這一點時，他心裡十分慚愧，於是他一心一意要正經感謝趙幹事。可這個念頭卻一直在心裡憋著，時時因沒有機會表達而讓他懸掛在心。

愈是如此，古義寶便愈想這件事，想得最多的是該怎麼感謝他。說感恩的話，他口拙舌笨，幾句話又值什麼呢？送禮，他一個士兵又能送什麼呢？他又需要什麼呢？幫忙，他需要他幫什麼呢？他又能幫他什麼忙呢？古義寶思來想去沒有著落，心裡就老虧欠著趙幹事一份情，每次趙幹事來他既盼又爲難。

古義寶終於下定了決心，決定利用星期天進城到師裡機關宿舍找趙幹事，他想到趙幹事的宿舍看一看他，認認他的家，不能只是老讓他來關心自己。

古義寶第一次走進師機關宿舍大院，那神態有點劉姥姥初進大觀園的樣。高高的大門樓，全副武裝的執勤哨兵，很有軍營機關的森嚴。進了大院往深處一走，古義寶的緊張便慢慢鬆弛下來。機關大院也是外緊內鬆。大門樓挺氣派，院內卻是另一種情景：沒有水泥馬路，也沒有花壇；沒有高樓大廈，也沒有亭台樓閣，只有一排排緊蹙在一起的破舊低矮的小平房；一排排房子間本來就沒留下多少空間，後排的又緊挨著前排的後牆蓋起了一個個小草棚，以小草棚爲依託一家家又用破漁網、小竹棍或草簾子之類的東西圍起一個個雞窩；一幫小男孩追逐打鬧和一幫小女孩跳猴皮筋（編按：橡皮筋）匯成的交響樂中夾雜著公雞和母雞們的打情罵俏聲。古義寶走進院子還聞到了一股難言的臭味。機關幹部夠可憐也夠精明的，前後排房雞窩旁僅剩的一小塊空地也沒捨得放過，惜土如金般開出一席席小菜地，種上了各色蔬菜。菜地裡都施上奇臭無比的雞鴨人糞。一家一戶的軍官們有的在剁菜拌雞食，有的在提水澆菜，有的在欣賞自己飼養的雞鴨，剩下供人們行走的通道兩人迎面過往必須雙方側身方能通過。

古義寶問了五個人，敬了九個禮（最後一個忘了還禮就急著轉了身），記不清穿了幾排房，終於找到了趙幹事的住處。

門口一個漂亮的小女孩坐在地上啜泣，小女孩她媽（一位模樣挺俐落的女軍官）提著一桶人尿糞在門口的小菜地裡施肥，尿騷味讓幾十米外的人都掩鼻而過。女軍官一邊澆糞一邊教訓著啜泣的小女孩，一點也沒顧及古義寶的出現。

「妳站不站起來？還草莓，妳以爲妳是公主啊，別給我添煩啊！」

「人家都吃了。」

「妳跟人家比，人家的爸是首長，妳爸是什麼，只會搖筆桿子寫點破文章破材料，連點雞飼料都買不來的破幹事。妳沒見雞都餓著沒東西吃嘛！妳還來添亂，我現在沒功夫理妳，惹火我妳屁股別怕疼！」

其實她只不過是在不停地說，壓根就不注意也似乎沒有必要注意小女孩是不是在聽，聽了她的教訓有沒有反應，似乎她也不指望小女孩有什麼反應。

古義寶猶豫了一會兒，乘女軍官直腰喘息的時候，不失時機地敬了進院後的第十個軍禮。

「首長！」

「首——長？你是叫我？」女軍官看著古義寶再看看四周沒別人，滿臉狐疑地問，她還是頭一次聽到別人叫她首長。

「趙幹事是在這裡住嗎？」

「是在這裡住，你在這兒可找不著他，人家是大忙人，全軍頭一號大忙人，星期天也不著家。」女軍官不顧古義寶有何尷尬，一邊繼續澆著糞一邊數落起來。

「這兒是他的招待所，有事你明天到辦公室去找他。」

「首長，那我不打攪了。」古義寶又敬了個禮，可惜女軍官沒有看他，她也沒領會到古義寶對她的尊重。

古義寶上了街，心裡挺彆扭，他說不清爲什麼彆扭。是爲女軍官的不客氣，是爲趙幹事抱屈，或許二者都有點。像趙幹事這樣的好人，一心一意爲工作，誠心誠意爲別人，自己家裡的事情一點都顧不上的好人，家庭竟是這樣。古義寶愧疚頓生，他是爲了幫助自己這樣的人，才丟下家不管，才落得讓自己的妻子埋怨，眞是難爲他了，可自己又能幫他什麼呢？

古義寶想起剛才女軍官的那些話，於是就到街上買了三斤草莓。這時的草莓初上市，價錢挺貴；可是再貴，比起趙幹事對自己的恩德算得了什麼呢！

古義寶捧著草莓再次來到趙幹事家。女軍官正在門口洗衣服，漂亮的小姑娘還坐在門口的台階上。女軍官在洗衣服的同時還不忘教訓開導她的女兒。古義寶沒再敬禮，也沒再喊首長，直接把草莓給了小姑娘轉身就走了。

「哎！同志你，你是誰呀？」

古義寶連頭都沒回，就走出了機關大院。他要立即將報答趙幹事的心願付諸行動。這趟街沒白上，總算有了報答他的機會。別說趙幹事這樣幫助他，就是與他沒有這層關係，他家裡有這麼多困難他也應該幫他，爲他做點力所能及的事。古義寶飛車趕回了連隊。

古義寶心事重重地找了司務長，把趙幹事家沒雞飼料的事不加修飾也不做隱瞞地向司務長一五一十說了，然後再把自己的打算拐彎抹角地說了。沒想到司務長當場就同意了：「玉米麵、麩子連隊有的是，拿幾十斤去算不了什麼，幫助領導解決困難也是應該的！」司務長當然不會讓古義寶自己掏錢買了再去送趙幹事，這樣做似乎有些不近人情。就這樣，古義寶騎車馱著一袋麩子和玉米麵趕到趙幹事家，正趕上他家沒有人。古義寶思緒萬千地等了近半個小時，趙幹事家的門仍被那把冷冰冰的鎖鎖著。古義寶靈機一動，這樣不是更好嘛，何必要等人呢？這樣會讓別人說閒話的，還會讓人家過意不去，心裡老惦著這事，就像欠了你多少情似的，這樣反而把自己與領導的關係搞複雜搞庸俗了。想到這一層古義寶有些埋怨自己的糊塗又有些慶幸自己的聰明，他趕緊把袋子緊緊地靠門立好就騎車離開了。

古義寶再度興高采烈見到趙幹事是一個月以後。師裡爲了迎接軍裡的學雷鋒、學硬骨頭六連經驗交流會的召開組織聯合工作組深入部隊調查研究，瞭解「雙學」活動的先進集體和先進個人，爲在軍召開「雙學」經驗交流會之前舉行師「雙學」經驗交流會做準備。趙幹事參加了工作組來到他們團，然後又來到他們連。

春意融融的中午，趙幹事專門找了古義寶。古義寶從見面的一瞬間發現，趙幹事看他的眼光裡又增添了許多不同往常的內容。

他們走出營房順著蜿蜒的山間小路向山下的河谷走去。趙幹事一直沒開口，古義寶心裡就有些忐忑。是因爲給他送了一袋雞飼料？他對這事不滿意？這事影響了他的名譽？他幫了倒忙？古義寶想著想著，頭就耷拉下來。他像做了錯事的孩子，等著長輩批評一般蔫蔫地跟在趙幹事身後。

「連首長對你怎樣？」

「挺好。」古義寶不解地抬頭看著趙幹事，儘管他們已經很熟了，可趙幹事從來沒用這樣的口吻問過他這一類事情。

「好到什麼程度？」

「……」古義寶又看了一眼趙幹事，趙幹事一臉認真。

「眞對你好的有幾個？誰又把你當兄弟一般？」

「……」古義寶感覺趙幹事今天跟過去很不一樣，問的問題總是怪怪的。

「周圍的人對你怎樣？」

「也挺好。」

「幾個排長對你怎樣？班長們對你怎樣？有幾個是眞跟你好，有幾個是假跟你好，又有幾個是骨子裡不跟你好卻表面上對你好？」趙幹事似乎不需要古義寶回答一口氣不停頓地問下

去，「老鄉裡又有誰對你眞好？誰對你假好？誰嫉妒你恨你？新兵裡眞正敬服你的又有多少？這些你都想過了嗎？」

「沒有。」

「我知道你沒有想，你也不會去做這樣細緻的分析。然而，不想是不行的，不想你就心中沒底，你就兩眼一抹黑。這樣你幹什麼都帶有盲目性，只要一帶盲目性，你冒犯得罪了人，別人在背後對你咬牙切齒，你都蒙在鼓裡；帶了這種盲目性，即便做的是好事是百分之百正確的事，同樣也要得罪人……」

他們走到了谷底。谷底是一條大河，兩岸是蒼翠蔥綠的柳林，黃綠的柳葉在和煦的陽光下溢散著沁人心脾的清香。河水淙淙，清澈透底。他們在柳林的山石上坐下，兩人那一臉嚴肅的神情和說話的語調與這明媚的春色構成一種鮮明的不協調。古義寶聽出趙幹事是在跟他說肺腑之言，他今天完全不像是過去那種首長領導的身分。

「與周圍的人相處比做事還重要。我剛才問你的問題你都應該認眞去想，然而並不是都要一個一個去認眞對待，那樣你就什麼也幹不了了。要抓主要矛盾，抓矛盾的主要方面。頭一等重要的是連首長。你要分清誰把你當兄弟，誰喜歡你，誰討厭你，誰表面喜歡你骨子裡卻討厭你。要分清這個，就先要弄清連幹部他們之間的關係；誰跟誰好，誰跟誰有矛盾，如果他們之間都沒有矛盾你可以無須顧忌跟他們相處，但這樣的連隊幾乎沒有；如果他們之間有矛盾，你就不能投靠一個得罪一個。」

古義寶聽聖人名言一般一字不漏地聽著，還不時咽著唾液，好像要把趙幹事說的每一個字都嚼碎後咽進肚裡似的。

「還要弄清他們與上面的關係，誰在連裡說了算，在一個單位個人說了算的人不是有本事就是上面有靠山。要弄清上面誰是他的靠山，這個靠山又是個什麼樣的人。領導對下級有千種萬種的要求，但領導也是人，也有他個人的脾性、愛好和情感；就從對下級的要求和選擇來說，領導無非有三種。一種是惜才，愛惜有眞才實學的人；一種是重情，很講人情恩怨；還有一種是貪利，計較小恩小利。作爲下級來說，應該根據上級的嗜好，盡量滿足和適應他的特性。對排長、班長們也是如此。其他的人你可以不管，但對特殊人，比如個性特別，或知你底細的同鄉，要區別對待。這裡面有個關鍵的訣竅，就是任何時候你都要夾著尾巴做人，只要做到了這一點，你就容易與周圍的人相處。只要你跟這些人相處好了，你的理想就會如願以償。」

整整一個中午，趙幹事沒提麩子和玉米麵一個字，就像從沒發生過這件事一樣。古義寶感覺這次他與趙幹事在私人感情上又加深了一大步，可以說是有了一個根本性的進展，是一個度的突破質的飛躍。

古義寶沒像往常做了好事登了報一樣激動得偷偷地蹦跳，他變成熟了。他在心裡一遍又一

遍咀嚼趙幹事那一句句至理名言般的話，他感覺越嚼越有滋味。

過了一個多月，古義寶又用自行車馱了一袋麩子和玉米麵用同樣的方法送到了趙幹事宿舍門口。古義寶是用進城買菜的機會送去的。趙幹事家自然是沒有人，古義寶選的就是這樣的時間。做完這件事後，古義寶竊喜。這樣做眞是絕妙，這樣不單單省去許多客套和尷尬，不讓雙方爲難；更絕妙的是彼此你知我知心照不宣，不要有一絲顧慮，卻又知道彼此的心意。他第一次感到自己越來越精明能幹，心裡有種說不出的激動。

7

這是一個跟往常一樣的晴朗天。古義寶要進城採辦副食。吃過早飯，出發前他照例又拐到家屬招待所。連長愛人來部隊休假，要住一個月。過去進城他從來沒想到要去問一問連首長需要捎什麼東西。現在他懂了。

「連長，要捎什麼東西嗎？」

連長和愛人正面對面坐在小桌前吃早飯。連長不緊不慢照原來的速度嚼咽完口中的饅頭，若無其事地說，沒什麼要捎的吧。說連長若無其事，是因爲連長連頭都沒側一下，照常進行他的早餐。這些在以往的日子裡古義寶是從不注意的，過去他跟連首長說話從來不直接看他們的臉和眼神。今天他注意到了，是趙幹事教他要注意這些的。他覺得挺有意思，原來人與人之間還有這麼多深奧的東西要學習。

「蔬菜肉蛋什麼的，都還有嗎？」要在以往古義寶不會再說這句話的，連長說沒什麼要捎的，他會百人一面千人一腔地說聲哎便高高興興離去。今天他注意到了連長的若無其事，他便覺得不能就這樣離去。他見連長對他的話沒感什麼興趣，便又添出許多熱情說：「黃花魚和小偏口都上市了，要不要買點鮮魚？」

連長停住了筷子扭頭看了古義寶一眼，古義寶發現連長的眼睛裡流露出新的感覺。古義寶一下感到自己忽然像個菜販子魚販子。

「哎，買點鮮魚吃吧。」連長的愛人被古義寶刺激出了饞慾。

「嗯，另外看看有什麼桃子、海棠什麼的新鮮水果買幾斤。」連長說著從上衣口袋裡摸出了十元錢。

「我這裡有，買了再說吧。」古義寶笑瞇瞇地退了出來。連長也沒再說什麼。

往常古義寶也給連首長捎過東西，可都是連首長主動找的他，所以都是先收錢，東西買回來後再一五一十把賬算清，多退少補。今天他頭一回沒預收錢。儘管連長沒說什麼，但古義寶還是看到連長的臉上再也不是若無其事的表情了。

古義寶把盛菜的筐、醬油桶、醋桶一件一件綁到手推車上。臨走發現車帶氣不足，找來氣筒。氣筒的夾子壞了，打氣必須另有人幫忙摁著膠皮管。正巧一班長走過，古義寶十分熱情地叫一班長幫摁氣管。一班長卻毫無反應地看都不看他一眼就走過去了。古義寶心裡第一次領受了被人鄙視的滋味，酸酸的挺難受。這是爲哪般？是他沒聽到？不可能。是他故意給他難堪？那爲什麼呢？他從來沒得罪過任何人，他也沒跟任何人計較什麼。古義寶心裡直納悶。最後還是劉金根幫的忙。古義寶打著氣，思緒卻沒能離開一班長。劉金根好像說了一句話，古義寶根本沒在意，沒聽清他說什麼，他又不好意思問。出了營房，古義寶的心情還是無法高興起來，仍在想一班長，他的鄙視傷著了他的心。

他覺得趙幹事眞有學問，自己跟傻子似的整天只知道做好事。除了劉金根，自己從來就沒有注意過別人，也沒想過別人對自己怎麼樣，更沒防備過別人。總想都是當兵的，天南海北的湊到一處不容易，過上幾年又都各奔東西了，有的興許一輩子就再見不上面了，大家都好好地在一起爲連隊做些事情，把連隊的事情做好，到時候說起來都挺自豪都挺光榮的。可沒想到當兵的之間還有這麼多怪事。無緣無故一班長要這樣故意冷落人幹什麼？平時挺尊重他，這是爲哪般？

想了半日，古義寶終於一下想起劉金根說的話來。他說的是好事別全佔了。對了，他終於明白一班長冷落他的原委。上個月發展黨員，一排報的是一班長，勤務排報的是他，最後支部研究決定先發展他。按說這又不是個人去爭的事，也不是個人能去爭的事，自己爭也是爭不來的，這是入黨呀，這麼嚴肅的事情還能你爭我搶啊！解開了這個結，古義寶覺得一班長的心眼兒有點太窄了，這樣的事怎好怨他與他結恨呢！你只有再好好努力才是正經主意。

儘管如此想來，古義寶的心情仍沒法輕鬆。力氣似乎也從身上跑走了，走路沒一點精神。走著想著，他還是想一班長。他又反過來替他想，也不容易，名額就這麼兩個，我佔了自然就沒有別人的份，別人幹得也不比自己差到哪去，心裡自然有氣。再說自己做的那些好事，就像文幹事說的那樣，大多還是從個人名利角度出發，連隊、大傢伙並沒有得到什麼好處。這麼一想，古義寶又覺著自己挺愧，也覺著一班長挺虧。還是趙幹事說得對，跟周圍的人相處好比做好事還重要。到這會兒他才眞正體味到趙幹事的眞心和誠意。爹娘、老師，誰又教過他這些呢？他從心裡感激趙幹事，他眞爲自己能碰到趙幹事這樣的好領導好首長而慶幸。

古義寶想到這裡心情就好起來，渾身又有了力氣。他想，自己一定要爲連隊、爲大傢伙多做好事，讓大家感覺他的存在對他們都是有益的。這麼一想，他的勁從腳底往上冒，就像戰勝了一次災難，撥正了自己的航向。

古義寶興沖沖地在街上辦該辦的事，給連長買了魚，買了桃子和海棠果，再到儲蓄所存

二十元錢。在塡存單的時候，他忽發奇想，我在連隊代辦儲蓄多好，省得大家往城裡跑，同時在連裡也樹起勤儉節省的好風氣。於是他就停止了塡單，找了儲蓄所的領導，把自己的想法向儲蓄所的領導做了彙報。儲蓄所的領導表揚了他的精神，並積極支持他的行動，詳細地告訴了他搞代辦業務的具體手續。

古義寶心裡喝了蜜一般甜。推了車貨物沒覺著累就回了連隊。

給連長送魚的時候，只有連長的愛人在，她對古義寶買的東西很滿意，著實謝了一番，只是沒提錢的事。古義寶自然不能張口要錢。

晚上，古義寶把辦儲蓄代辦所的想法分別向司務長、副連長、指導員、連長做了彙報，都一致稱讚，積極支持，也都表揚了古義寶爲大家服務的精神。給連長彙報時，連長一點都沒有若無其事，一直對他笑嘻嘻的，還不時點頭，一副很高興的樣子。當然古義寶不知道連長過去聽他說話是什麼樣，因爲過去他從來沒注意過這件事。彙報完後，連長還特意說了買的魚和水果都很好的話，可就是也忘了說魚和水果的錢。古義寶當然也不好開口要，而且也不能把連長忘了的事擺到自己的臉上來提醒他。他明白自己已經學會了看人臉色說話的本領，何況他們是連首長呢。他一點也沒讓內心的那一點焦急跑到臉上，儘管那相當於他一個月的津貼。在跟連長彙報完事情的同時，他已經做好這筆額外支出的安排。連隊公款他是絕對不動的，也沒法動，司務長憑他的發票報銷，買魚和水果是沒有發票的，再說他也絕不想這樣做。他只能對不起自己的爹娘了，只能從自己節省下來的一點準備孝敬爹娘的積蓄中開支。令他安慰的是連長很高興，連長很讚賞他做的事情。古義寶回到宿舍，安慰之中還是有一點隱隱的心疼，因爲那畢竟是他一個月的津貼，他家畢竟連醬油都捨不得打。

古義寶心中的那點稍稍的隱痛還未消退，通信員給他送來了一封信。這是一封令他完全意想不到又讓他熱血湧動還叫他心驚膽戰的信。信是尙晶寫來的。古義寶一看「親愛的義寶同志」這幾個字就讓他差點停止呼吸。有文化的女人就是不一樣，那麼大膽，那麼公開，那麼直截了當。

古義寶沒敢在宿舍裡將信看完，營區內也找不到適合看這種信的去處。後來他還是上了廁所。

儘管廁所裡燈泡的度數很低，光線昏暗，古義寶還是讓尙晶這封信弄得魂不附體。他第一次看這樣的信，也是第一次領受一位元姑娘用優美的文字向他表白愛慕之心，他第一次感受被人愛的甜蜜滋味，儘管他已經跟春芳有過那種貼膚的行爲，但那不叫愛，他什麼感受都沒有，僅存的只有後悔和怨恨。在與春芳的相處中，他從來沒有過這種震撼心靈的激動和甜蜜。他甚至不相信這信是眞的。一個漂亮美貌的教師居然會愛上他這麼個兵，他不知道自己該怎麼辦。想著想著竟忘了擦屁股，提上褲子就站了起來。

古義寶走出廁所，心卻仍被尙晶牽著。劉金根讓他回到了生活的現實中。

「義寶你怎麼啦？」

古義寶這才完全回到連隊這塊土地上。他這才看清站在他面前的是劉金根。他也進一步明白這是在連隊，自己是一個穿著兩個兜的士兵，在那遙遠的沂蒙山區還有一個已經跟他懷過孕的林春芳在等他。他渾身的血頓時全流到腳下的地裡去了，他的手腳發涼，涼得讓他警覺，涼得讓他害怕。

「剛才蹲廁所蹲長了，有點頭暈。」

「是不是血壓高喲？」

「不會不會。」

古義寶從此便陷入了無法自拔的痛苦之中。

8

這些日子宣傳科、組織科的辦公室晚上都亮著燈，亮到很晚，像在比賽誰加班加得更晚。師機關的宿舍和辦公室不在一個院，隔著好幾條胡同，走起來要向左向右拐好幾個彎，往常除了司政後值班室和個別人到辦公室來辦急辦的事外，晚上辦公室裡很少亮燈。

「雙學」會是政治部在黨委那裡掛了號的重大的中心工作，「雙學」會給政治部的科長幹事們提供了一次顯露才幹表現能力試比高低的機會，除了看透紅塵或者精神不正常的，有誰甘居人後呢？

文化科也亮著燈。文化科在幾個月前已經沒有牌子，被合併到了宣傳科。文興軍齡不算長，卻經歷了合而分分而合兩次反覆。文興覺著上面的決策人物似乎始終沒有弄明白，文化工作在部隊究竟應該擺在一個什麼位置好，部隊每次整編，落實到政治部就是要不要文化部門。一合併，文興自然便成了宣傳科的幹事，其實還是原來的辦公室，只是去了一塊牌子，管的還是吹拉彈唱，打球照相，迎來送往，佈置會場……

明亮的燈光下，文興正全神貫注地寫著什麼東西。此刻他不是在寫小說、散文，他這支筆在政治部是數得著的，他也被抽到「雙學」會典型材料組。

按說「雙學」活動是組織科主管的工作，但組織科的筆桿子沒有宣傳科的硬，領導不好這麼說，他們平常也不願承認這一點，可到了眞要練筆桿子的時候，不服就不行了。材料組六個人，組織科只有一個人，還主要是做通聯工作，宣傳科四個，秘書科一個人。

會議的籌備工作進展到定材料階段。文興主動要求分管個人典型材料，他說自己參加中心工作少，情況掌握不全面，整理個人材料他比較合適。三十二份材料中有九份個人典型材料，他全包下了，佔了四分之一還多。文興從不計較幹多幹少。明天上午政委、副政委、主任等主要政工首長都參加典型材料論證審定。九份材料他都認眞看了，每一份都寫出了詳細的意見。讓他爲難的是古義寶的材料。古義寶在師裡甚至在軍裡已小有名氣，而且也是他帶來的兵，他對他的一切可以說太瞭解了。雷鋒想到的做了的事他都想到了也做了，雷鋒沒有想到沒做過的事他也創造了。文興對他那種一門心思找好事做，只是同情甚至可憐，他從內心認爲學雷鋒不能是像他這樣做好事。手頭裡的材料古義寶的是最差的一份。它的差距不是標題不合適，也不是文字粗糙，而是整個材料缺乏一個有生命力的立意，材料通篇都是他那些驚人事蹟和驚人的思想，這是一個學雷鋒學什麼的問題。

事關重要，要對一個已有影響又是自己熟悉的典型提出相反的意見，不能草率。他到辦公室把材料又看了一遍，把意見又做了認眞的推敲。

果然，第二天典型材料的審定在古義寶那裡卡了殼。

文興就古義寶有車不乘故意推小車進城買菜和到醫院看望住院的戰友卻先去找醫生捐血等典型事例發表了自己的看法。他說：「典型、榜樣是一種導向，我們樹立典型就是一種誘導，以典型的思想、行爲來引導群衆走好人生之路。每一個人的行爲都受他的動機所制約，都帶有一定的目的性，我們樹立的典型必須爲群衆做一種動機和行爲一致的誘導。我認爲古義寶的行爲常常與他的動機不相一致，他所創造的事蹟明顯隱含著他個人主義的成分。這樣一種以自私的利己主義爲出發點而行爲表象卻表現爲共產主義道德的矛盾典型，會給大家什麼啓發和引導呢？他又有什麼作用什麼意義呢？」

文興的話音還在會議室裡迴轉，趙昌進急不可耐地接上話。他說：「我無法苟同文幹事的觀點。不可否認，我們是動機和效果統一論者。然而對一個人的行爲和動機的分析，只能是客觀的，而不能是主觀的，因爲你不是他肚子裡的蛔蟲，你無法鑽進他的肚子裡去看他究竟想的是什麼，因此只能是分析和猜測。文幹事對古義寶動機的猜測明顯帶上了主觀臆想的成分。我們姑且不去分析古義寶行爲的動機，我們可以就事實做些分析，我們可以想一想，古義寶爲了鍛鍊自己的意志方便工作，以往返步行七八十里的毅力來完成工作任務，說他沽名釣譽的話，世上又有幾個願以自己的生命爲代價去追名逐利的？他到醫院去看望戰友，一進醫院他首先想到病人需要鮮血，主動先去捐血再去看望戰友，說他這是爲了名利，世上又有多少願意以自己的鮮血來換取名利的人？說他整天爲做好事而找事做，我不禁要問，一個人整天想著爲人民爲國家爲集體爲他人做好事又有什麼不好呢？要是社會上的每一個人都像他那樣整天想著做好事，我們的社會風貌會是多麼文明。我以爲我們不能脫離實際去談行爲和動機的統一，如果憑猜測想當然去談別人做什麼事的動機很可能要陷入經驗主義的泥潭。我覺得事實和現實是最重要的。整天想著做好事的人，被有些人看做傻子似的，雷鋒不是也被人看做傻子嘛！我們的社會我們的事業就需要這樣的傻子，而且是越多越好。整天想做好事的比整天不做事的好，整天不做事的比整天做壞事的好，這麼一想道理就簡單得一目了然了，老百姓也會明白的。」

在座的政委、副政委、主任還有一些人似乎完全被趙昌進有理有據的分析所折服。政委竟不由自主地點起了頭。文興不動聲色地聽著趙昌進娓娓動聽的演說，待他完全把要說的話說完，並爲自己的發言達到理想的效果毫不掩飾地端起茶杯喜形於色時，文興又發表了自己的意見。

他說：「我很同意趙幹事不能憑主觀臆想來猜度別人行爲動機的觀點，而我們的宣傳工作卻常常做著以主觀想像強加於人的人爲創造思想的事情。比如說，王傑捨身撲炸點救民兵的英勇行爲，不用做任何修飾和美化，它本身就是一種捨己救人的革命英雄主義的表現，我們沒有必要也無法去猜測王傑在發現險情到捨身撲炸點的一瞬間裡想的是什麼。或許他什麼都沒想，他也沒有時間想，事情也不允許他想，他的行爲很大程度是人道主義的本能驅使。可我們有一些人就給他編了許許多多的『在那千鈞一髮的剎那間』，編的人認爲似乎這樣的英雄形象才完美才高大，其實未必。英雄的形象是靠英雄行爲本身的力量形成的。捨身撲炸點的行爲本身就是置個人生死於度外的捨己救人的崇高品質的結晶。」

領導們又把贊同的目光投向文興。趙昌進臉上原先笑成塊的肉慢慢放鬆耷拉下來。

文興平靜地繼續說著，「我也十分同意趙幹事注重事實的觀點。意識是無形的，但人的意識不是不可知的，意識總要通過各種言行表達出來，別人無法阻止，連他自己也無法控制，控制一時卻控制不了長久。因此，人的行爲動機都自覺不自覺地滲透在人的行爲之中。王傑的英雄形象是以他的捨己救人的英雄行爲自然地聳立在人們心中的。他的行爲鮮明地表達了他的動機。我們也可以通過古義寶的行爲來分析古義寶行爲的動機。他給學校送了《毛澤東選集》之後，仍在學校停留是爲了什麼？他不搭便車卻要步行進城買菜，這能省車省油省人省力還是能提高效率？他去看望住院的戰友，並非搶救急需，卻先主動去找醫生要求捐血，結果身虛而暈倒，驚動周圍的人。這樣我們不難看出他的思想脈絡。我不想貶低古義寶的行爲，他是個好同志，他是個純樸的農民的兒子，他有著積極進取要求上進的樸素感情。問題是我們如何來培養和誘導他。就目前他的行爲而言，我認爲他走的不是一條正確的路。他把做好事當作一項改變自己命運前途的任務強逼自己來完成，這對於眞正提高他的覺悟、陶冶他的情操、淨化他的農民意識是沒有益處的，這樣人爲地提高他的精神境界，只會是有害於他，在群衆中也難以發揮應有的作用，甚至適得其反。」

趙昌進並未示弱，也沒有理屈詞窮。他想的是如果在這一問題上失敗，就等於宣佈他培養了一個假典型，他的政治觀念和思想方法都是錯誤的。他立即以不讓別人插言的速度進行辯駁。他說：「文幹事的意見裡有一種傾向表述得比較隱晦，但已有明顯的表露，那就是蓋棺才

能定論。對於一些重大人物重大事件，確實蓋棺才能論定。但對於一般的人來說，做為領導和領導機關，如果抱有這種傾向，難免束縛手腳。金無足赤，人無完人。我們樹立典型表彰先進並不是給人樹碑立傳。即便是英雄也要允許他有缺點和不足。但做爲領導機關不能因爲他有某種不足和缺點就放棄培養人教育人的神聖責任，樹立典型本身就是培養教育的一種手段。俗話說十年樹木，百年樹人嘛！我不否認古義寶有缺點，說實話，他還是地道的穿著軍裝的農民，他的意識和性情都保留著濃重的農民習性。但這並不影響我們培養教育他，表揚他的長處就是批評他的短處，樹他做典型，就是對他提出更高的要求，促使他更嚴格地要求自己，我們既要防止愛屋及烏，也要防止葉公好龍，更不能因噎廢食。」

這一番爭論把氣氛搞得相當緊張，儘管彼此說話都是書生文人風度，但在座的無論領導還是同事都感覺到不能再讓他倆這樣爭論下去。

主任很明白自己所處的位置和這個位置應起的作用。結束這樣的場面當然他是最合適的。他說：「我看這樣的論證很有好處，做爲部隊思想工作的指揮部，政治部應該養成這種善於研究探討理論問題的良好風氣，人的分析能力、洞察能力和思想認識水準就是在這種研究探討中得以提高的。問題不講不透，理不辯不明。關於古義寶的材料，剛才都發表了很好的意見。我看先把材料給我，我看後再徵求一下團裡的意見，然後再向政委、副政委彙報審定。下面還是繼續研究別的材料吧。」

9

古義寶參加了「雙學」會。

他第一次出席規模如此盛大的先進人物代表大會。指導員把會議通知告訴他時，他激動得說不出話來。指導員說全團一共只有兩名戰士代表，希望他好好珍惜這份榮譽。古義寶樂顛顛走出連部，操場上的一片喊殺聲打斷了他的喜悅。火力排在練對刺，炮排在操炮，看著那些流著熱汗的戰友們，他完全冷靜下來。古義寶激奮的心情湧起了一絲愧疚。此時他更清楚自己是來自窮困山區的一個農民的兒子，父母在家過著打不起醬油的日子，他也明白自己並不比別人聰明能幹；到部隊也沒有做出什麼驚天動地的事情，自己的進步都是領導的關心培養，都是趙幹事的教育幫助，他恨不能拿出自己全身的力氣來爲連隊爲大家多做事情。回到炊事班他有些坐不住，操場上的喊殺聲讓他無法安寧，就像他竊取了別人的榮譽似的，他心裡很愧疚。他來到豬舍，發現了豬圈裡的糞。他脫下衣服脫下鞋襪，拿起鐵鍬甩開膀子挖起糞來，他一個人挖了一圈豬糞。

到會上一報到，他就到招待所伙房幫著一起幹活，跟人家的炊事員沒兩樣。早晨，他比服務員起得還早，拖完地板再刷廁所，刷完廁所又掃院子；每頓飯吃得像比賽，吃完飯與炊事員搶著洗碗整理飯廳。招待所把他的名字寫到黑板報上。他在會下的行動比會上介紹的事蹟生

動得多，他的行爲給與會首長、機關和全體代表留下的印象比材料本身也深刻得多。在做這些事情的時候他一點沒有原先的思想程序和過程，完全是發自內心的自覺和一片眞誠的對全團戰友的補償。愈是這樣他愈讓周圍的人讚賞。於是他從師裡開到軍裡，又從軍裡開到軍區；他把好事也從師裡一直做到軍區。最後他的名字他的照片編進大會剪影裡登到報紙上。古義寶是眞出了名，等他把一級一級的「雙學」會開完，他成了軍區的戰士標兵；待他把全軍區的巡迴報告做完回到連隊，他提升司務長的命令已公佈一個多月了。他一下子領到了兩個月的工資，有二百多塊錢。他的手不住地顫抖，直到指導員跟他談完話。他一下交了五十塊錢黨費後，才讓自己慢慢沉浸到平靜的欣喜之中。

品嚐完升官的甜美後，他做的頭一件事便是看信。信太多了，差不多有半麻袋。通信員把一個鼓鼓的郵袋遞給了他。信來自四面八方，大都是從報紙上看到他事蹟後寫來的讚揚信，那時仍處在容易衝動的年代。他從一大堆信裡先撿出幾封他急於想看的信。一封是林春芳的，六封是尙晶的。

古義寶強壓住內心的慾望，先拆開了林春芳的信。這是他入伍後她寫給他的第二封信。

義寶：

你好嗎？你說通信會影響你的進步，我只好強忍著思念不給你寫信。第一封信是沒辦法才寫的，紙是包不住火的。我按照你的意見，拿掉了。痛苦和羞辱是我自找的，我太無知了，當初我真沒臉出門，恨不能跳井一走算了。時間長了，人們也不說了，或許是我的臉皮也厚了。

我已經是你的人了。你要你的前途，我要我的愛情。你的進步到哪算一站，這樣拖下去哪年算個頭？

現在你在外面成了人物，見的世面也廣了，你要是有啥想法直說便是。我們農村姑娘不值錢，何況像我這樣的就更不值錢。不過農村姑娘也是人，我不會死皮賴臉拖著你的，只要你把話說明白了就行。

我不明白的是為什麼一幹革命就不准談感情，談感情還影響前途。我看過電影《在烈火中永生》，小蘿蔔頭不是在監獄裡生的嗎？她的爸爸媽媽都是地下黨員，他們在那麼艱苦的革命環境下還談感情，現在你當了兵卻不准談感情了，我想不明白裡面是什麼道理。我當然不好冤枉你。一句話，你有什麼想頭就直說，別顧這顧那的，也不要推這推那的，像我這樣的農村姑娘一輩子也只能與土坷垃打交道，投了豬胎就別怕挨刀，我是有思想準備的。心情不好，就寫這些。

古義寶被當頭澆了一盆涼水，滿心的歡喜被趕得無影無蹤。這幾年中，他不是沒有想過林春芳，她時常鑽進他心裡讓他寢食不寧，他想她不是思念她，更多的是想如何處置他們之間的事。兩邊的老人張羅了他們的事後，古義寶心裡是高興了一陣，說起來他有了未婚妻，再說春芳在村裡也算是不錯的姑娘。至於愛情，他和她都還不知道是怎麼一回事。自從結識了尚晶以

後，古義寶才眞正品嚐到愛和被愛的滋味。他一想到尙晶就心跳，一見到她手腳就沒有放處，說話也亂七八糟沒了次序，在林春芳面前他從來沒有這種感覺。私下裡他忍不住一次又一次拿她們倆比。林春芳每一次都讓尙晶比下來，儘管有時他想讓林春芳贏，但最終他還是讓她敗了下來。他不得不承認，無論模樣、皮膚、打扮、情趣、文化知識，兩人的差距是明顯的。古義寶已無法讓自己不想尙晶了。

他每次這樣想過後又在心裡責怪自己，他覺得對不起林春芳。當兵是她出的力，沒有她或許就沒現在的自己，再說她都把身子給了自己，這山望著那山高未免太缺德了。林春芳眞要是到部隊來把這事抖摟出來，自己就得吃不了兜著走。對這種事部隊歷來不手軟，這麼一想古義寶心裡的那點火苗子也就滅了。

尙晶的第一封信，他看後好幾天沒睡著覺，想來想去他決定不給她回信。可他這顆心就是安分不了，一空閒下來就止不住想她，肚子裡已經把回信的腹稿都想爛熟了。憋了半個月，禮拜天下午從城裡回來，鬼使神差在宿舍裡拿起紙筆就給尙晶寫起信來。信寫完後不敢讓通信員送，賊一般騎車趕到就近的鄉郵所去發。到了鄉郵所把信封好了，郵票也貼好了，他卻猶豫了。跑到野地裡又把信拆開重看了一遍，又覺得許多地方不合適，於是又賊一般溜回連隊，偷偷地把信燒了。沒過三天，他實在忍不住了，趁宿舍裡沒人又偷偷地重寫了一封，第二天進城時不顧一切把信投進了郵筒。

尙晶的信就像山泉源源不絕。古義寶渾身熱血湧動地看信，激動到後來又陷入了無休無止的擔憂和後悔。每到這時他才清醒地意識到自己是一個士兵，根本就沒有權利在駐地找對象。他把這些告訴尙晶，尙晶卻更誇他高尙和自覺。這隻腳還沒拔出來，那隻腳又陷了下去。他就這樣無能爲力地陷在這種喜憂混雜來回往復的折磨中。

古義寶看完林春芳的信，拿著尙晶的六封信不知如何是好。他把六封信按郵戳的時間順序依次排好，然後拆開了最後一封信。

我想念的義寶：

我知道你因何不給我覆信。我一點兒都不為此責怪你。因為這本身就是你那純潔高尚的靈魂的寫照。你在那封寶貴的信中已向我表露了你的真情，你愛我，愛得讓你常常失眠。這就夠了，這已讓我品嚐到愛的甜蜜，也感受到了你的真誠，被自己所愛的人深深地愛在心裡，這還不夠嗎？

你不要為你不能給我回信而歉疚。我不是那種浪漫的中學生，我追求的是那種只有軍人才具有的深沉的愛。我不要你為我而分心，我也不希望為此而分心，你就全身心地去投入你的工作吧。我不需要你的回信，只要常常看到我的信在心裡想著我就夠了。我每兩週給你寫一封信。

……

古義寶的手顫抖了。他感到了事情的嚴重。他後悔，他非常後悔自己所做的一切。這分明是在玩貓和老鼠的愛情遊戲嘛！他知道他對她的愛是不會有結果的，他也不會爲了所謂的愛情葬送自己的一切。可他又無法抑制自己不去想她不去愛她，也無法控制自己不給她回信。他就陷在這樣一種矛盾的愛情泥淖之中。

古義寶看完尙晶的信，他再沉不住氣了。自己剛提幹（編按：被提升為幹部），要是眞把林春芳和尙晶的事鬧出來，別說這典型當不成，恐怕連這身軍裝也穿不成了。危急之中他覺得只有趙昌進才能救他。他沒有一點猶豫，立即騎車進城。古義寶在科長辦公室找到了趙昌進。趙昌進因培養典型成績突出被提拔爲宣傳科副科長。待他把一切都和盤托出後，趙昌進非常生氣。

趙昌進連喝了幾口水後才開口。

「你太沒數了！你以爲你這典型當得挺容易是不是？」

古義寶第一次見趙昌進生這麼大氣，有些不解又有些害怕。

爲樹古義寶這個典型，趙昌進確實費了心血。那次與文興的分歧公開後，趙昌進預感到了肩上的壓力。古義寶直接關係到他的政治生命，如果敗給文興，這不僅僅涉及古義寶能不能當典型，更重要的是，如果他認輸，等於公開承認自己製造了假典型，品質惡劣，文風敗壞，他的政治生命便就此完結。如此威脅他前途命運的事他豈能善罷甘休？會後趙昌進分別找了主任和政委，再次陳述自己的觀點，同時指出文興的意見有價值，但他的起點不是培養典型，完全是按照文藝創作那種完美的典型化的藝術形象來要求現實生活中的人，這是兩個不同的範疇。這種理想化的典型在現實生活中是絕對找不到的。從另一種角度看，這實際是消極的取消主義。果不其然，主任和政委都被他說服了，並指示古義寶的材料由趙昌進整理。文興對此沒再做任何反對。但趙昌進明白，文興不公開堅持自己的觀點，不等於他內心眞沒有意見，換了誰都不會這樣作罷的。文興是聰明人，領導都同意了，自己再堅持不是自找沒趣嗎？但這絕不妨礙他的立場，文興不是容易放棄自己立場的人。這一點趙昌進是清楚的，他會一直記著這件事的。趙昌進怎麼能讓古義寶出事呢！

趙昌進本不想把這些告訴古義寶，事到如今他不能不給他攤牌。既然與文興公開分歧，就等於雙方宣戰。他要古義寶知道內情，正確認識自己；同時也讓他明白自己已處於破釜沉舟的境地。如果古義寶在這事上栽了，他也就一塊兒栽了。剛剛打響的典型，苦心培養的成果，能眼睜睜地看著他就這麼毀了嗎？絕對不能，說什麼也不能！他看古義寶這麼不爭氣，眞動氣了。

他十分嚴厲地對古義寶說：「部隊最忌諱兩件事：一是男女感情問題，一是經濟問題。工作上出差錯理直氣壯，哪兒跌倒哪兒爬起來，可要在這兩件事上犯錯，你一輩子別想爬起來。提了幹部喜新厭舊的事，部隊處理起來一直堅持寧左勿右。你要是眞想要尙晶，只要林春芳到部隊一告，你就回你的老家刨地去吧。我一點不是嚇唬你。你現在面前有兩條路，一條是繼續在部隊好好當典型，現在已經提幹，好好努力，前途無量，但必須與尙晶一刀兩斷，立即公開與林春芳的戀愛關係；另一條是回你老家去種地，你可以去跟尙晶談你的愛，但我想這也很難有結果，林春芳眞要到部隊來一鬧，你身敗名裂，解甲歸田，到了那一步尙晶她還能愛你嗎？弄不好是抓雞不著蝕把米，魚沒吃著惹身腥。何去何從，你自己好好掂量掂量，路就清清楚楚擺在你面前。」

古義寶差不多忘掉了呼吸，他被趙昌進的滔滔宏論驚傻了，他完全傻了。

10

劉金根帶著三塊獎牌回到連隊那天，天特別悶熱，知了被驕陽炙烤著拼命地叫喚，訓練場上的士兵們早濕透了褲頭。

劉金根其實不只帶著三塊獎牌回到連隊，在他回連之前先傳回了一句直接關係到他命運前途的話。這句話是這個師的最高首長師長說的，是文興以組織的名義轉達給他們團長的，他們團長又下達給了他們營長，他們營長打電話告訴了他們連長。劉金根回團彙報的時候團長又當面跟他說了一遍。師長說劉金根是個好兵。

師長說劉金根是好兵，不只是因爲劉金根在軍區軍體比賽中爭得三塊獎牌，爲師裡爭得了榮譽。主要是劉金根做了一件事情，師長認爲做這種事情的兵絕對是好兵。

軍區要舉行軍體比賽。軍體是納入訓練大綱的軍事項目，有法定的訓練考核時間，寫進了各級的訓練計畫，首長們都特別重視。部隊的事情也是如此，計畫內的一切都好辦，計畫外的辦什麼都難。軍體和群體，同是體育項目，可軍體是軍事訓練項目，群體是業餘體育活動；軍體歸司令部作戰訓練部門管，群體歸政治部宣傳文化部門管，這便有了天壤之別。軍體納入了部隊正式訓練計畫，要錢有錢，要時間有時間，要人要誰給誰，要物要什麼買什麼；群體就慘了，它的一切都在計畫之外，要錢沒錢，要時間沒時間，要人誰都不願給，要物誰都不理睬。軍體參謀往下打電話是指示，是命令；文化幹事往下佈置工作是商量，是懇求。爲迎接軍區比賽，軍、師、團都進行了選拔，劉金根被抽到軍體隊集訓。集訓隊住在教導隊，文興和一位參謀是他們的直接領導。

師長到教導隊檢查班長集訓隊第一階段訓練情況，臨要回機關時突然雷聲大作暴雨傾盆。師長就只好在教導隊吃飯。午飯後，雨仍沒停，師長就到招待所休息。師長剛躺到床上，一聲落地開花雷炸響在招待所的房後，雷聲中夾進了一聲驚人的喀嚓斷裂聲。師長翻身下床走到窗前察看。窗外坡下是一條大公路。雨下得很大，雨簾幾乎隔斷了視線。

師長慢慢看清了窗外的一切。不知是雷擊還是大雨造成滑坡，坡沿上的一根木頭電線桿攔腰折斷戳在坡沿上，兩根電話線拽著半截線桿半懸半傾地歪在坡沿隨風晃悠，隨時都有倒向公路的危險。兩根電線被斷線桿拉下橫攔在公路上，高度已直接影響交通。公路到這裡正是下坡，路滑雨大，能見度差，如果此時有汽車或自行車經過，準要發生重大事故。

就在這時，師長看到雨中出現了一個兵。他犯難地站在斷電線桿面前，爬沒法爬，拉沒法拉，手裡又沒有工具。那個兵只好脫掉膠鞋，光著腳板要爬那半截戳在坡沿上的電線桿。太危險了，那半截桿子懸在坡沿上，萬一電話線一斷，很可能連人帶桿一起摔下去。師長當即隔著窗戶喊了一嗓子。那個兵自然是聽不到的。師長立即操起了電話。可那個兵已經爬上了電線桿。剛爬到半截，忽然電線桿一傾，那個兵被摔了下來。那個兵從地上爬起來急得團團亂轉，四下裡找東西，眨眼卻不見了人影。不一會那個兵又冒了出來。不知他從哪找到了一根鐵絲。他把鐵絲彎了個套，從那半截線桿的底部套進去移向上端，把另一端拴到自己身上，然後他光著腳丫爬旁邊的那棵樹。上樹後，他把斷線桿往上提，把電線提到不影響交通的高度，然後拴死在樹上。不一會兒一輛卡車和公共汽車開了過去，司機根本就不知道這裡發生過什麼。

師長和團裡的人冒雨趕到那裡，那個兵還爬在那棵樹上，在固定那兩根電話線。他的腳底被劃破，流著鮮血。

那個兵就是劉金根。

劉金根一點也沒想到會這樣。當時他正蹲在廁所裡，聽到那一聲驚人的哢嚓斷裂聲後，急忙從裡面跑了出來。當他看到損壞的電線桿，想到的是汽車和自行車經過要出危險。於是就做了這該做的事。他根本沒意識到這是做好事什麼的，更沒想到會被人發現，而且這人是師長。

劉金根回到連隊，連裡的人早都知道了他的事蹟。無論幹部還是戰士自然是一番稱讚。弄得劉金根反不好意思紅了臉。

戰士們的熱情很快被走進操場的一團耀眼的潔白吸引過去。眼尖的很快就認出，那是施工地雙頂山小學的尙晶老師。尙晶白色太陽帽，白色連衣裙，白色塑膠涼鞋，白色長統襪，騎一輛紅色鳳凰牌自行車。她這副打扮出現在兵們面前確實格外耀眼。

指導員熱情而又拘謹地接待了尙晶。與這樣一位扎眼的姑娘單獨相處，再加上四周有這麼多不期而至的眼睛沒法不拘謹。他們的談話不斷被頻繁進出連部找指導員的人打斷。那天下午班排長的工作積極性突然高漲。尙晶斷斷續續說明了來意。學校要搞一次大隊日，想請古義寶到學校做一次輔導。指導員也斷斷續續向尙晶介紹了古義寶的近況。說到古義寶出席軍區「雙學」會，已提升爲司務長時，尙晶竟抑制不住自己激動得啊地呼出了聲，那明亮的大眼睛裡閃

過了一道異樣的亮光。

尚晶要求與古義寶交談，並大大方方地說今天她無法返回，要在連隊住一宿。指導員想以連隊條件太差拒絕，因爲他知道這一晚要給他增加多少工作量。他的藉口被尚晶堅決的態度碰回。她說你們能長期在這裡生活，我住一宿又何妨，再說我又不是來享受的。指導員便非常尷尬地答應了下來。

古義寶穿著髒衣服跑步來到連部。通信員去叫他時他正在改灶，滿手滿臉都是泥。一聽到尚晶來到連裡，他慌了手腳，連工作服都沒換就一溜煙跑到連部。

兩人都無法掩飾地在臉上露出了戀人相見的羞澀。指導員看得十分明白。於是尚晶與古義寶的談話便在指導員的陪同之下進行。

古義寶一下午無法讓心情平靜下來。他倆都急於想單獨相聚，可指導員一點不體諒，對他們的願望毫不理會。直到古義寶讓炊事班的戰士爲尚晶打掃好房間，他送她去房間時，才得以實現。

「爲什麼不告訴我？」一到背人處尚晶便恢復眞正的尚晶了。

「啊……」古義寶裝傻。

「是不是當了官，成了英模見了世面眼眶子高了？」

「不不不。」

「義寶！」門被一下撞開，闖進來的是劉金根：「你小子當了官，不哼不哈連個招呼都不打，還是一個村的老鄉，尙老師，你說該罰不該罰？」

「該罰，該狠狠地罰。」尙晶自然要乘機煽風。

「金根，你什麼時間回來的？」

「下午啊，我前腳到，尙老師後腳來，就像約好了似的，尙老師，是吧？」

「是啊，咱們是約好了來爲他慶賀的，就看他怎麼表示了。」

「我請客，一定請，不過在這山溝裡怎麼請呀，再說在連隊裡也不好，改日咱們到城裡下館子。」

「你可說話算數啊！」尙晶媚了古義寶一眼。

「哎，金根，這次出去不錯啊，尙老師——」

「什麼老師老師的，難聽死了，叫我小尙，要不就叫名字。」

「我忘了告訴你，我們金根可是體育健將，這次在軍區軍體比賽中一人得了三塊獎牌。」

「看得出來，一看這身架就知道是搞體育的。」尚晶不無欣賞地看了劉金根一眼。劉金根也注意了尚晶的這一眼，他心裡流過一絲甜蜜。

「哎，金根，前些日子幹部股的股長來連隊瞭解你的情況了，還召集連裡骨幹徵求意見了呢，下一步準要提你。」

「好啊，那我就吃雙份的嘍。」

古義寶覺著不好故意再留下來，儘管尚晶在眼睛裡做出了許多暗示，他還是和劉金根一塊離開了。

「哎，尚晶來幹什麼？」一出門劉金根就逼問古義寶。

「她是代表學校來請我去做輔導的。」

「我看她醉翁之意不在酒喲！」

古義寶覺得這事瞞劉金根就沒有意思了，他承認尚晶對他有那個意思。

「那你呢？你現在是幹部了，可以在當地找對象了。」

「我怎麼會幹傷天害理的事呢，我不要林春芳還能要誰？」

「眞心話？」

「眞不眞心都得這樣了，你說呢？」

「義寶，說到底咱們是老鄉，說眞話，我眞怕你一時糊塗，你現在是幹部又是典型，就更不能不要林春芳了，一鬧起來，一切都不好辦了。」

「是啊，傻瓜也明白這個道理。」

「既然是這樣，你就要跟尚晶挑明瞭，這樣誰也不耽誤誰。」

「哎，金根，你是不是看上人家了？」

劉金根的臉霎時通紅，「別開玩笑了，我哪有這資格，再說人家也不會瞧上咱這窮當兵的，哎，義寶，我想請假回家看看，反正剛回連，也沒接手什麼事。」

「是啊，離家都四年了，我也想回家看看。不過，金根，幹部股剛來瞭解你的情況，肯定想提你，你出去也好幾個月了，這個時候回連應該好好幹一番才是，我看你現在還是不回去的好。」

「也是，那就聽你的，支部那邊有什麼情況就都靠你啦。」

他們倆的關係忽然密切了許多。

尙晶的晚飯是古義寶故意讓炊事班的戰士送去的。吃過晚飯，古義寶找到了一個送開水的理由進了尙晶住的房間。他不能放過這個機會，他必須跟她攤牌。

古義寶一進門，一眼就看出尙晶心裡不高興。他完全能理解。

「實在對不起，亂七八糟的事太多，也顧不上來看妳。」

「或許我太沒有自知之明，給你添麻煩了。」尙晶說這話的時候眼睛裡閃著淚光。

「別這樣說，請妳理解，這是連隊，是部隊的軍營，它跟外面的世界有許多不同。」

「我眞後悔住下來，我應該連夜趕回去。」

「那妳就等於沒有完成任務，我去輔導是要請示團裡的，現在團裡還沒有答覆，妳就這樣回去了不等於白跑嗎？」

「或許我眞是白跑了。」尙晶說得十分傷心。

「小尙，請妳原諒我，妳對軍人瞭解得還太少，有許多事情妳可能不理解，許多事軍人是不能按個人的意願行事的。」

「包括愛情?」

「應該說尤其是愛情。」

「爲什麼?」

「我也說不明白，反正老規矩就是這麼傳下來的，說當兵的只有婚姻沒有愛情並不是誇張，在這上面敢愛敢爲的不可能是軍人。」

「你眞進步了，連說話都變了。可我還是不明白軍人爲什麼不能愛。」

「我必須跟妳說實話，從內心來說，我完全明白妳的一片眞心，說心裡話，我是愛妳愛得不敢愛妳，妳太漂亮，又聰明，我眞配不上妳。」

「我不愛聽這些空話。」

「阻止我愛妳的不僅是這些，主要是我入伍前已經有了未婚妻。」

「什麼?你，你怎麼……」尙晶感到非常意外，「你爲什麼不告訴我?」

「我沒有機會。」

「你有機會。你給我第一封信裡就可以講。你不愛她，是不是？」

「那時候，我根本就不懂什麼叫愛，只知道男孩長大了總要找個老婆。」

「那你現在應該懂得什麼是愛了，那你現在愛她嗎？」

「我跟她談不上愛，只能是一種道義和責任，軍人大多都是這種道德婚姻。」

「誰在逼你做這種選擇嗎？」

「我自己。」

「你是幹部，有權利在駐地找對象。」

「正因爲我現在是幹部，才只能做這種選擇。」

「爲什麼？」

「我過去是戰士，可以毫無顧忌地跟她解除婚約，雖然只是一種口頭婚約，但我們的社會是承認這種事實婚約的，我跟她解除這種婚約阻力不會太大，因爲我只是個戰士，跟她的地位是平等的，不會有『陳世美』的嫌疑；不過反過來說，即使我跟她解除了婚約，我們之間也不可能建立關係，那時我沒有這種權利；現在我是幹部，有了在駐地找對象的權利，但我現在已無法與她解除這口頭婚約了，我要這樣做，我便是『陳世美』，她就是『秦香蓮』，世上的人誰也不會理解『陳世美』，世上的人卻都同情『秦香蓮』，部隊也不允許『陳世美』穿軍裝，我不能為愛而讓這麼多人為我痛苦，這樣的愛情難道會幸福嗎？」

「……」尙晶眼睜睜地看著古義寶，一句話也說不出來。

這些話在古義寶心裡不知翻騰了多少遍。早在肚子裡焐熟了。道理都是趙昌進耐心地教給他的。他為弄明白這些道理耗去了無數個美好的夜晚，忍受了無法用語言來表達的痛苦。他怎麼也說不服自己為什麼只能要林春芳而不能愛尙晶，可他必須說服自己，說服了自己才能說服尙晶。

「妳心裡可能在說這個人眞沒有意思，為了名譽願意放棄自己終身的幸福。我怎麼會不要幸福呢，然而幸福不是我們年輕人憑一股熱情和幻想所想像的，我們要正視現實。咱們如果不顧一切只為愛情，咱們眞就能幸福嗎？到時候，我成了『陳世美』，妳便成了那個『公主』，就算我不在乎名譽掃地脫下這套軍裝回家，那妳怎麼辦，妳能跟我上那個窮山溝？妳就是跟我去，妳在人家眼裡也還是那個『公主』，妳會幸福嗎？我又會給妳什麼幸福呢？其實我不只是為自己著想，想得更多的是妳。說句不好聽的話，我要不穿這套軍裝，天塌下來我可以不管，可我已經穿上這套軍裝，這就不能由著我自己來。」

古義寶坐在椅子上低著頭，他似乎不是在跟尙晶說話，而是在自言自語。

尙晶被古義寶這一通肺腑之言說暈了。她弄不清他究竟是個什麼樣的人，在她接觸的人中間她沒有見到過這樣的人，難道這就是軍人的特殊素質？與他同齡的社會青年怎麼會有這等心胸？

「你別再說了。」

「妳我雖然不能成爲夫妻，但我們可以成爲最好的朋友，我會把妳當作最知心的朋友，小尙，妳願意嗎？」

「……」

古義寶看到兩行熱淚從尙晶潔白的臉上流了下來。他心裡一熱，差一點就控制不了自己。兩個人默默地坐著，誰也不看誰，等待著時間消逝。

「你陪我去洗個澡吧，身上太黏了。」不知過了多少時間，尙晶輕輕地說。

「洗澡？」古義寶惶恐萬狀。

「是啊，到山下的河裡，我在家也是天黑以後，幾個姑娘一起到村外的小溪邊洗澡，你不是我最知心的朋友嗎？替我去站一會兒崗，好嗎？」

「喔，那，那我去拿香皀。」

「我等你啊。」

古義寶是去拿了香皀，其實他覺得更重要是要向指導員彙報。

夜色割斷了追隨他倆下山的視線。

古義寶帶尙晶找到河水較深的地段。這是一條入海的大河，河水清澈，河底沒有淤泥，全是細沙和卵石。

古義寶自覺地拉開與尙晶的距離。

「你不要離得太遠，我害怕。」

「哎。」

他們已經誰也看不見誰了。附近沒有村莊，周圍除了淙淙流淌的河水和低吟輕唱的夏蟲，逍遙遊弋的流螢，就只有兩岸沙沙曼舞的柳林，熱情的夏夜令人感到神秘而多情。

古義寶聽到河水流淌的旋律裡加進了一種特別的水聲，這水聲令他心裡騷亂而浮想聯翩。他無法不想像尙晶赤裸地站在水中的樣子，但他抑制著自己不扭轉頭去尋覓。

「你在那裡嗎？」

「在。」

「你能輕輕地哼哼歌嗎？」

「很難聽的。」

她是害怕嘛？古義寶沒有反應。

「你爲什麼不也下來洗一洗呢？我能聽到你的聲音就不害怕了。」

「噢。」

古義寶眞的感到身上黏黏的。他十分聽話地走向了河邊。古義寶還是忍不住扭頭朝那一邊看了，他隱隱看到在幽幽的河面上有勾魂的綽綽白色。

古義寶弄不清是他還是她在縮短他們之間的距離，那團模糊的潔白在慢慢地變得清晰。當他確定自己眞的看清了尙晶那雪一般的身子時，古義寶像受驚的兔子般跑上了岸。尙晶沒有再叫他。

尙晶穿好衣服默默地走到古義寶跟前。天很黑，但古義寶仍能感覺到尙晶披散著黑髮身穿著白色連衣裙的嫵媚。

「你眞的就這麼決定了嗎？」古義寶感覺尙晶低著頭。

「心裡的話我都說給妳了。」

「你是不是不喜歡我？」

「我喜不喜歡妳，妳是知道的。」

「你眞的一點都不愛她？」

「我只能盡量去愛她。」

「這樣太殘忍了，對你對我對她，都太殘忍了。」

「要做一個好軍人，只能這樣。」

「你太可憐了，爲什麼你就不能放棄這個典型呢？」

「那不只是典型，而是我的全部。」

「難道我在你心裡就沒有一點位置嗎？」

「妳說呢？能沒有嗎？」

「義寶……」尚晶突然靠到了他的胸前。古義寶的腦子亂成了一團漿糊。尚晶一點一點抬起了頭，兩片滾燙的嘴唇觸著了古義寶的下巴。古義寶無法自禁地一下抱住了尚晶。兩個慌亂的靈魂漫無目的卻又十分清醒地在尋找著，碰撞著。當他們的雙唇吻合的瞬間，古義寶觸電一般掙脫尚晶。

「不，尚晶，這樣我會一輩子對不起妳。」

尚晶什麼也沒說。兩人默默地順著山路往回走，一路上始終沒有一句話。

11

丫頭大了娘操心。

清晨，尚晶穿上藕荷色新連衣裙，臨出門卻又跑回房裡換上了平時穿的上白下藍的套裙，引得當娘的用了好一陣心思。娘想這丫頭大概心上有人了。娘有了這一猜想，心就細起來，眼睛免不了往女兒身上找更多的證據。

尙晶娘好福份，兩兒一女。兩個哥哥在前面，尙晶自然是吃喝她先挑，穿戴她先要，佔了便宜還常到爹娘面前撒嬌，嬌得捧著慣著不知怎麼好。沒想到小丫頭一下長成了大姑娘，而且在娘眼睛裡出落得如花似玉，更成了娘的心尖尖。當娘的看出丫頭今天有些異樣，平常這頭髮總是胡亂綁成個馬尾巴，也不管是正是歪是上是下連鏡子都不照一下就往外跑，爲這當娘的沒少嘮叨，老說她什麼時間能長大。今天卻不同了，她看到女兒對著鏡子梳了兩遍頭，還晃來晃去照了不知多少回鏡子。當娘的心裡暗暗高興，丫頭準是有了心上人，要不她怎麼會這般收拾。眼看就要當丈母娘，能不高興？高興之餘她又急著想知道未來的女婿是哪一個。這些日子也沒見她領誰上過家，也沒聽說學校裡有合適的，那會是誰呢？可千萬別跟村裡那些沒出息的搞到一起，瞎了一輩子前程。當娘的想到這一層，不免又擔上了心事。

說是娘懂姑娘心，其實不然。尙晶她娘哪想到女兒戀上了一個當兵的。女兒自然有女兒的主意。尙晶雖然在農村山溝裡長大，但自小嬌慣養成了一種自命不凡的淸高，高中畢業雖沒考上大學，卻當上了民辦教師，這就更拉開了與一幫同伴們的距離。尤其到縣師範進修回來，她心裡便定下了一個主意，她要離開這山村。在進修時，她曾收到三個人的求愛信，但她都拒絕了，那三個小夥子人都不錯，但都是民辦教師，跟他們只能是這村到那村。人往高處走，水往低處流，姑娘早晚要出嫁，但這村到那村自古以來就是沒有社會地位的農村婦女的命運。這些在她眼裡是一種悲劇，她不想重蹈這樣的命運悲劇。她要離開山村，並不是她們村多麼窮困，她只是深切地感受到農村和城市的差異太大。在農村除了吃穿就是生兒育女，日復一日，年復

一年，一代一代都是爲這三件事忙活，除此他們再沒有別的追求和理想。這樣的人生同牲畜沒多大差異，默默地活著，悄悄地死去，活著和死去都毫無意義，毫無價值。她認爲一個人應該有文化，有思想，有奮鬥，有追求，有事業，有作爲。而這些似乎是城裡人才能想的事，只有城裡人才有資格想這些事，也只有城裡才有做這些事的天地。在山村談這些，別人會以爲你神經有毛病。她原打算靠自己的奮鬥來實現自己的理想，但她幾經努力感到自己想得過於天真。民辦教師轉公辦的名額微乎其微，像她這樣靠自己奮鬥幾乎是三十晚上的月亮，沒什麼指望的。退一步說，即使耗上幾年，自己拼上命努力，耗到後來人也老了，就是轉了也還要看城裡哪個學校要她，還有一個調動問題。靠誰來幫這個忙，誰又能幫上這個忙？自從部隊進了村，她一下開了竅——找個軍官，理想就能如願以償。再說軍人品質好，身體好，素質也好，到時候一辦隨軍就可以調動，誰也不用求。於是她對軍人有了一種特殊的感情。這些她娘怎麼能懂呢？

尙晶一早晨都在猶豫，她拿不定主意今天穿什麼好。在營房的小河邊，她感受到了古義寶擁抱她的力量，她十分需要這樣的力量，這力量至今還暖著她的心，想起來她便會心跳臉熱；但她也感受到了古義寶電擊般的冷落。一想到這她的熱情也就涼了下來。儘管她對古義寶仍沒有完全放棄，但她已感到與軍人戀愛的另一種悲哀。古義寶的理智多於情感，爲了自己的前途，可以隨時犧牲自己的一切，包括愛情。想到這一層，她不得不問自己，我這是爲誰裝扮？我爲他穿新衣，他是否就敢欣賞，到頭來竹籃子打水一場空，不是給同伴們製造笑料嘛！於是她又回到屋裡果斷地換上了原來穿的套裙。這些複雜的情緒變化她娘怎麼會看得出來？尙晶到村口迎了三次沒迎著，路太遠沒法準確計算到達的時間。

古義寶特意讓劉金根陪同來學校。這個主意得到了指導員的讚賞。他們倆是抄小路進的村，一進村就直奔學校。尙晶掃興地回到學校時，古義寶和劉金根早已被校領導迎進了會議室。尙晶原來想像的見面時的種種令人心醉的場面統統成了泡影。古義寶從尙晶的臉上發現了她內心的遺憾。只是古義寶理解錯了，他以爲尙晶的遺憾是因爲他帶了劉金根一起來。古義寶想做些解釋又不知如何開口，幸虧沒做解釋，因爲尙晶對一起來的劉金根並沒有什麼反感，相反尙晶比往常多注意了劉金根。

古義寶的輔導報告安排在下午。中午學校的食堂專門爲古義寶他們加了餐，除了校領導，尙晶也一起作陪。報告沒有做，校領導先反覆說了許多感謝的話，除了這些話，他們實在找不到合適的話題。尙晶倒是有許多話要說，可沒法在這種場合說。

中午學校沒地方安排他倆休息，只好讓尙晶領他們去辦公室。經過操場時，一些學生在那裡玩單雙槓，一看到這些劉金根的手腳就有點癢癢。尙晶發現了劉金根想一展身手的表情，於是就十分熱情地向學生介紹劉金根是體育運動員，說他在軍區比賽得過獎牌，並邀請劉金根爲大家表演。

古義寶看著尙晶的熱情和劉金根的得意，心裡莫名其妙地有些酸溜溜的滋味。

劉金根當然不會推辭，他憨笑著脫掉上衣，鮮紅的背心裹著健壯的身肌。劉金根從容地收緊了鞋帶，用地上的塵土擦去手心的汗。他魚躍上槓，接著翻身上槓，雙臂大迴環，單臂迴環，再雙臂迴環轉體，前空翻下槓。動作嫻熟，乾淨利索，輕捷優美。

古義寶注意到尙晶的兩隻美麗的杏眼閃著神奇的異彩，一刻也沒有離開劉金根，而且身不由己地帶頭鼓起掌來。

劉金根接著又上了雙槓。

古義寶有些尷尬。不知是怕學生們也讓他表演叫他尷尬還是別的什麼原因，當劉金根做完雙槓動作後，尙晶突然發現古義寶已不在現場。

尙晶心裡咯噔一怔，但她沒表現出急於要去找古義寶的表情。她還是等劉金根穿上衣服，並領他到水管洗了手，才與劉金根一起進了辦公室。

尙晶一直想跟古義寶單獨說幾句話，但整個下午她一直未能找到機會。下午古義寶做報告時，她倒是一直陪著劉金根坐在一起。

尙晶發現古義寶的報告沒有以往那麼生動，她不能肯定是不是她的心理因素引起的主觀反應。有幾次她發現古義寶在講台上用眼睛的餘光掃視她和劉金根，以致他用喝水來掩飾他的走神。尙晶心裡有些同情甚至可憐他，她想跟他說幾句讓他高興的話，可惜沒說成。

古義寶和劉金根沒有在學校過多停留，做完報告，他們就騎車上路回連。尙晶和學校領導一起送他們上路。尙晶不能單獨再送，臨別時她只是說歡迎他們再來。當然她心裡還有要說的話，學校領導都在，她沒法說出口。

一路上古義寶和劉金根很長時間都沒有說話，最後還是古義寶先開了口。

「金根，你覺得尙晶這人怎麼樣？」

「什麼意思，你小子是不是還不死心？」

「我是問你，你沒有察覺出來，她今天對你的熱情有些特別？」

「你吃醋，你小子賊心不死。」

「我是沒法了，誰叫咱目光短淺猴急著弄了人家。說眞的，尙晶人漂亮、活潑、開朗、大方、有文化、有知識，娶到這樣的女人做老婆不枉一生。」

「好啊，這回算眞露了底，原來是吃著碗裡的盯著鍋裡的！」

「說眞的，你喜不喜歡她？」

「喜歡又有屁用，人家會看上咱這土包子？」

「哎，你要眞看上她，等你提了幹，我來做大媒。」

「你小子不懷好意！」

「好心當作驢肝肺，好，那我就不操這份閒心了。」

「不是咱想不想的事，咱知道自己有幾斤幾兩，癩蛤蟆想吃天鵝肉，吃得著嗎？」

「事在人爲嘛！說好了，我要是給你做成了這媒，你怎麼謝我？」

「那好說，你想要什麼我給你什麼，只要你開口。」

「說話可算數喲？」

「君子一言，駟馬難追。」

「好，那就一言爲定。」

12

這一天，成爲守備三連歷史上最輝煌的一天。

軍後勤召開的基層後勤建設工作現場會的現場參觀點確定在守備三連，軍、師、團的首長、還有軍區後勤部的首長都要到三連來參觀。

三連熱火朝天。團裡的、師裡的、軍裡的工作組一個接一個。先是團裡檢查，團裡檢查了師裡檢查，師裡檢查了軍裡又檢查，檢查完了，團後勤處長和師後勤部副部長乾脆就在三連住下了。三連的官兵這兩個月忙得身上沒有一天是乾的。三連營房前的路平了，平得跟水泥馬路一般，他們平整了十幾遍；三連的營房新了，前後門窗全部重新刷了外綠裡白的油漆，油漆是團後勤直接送來的。半年前他們打報告給營裡，營裡又打報告給團後勤，結果誰也沒理會他們，這回不打報告倒主動送來了；三連的營區美了，所有大小樹木的樹幹都齊根往上塗了一米三高的白石灰，尺寸是用一個尺子專人負責量的，不差分毫；營區內的路全部鋪成了水泥路，包括通往廁所和豬圈的小路，連籃球場也灌成了水泥球場，水泥是師後勤送來的；水泥路邊上都種上了太陽花，路與牆之間的空間都種上了月季、迎春、美人蕉；每個屋的窗台上都擺著花盆；雲竹、海棠、茉莉、杜鵑應有盡有，花都是到地方園藝場買來的；三連的廁所也香了，是軍後勤撥款重蓋的新型無蠅廁所；據說蓋廁所花的錢老百姓可蓋一幢小樓；三連的豬舍像小洋

房，這是他們親手打眼放炮用了小半個山頭的石頭新砌起來的；三連的菜園子更是應季蔬菜多種多樣，這也是他們大家動手讓荒山變的良田。

三連的官兵忙，最忙最累的是古義寶。誰都知道這份榮譽多半是靠他爭來的，正是由他創造了節煤指標、豬肉自給、蔬菜自給三項第一，才讓上面對三連發生興趣，加之他是軍區掛了號的典型。不同的一點是過去古義寶當先進，無論連長指導員還是炊事員，儘管嘴上都說是全連的光榮，但他們內心並沒有真正光榮的感受。這一回可不同了，人人都感到這光榮與自己有了份。更讓大夥打心裡佩服的是，古義寶只埋頭絞盡腦汁地幹著一件件實事，卻從沒有絲毫要標榜自己的意思。

會議代表是指導員去當的，彙報材料是趙昌進親自用了心思寫的。指導員的口才總算有了施展機會，在會上一炮打響，軍區後勤首長指示，這材料要在軍區報紙上全文登載，要推薦給總部《後勤》雜誌。與會代表所認識的三連就是指導員。指導員就是三連。

參觀團的大小車輛開進三連操場，三連的全體官兵的激動從腳後跟順著腿向上蔓延，他們已經在太陽底下全副武裝整隊站了近一個小時。當各級首長們走下汽車，連長以百倍的精神喊出了一串清脆嘹亮的口令，整理好隊伍，他以軍人標準的步伐跑步向軍區後勤首長報告，一串瀟灑的動作以及軍人味十足的報告詞，讓全連戰士自覺地提足了底氣繃直了腰桿挺起了胸膛。有幾個容易衝動的戰士竟鼻子發酸眼眶子濕潤了。連長的言行舉止也讓首長們露出了微笑，投以欣賞的目光。

連長要介紹的情況早就熟背如流，從連隊的任務、裝備、人員到營房的設施、後勤管理和農副業生產，樁樁條理清，件件數字明。聽的人不由你不服他驚人的記憶和軍人語言簡潔明瞭的特殊魅力。

副連長在連隊小作坊裡同樣露了臉。鮮豆腐、醬豆腐、油豆腐、豆腐乾，僅豆腐這一項就讓首長們讚不絕口。其餘醃辣椒、醬黃瓜、糖醋蒜、醃雪裡蕻、五香蘿蔔乾、蝦頭醬、蒜薹、醃雞蛋、松花蛋……近三十種小菜，嚐得代表們都想帶走幾樣。這些都是古義寶的心血。首長們不知道，可三連的幹部戰士都知道。這些小鹹菜都是古義寶一手醃製的。菜是連隊種的，豆腐是炊事班自己做的，有個別菜是從街上買來加工的。就做豆腐這一項，古義寶不知跑了多少趟副食店，還是做不成，不是鹵大了太老，就是鹵小了壓不成塊。後來五班的一個戰士說他爸是做豆腐的，古義寶請示連首長同意，專門把那個戰士的父親請到連裡，住了差不多半個月，硬是把他們教會後才讓他回的家。

副指導員在炊事班現場表演中顯了身手。表演專案是炊事班人人現場配料炒一個不重樣的菜，包括古義寶在內；然後集體表演拉麵技術，由副指導員現場解說。六菜一湯，七碗拉麵僅用十八分鐘，首長們都親口品嚐，無不稱讚。可代表哪裡知道，這拉麵技術也是古義寶到飯店跟師傅學的，回來手把手一個個教會，飼養員小彭爲這不知挨了多少訓哭了多少回。最精彩的

還是參觀豬舍後炊事班的射擊表演，最後這個壓軸戲又由連長組織指揮。六個人射擊，五個優秀，一個良好。連長報告的成績連同最後的結束詞，又博得全體代表一片掌聲。

參觀達到了出乎預想的效果，上下十分滿意。要說美中不足，只是飼養員小彭臨上靶場時突然肚子痛，未能參加表演。這絲毫沒有引起代表們的注意，三連的戰士們心裡都有疑問，可是三連的幹部們卻暗自高興。

小彭的射擊問題確實讓三連的幹部們傷了腦筋。小彭工作沒說的，叫幹什麼幹什麼；叫餵豬就一心撲在豬身上，就是不會打槍。幾次打靶都不及格，一勾扳機就閉眼，怎麼訓也改不了。現場會有射擊表演這一項，不讓他打弄虛作假，古義寶頭一個反對，態度十分明朗十分堅決，其他幹部就不好說什麼，連團裡、師裡的後勤領導也不好說什麼，弄虛作假的事傳出去影響太壞。再看古義寶態度這麼明朗，他又是軍區掛號的先進模範，誰也就不好說什麼了。可心裡都擔心小彭會在這節骨眼上出洋相，給連隊抹黑丟臉。古義寶態度十分明確，而且堅決保證幫小彭訓練好。

古義寶不是說著玩的，他幫小彭訓練真下了功夫。按說他夠忙的了，幾十種小菜好弄嗎？烹調技術表演也不是鬧著玩的！還要經常改灶節煤，幾天不改耗煤量就上升。可古義寶陪著小彭見縫插針，開飯後燒飯前，晚飯後睡覺前一有空就趴在地上練。不過小彭究竟練得怎麼樣，改沒改掉毛病，大家都不知道。只是聽說臨開會前的一次射擊打及格了。

小彭是全副武裝上的靶場。是古義寶突然當著全體代表向連長報告的。說小彭突然肚子痛，可能是剛才拉麵的時候抻了腸胃。大家確實看到小彭痛苦萬分。

連長立即報告軍後勤部首長，沒等軍後勤部首長開口，軍區後勤的首長就指示趕緊去治療。

至於小彭是否眞是肚子痛，只有小彭和古義寶知道。

參觀結束，各級首長都講了話，給予了高度的評價。軍區後勤首長和軍首長接見完連隊戰士和連裡的幹部後，專門單獨接見了古義寶。此時古義寶沒有忘記把功勞記到連長、指導員、副連長、副指導員的身上，就連照相機的鏡頭對準他時，他都沒忘記他們，都把他們推到前面。

古義寶修成了正果。

13

劉金根未能感受到連隊那一天的輝煌。一封「母病重，速回」特急電報把他拽回了老家沂蒙山。本來劉金根正在喜頭上，提升四排長的命令剛公佈沒出十天，聽別人叫他排長而產生的那種羞澀還未褪去，從大屋的雙層床搬進小單間獨睡還未完全習慣，頭把火還正在醞釀之中，就碰到了這碼事。

連裡領導態度十分明確，讓他立即回去。按說當兵也五個年頭了，兒走天涯海角也忘不了母親養育之恩，劉金根也打心裡想回去看看，何況剛剛榮升，他的地位發生了質的變化，由山區的一個種地的農民變成了一位軍隊幹部，他何嘗不想立即撲向家鄉，讓家人和鄉鄰與他分享這一份榮耀？讓他猶豫的一則是自己剛提幹，別說三把火，連幹部班還沒值過一次，連隊正趕上如此重大活動，大傢伙都忙得整日屁股朝天，自己回家不太好；二則是他正在尋思如何謀求古義寶與尚晶取得聯繫，無論成還是不成，有了定論回家才好另做打算，現在回去什麼事也辦不了。可事情讓他無法延緩，萬一母親有個三長兩短，他這個不孝之子就要遺恨終生，良心一輩子不得安寧。權衡再三，劉金根還是回了家。

劉金根回去一併就把探望父母的假休了，不過他還是像一般新幹部那樣提前兩天歸了隊。連隊已經從喜慶中冷卻而走上了常規生活。當兵的，尤其是家裡沒老婆牽掛的，回家都待不住。過慣了軍營生活，哪怕是山溝溝、窮海島，在家整天魚肉山珍、走親訪友，還是待不住。聽不到號音，聽不到喊殺聲，看不到隊伍，心裡空落落的，沒滋味透了，待不了幾天就想往回跑。

劉金根回到連隊，立即便得知連隊正孕育著人事大變動。現場會給連隊添了榮譽。榮譽是人創造的，軍人是以集團形態生活的，集團是以領導負責的組織原則生存的。因而，現場會的榮譽對於連隊這個集團落實到最後，俱樂部裡增加了一個大獎框，戰士們敲鑼打鼓聚了一次餐；而對於構成這個集團的人，連長、指導員、排長、班長們就有了升官的機會。上面部門的幹部來連隊蹲了兩天，分別找幹部戰士談了話，還開了座談會，連長、指導員可能都要提到營裡去。如果他倆上，連裡其他人也好跟著動，動一人，跟一串。古義寶升副指導員大家認爲是板上釘釘的事，剩下幾個排長都卯足了勁精神百倍地瞄著副連長的位置。讓劉金根羨慕的是，無論連長、指導員還是戰士們，都說古義寶的好話。一點都不像以前他當典型那樣，當面都說好聽的，背後卻淨說損人的。

劉金根上下一轉，這些日子的空白全得到了補充。吃過晚飯他單獨找了古義寶。

古義寶自然不能先急於問自己的事，先關心了劉金根母親的病。

劉金根母親是病了，胃出血。劉金根到家，母親在醫院已經止住了血，一見到兒子，病就好了一大半。家裡的電報是斟酌再三才發的。母親是眞有病也想兒子，但更要緊的還是劉金根找對象的事。劉金根是單男，老人心裡掛著的頭等大事就是兒媳和抱孫子。姑娘是糧管所的會計，是他舅舅保的媒。按說姑娘的條件跟劉金根算是般配，相貌、工作、人品都不錯，他舅舅知根知底才保的媒，他爹娘覺著能娶到這樣的媳婦也算是百裡挑一了。劉金根卻爲了難。他跟姑娘見了一面，也吃了飯，私下裡也說了話，還眞挑不出能擺到舅舅和爹娘面前的不滿意。可他的心卻已經在尙晶身上了。外表上她跟尙晶難分高下，尙晶要豐滿一些。性格倒是兩個樣，尙晶熱情、大方、開朗；這一位內向、含蓄、溫柔。劉金根這下可爲難了：不表態，怕失去機會，尙晶那邊八字還沒有一撇，弄不好兩下裡都耽誤了；表態吧，尙晶那裡要同意了，沒法給舅舅交代，爹娘也不依。他左右爲難。爹娘和舅舅看他那不溫不火不呑不吐的樣就急了。在他們眼裡，這樣的媳婦還不中意，想找七仙女呀！找仙女也得掂掂自己的身量。

劉金根逼到沒法只好說實話，說先不定，通信瞭解瞭解再說，回去就跟尙晶聯繫，要是那邊不同意，就與這邊敲定；要是尙晶同意，這邊就斷，反正就通幾封信斷也好斷，這樣兩下都不耽誤。舅舅和爹娘生氣是生氣，但想婚姻是大事，還得隨他的意，他現在好歹也是個軍官了；再一聽兒子的這套打算，沒虧這幾年軍糧，想事情想得夠周全的，肚子裡主意沒少裝，這麼一想也就只好照這個緩兵之計辦。

古義寶一聽十分贊同劉金根的做法，說你小子沒在情場多混，出手不凡，功夫不淺哎！心裡話，尙晶我還沒完全放手，你倒眞盯上了。可事到如今古義寶只好一口答應，今晚就給尙晶寫信，幫他穿針引線構搭鵲橋。他還能說什麼呢？

接下來劉金根沒等古義寶開口問他家裡的事劉金根就苦下了臉。古義寶一看劉金根的神色心裡就急了，難道家裡出了事。

古義寶著急，劉金根更爲難。再爲難也得說，劉金根站起來神秘地看看門外有沒有人，這更讓古義寶心裡沒了底。劉金根坐下來後，不緊不慢地告訴古義寶一個意想不到無異於五雷轟頂的消息：林春芳沒有做流產手術，孩子生下來了，是個男孩，已經四歲了。

古義寶幾乎傻了，半天沒說出話來。

劉金根說，事情不能怨林春芳。她接到古義寶的信後，打算去做手術，可她一個姑娘家自己怎麼能到醫院去做這種手術呢，她只好去找她姑夫。她姑夫倒很同情她，答應跟醫院聯繫好後再領她去。可春芳她娘覺著這事怎麼也得跟義寶的爹娘通個信，免得日後他們落埋怨。春芳娘便把這事告訴了義寶娘，義寶娘自然要告訴義寶爹。義寶爹當即找了春芳爹。兩下裡一合計，說這事不能聽義寶的，頭胎怎好流產呢？這是一條人命，是傷天害理的事，不能由著他來。於是他們決定瞞著義寶讓春芳過門。春芳死活不同意，但肚子一天一天大起來，她還要做人哪，她用了不少殘忍的辦法，挑水、推車、跳地崖……該在世上的就掉不下來。春芳心理上生理上都受了不少痛苦和折磨，最後只好按照老人的意願辦，舉行了沒有新郎官的結婚儀式，請村上有頭有臉的人物和左鄰右舍喝了一頓喜酒，辦得挺熱鬧，開了十二桌。

劉金根說林春芳眞夠苦的。去看她的時候，一見面林春芳就流淚。一個姑娘家，沒有結

婚就挺著大肚子過門，說什麼的都有。你當兵到現在還沒回過家，她領著個名不正言不順的兒子，心裡是什麼滋味。她讓捎話給你，你當你的模範你做你的官，她不稀罕，你承認那是你的兒子就回去看看，你不承認也不要緊，只要你說一聲就行，反正也沒有辦結婚登記手續，好說好散，你走你的陽關道，她走她的獨木橋，她把自己的兒子養大，培養成人就是她最大的心願。

劉金根說她這些話當然是氣話，但她確實是不容易，你得盡快回去一趟才是，越拖兒子越大，事情就更麻煩。

古義寶睜著兩隻空洞的眼睛躺在黑暗中，他百思不得其解，爲什麼命運要給他出這樣的難題，要跟他開這樣的玩笑，他檔案中所有的表格上那個婚姻欄中塡的都是未婚，可現在卻突然冒出一個兒子來，而且已經四歲了！他想笑，卻笑不出來；他想哭，也哭不出來。他無法面對組織，無法面對領導，無法面對戰友們，也無法面對尙晶。他悟出一個奇怪的邏輯：他的榮譽都伴隨著麻煩，他不明白爲什麼每當他爭得榮譽獲得成功的同時跟著來的總是麻煩。他不相信命，可他覺得老天爺在故意跟他作對，生怕他得到過多的或許不屬於他的東西，而且不放過他深埋在心底的一絲不好的念頭。他感到他無法逃脫這無形的魔掌。他恐懼，他不知道怎麼應付明天的現實。

黑暗中他流著無聲的淚。這是男子漢絕望的淚。

14

古義寶走進宣傳科，宣傳科的幹事告訴他趙昌進不在，在黨委會議室參加黨委中心組學習。古義寶的失望之情明明白白地寫到了臉上。

夜裡，他又是一宿未能闔眼。意想不到的事情讓他不知道該如何是好。他沒有跟劉金根商量該怎麼辦，不是他對他仍有戒心，在這一件事上對他已沒有什麼好隱瞞的了，甚至他知道的比他本人還多。當時聽他一說古義寶完全懵了，壓根就沒頭緒去想怎麼應付這件事，只是恨，只是氣，只是怨；恨自己，氣自己，怨自己；恨春芳，氣春芳，怨春芳。

夜深人靜，他恨完氣完怨完後，才想到該怎麼辦。這時他特別感到需要別人幫忙。頭一個想到的便是趙昌進。這事對誰都不能說，要讓組織上讓領導知道了他未婚先育，給處分是小事，還能當什麼先進做什麼模範？狗屁都不是了。就是私下裡讓戰士們知道了，大家也會瞧不起他，他更無顏當他們的領導，即便勉強當著也就沒了威信，在群衆中失去了威信的領導不如普通群衆。劉金根的嘴他已封了又封捂了又捂，好在他正在求他做媒，估計他不會跟他開玩笑的。剩下就是要拿出個兩全其美的辦法。古義寶想來想去這事只能靠趙昌進。在這個世界上只有他可以完全信賴，他比兄長還兄長，比父母還父母。

古義寶預感到厄運已經當頭，他居然不在。黨委會議室是這個師最高權力中心所在地，他不能闖進去找他。再說這又不是三言兩語能說完的事，可學習不是半天就是一天。在辦公室等也是白等，坐在那裡傻等算什麼？萬一碰上人問起來什麼也不好說。

古義寶點著頭哈著腰敬著禮退出宣傳科，一轉身腳踩著了身後人的腳，古義寶慌忙點頭哈腰敬禮賠不是。等他點完頭哈完腰敬完禮道完歉抬起頭，才發現站在面前的是文興幹事。古義寶兩片嘴唇忙了一陣卻沒能吐出一個完整的字來，把臉先憋了個通紅。

「古司務長，進城來辦事？有些日子沒見了，來找趙科長的吧？他在黨委會議室學習，走，到那邊坐坐。」文興倒是又握手又請坐十分熱情。

古義寶沒了主張，身不由己地隨著文興進了他的辦公室。古義寶奇怪的是文興沒領他進人辦公室，而是打開了趙昌進的辦公室。他過去來過，那裡是科長和副科長的辦公室，難道他也提拔了？古義寶狐疑地進了辦公室。裡面沒大變化，還是兩張寫字台對放，旁邊有一對沙發。文興給古義寶泡了杯茶，讓他在沙發上坐。他自己坐到跟他斜對面的寫字台前。那裡原來是科長坐的。

「古司務長，我覺得你這一段時間變化不小啊。」

文興一開口就把古義寶的心提了起來。他的臉刷地紅了，有些不知所措。難道劉金根這小子把那事告訴了他？這小子跟文興關係不一般，他提幹肯定是他幫的忙。

「沒，沒啥變的……」

「不，變化很大，那天到你們連參觀，給大家印象很好。」

「我，我沒有做什麼啊……」

「你做了，你做了許多實實在在的事，這些事與你過去做的那些事性質不完全相同，也可能這些事不是你刻意或者故意要去做給誰看，而是出自一種樸素的感情，眞心實意地想爲連隊爲大家做點事情。說得更直接一點，做這些事情你或許沒去想或者很少想個人的名利，所以你做得很自然，做得很紮實，大家看得見，連隊很需要，戰士都說好，這種變化還小嗎？」古義寶心口懸著的那塊石頭落了地。他悄悄地噓了口氣，十分謙虛地說，這都是我的本職工作。

「如果你眞是這樣想的話，那我說的話就沒有錯。你想想，你過去整天故意找好事做，那是爲什麼？今天，你把自己的心血和才能都用在自己份管的工作上，爲連隊爲大家做那麼多實際工作，這又是爲什麼？那是不同的，起碼你想的是要把自己份內的事做好，讓戰士們吃好，睡好。這還不夠嗎？我們幹部要都能這樣想這樣對待自己的工作，那不就好了嘛。」古義寶的兩隻彎彎眼又笑瞇成一條弧線。

「不過我要問你一件事，那天炊事班的那個飼養員是眞的肚子痛嗎？」

古義寶的心一抖，怎麼什麼都逃不過他的眼睛。他忍不住抬眼看文興，文興一臉微笑，古義寶從那微笑裡看不出一點歹意而只有真誠，他的臉便又紅了。

「是肚子痛，如果他打也能打及格。」

「及格不及格其實無所謂，只要我們實事求是就行了，他就是打及格了也不能保證他以後軍事技術就過硬了，他要是打不及格，也不能就說他訓練不好。你們連搞到這樣不容易，雖然上面是給了一些錢，但最基本的，像農副業生產，養豬種菜做到副食自給有餘，還有小作坊（編按：小工廠），還有炊事員一專多能，還有戰士儲蓄，都是其他連隊沒法比的。重要的是你怎麼把這些發揚保持下去。」

「我一定記住你說的話。」

「你找趙科長有急事？」

「趙科長？」

「對呀，最近他提科長了。」

「那你提副科長啦？」

「我啊，你看我是個當官的料嗎？」

「我看你們都能當首長，我的進步都是你們的幫助，我到哪也忘不了你們，說眞的，文幹事，有時間多到連裡來看看。」

古義寶走出師機關大門，文興的話還在他的耳朵邊響著。弄了半天，除趙昌進外，他也時刻在注意著自己。可他們倆卻又完全不一樣。一個是直接給你出主意，私的公的跟自己一家人一樣；另一個是專門評說指點，毫不客氣地挖你靈魂裡的醜惡的東西，告訴你該做什麼，制止你不該做什麼，沒一點私情。可有一點他們是相同的，他倆都要他多爲連隊做事情。古義寶這麼想著，心裡產生了某種滿足。

這種滿足剛一露頭很快又被心裡那愁事所取代。他要辦的正事沒有著落，心裡就沒法舒坦。他百無聊賴地回到連隊。在沒有主意的焦慮中他自己找到了一個主意，只有立即回去結婚，而且越快越好。

他實在受不了心理上的折磨，還是找了劉金根。劉金根完全贊同他的主意，結婚後暫時不要讓春芳帶孩子來部隊，過上幾年工作有了變動，領導也有了變化，戰士們也都換了茬，也就沒有人在意這事了。

此刻，古義寶變得傻頭傻腦，劉金根倒似乎先知先覺，話說得句句在理。

說到最後，古義寶問劉金根這事要不要找趙昌進討個主意？劉金根不知是出於老鄉的感情

還是因爲尙晶，他眞誠地阻止了古義寶的這個傻念頭。

劉金根成了古義寶的老師，比趙昌進還像老師。他說：「搞政治工作的不能不依靠也不能全依靠，不能不掏心窩也不能全掏心窩，要看什麼事什麼時候。這事是違反紀律的，部隊處理這類事歷來偏激，怎麼處罰都不過分也永不許翻案，你這樣做等於自己往槍口上撞。趙科長是你的恩人，你怎麼謝他都應該，可這事千萬不能跟他商量。你要跟他商量等於逼他，他要知情不說，他也就爲你犯下了錯誤，他是你什麼人？他能爲你寧肯自己犯錯誤而丟棄一個團職幹部的原則嗎？你想得太天眞了。你現在是典型，人家培養你幫助你，樹了你也樹了他自己；你要眞犯了錯，他與你非親非故，他犯神經病啊，躲你還躲不及呢！你要影響到他的名聲，他不知道要保護自己嗎？千萬別犯傻，這事就你知我知天知地知家鄉知，部隊上不能再讓第三個認知，多一個人知就多一分危險。你呀，有時候不能太直，心裡擱不住事不成。」

古義寶第一次感到劉金根才是眞正的同鄉，也第一次感到劉金根有些地方比他強。他情不自禁地抓住劉金根的兩條胳膊，說：「就聽你的，一切都靠你，一輩子不會忘了你。」古義寶對劉金根產生了一種負債的心理，他只好以當天晚上就給尙晶寫信的實際行動來報答。這時候，他不得不毫不猶豫地一刀剁斷與尙晶的感情糾葛。

15

古義寶回家結婚返回連隊，提升副指導員的命令已經公佈，連長到守備營當了副營長，指導員到炮營當了副教導員。連裡的幹部戰士都說古義寶雙喜臨門。古義寶暗地裡卻說喜他娘個蛋！人們也感到了古義寶身上沒有透露出做新郎倌的喜氣，眼睛沒發出那種特別的光亮，臉上也沒特別紅潤，倒是顯出了特別的憔悴。戰士們私下裡說，或許是跟老婆睡覺累的，新婚嘛，憋了二十多年了，就只個把月，還能虧它。古義寶心裡的苦衷只有古義寶自己清楚。古義寶走進那四間土屋，一家七張嘴正圍著一鍋白菜豆腐湯忙著嚼煎餅。古義寶進門沒來得及叫爹娘，他爹劈頭蓋臉給了他一頓臭罵，惹得村裡不少人趕來圍著看熱鬧。義寶娘只好用義寶帶回的糖果香菸來打發圍觀的大人小孩。古義寶氣得眞想扔下東西扭頭就回部隊。是春芳領著孩子的可憐相，是那個完全陌生眼睛裡閃著新奇帶著驚恐的兒子把他拽住了。他任爹肆意發洩，沒回一句話。爹噴出的話難聽而且粗俗，什麼「當了個雞巴夥頭軍就不知道天多高地多厚了？就忘了自己的祖宗姓甚了？」什麼「自個兒的骨血都不願要，你他媽的連畜生都不如！」

爹一邊罵一邊把嘴裡嚼碎和沒嚼碎的煎餅噴向老伴噴向兒子、女兒、兒媳和孫子。古義寶的三個弟弟妹妹既不看他們爹那副生動的臉，也不聽他那些伴著碎煎餅粒兒罵人的髒話，唯一能吸引他們的是那鍋白菜豆腐湯。其實這鍋湯只是比往常多了幾塊豆腐和幾片肉片，上面漂了一層油花兒。可孩子們只知道今天的湯比往常的湯要香得多鮮得多，多喝一碗多喝一口就多一分幸福。他們沒有興趣也沒有必要管他們爹在生氣在罵人，他們爹罵人跟缸裡的地瓜煎餅一樣是家常便飯，他們早就習慣了。罵是小事，火了還打，往死裡打，反正只要不是罵自己就行。趕緊吃，要不火絲射到自己頭上就吃不成了。

義寶娘連拖帶推把義寶弄進林春芳的屋子。古義寶一頭倒在炕上，無聲地流著眼淚。他說不清是因爲委屈，還是痛恨自己的過失，還是悲泣自己的命運。

「別吃了，養你們這幫豬！」果不然，火絲眞射到了三個孩子頭上。

爹把勺子扔到鍋裡，扔得山響。三個孩子立即停止咀嚼，眼巴巴看著鍋裡和碗裡沒喝完的湯，戀戀不捨地站起來，趁轉身的時候伸長脖子把嘴裡嚼碎和沒嚼碎的東西囫圇咽了下去。

「他爹你做啥呢？孩子剛進門還沒坐下，有話咋不好吃了飯再說！」

林春芳也放下小半碗沒喝完的白菜湯，拉著兒子進了灶屋。爹有些尷尬，也覺得自己有些過火，他對老伴斜了一眼，希望老伴給自己圓個場。老伴沒理他的茬，舀一碗白菜豆腐湯，拿一張煎餅上了春芳的屋。

屋裡只剩下老頭子一個人。他自覺沒趣，立起身背手出了門。三個孩子乘機回來了卻他們剩在桌子上的遺憾。

家裡的尷尬氣氛一直延續到晚上吃晚飯。義寶炒了六個菜做了個雞蛋湯，蒸了白麵饅頭，開了一瓶家裡人從沒見過的瀘州頭曲。擺齊菜，義寶娘叫齊一家人。一張張臉都陰著，他爹陰著臉，別人自然也只好陰著。義寶的兒子爬上了凳子，脆脆地叫了一聲，爺爺我要喝酒。這一叫把尷尬給轟走了。一家人都笑了，爺爺笑得最開心，雙手把孫子抱過去坐到他的腿上。這樣席間才有了可說的話。

「明早，一起過去看看你老丈人，丈母娘。」話是對義寶發的，可他爹沒看他一眼。

「後晌，請村裡的長輩和村幹部來家坐坐，孩子都四歲了，也不好太張揚了。」

該到睡覺的時候了，古義寶和兒子大眼瞪小眼沒法進行交流。

林春芳一邊給孩子脫衣服一邊讓孩子叫爸爸，兒子說我不認識他，我不叫。古義寶從包裡拿出一輛小汽車，給了孩子，孩子看了他媽兩回，他媽點了兩次頭，他才怯怯地叫了聲爹爹。古義寶並沒有因此而激動或感到別人說的那種幸福，他只是淡淡地笑笑。

古義寶和春芳一起躺進春芳鋪好的一個被窩裡，兒子一看急了，哇的一聲大哭起來。一邊哭一邊喊：「不要爸爸跟媽睡！不要爸爸跟媽睡！」孩子出生到今一直跟媽睡一個被窩，如今一個陌生的爸爸要佔他的被窩，他怎會依他。古義寶沒辦法，只好從春芳被窩裡爬出來，靠炕邊躺下。春芳連哄帶嚇讓兒子睡覺，可兒子就是不睡，一直警惕地聽著這邊的動靜。兒子最終熬不住了，在炕裡邊發出甜嫩的鼾睡的鼻息。春芳吹滅了燈，古義寶重新爬回來，他們倆還沒做那件必須做的事情，古義寶就聽到林春芳在他耳畔輕輕地抽泣起來。

古義寶在黑暗中瞪著兩眼，看著黑黑的天棚，沒有說什麼，也沒有側身安慰她。他理解她此時的心情，也知道她有一肚子苦水，可這怨誰呢？怨他？怨她？怨爹？怨娘？怨天？怨地？怨誰都沒有用。他自己心裡並不比她好受多少。此時他更實在地明白，他這一輩子的命就這麼註定了，他只能老老實實做春芳的丈夫，老老實實做孩子的爹，老老實實做爹娘的兒子，其他一切一切的浪漫幻想都只能扔進營房邊的小河裡，讓小河裡流淌的水把它帶進大海，流進大洋，流得無影無蹤。

他聽著春芳時起時伏的抽泣，產生了一種丈夫的責任感。這輩子就這麼過了，還說什麼呢？說能說得完嗎？說了又能怎麼樣呢？他側過身來一下把春芳摟進懷裡，摟得春芳喘不過氣來，春芳的熱淚立即湧到他的胸膛。古義寶一句話也沒說，想把春芳壓到身下，好把春芳的情緒轉到這事上來。春芳沒有迎合，卻用力掙脫了古義寶的懷抱。古義寶有些莫名的吃驚，他不明白春芳的這一舉動表明什麼。兩個人無言地等待著，可又不明確在等待什麼。最後春芳開口說了他們見面後的第一句話。她說該給孩子起個名了。義寶問為什麼不起呢？春芳說爹說等你回來起，你是在外面見了世面的人。義寶說沒有名那你們一直怎麼叫他？春芳說孩子是清晨生下的，爹說就先叫早兒吧，總不能老這樣叫下去。義寶說這不是很好嘛，他本來就來得太早，又是早晨生的，這不很好嘛，實實在在，樸樸素素，還能有什麼名比這更好呢？我想不出來。

春芳說這樣合適嗎，別人會一輩子取笑他的，現在就已經有人說笑話了。義寶沉默了一會兒，說那就叫早春吧。春芳沒再說什麼。

古義寶重新開始盡他的責任。他開始第一次正式履行丈夫的權利和義務，沒有語言，也沒有交流，只有目的明確的動作。當他滿懷補償和索回損失的心理進入她身體的瞬間，他像雪崩一般過早崩潰了。

接連數天都是如此。他對自己失去了信心，春芳卻毫無覺察與己無關一般，兩人沒有一點溝通。他想提前歸隊，被他爹一聲吼止住沒敢再提。

春芳的心裡更苦。孩子雖四歲了，可別人開玩笑說的那種夫妻間的歡娛她一次都沒體驗過。性知識性文化在農村倒是可以公開掛在嘴上開玩笑的。春芳私下想，她們準是瞎說，夫妻或許就是那麼回事，她看到過兔子、牛、羊，好像也都是如此，哪有像狗和豬那麼沒完沒了沒夠的。可她又說不服自己，因爲她已不止一次在夢裡體味到那種銷魂的激動。這個疑問她只能深深埋在心裡。

古義寶自己也不明白是怎麼回事。蜜月留給他最深的印象是他無法用語言與春芳進行無拘無束的情感交流，他們之間很難找到共同感興趣的話題。整整一個月，他未能眞正做一回丈夫，也沒能給春芳一次眞正的快樂。

尙晶是古義寶回連一個禮拜後到三連來的。古義寶以劉金根的領導和介紹人的雙重身分先單獨與尙晶見了面。古義寶和尙晶都沒了那次見面時那種熱切和心理緊張，倒都顯出了老朋友之間的坦然。

「先別急著談他，還是先談你自己吧，怎麼也不跟我言語一聲就……」尙晶打斷古義寶的話。

「咱們本來就是朋友，以後更像一家人一樣。你慢慢會理解的，我只是做了自己無法擺脫也無法再拖延的事。命該如此，上次我就跟你說了，軍人，有許多事情是不能完全按個人的意願去做的，尤其是愛情。我完成了該完成實際早就完成了的婚姻。我這樣做主要是為我自己，當然我也不想妳因我而讓自己陷於無辜的不幸，如果說過去我還不敢這樣肯定地對妳說的話，今天我可以肯定地告訴妳，金根是個可以信賴的人。」

尙晶覺得古義寶變了，連他說話的方式都變了，變得這樣冷靜，這樣老練，這樣成熟，又這樣虛假，說的話都是假的，完全不是發自他內心，倒像是從哪本書上背下來的。可從他毫無感情色彩的話裡，她聽出了他的冷漠正是他內心痛苦的反應。

「你這樣做不是也害了她嘛！你不覺得這樣對她也太不公平了嘛！」

「這個苦果是我們兩個人共同釀成的，她自然也要承擔一份責任，當然我是主要的。慶幸的是我沒有再把不幸帶給別人，我想咱們的話題該結束了。」

尙晶的心裡一驚，她悟到了深埋在他心靈深處的隱痛。她不能再去觸碰，要不自己就太殘忍了。於是她開門見山地提出了自己的疑問。

「你把我介紹給他，除了你們是老鄉外，你還考慮過別的嗎？」尙晶一眼不眨地盯住古義寶臉上的變化。

古義寶驚奇地看了尙晶一眼，他沒有想到她會提出這麼個怪問題。

「想過。」

這一回輪到尙晶驚奇，她有點急切地想聽他的下文。或許無論男的女的對自己的初戀都特別看重，即便不成功，也總想弄清對方對自己的眞情實感。

「你們一個是我同鄉，一個是我有生以來唯一的女朋友，我對你倆都要負責，要不我不會做這個媒。至於別的，我當然希望自己的朋友能得到幸福。」

「我可以跟他談。」尙晶莞爾一笑。

劉金根與尙晶談了整兩個小時。古義寶看了四次手錶。到後來他的心裡竟一陣陣酸起來，以致什麼事也做不下去。直到劉金根喜氣十足地來找他，他才擺脫這種奇怪的心境。

當尚晶與古義寶再次單獨見面時，尚晶有些可憐他。尚晶是故意沒直接給劉金根明確答覆，她告訴劉金根她會把她的態度告訴古義寶的。尚晶對古義寶的憐憫來自她把古義寶與劉金根的比較。劉金根跟她是第一次單獨見面，可當他們的談話一進入實質性話題時，劉金根竟曾毫無隱瞞地把他第一次見到她就如何渴慕她，以後又如何時時想她戀她念她，以致夜裡如何失眠，又如何催古義寶做媒，把心裡私藏的一切全掏給了她。尚晶聽得臉上紅一陣熱一陣。當尚晶稍稍流露出一些好感，說出願意交往的話，劉金根像頭豹子一樣竄起一下抱住了她，她還沒能反應過來是怎麼回事，劉金根已經吻住了她的雙唇。她本能地反抗，卻又沒有任何發怒的語言，她的反抗便顯得那麼無力，那麼明確的半推半就，那麼更具有誘惑力。於是乎她的雙手在劉金根的擁抱下就沒能表達出任何意思來。她沒能在古義寶那裡得到的而在劉金根這裡閃電般地得到了，她在劉金根排山倒海的擁抱和親吻中融化了，她被火一般的熱情軟化了。她渾身像煙像霧一般升騰飄搖，她完全沒有了意識。當她感覺到那隻急切得有些顫抖的手已經伸進了她的乳罩時，她那根還沒有完全痲痺的警覺神經才讓她渾身觸電一般振作起來。

那次在河邊，她把雙唇送到了古義寶的嘴邊，他卻嚇得跟掉了魂似的。

古義寶進了房間坐到椅子上，令他吃驚的是尚晶二話沒說，沒給他一點思考的餘地，就給了他一個熱烈的吻，嚇得古義寶差一點就跑出門外。尚晶卻冷靜地說：「這是我欠你的，這是個已經不純潔卻是真誠的吻。好了，我們的一切都到此結束，現在跟你說正事，我的介紹人，請你告訴劉金根，我完全同意與他建立戀愛關係。我只有一個條件，我希望能儘早調到城裡的學校任教。」

16

吃過晚飯，趙昌進在房間裡看報紙。當科長後他更忙了，在辦公室沒有時間看報，只好把報紙帶回家看。部隊裡，司令部忙的是作訓部門，政治部忙的是宣傳部門。和平時期，最忙的還是宣傳部門。首長開會講話、政治教育、學習動員，講稿都要他們寫；理論學習要培訓骨幹、各項教育要抓試點先行，這些課都要他們去講；典型要總結經驗、教育要小結彙報、活動要情況簡報，這些也要他們去搞。政治、經濟、哲學、歷史、時事還有機關首長一切不明白的問題不懂的知識都要他們去解答；還有吹拉彈唱、打球照相、迎來送往、佈置會場的亂七八糟的文化工作也都要宣傳科去做。一年到頭報紙見稿比篇數，上級轉用材料比份數，首長的講話稿沒定數。要當好宣傳科長眞不是件容易的事。上講台出口要成章，寫文章下筆如流水，沒眞才實學別想在宣傳科混。

趙昌進是一位十分好學刻苦的人。上級檔每份必讀，首長講話每次必摘，當日報紙每張必

看。尤其是軍報，每版必看。把報紙帶回家看，這一點夫人倒是很歡迎，也很讚賞，一來她也可以看到醫院裡沒有的報紙，二來看完的報紙可以賣錢。趙昌進倒是沒往這上頭想。今天趙昌進感到這報紙看不下去，看與不看一個樣，一句話一件事都記不住。讓他心緒不寧的是文興副科長。

趙昌進提科長，他原打算從管教育的幹事裡提一位副科長，一來是自己線上的人，二來工作上可幫他一把。沒想到黨委根本就沒徵求他的意見，決定提一個管文化的副科長。走的老科長原來是文化科長，他當然要爲文興說話，文興便坐到了他的對面。其實，他們眞要坐下來說，並沒有什麼大矛盾，他們從沒爲個人的事計較過爭執過。但他們各自都知道雙方在許多問題上的觀點是不一致的，現如今成了搭檔，都想把這個科搞好。他倆也都明白，要搞好這個科，他倆之間相處得好壞至關重要。各自心裡有了這些，他倆面對面坐在辦公室就只能相敬如賓，各自的話無法說到對方的心裡，工作以外也就找不到值得聊的話題，聊起來也是相互應付多，眞正傾心少。好在都很忙，難得有閒功夫面對面地坐著。

今天沒有誰惹他生氣，是他自己在生自己的氣。他恨自己，他一直自認爲什麼都比別人能，今天才感到自己許多時候許多地方在許多事上卻很蠢。前些時候，軍區要出一本先進模範人物的通訊報告文學集。這事是軍區組織部佈置下來的。組織科決定寫古義寶，組織了幾個人寫了一個多月，文章送到上面打了回來，說品質不行，連人物通訊都夠不上，只是份經驗材料，沒有文采。組織科長就求他。當時他確實忙著搞形勢教育試點，另一方面從內心承認搞文學作品自己不如文興，於是他沒加考慮就讓組織科長直接找文興商量。文興不大願意寫這樣的文章，後來主任發了話，他不好推卻，重新爲古義寶寫了報告文學。今天書出版發到了部隊，軍區上下都看到文興的文章不說，組織科給師裡的首長一人發了一本。政委看了居然在黨委會上說這是寫古義寶的所有文章裡最好的一篇。這等於宣佈別看趙昌進寫這麼多文章，不及文興的一篇。

事情正巧湊到了一起，今天文興帶著師計畫生育展覽從軍區回來，又大受政委的表揚。這個展覽本來是由幹部科和衛生科的兩位副科長負責搞的，準備了二十多天，主任、政委去一看，很不滿意，經驗不突出，展覽不生動，指名要文興去搞。文興立即把幾個團的美術骨幹調來，會寫會畫又懂設計。他自己寫腳本、搞方案。二十天重搞了一套展覽。展覽經驗具體可操作，典型人物重事例，圖片實物相配襯，成果實效有事實。展覽的圖表數位全部用節制燈光顯示，照片配有燈箱，文字「四通」列印的美術體，再用有機玻璃、膠塑紙刻製，整個展覽設計精巧，美觀雅致，令人耳目一新。首長和機關幹部參觀後交口稱讚。

趙昌進是個要強的人，不用人批評，表揚同級他自己先就坐不住。

在院子裡收拾菜地雞窩的夫人回到屋裡。

「哎，我說趙昌進，最近古義寶有段時間沒來了。」

「人家現在當副指導員了，哪有閒功夫瞎跑。」

「那你得想法買點雞飼料，快吃完了。」

「這雞不養行不行？」

「吃雞蛋的時候你不嫌煩！」

「能下幾個蛋？還不夠飼料錢。」

「趙昌進你今天是怎麼啦？想找我茬是不是？」

趙昌進自然不能把心裡的無名煩惱告訴她。她是麥秸草，一點就劈里啪啦響。夫人有幾等幾樣的夫人：有的雖然沒讀過《女兒經》，可三從四德，嫁雞隨雞、夫唱婦隨，夫貴妻榮的信念卻堅信不疑，對丈夫可說是吃了秤砣鐵了心，天塌地陷無二心。有的則夫榮我也該榮，夫辱我卻不願辱；有福多享，有難不願同當；只願丈夫出人頭地、官運亨通，不願老公比人低、落人後，否則，家無寧日。也有的跟丈夫同床異夢，這山望著那山高，身在曹營心在漢，一旦有機會便想遠走高飛登新枝。趙昌進對自己的夫人沒有做過類型分析，然而他知道她只希望他比別人強而不願他比別人差。

趙昌進沒再說一句話，他對妻子的策略一直是點到爲止，見效就收，絕不再深入一步，惹她火起。妻子畢竟是軍隊醫院的護士，也是軍人，一般還是盡力顧全趙昌進的面子和身分，只要他不逼她太甚，她還是能盡力克制自己。

敲門聲轉移了他們的注意力，進來的是古義寶。趙昌進夫人很熱情地招呼古義寶，古義寶自然沒忘了給她帶來剛才讓她不愉快的雞飼料。

古義寶來找趙昌進，並不是特意來送雞飼料，他是爲了劉金根和尙晶來找他，想他肯定認識地方教育局的人。

趙昌進對古義寶助人爲樂第一次表示不滿。這是他第二次明確對古義寶表明不滿。前一次是古義寶回家結婚沒跟他商量。在趙昌進的一再追問下，他也沒跟他說出實情，古義寶記住了劉金根的話，他對趙昌進第一次撒了謊，他說來找他不在，想想事情已到了這地步，對尙晶也死了心，只好認命結婚算了，免得跟尙晶說不清道不明，生出別的事來。趙昌進很激動地站了起來，古義寶也是第一次見他發這麼大的脾氣。趙昌進氣的不是古義寶與林春芳結婚，而是他沒有把他放在心中應有的位置。

趙昌進看著眼前的古義寶，覺得他有些不聽招呼了。他要求他絕對不要跟尙晶再有來往，結果他居然把她介紹給劉金根，還要幫她調動工作，他懷疑他對尙晶仍存有別樣的企圖或者說叫感情。他心裡產生一絲要放棄他的念頭，但立即把它否定了，這樣做等於自己否定自己，他不能做這種功虧一簣前功盡棄的事，他不能放棄他，不能讓他任其自然。

「我一再跟你講，當個好典型難，要謹慎一輩子，做一輩子好事；當壞典型容易，只要做一件壞事就行，一件壞事足可以讓一個人臭一輩子。我可提醒你，你要是對尙晶還抱有什麼個人感情，就有你栽跟頭的時候。」

「我向毛主席保證，我絕對沒有也絕對不會有。是劉金根死纏著要我介紹，尙晶又多次向我表明想找當兵的，我才幫的這個忙。調動的事是我欠了劉金根的情，我的事情他都知道，他提出來了我實在不好推，所以才來找您幫忙，您要覺得不行，我回去就回絕他們算了。我也是要面子才在他們面前誇下了海口，說您一定會幫忙解決。都怨我沒有頭腦。」古義寶現在已不是原來的古義寶了。

「你別再說了，我再一次告訴你，就此一回，這樣的好事以後別做。你現在身分不同了，千萬別放鬆對自己的要求，爭榮譽難，保持榮譽更難，你出名了，周圍的人都瞪著眼盯著你，你要有點事，有些人還巴不得呢！稍一鬆懈你就可能掉進萬丈深淵。」

古義寶從趙昌進宿舍出來，自行車的車輪飛快地碾著月光往連裡走，車子蹬得特別有勁。做人還眞是難，給人介紹個對象也讓人生這麼大氣。他細細想來，突然一下警覺起來。趙昌進和尙晶實際向他提出了同一個問題，不同的是，一個是擔憂，一個是試探。難道他們都看透了自己？難道自己心裡眞還藏著別的鬼念頭？他自己也感到難以說清。

17

農曆十二月十八日，是劉金根和尙晶完婚的喜日。

這日子是劉金根訂下的。爲何訂這一日，有何說法，他沒向別人透露，只告訴尙晶這是個好日子。新房定在連隊家屬宿舍院裡接待臨時來隊家屬的小招待所裡。說是招待所，其實就三間小房。劉金根選了中間那一間。尙晶曾經住過那間房，也是劉金根第一次與尙晶見面第一次吻她的那一間，劉金根選這一間做新房或許有這個因素。

尙晶隔三差五從學校趕來考核新房佈置的進度和品質，順便螞蟻搬家似的捎來一樣樣她認爲該她準備的東西，當然婚前渴望的那種感情預支的甜蜜有非常大的吸引力。

趙昌進儘管訓了古義寶，尙晶的工作調動他還是幫了忙。他直接找了教育局長。沒出半年，尙晶便到縣城裡的一所小學做了老師。沒有住處，學校照顧給插進了集體宿舍，兩個青年女教師合住一間。劉金根和尙晶對趙昌進感激不盡，兩人特意登門拜謝。趙昌進一見尙晶，心裡眞爲古義寶遺憾。他倆走後，趙昌進還爲古義寶嘆息了好一陣子，心裡話這小子眞沒福，這就叫命，誰叫你小小年紀急三火四找對象呢，一個十足的農民。

劉金根這些日子忙暈了頭。刷房子打地坪這些粗活當然有戰士，不用他出力出汗，可新

房裡的一切都得他來設計安排，都要他一項一項操辦，排裡的工作又一點不能耽誤。不過忙雖忙，他一點沒覺著累也沒感到煩，反倒忙得輕輕鬆鬆快快活活，幹什麼都覺得那麼有滋有味。他特別盼望尙晶來考核。熱戀中的情侶，誰不盼著天天相見，新婚前的焦渴，更叫他難以忍受孤獨。雖然尙晶一刻也不放鬆她的防線，但少不了弄出些親親抱抱的快活事。即便什麼也做不成，有這麼漂亮的未婚妻相伴著佈置他倆的洞房，那也是一件幸福甜美的事。

古義寶不知出於一種什麼動機，劉金根訂下日子後他立即給林春芳拍了電報，限時讓她來部隊探親。這是他第一次叫林春芳來部隊，也是她有生以來第一次出遠門。結婚後古義寶一直沒開口讓她來部隊，她有心來也不好提。這一次她不知古義寶爲什麼突然拍電報讓她去部隊，還專門註明不要帶孩子。快過年了，自己到部隊過年把孩子扔給老人，一家人也不得團圓。但春芳只能聽他的，她心裡清楚她沒有資格改變他的任何主意。

儘管古義寶已經不止一次跟林春芳講定不准帶孩子到部隊來，但他還是不放心，他沒有讓通信員去車站接春芳，而是自己找了一輛加重「飛鴿」上了汽車站。古義寶在車站出站口發現那個熟悉的身影的一剎那，他傻了。他眞後悔拍了那個電報。孩子倒是沒帶來，可他實在沒有把春芳就這麼原樣接回連隊的勇氣。林春芳穿了一身臃腫的棉襖棉褲，罩在外面的藍滌卡罩衣褲無法罩住它們的臃腫。上衣的下擺和褲腳處頑強地露著棉衣棉褲大紅大綠刺人眼目的色彩。那個媳婦髻算是放下來了，編了兩條玉米棒似的短辮，那一臉沒有青春光澤乾澀的黝黑，讓古義寶既同情又難過。

古義寶慶幸帶來了軍大衣，他立即過去幫她遮住了這些不想讓人笑的東西。

林春芳從他眼神裡明明白白看到了他的虛榮。她畢竟是上過初中的女子。

「你何必叫我來丟你的臉呢？」

古義寶側臉看到林春芳的眼睛紅了，但沒流下眼淚。古義寶心裡一酸。這時他才想到，孩子都四歲了，他還沒給她買過一件衣服一雙襪子。這時他想起了尚晶的話：你不覺得這樣對她也太不公平了嗎？

「春芳，我眞對不住妳，到現在我還沒給妳買過什麼東西。」

「這，我不在乎。」

「不，我在乎。連隊在城外山溝裡，進城不方便，我先領妳去吃點東西，然後給妳買幾件衣服，然後咱們再到浴室洗個澡，妳也剪剪頭，這些連隊都不方便。」

林春芳低著頭走著，靜靜地聽著古義寶的每一句話，每一個字。心裡話，你哪是在乎你如何待我，還不是在乎你自己的臉面！你哪是眞心要給我買東西，有那心上次回家不就買了？你哪是在爲我裝扮，你是在打扮你自己！可你有本事把我裝扮成城裡人嗎？林春芳扭頭看古義寶一眼，這一眼看得古義寶有些不好意思。

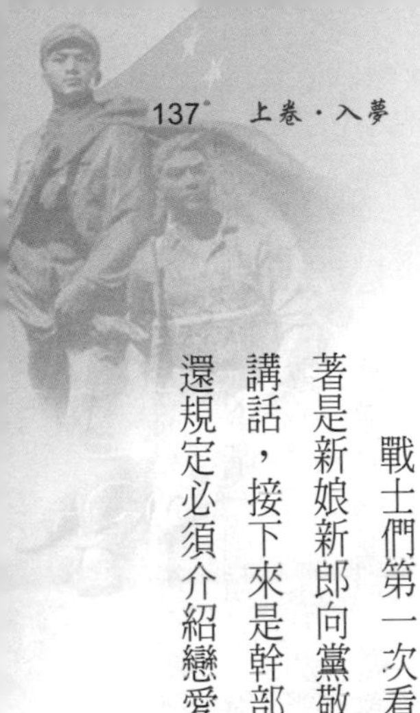

古義寶十分大方也十分果斷，根本就不徵求林春芳的意見，自作主張地買了一套蘋果綠色的絨衣絨褲，一件紅黑相間的羊毛衫，一套混紡華達呢冬裝，還有一條黑白紅三色圍巾。林春芳像個老實又懂事的女傭跟著古義寶，他買什麼就拿什麼，不說好也不說壞。

臨進浴室的時候，林春芳才想起一件事，問古義寶：「洗澡後你要我換上這一些嗎？你要我剪什麼樣的頭？」

古義寶看出了她的消極和不高興。但他覺得這沒有什麼可猶豫的，於是他十分肯定地點了點頭，而且很明確地說剪個運動頭。

林春芳在浴室門口再次進入古義寶的眼簾時，古義寶的眼神裡有了一點光彩。

把林春芳接來後，古義寶決定住劉金根和尚晶新房的隔壁。

婚禮在俱樂部裡舉行。婚禮司儀是古義寶。全連除哨兵外都參加，戰士們吃著喜糖、喜果，抽著喜菸，喝著喜茶，比過年還開心。新娘尚晶出連長愛人和林春芳照護著。

戰士們第一次看到學到部隊婚禮的儀式。全體人員合唱了《爹親娘親不如毛主席親》。接著是新娘新郎向黨敬禮，向領導和同志們敬禮，然後是夫妻相互敬禮，接下來是證婚人指導員講話，接下來是幹部代表講話，再是戰士代表講話，再是未婚代表講話，再是新婚夫婦講話，還規定必須介紹戀愛經過和今後打算。最後便是鬧洞房。部隊鬧洞房不到新房去鬧，只在婚禮上鬧。有讓新娘新郎猜謎的，有讓他們唱歌的，猜不著或不會唱就罰，罰新娘新郎對吃一塊糖或對啃一個蘋果。尙晶的嗓子不錯，人漂亮歌唱得也美，《見了你們格外親》、《我家的表叔數不清》、《夫妻雙雙把家回》，歌、戲、曲都沒難倒她。於是只好讓他們吃同心果，一下把婚禮氣氛推到了高潮。這事由副連長操縱，他用一根紅線拴好了一隻紅蘋果，站在板凳上提著蘋果讓尙晶和劉金根同時咬。當他倆的嘴挨著蘋果張口要咬的時候，副連長迅速將蘋果往上一提，他們的嘴就碰到了一起，於是便一片哄笑，這樣連續反覆數次，大家才盡興甘休。

婚禮一直鬧到離熄燈只有一刻鐘才刹住。

古義寶和林春芳把新娘新郎送進洞房後，走進隔壁自己的房間。進門後，古義寶一屁股呆呆地坐椅子上，兩眼目光散亂，悶悶地抽著菸。林春芳看到了他那丟了魂似的樣，可不知道他爲什麼。林春芳爲他兌好洗臉水，讓古義寶洗臉洗腳，他卻沒反應。直到林春芳把臉盆端到他面前，他才把走神的眼睛收回來。這時古義寶呼地站起來，說妳洗吧，今晚輪著我値班，洗了妳就睡吧。說完古義寶就走出門去。

林春芳端著洗臉水，心裡好傷心。此時隔壁已傳來那種驚心動魄的聲響。林春芳不明白古義寶究竟爲什麼突然要她來部隊。

古義寶在連部他原來的宿舍裡並未能入睡。他出門時，聽到了尙晶那一聲讓他心碎的呻吟，心裡掠過一陣撕裂的痛苦。這一聲呻吟一直響在他耳邊，迴蕩在他心中，攪得他無法入睡。他只好穿衣起床，在營區漫遊。

林春芳不知道睡了多長時間，也弄不清是在做夢還是在家裡，她聽到有人在輕輕地敲她的門。她一下被驚醒了，睡前她不光上了鎖，而且還插了銷。她有些驚恐地聽著，當她聽出是古義寶的聲音時，才急忙開了門。她一點也不知道古義寶已經在院子裡站了快一個鐘頭了。古義寶是午夜查鋪查哨挨個屋轉了一圈身不由己地回到這裡的。他本來沒有回屋的念頭，只是被劉金根屋裡傳出的那種聲響刺激得忍無可忍才敲的門。

古義寶一進門，把門鎖上轉身把林春芳按倒在床上，一句話都沒有說。林春芳從他的動作和喘息中，感覺出他的急切。古義寶是那樣的粗野，那樣的蠻橫，他甚至連上衣都沒有脫下。林春芳被他的兇狠弄得有些不知所措。她對他那種從不尊重從不體貼她的做法有些反感。當然這種反感她只能埋在心裡，至多不做迎合。但今天林春芳的反感慢慢被古義寶的狂熱驅除。狂風般席捲，暴雨般襲擊，她身不由己地被古義寶帶進波濤洶湧的大海，她領略到了被拋上浪尖摔向浪谷那種無法言語的動人心魄的滋味。她感覺她要暈過去了，她全身在燃燒，她被燒成了一團氣，又變成了一片雲，扶搖直上，升騰在九天雲霄。她有生以來，頭一次真正品嚐到人生這一奇特的無法形容無可言述的歡樂，她完全醉了，醉得那麼舒坦，那麼盡興，那麼淋漓盡致。

古義寶的吃驚更甚於她。他自己也不知道是怎麼一回事，可有一點他無法告訴她，他一點也沒有讓她意識到也不敢讓她感覺到或覺察到，那會兒，在他的意念裡感覺中，燃燒在他懷抱裡的不是林春芳而是尙晶。這是林春芳無論如何也意識不到覺察不到的。她完全陶醉了，他們第一次做了眞正的夫妻，她第一次做了眞正的妻子，享受了女人應該享受的權利。

還有一點他更無法告訴任何人，他把林春芳當作尙晶，並不是要與尙晶歡娛，而是咬牙切齒地在報復、懲罰她，那一刻，他要把對尙晶滿腹的怨恨、終身的遺憾全部發洩出來。林春芳開始的冷淡和後來的燃燒，在古義寶的意識裡恰似尙晶的反抗和痛苦的呻吟，這更激起古義寶男子漢的自尊，他便更加瘋狂，更加野蠻。

18

「八一」是軍人的大節。軍人的節日與老百姓沒什麼關係，除了地方政府的領導到部隊搞一些座談、慰問之類的活動外，部隊放大假，地方照常上班，所以軍人的大節在社會上看不到一點節日的氣氛。當兵的過節也眞沒多大意思，除了上街逛街外，沒什麼好幹的，多半憋在宿舍裡甩老K。

今天，劉金根那間宿舍裡倒是熱鬧異常。他請客，請連裡所有幹部的客。連隊是昨天晚上會的餐，今天放假吃兩頓飯，沒什麼矛盾，要不幹部在一起喝酒，把戰士們扔一邊不管，影響不好。

劉金根請客總是叫古義寶來幫忙。古義寶司務長出身，菜燒得好，又是老鄉，比別人更近了一層。劉金根結婚後，尚晶就住在連隊，那間新房成了他們的宿舍。有了家口就像個過日子的樣，生活上也方便，再說林春芳一年來不了一趟，古義寶跟光棍差不多，平常出去回來晚了，星期天肚子餓了，總斷不了到劉金根那裡蹭飯吃，兩人高興了還常要喝兩盅。一邊是誠心來，一邊是誠心待，兩下裡就沒什麼好客氣的。

吃了上午那頓飯，古義寶到連部轉了一圈，沒什麼事，他就去了劉金根宿舍。古義寶到劉金根宿舍時劉金根上街還沒回來，只有尚晶一個人在。尚晶說了句怎麼才來，好像古義寶還應該早一點來似的。古義寶找不到合適的話好回答，只好說了句金根怎麼還沒回來，有什麼要我幹的快吩咐。尚晶說還眞有你幹的活，這玩意兒我可弄不了。說著她端過一盆海蠣子，說這艱巨的任務就交給你了。撬海蠣子還眞不是誰都能撬的，會撬的拿螺絲刀在它的屁股眼上一觸就開，不會撬的怎麼也找不著這屁股眼，捅半天手撬破了也撬不開。古義寶是撬海蠣子的能手，他撬起來不當回事，一邊撬　邊跟洗著衣服的尚晶聊天。

「看來當兵的找對象還眞應該找個教師。」

「有什麼新認識了?」

「我想只有教師才能跟當兵的一起過節。」

「還眞是,『八一』正好是暑假。」

「現在教師老喊待遇低,其實我看當教師挺舒服,一年兩個假,其他行業哪有這樣的好事。」

「那誰叫你不找啦?是你自己不要啊。」

儘管尙晶是開玩笑,古義寶還是紅了臉。

「說眞的,我看你也差不多了,別那麼拼命了,整天只想著工作,只想著進步,也想想人家春芳,上次好不容易來了,還沒住一個月就叫人家走,春芳都朝我掉眼淚。當時咱是新媳婦,好多話說不出口,要是現在,你看我讓她走!農村又不上班,你把人家攆回去幹什麼,還不就爲了自己當先進,當先進也不能不要老婆啊!苦行僧的日子還沒過夠?我才知道你們男人,表面一套暗裡一套,我們整天在一起,金根他都沒個……」

尙晶把話剎住了,臉也紅了,紅得叫古義寶不敢看。

就在這時劉金根蹬著自行車回來了,好傢伙,活雞、活魚、鮮蝦、海螺、蔬菜馱了一車。

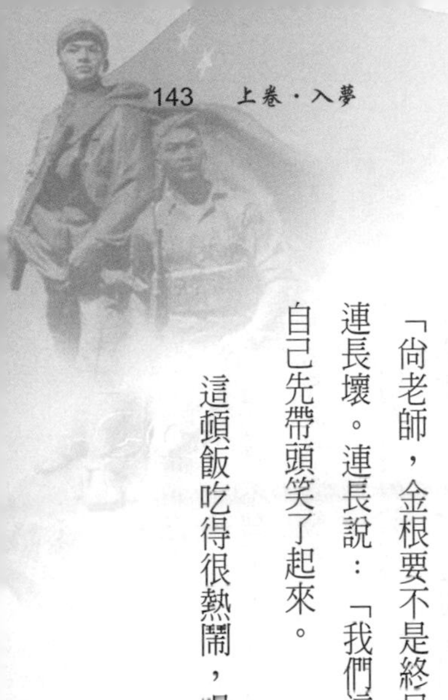

古義寶立即幫著卸車殺雞。

菜太豐盛了，加上古義寶的手藝，幹部們吃得眉開眼笑。幹部聚到一起，面前身後沒了戰士，說起話來也是葷的素的一起來。

尚晶一轉身，連長就說：「金根你小子這輩子算是值了，看來你上輩子準是當的和尚，而且是個規矩的和尚，要不這輩子咋會找著這麼漂亮的老婆。」這話叫尚晶聽到了，她心裡好美，哪個女人被男人稱讚羨慕不美的呢。她說連長你別謙虛了，嫂子可是夠賢慧的。連長說這不得了，她長那個奶奶墩樣，再不賢慧不成老母豬啦！說得在座的哄堂大笑。連長說：「尚老師，不是我今天酒喝多了胡說，也不是我當面奉承妳，說眞的，論相模，咱們連裡這些家屬，妳算是第一號，二排長的算第二號，指導員的算第三號，副指導員的春芳，人在農村，但底板並不算差，可算個第四號，我那個嘛，當然是末末了。」大家又是一樂。等大家樂夠了，連長一臉正色：「不過說實話，咱這窮當兵的也只能找這種『三心牌』的。」尚晶不懂。連長就跟她解釋，這三心是，提起來傷心，見了面噁心，扔家裡放心。在座的又是一陣大笑。連長說：「尚老師，金根要不是終日廝守著妳，金根你說，你放心得了嗎？」尚晶便更嬌媚地說連長壞連長壞。連長說：「我們這輩子就這樣了，關了燈都一個樣，只好這樣自我安慰了。」說著他自己先帶頭笑了起來。

這頓飯吃得很熱鬧，喝得也很開心。酒足飯飽後，都說這屋子太小，擠著太熱，大家就撤了。打牌的回去打牌，睡覺的回去睡覺。

古義寶不用說，當然要留下來幫他們收拾。收拾完，喝了杯茶，尙晶提議去趕海捉螃蟹。劉金根和古義寶都立即回應。三個人分頭換了泳裝，上了海灘。

劉金根趕海是一絕。他有一副水鏡，到三五米深的水裡，一口氣下去，螃蟹、海參、鮑魚都能捉到。只是海參和鮑魚是禁捕品，讓魚檢逮著了，一個海參罰五塊，一個鮑魚罰十塊。劉金根帶著水鏡拿一個網兜去了深海。古義寶和尙晶就在淺海灘捉小的。海水清沏見底齊膝蓋深。古義寶教尙晶捉螃蟹的方法，腳步輕輕接近活動的石頭，手上戴手套，輕輕翻開石頭，只要沒有人走過，每塊石頭下準有。

尙晶照著古義寶說的方法做，果然每塊石頭下面都有螃蟹，有的一塊石頭下竟有兩隻。古義寶說，那準是一公一母。尙晶翻了他一眼。古義寶說，不信妳拿起來看。尙晶說，我不是不信，我是想，螃蟹尙且如此懂得情和愛，可有的人卻差之遠矣。

古義寶扭頭看尙晶，穿泳裝的尙晶讓他立即收回了目光。尙晶結婚後更顯豐滿，泳裝把她全身的曲線勾勒得細緻入微，男人的目光要在那裡停留，一下就會想入非非，古義寶有意識地慢慢與她拉開距離。

趕海眞是件讓人能忘記一切的樂事。不一會，他們的網兜裡都有了收穫。

「哎呀！快來，螃蟹夾著我了。」

古義寶不顧腳被劃破，拼命跑過來。一隻大腳蟹夾透了尙晶的手套，夾著了她的手指。古義寶一下掰斷了螃蟹的腿，再掰開了它的鉗。古義寶讓尙晶回沙灘休息。尙晶不願意，她還要捉。她說她現在最愛吃的就是螃蟹。古義寶一喜，說妳這麼偏愛吃螃蟹，是不是有喜了。這一回尙晶紅了臉，說：「有你個鬼啊！」

劉金根豐收而歸，他捉了滿滿的一網兜螃蟹，還有海螺。尙晶高興得像孩子一樣歡蹦亂跳。古義寶在一旁看著，打心裡羨慕。

19

劉金根和尙晶盡情恣意熟讀了夫妻情感生活這部人生大書的每一章每一節每一頁每一行每一字後，一種難言的苦悶困惑著他倆。熱烈瘋狂的兩年過去了，尙晶毫無懷孕的跡象，夫妻間的情火便因釜底缺薪而顯出底火不足，時常發生不相協調的現象，過早地時有清淡乏味出現。

這清淡乏味源起劉金根。尙晶對此沒在心裡產生絲毫遺憾或壓力。沒有孩子，無牽無掛，無拖無累，倒落得一身輕鬆，一份安逸，一種清靜，少夫少妻，這是一種多麼難求的逍遙。劉金根不行，不孝有三，無後爲大。不用別人說什麼，他自己心裡就壓力重重。這種壓力還來自他的父母。他們心如火燎，眞是擔心什麼就來什麼。家裡的封封來信都是這件事，劉金根自然就提不起精神來。可世人對這種事情的責任從不問情由，全扣到女人頭上。那些愛管閒事喜歡找點閒事解悶的主兒暗地裡稱這種女人爲「廢品夫人」。他們對夫人的「品」是這樣劃分的：一兒一女，先女後男爲一品；一兒一女，先男後女爲二品；兩個男孩爲三品；兩個女孩爲四品；一個男孩爲五品；一個女孩爲六品；習慣性流產爲七品；沒有生育能力的叫廢品。

劉金根心中的苦悶無法擺到嘴上來說，只能隱隱地放在心裡消受。他心理上有了這樣的障礙，對對方的一切包括身上的汗毛都瞭若指掌以後，整日你瞅我我瞅你也就瞅不出什麼味來。於是他們夫妻間的情感生活裡便缺少了一種調合劑，他們便更早更明顯地進入了疲倦期。儘管尙晶對此不在意，但劉金根的苦悶和來自家庭的壓力，她無法熟視無睹。尙晶悄悄地去過兩個醫院。兩個醫院的大夫的診斷結論都是正常，尙晶又暗訪了中醫，醫生們都告訴她，也應該讓男人檢查一下。尙晶心裡就有些沉重，她不希望也眞打心裡害怕問題在劉金根身上，她知道劉金根身上的壓力。

星期天，古義寶陪林春芳到城裡醫院做人流。一來不願讓家裡老人知道，二來覺得這裡的技術比老家鄉鎮衛生院要強些。古義寶用自行車馱林春芳進城，又用自行車馱她回連，林春芳

頭上連塊頭巾都沒圍，醫院出來是圍著的，臨到連隊了古義寶讓她解了下來，他不想讓戰士們知道這事。古義寶把林春芳送回住處自己就沒事兒一般上了連部。

這事能瞞別人但瞞不了劉金根兩口子。尙晶買了些滋補品到隔壁看春芳。

尙晶走進房間，林春芳有些難爲情。究竟是農村摔打慣了，她居然沒事兒似的坐在那裡織毛衣呢！尙晶立即扶她躺到床上。兩個男人都不在，女人之間便好說些悄悄話。

「你們咋還不要孩子？」

眞是哪壺不開提哪壺，林春芳眞不知道尙晶他倆是怎麼一回事。

「不急，過兩年輕鬆日子再說。」尙晶只好找話搪塞。

林春芳便把劉金根父母的著急，她這次臨來部隊時，他們如何上她家一遍一遍交代她，要她到部隊上來說服他倆，不要光顧工作，要緊上心給他們生個孫子的事前前後後說了個透。說得尙晶只好傻笑。春芳還說她早就想跟她說，義寶一直不讓說。尙晶狐疑地抬起頭來，似乎在問她這是爲什麼呢，但話沒說出口，春芳卻錯誤理解了她的神態。

「怎麼妳有病？看醫生了嗎？醫生怎說？」林春芳倒眞急起來了。

「我沒有病。」

「那金根能有病？」

「不知道。」

「他看醫生了嗎？聽說有的男人也能有病。」

「沒有。我想他不會有什麼問題，他一切都挺正常的，很正常的。」

「是他現在不想要？」

「也不是。」

「那是怎麼一回事呀？」

「我也說不清。有件事我一直想問，總不好意思向別人開口，妳也不是外人……」尙晶說到這裡又猶豫起來。

「什麼事？有什麼不好跟我說呢，金根跟義寶兄弟似的。」

「眞不好意思說，就是你們那個了以後，那東西後來流出來嗎？」

尙晶和林春芳一塊都紅了臉。有些問題在科學上找不到答案便開始胡思亂想。性這東西在中國一直被看做是骯髒的東西，談性問題是低級趣味，是下流羞恥的，性根本進入不了知識的

領域。談性色變不只是在賈寶玉和林黛玉的時代，即便是當今的大學生，你跟他談性問題他也會臉紅的。像尙晶這樣的相當於中專文化程度的教師提這樣的傻問題，是不奇怪的。她看著劉金根痛苦就感到自己也有份責任，她暗地裡還採取了一些對劉金根都不好意思告訴的措施。但仍無作用，她怎麼也沒勇氣向同事啓齒。

林春芳沒有把要說的話說出口，她只是點點頭。尙晶最不希望的擔憂便籠罩住她的心頭。「該讓金根去看看醫生。」林春芳看出了尙晶的心思。

「要不，我讓義寶跟他說說？」

「不，不要。」尙晶很肯定地表示反對。

儘管尙晶不讓林春芳跟古義寶說這件事，林春芳還是在枕邊把這事告訴了古義寶。古義寶聽說後，感到很爲難。一個男人去跟另一個男人說這種事，等於當著人面說他不是個男人，尤其他跟尙晶原先還有過這樣一種關係，就更不便說這種事，他也說不出口。

做爲丈夫，尙晶對劉金根無可挑剔，原先常有古義寶的陰影縈繞心頭，但婚後，她對劉金根越來越滿意。他從哪方面都很稱她的心，尤其讓她可驕傲和滿足的是他十分愛她，愛她愛得常常令她過意不去。她想，做爲人妻這樣也就夠了，有沒有孩子算什麼。可是人類是群體的社會，社會觀念是社會約定俗成而又滲透在每個人的意識裡的東西，誰都無法擺脫，有些便成爲羈絆自我的無形套索、自律自我的戒條和承擔責任的制約。這種套索、戒條和制約便常常頑固地折磨著一些人。尙晶無法擺脫來自周圍輿論對她的折磨。

夜幕輕輕地落向人間，大地被寧靜包裹著。尙晶和劉金根激情過後，睜著兩眼靜靜地躺在床上。

「金根，你應該去檢查一下。」

尙晶說這話的時候，沒有側過身來，兩眼仍睜著看著黑暗的上方，語調十分平靜，沒有摻和進任何感情色彩，似乎局外人在客觀地發表科學的斷言。

「我?檢查什麼?」

「醫生自然知道。」

「我，我好好的沒有病，我不去檢查!」

「檢查並沒有壞處，有病沒病不是個人意志能決定的，即便有問題，也不會損害你什麼，起碼對我來說是這樣的，你應該爲我想想。」

這些話，尙晶是經過反覆考慮後才決定由自己來向他提出來的。劉金根沒再言語。這事在劉金根心目中可不像尙晶說的那麼簡單，他認爲這是做爲男人做爲丈夫最重要的尊嚴。如果證

實他有問題，等於宣佈他不是一個眞正的男子漢！他不是一個合格的丈夫！

劉金根決定不去找醫生是早就想好了的，哪怕這輩子沒有孩子，他也不去找醫生來證實自己有沒有這種能力。這一點他是鐵了心的。

古義寶卻爲這事專門拜訪了專科大夫。大夫的一番道理讓古義寶明白了一切。他記起了一件事，那是小學五年級的時候他和劉金根都得了「痄腮」（編按：流行性腮腺炎），腮幫子都腫得跟豬尿泡似的，他抹了那種用枸杞根和葉還有不知什麼東西放在一起砸成的糊糊，不幾天就好了。劉金根不知是抹晚了還是別的什麼原因，好多天高燒下不去，躺在床上燒得糊里糊塗，有十幾天沒能上學。看來準是那次把睾丸燒壞了。這事古義寶沒跟任何人說，包括尙晶和林春芳。劉金根也不知道古義寶專門爲他拜訪過大夫。

20

趙昌進再次上三連，古義寶已當了指導員。劉金根當了副連長。

軍區記者站的名記者來到了他們師。記者原是他們軍的新聞幹事，名氣大了就調到記者站。他是趙昌進的老師。趙昌進當新聞幹事時得到過他不少幫助。現在當科長了，寫稿少了，但聯繫並不少，重要的稿子都還是要由他出面來幫他聯繫才能發出去。老師上門，他當然要親自陪同。

趙昌進立即給古義寶打了電話。專門交代準備一個房間，整乾淨一些，被褥床單換新一些的；伙食要搞好，在上面吃不著新鮮海味，中午晚飯都要弄點海鮮；房間裡想法弄台電視機，記者每天要看新聞，特別愛看武打片。

古義寶放下電話就忙活，說實在的，軍長來他也不一定急成這個樣。連部這邊太亂，吃飯戰士們走來過去的看著也不方便，於是就把他自己跟林春芳住的那間屋拾掇出來，置床擦窗，林春芳來也沒這麼準備。連隊的床單被褥沒有新的，古義寶就只好把自己的兩條新床單新被罩拿出來。又讓通信員趕到村裡小百貨店買了兩條新枕巾。一切就緒後，就缺彩電。把俱樂部裡的大彩電拿來，古義寶又怕戰士們嘰咕影響不好。可除此只有劉金根個人有台十四英寸彩電，他覺著又不好開口。

「哎喲，是不是春芳要來呀？」星期六，尚晶提前回家。

「她來還用著這樣啊，是趙科長陪軍區的記者來。」

「是趙科長來呀，那可得好好打掃打掃。」

尙晶說完就開門進了自己的屋。

古義寶也跟著走進了尙晶的屋。

「喲，今天是哪陣風，你怎麼會進我們的門。」

古義寶這段時間很少到尙晶他們屋裡坐，除了過年過節劉金根硬拽他來喝酒，古義寶平常基本不踏尙晶他們的門檻。或許是因爲他們原來有這麼一段，現在都成了家，一邊是朋友，一邊是老鄉，自己又是介紹人，免得惹出話說。尤其是他諮詢了專科醫生以後，他更謹愼小心了，似乎有些怕見尙晶似的。他也弄不明白，是自己心虧還是覺得自己對不住她，還是自己至今仍深愛著她。他說不清。

古義寶沒有答尙晶的話，卻在椅子邊坐了下來。

「妳家的彩電好使嗎？」

「好啊，怎麼啦？」

「記者每天要看新聞。」

「那你抱過去唄。」

「不，我還是跟金根說吧。」

「跟我說不一樣嗎？我做不了這主？」

「不，還是跟他說好。」古義寶臉上沒有做出什麼表情。

「是你心裡有鬼。」

古義寶的臉被尙晶說紅了。

「你爲什麼這麼怕跟我說話呢？我沒有抱怨你什麼，也沒有要求你什麼呀！」

「尙晶，別說了，如果金根眞那麼想要孩子的話，就抱養一個吧。」古義寶說完就要走。

尙晶把他叫住了。這句話讓尙晶驚愕地站在那兒不知要幹什麼。她問他這話是什麼意思？金根是不是有問題？是金根讓你轉告的？金根眞去做了檢查？他把結果瞞了……

古義寶看尙晶的神態立即改口安慰她，說他不過說說而已，金根什麼也沒跟他說過。

尙晶突然哈哈笑了。笑得古義寶很擔心。她說：「抱養一個，我爲什麼要抱養別人的孩子，他有問題，我又不是沒有這個能力，我眞想要孩子，我可以自己生。」

古義寶吃驚地看著尙晶，他無法再跟她說下去，轉身離開了她家。

記者這次是帶著題目下來的。軍事和政治的關係，從理論到實踐，爭論了一二十年了，這種矛和盾、雞和蛋的關係越論越糊塗，就是搬出馬、恩、列、斯、毛他們自己的話來回答他們自己提出的問題也難說明白。爭來爭去還是公說公有理，婆說婆有理，嘴上這麼說，心裡卻又不這麼想，到頭來還是誰說都對，誰說的也都不對，說辯證法就是這麼個理論邏輯。記者不想再在理論上做什麼文章，他想到基層連隊做一些調查研究，吃一些梨子，解剖一些麻雀，通過對基層幹部解決實際問題的典型事例的剖析來證實政治工作的作用。

趙昌進一聽來了勁頭，大題目，大文章，難做，可做好了有份量，有影響。

記者和趙昌進到了三連，跟別的工作組不一樣，不開會也不聽彙報，只一個一個找人談。不光在屋裡談，還到訓練場談，晚上散步、趕海、爬山，隨便什麼人隨便什麼時候隨便談。談的都是連裡、個人這兩年發生過什麼事情，遇到過什麼困難，你自己怎麼想的，連隊幹部又是怎麼解決的，這些事情自己心裡覺得有什麼要說的。

幾天下來，記者和趙昌進記了一本子事。有關古義寶的事佔去了三分之二。新戰士上崗害怕，他就陪崗，一直陪到新戰士說不怕了爲止；一排有個「老大難」訓練不跟趟，他搬過去跟他睡上下鋪，有空就跟他練，陪他計算單獨修正量，睡了三個月，他追上去了；一個老兵的對象吹了，他要來女方的位址，每隔三天發一封信，發到第二十六封信時，女的給老兵回了信，又成了，說再不要讓指導員寫信了；二排一個戰士的父母離了婚，戰士吃不香睡不甜，他一次次跟他談，又給他父母寫信，父母都給他來信，戰士捧著一疊信面對指導員哭了；四排一個戰士口吃，怕人笑他，整天沉默寡言，他每天領他到海邊教他練說話，改掉了口吃的毛病……

記者跟趙昌進說，古義寶眞不是一般的人，有這種眞誠對戰士，工作沒有搞不好的。記者原打算住兩天就走的，幾天下來他改變了計畫，他不想再跑別的連隊，他打算就從這一隻麻雀開始解剖。當然這兒的生活也是沒說的，更有尙晶這個熱情的鄰居。趙昌進是她的恩人，尤其是記者，是大機關大城市來的，她感到他身上有許多新鮮的東西，他說出的話跟趙科長古義寶劉金根和學校裡的人都不一樣。她也說不上來這新鮮東西具體是什麼，但她能眞眞實實感覺到體會到。她生性就熱情大方，加上那吸引她的新鮮東西，劉金根這些日子又到師後勤開會，所以每晚只要見他們不在談材料她就過來跟他們一塊看電視聊天。正好電視台在播一部五十集的武打片，女主角正是尙晶崇拜的偶像，跟記者一拍即合。記者生活得像在自己家一樣輕鬆，甚至比在家裡還快活，眞有點樂不思蜀的樣了。

古義寶這些日子自然是忙上加忙。每頓飯菜都是他親自定食譜，親自督促烹飪後才讓炊事員送到他們的住處。

晚飯後，古義寶去看趙科長和記者，他倆跟尙晶正一起在看電視。古義寶一看記者看尙晶的眼神，心裡不覺酸了一下。趙昌進沒讓古義寶留下看電視，而讓他陪他去散步。

出了營房，趙昌進和古義寶就恢復了那種特殊的關係。趙昌進說，你幹得眞不錯，記者幾次都誇你，說你不是一般的人。古義寶說我說什麼也不能給你丟臉。趙昌進說你越幹越聰明了，越幹越精明，連裡幹部戰士沒有一個說你不好的。最可貴的是你眞誠待人。你讀過《曹劌論戰》嗎？曹劌問魯莊公何以戰，魯莊公說了三個條件，一是衣食所安弗敢專也，必以分人；二是犧牲玉帛弗敢加也，必以信；三是小大之獄雖不能察，必以情。說第一個條件時曹劌搖了頭，說小恩小惠沒有普遍施加到一般人身上，民衆不會都順從你；說第二個條件時曹劌還是搖頭，說對鬼神不說謊，是小信，神不會眞正信任保佑你的；說第三個條件時曹劌才點頭，說這才是盡心竭力的表現，可以一戰。這裡面充滿著人生處世哲學。小恩小惠只能收買個別人的心，要取得大家的信任，靠小恩小惠不行，因爲你無法做到公平；要得到所有人的信任和擁護，只有靠一個情字。情能使你在千萬人面前做到公平，你對誰都講眞情，對誰都眞誠，人們便都擁戴你。你現在就做到了這一點，或許在理論上你還說不出個道理，你的行動是下意識的，其實則不然，你是有意識有觀念的。

古義寶聽著趙昌進的話心裡熱乎乎的。他確實沒有想到自己有這麼高大，但別人說出來了，而且是自己的恩師，他相當激動。激動之中他眞誠地感激趙昌進，說這都是你教的，都是你幫助的。

趙昌進告訴他，等記者把這篇大文章寫出來發表後，你會更上一層樓。古義寶心裡就感激起記者來，對自己剛才的一酸感到太狹隘太無聊了。

古義寶把趙昌進一直送到住處。趙昌進推開門的一瞬間，古義寶發現記者的臉上不知爲什麼閃過了不自然的神色。武打片仍在播，不過不在打，女主角正緊緊地貼在師兄的胸前。古義寶沒有鼓起看尙晶一眼的勇氣。他立即告辭回了連部。

21

古義寶從軍區歸來，是坐吉普車回的連隊。乘汽車回到縣城，下了車他先到師部，見了趙昌進和政治部主任，彙報了這次到軍區的全部活動。主任勉勵他要繼續努力，不驕傲不居功，做出更多的貢獻。古義寶一邊表示著決心一邊喜氣洋洋。從師部出來，古義寶又到了團部。在辦公室的團首長一起聽了他的彙報。團首長們又對他說了許多讚揚、鼓勵和勉勵的話，說他爲團裡爭得了榮譽。他又表示了許多謙虛，表示了許多決心。最後政委就親自派車送他回連。

古義寶的這一次衝刺，趙昌進和記者的那篇文章是運載火箭。文章佔了差不多一個整版。文章雖然不是專門寫古義寶的事蹟，是結合實例加剖析的理論研究文章，但裡面的事例大都是古義寶的。報社給文章加了編者按，引起了廣泛的注意，古義寶跟著再次揚了名。

人要走上順道，怎麼走也順當。就在這時軍區要評選表彰基層優秀幹部，古義寶便被一級一級推選上了軍區，最後成了軍區表彰的四名優秀基層幹部之一。報紙、電台、電視台，他都露了臉，一時聲名大噪。

古義寶下了吉普車，十分豪爽地請司機下車休息，司機沒下車，謝了一下掉頭就回團去了。古義寶興奮地揮著手，司機看不到他了他還在揮手。

連隊接受臨時突擊任務，一下開到二百多里外的軍農場去幫助夏收夏種。連裡只剩一個班看守營房和負責農副業生產。

古義寶放下東西洗了把臉就喜氣沖沖地看了留守班，抽菸的抽了菸，不抽菸的吃了糖。戰士們也跟著高興，說在電視裡看到指導員了，那麼威風。說了笑了戰士們便繼續他們的勞作，運肥的運肥，翻地的翻地，澆水的澆水。

古義寶回到連部，心情十分輕鬆，心裡一片陽光。他又打開了那個櫃子。他的屋裡有兩個櫃子，一個是放工作上用的一切資料和書籍，一個是他個人財富的倉庫。如今他有一間完全屬於他個人支配的屋子，他在這間屋裡可以做他想做的一切事情，既不需躲避也不必擔心被隨便打擾。

他從櫃子裡拿出兩筆寶貴的財富。一筆財富是影集，這影集不僅有他各個年代留下的痕跡，更有價值的是裡面有他人生中每一段光輝里程的眞實寫照。每次參加某種級別的大會，得到某種榮譽和獎賞後，他都想盡一切辦法，甚至給那些新聞幹事塞一點東西索取照片。當然有人也因得到過他的實惠而主動給他的。他的影集已經有了三大本。另一筆財富是報紙剪貼。這報紙剪貼不是工作需要的資料剪貼，那種剪貼在另一個櫃子裡，這裡的剪貼都是別人寫他的事蹟的報導、通訊、報告文學和事蹟材料。他這次出去收穫巨大，無論數量還是品質都是前所未有的。他要立即把它們歸入他的人生檔案。

他用了一個小時又十三分鐘，把照片按次序插入影集，把文章、材料一頁頁剪貼好，他幹得相當細緻又相當熟練，而且興致勃勃，完全忘掉了天熱，幾乎忘掉了出汗。

做好這些，他又欣賞了一遍。覺得意猶未盡，總覺得還應該找人跟他一起分享心中的喜悅。他想到了尙晶。

古義寶出了連部就上那個小家屬院。尙晶在家，門口晾著洗的衣服。古義寶先敲了門，立即聽到了尙晶脆生生的應了聲誰呀，古義寶心裡就一喜。他聽到請進後，就推門進屋。古義寶邁進半個身子就僵在那裡進退不得。眼前的尙晶讓他不知是進好還是退好。尙晶只穿了一件薄薄的汗衫，高聳的乳峰把兩顆櫻桃似的乳頭清清楚楚地頂在汗衫的下面，隱隱能看出它們鮮嫩的顏色，下身只穿了個褲裙。

「哎喲，大模範回來了，進來呀！」尙晶卻若無其事地叫古義寶進屋，古義寶額上微微泛起了汗珠。

「大熱的天，你穿這麼齊整幹嘛？又不去做報告演講，快脫了。」

古義寶也覺得熱，就脫掉了長袖襯衣，穿著背心也顯得雙方協調一些。但古義寶還是盡量避免正面看尙晶。尙晶在看一本什麼婦女雜誌，學校放假，她無事可做。

「這次抖威風了，上了電視，那天我看到了，那幾個給你們戴花的女兵好漂亮喲。眼沒花花？」

「說什麼呀，我有那賊心也沒那賊膽呀。」

「這次都上了哪兒，出去都快一個月了吧？」

「可不，整一個月了，這次是開了眼界，軍區的首長接見了我們，還和我們照了合影，咱們軍區的各大城市都去了，每到一個部隊都隆重歡迎，各部隊的首長都跟我們合影留念，還陪我們參觀遊覽名勝古蹟……」

古義寶甜蜜地回憶著，尙晶也甜蜜地聽著。

「那些照片呢？也不拿來讓我看看。」

「在包裡呢，我這就去拿。」

古義寶說著就跑了出去，不一會兒就把一疊照片拿了回來。兩人立即就圍著桌子看起相片來。尙晶一邊看，古義寶一邊給她介紹照片上的首長，兩個人都很投入，忘掉了天氣的炎熱。尙晶的胸脯緊貼在古義寶的肩膀上了，他倆誰都沒覺著熱。直到看完最後一張照片，古義寶轉臉碰著了尙晶的臉。

兩個人突然就僵在那裡，眼睛對著眼睛，雙方的目光一碰撞，心裡就碰出了一股火。

「你夠幸福的了，人一輩子能活到這麼紅火也值了。」尙晶細聲說。

「幸福就談不上了，你說我幸福嗎？」古義寶輕聲問。

尙晶轉過臉去背著古義寶：「你不是一直爲這個目標在拼命嗎？爲了這個目標你不是一切都捨得犧牲嗎？現在如願了，你難道還不滿足？」

「做爲理想，做爲一個人的人生目標，做爲一個男子漢的人生價值，我是應該滿足了，我也可以說對得起自己了，可要說我幸福，我心裡到底是甜還是苦，妳應該是清楚的。常說慾壑難塡，一點不假，人總想事事如意，可世上的事情能完全隨人意願嗎？這只能是夢想。天意就是如此。秦始皇統一天下，卻不得不將母親打入冷宮；劉備三顧茅廬請到諸葛亮，卻偏偏就生了個阿斗；武則天做皇帝，自己和天下的女人揚了眉吐了氣，可爲此她不得不殺死親生女兒逼死親生兒子；日有陰晴，月有圓缺，這是自然法則。」

尙晶又看了古義寶一眼，明白他說的是什麼。他們的情緒立時進入了另一種氛圍。

「你打算什麼時候讓春芳帶孩子來部隊？」

「我也不知道，孩子的年齡還不知怎麼算，到時候上學也不知怎麼辦，做人難啊！」

古義寶本意是要找熟人知己跟他分享喜悅，現在卻訴起苦衷來了。

尙晶沒有接他的話，卻低下了頭，兩手不停地捲著那本雜誌。

古義寶覺得渾身燥熱，過去打開了電風扇。

「唉，說這些幹什麼。」

尙晶放下雜誌，給古義寶開了瓶汽水。

「你應該高興，想那些不愉快的事幹嘛，全軍區不就四個嘛，前途無量，誰能跟你比呀！你也該鬆口氣了，別把自己綁那麼緊，活得那麼累。」尙晶說得實心實意，一腔體貼的眞誠。

古義寶看著眼前的尙晶，她讓他渾身發燙。當他的目光觸到尙晶的目光，他想到了劉金根的事。他有了一種負疚感，似乎是他給尙晶帶來的不幸，他想要給她安慰，可又找不到可安慰她的話，結果他接尙晶遞過來的汽水瓶時，另一隻手就愛撫地按住她的肩頭，說了一句：「我對不起妳。」

尙晶立在那裡，怔怔地看著古義寶，她說：「你到今天才說這句話！」說完兩顆晶瑩的淚珠滴落下來。

古義寶心裡有一股熱浪油然升起，是他讓她忍受這樣的痛苦。他有責任幫她解脫痛苦，他不由自主地再次用那隻手撫摸著尙晶的肩頭。尙晶的兩條柔軟的胳臂一下摟住了古義寶的脖子，兩張饑渴的嘴不約而同如饑似渴地相互吮吸起來。

古義寶不知道自己在幹什麼，也不知是怎樣抱起尙晶又把她放到床上。此時地球已經停止轉動，太陽已經暗淡無光，世界上一切都已消亡，整個空間就只有他們倆。當古義寶的顫抖的手觸到尙晶那富有彈性的乳房時，尙晶發出夢幻般的囈語：「我的心愛的模範指導員。」古義寶心頭顫了一下，渾身的火被當頭潑了一盆冰水一般，從熱昏中突然驚醒。他翻身下床，沒等尙晶從陶醉中醒來，古義寶拿著他的那些照片，逃出了尙晶的屋子。

下卷

出夢

22

毒辣辣的日頭照耀著高低不平的山路，山路上一頭騾子疲憊地拉著車，車上躺著兩個疲憊的人。趕車的那個兵頭上扣著頂軍帽，倚在鋪蓋捲兒上，一邊流著汗一邊打著盹。

古義寶身下鋪了兩條麻袋，兩手捧著後腦勺枕在柳條箱上，帽子扣到臉上擋住灼人的陽光，身子隨馬車一顛一晃顛動，睡得似乎很香。

車上裝著古義寶的全部家當，一捲鋪蓋，一隻自製木箱和一隻柳條箱。

古義寶和馭手一路無話，由著騾子隨心所欲拉著他們行進。

古義寶並沒有睡著。他不可能睡著。這些日子他一直在經歷著從泰山極頂摔向萬丈深淵的滋味。

當他那根被慾念痲痺了的神經讓尙晶的一句充滿愛意的情話驚醒，他抓起衣服跑出尙晶的屋門時，他意識到自己做下了什麼，做下的事又是一種什麼性質的事。一下午他喪魂落魄忐忑不安。他幾次想返回去向尙晶道歉，請求她的原諒。可他怎麼也鼓不起這個勇氣。他只好惶恐地擔憂著，同時又懷著一種僥倖。他承受不了心理上的壓力，第二天逃避災難般趕到二百多里外的軍農場。當他與劉金根見面時，他的緊張和慌亂讓劉金根感到奇怪。

他用超常勞動量來懲罰自己的靈魂，驅除心理和精神上的自我折磨。戰士們割一壟麥子，他割兩壟；戰士們挑四捆麥子，他挑六捆；戰士們翻一畝地，他翻兩畝。只是他拼命慣了，戰士們自認誰也比不上他，所以誰也沒覺出他的異常，更沒有從別的角度去揣摩他的心理，一切都照常進行著。他那顆痛苦的心這才得到暫時的平靜。

勞累而又擔憂的一個月艱難地過去了，連隊完成任務返回駐地。古義寶瘦了一圈，愈是接近返回駐地，他心中的擔憂和僥倖的企望愈折磨著他。

當他接到政治處主任讓他到團裡去一趟的電話，臉一下就黃了，額頭上冒出一層冷汗。他連車子都蹬不動，平時四十分鐘的路，他騎了一個多小時。主任見他沒跟他說話，直接把他領到了政委辦公室。他的手和腳就不住地打顫。政委的詢問還沒完，他就一屁股跌坐到沙發裡。他到了團裡便沒能回連。政委主任訓完話，接著便被送到師招待所，保衛科的副科長、團政治處的副主任和他們營副教導員在那裡等他。

接下來，他便陷入了極度的痛苦和無邊無際的悔恨。他沒有臉見人，可必須一遍又一遍地向他們交代這事發生的過程、動機，反覆核實後，再讓他一遍又一遍地寫。

令他吃驚的是，對方居然告他強姦？

自責和冤枉交替著折磨他。他從他們三個人的眼睛裡看出，自己由人變成了狗，英雄變成了狗熊，模範變成了囚犯。他不甘心，抱定事實一步不讓。

他整宿整宿睡不著，他只想著一個疑問，尙晶爲什麼要告他強姦？

難道是怨他不娶她故意報復？是他沒如她的願反惱羞成怒？是他成名超過了他男人嫉妒？要是他眞和她做了那種事又會如何？他的頭要裂開了。

古義寶這時眞正體會到趙昌進那句話的份量。要做個好人，只能一輩子做好事，不做錯事，做一千件一萬件好事無所謂，但要是做一件錯事，就前功盡棄。他爲自己近十年的汗水、心血叫屈。他爲趙昌進的數年辛苦內疚傷心。他知道他比原先更出名更昭著，他在認識他的人的心目中一落千丈，他從此完了，一切都完了。他幾次做夢夢到這是假的，是劉金根和他開玩笑，可他醒來後看到陪著他的是他的三位領導，他便陷入更深的痛苦。他氣他恨他痛哭流涕。

古義寶眞想請求專案組把尙晶叫來，他要當面和她對質，澄清事實。如果尙晶敢當他面說他是強姦她，他立刻死在她面前都毫無怨言。一個人被自己一直認爲也一直當作是最知己的朋友當面污辱，活著還有什麼意思呢！

古義寶被痛苦煎熬時，一點也沒想到尙晶並不比他舒服。此時的尙晶同樣經受著痛苦和折磨。

那一天，古義寶突然無言跑走，尚晶當時的懊惱難以言述。一個女人一旦形成了一種意念，產生了一種願望並已不計後果地爲之邁出了腿，對方卻毫不當回事任意踐踏，無論誰都會因此而感到沮喪、失落，被欺騙和被戲弄，給女人的打擊無異於遭受污辱。她當時真想追出門去吼一聲：古義寶你混蛋！

可是當她冷靜下來，有了一個月漫長的閒暇來回憶思考這件事，她一想起古義寶起初的激動和後來的傻樣就好笑。反覆想過幾次以後，她就覺得這是件十分有趣十分可笑的事情，似乎是一個遙遠古老的笑話，根本不是發生在她和古義寶身上的事，倒像是發生在她夢裡的笑話。

她是劉金根回來後兩人新婚般做了那件事心情格外興奮的情況下把這事當笑話一樣說給劉金根聽的。劉金根的臉立時就變了色，變得讓尚晶害怕，而且那晚上後來他對她那麼粗魯那麼蠻橫。尚晶很後悔告訴他這件事，她原以爲他聽了後一定會樂死的。可說出去的話已無法收回，一切都只能是後悔了。劉金根第二天便專程上了團部。

當尚晶知道劉金根做了過分的事後，她比古義寶還慌張，她意識到這事的嚴重。她痛恨自己把事情告訴劉金根。當天晚上她偷偷跑到連部觀察過古義寶。儘管她對古義寶有些恨意，但她完全不想害他，他真要跟她做了那件事，她絕對不會跟任何人說。

尚晶沒想到的是這事也會給她帶來這麼多麻煩和尷尬。保衛科副科長他們幾次找她，要她如實說出事情的經過。而且一遍又一遍專問她那些讓她難堪難以啓齒卻又必須回答的問題。尤其是保衛科副科長問得那麼嚴肅那麼逼人。

「古義寶兩手撫摸妳肩頭的時候，妳做了什麼動作？妳站起來沒有？妳推他沒有？」

「古義寶吻妳的時候妳躲避了沒有？妳張沒張開嘴迎接？」

「古義寶把妳抱起來的時候妳的兩隻手放在什麼地方？妳反抗沒有？」

「古義寶壓到妳身上的時候妳做了什麼？妳的兩隻手放在什麼位置？」

實在難以開口，可又不允許不說，這都是確定問題性質的根本依據。

尙晶實在忍受不了這種難堪，最後她哀求地說：「請妳們不要再問不要再來找我好不好，我從來就沒有說他要強姦我，誰告的妳們找誰去！」

古義寶在痛苦中壓根沒想到還有這些。他也沒想到這事會給這麼多領導添爲難。團裡接到劉金根的告發後，一分鐘也沒敢耽誤，立即報告師政治部，師政治部立即報告政治部首長，師首長立即召開緊急碰頭會，決定立即將此事報告軍政治部。軍政治部立即報告主任，主任立即報告政委，政委指示立即報告軍區政治部。這事非同小可，他是軍區剛剛表彰的模範。古義寶出事等於自團到軍區各級都出事，除了古義寶這個模範消失臭名遠揚外，這事無疑是對各級黨委各級政治部門工作的一種否定和批評，誰願意這樣的典型出事呢。

軍政治部指示立即成立專案組，查清事實。

專案組以嚴肅公正的態度高效率進行工作，不久便向黨委寫出了專案報告。報告由師報到軍，再由軍以傳眞電報報到軍區；處理意見再由軍區下達到軍，軍再下達到師，師再下達到團。

古義寶由副教導員帶回團部，團裡舉行了由政委、主任和副教導員參加的小範圍批評會。會上政委、主任和副教導員對古義寶進行了嚴肅而又深刻的批評。說他雖未構成強姦罪，但說明他腦子裡潛藏著骯髒的腐朽的見不得人的不健康思想，靈魂是醜惡的，與一個共產黨員，一位軍人，一位政工幹部，一位模範指導員是格格不入的。其原因是思想改造不徹底，在成績面前飄飄然，忘乎所以，辜負了各級領導的教育培養，本該從嚴處理，念其初犯，沒有構成犯罪事實，沒有造成嚴重後果，曾經爲部隊建設做過貢獻，免究刑事責任，免予紀律處分，調離工作，到團農場負責生產。古義寶自始至終不住地點頭，幾乎是每一位領導說一句話他點一次頭。等三位領導一一說完，古義寶的脖頸子已經酸了，當時他是覺不到這一點，他也不可能會有心思感覺這一點，到晚上躺下時他才感到脖子酸痛得不敢轉頭。當聽到免予處分的話之後，他一下子跪在地上哭了。他沒能說出心裡要說的話，只說了一句要重新做人，要麼我不是人。

出事後，古義寶痛苦和悔恨之中還有一種慚愧，他覺得頭一個對不住的是趙昌進，可他一直沒見到他。

古義寶思前想後，一個人為人在世，無論是當先進做模範，還是犯錯誤當後進，做人要講良心，這些年趙昌進為他操那麼多心，寫了那麼多文章，還為他與別人貌合神離，如今自己出了事，等於給他當頭一棒，等於給他臉上扣屎盆子，自己就這麼走了，算什麼，哪怕挨罵挨打，也要見個面認個錯說聲對不住再走才是。

到了晚上，古義寶提了兩瓶酒和一盒蛋糕，賊一樣摸到趙昌進的家門。家裡有人，亮著燈。古義寶有些緊張，在門口定了一會兒神，想好見面該說的話才敲了門。

來開門的是趙昌進。當趙昌進看清是古義寶時，他的臉一下收起了笑容，砰地關了門，轉身拉滅了屋裡的燈，好像古義寶身上帶著瘟疫病毒。

古義寶萬萬沒想到他當面給他吃閉門羹，趙昌進關門和拉燈的舉動把他僅有的一點自尊傷害殆盡，他毫無承受這種打擊的心理準備，確實有點受不了，眼淚在眼眶裡轉。他硬忍著站在那裡不知所措。他沒有離開，他覺得自己活該，該挨罵挨撅。他想他不能就這麼走，應該讓趙昌進心裡的氣都出盡。等了一會，古義寶又輕輕地敲了門。一遍再一遍，趙昌進始終不來開門。

古義寶再也抬不起他的手，他輕輕地放下東西，心裡酸酸地轉身一步一步離開趙昌進的家門。說眞的在專案組面前也沒有受到這樣的傷害。轉過牆角，古義寶的眼淚再也止不住了。他撒腿就跑，結果迎面碰上了文興。

「這不是古義寶嘛！幹什麼去？走，到我那去坐坐。」

「副科長對不住，我走了。」

「這麼急幹嘛，走。」文興一把拉著古義寶上了他宿舍。文興的愛人沒調來，他一個人住。「這又何必呢，世上只有兩種人不犯錯誤，一種是未出生的人，一種是死了的人。」文興遞給古義寶擰乾的毛巾。

古義寶始終看不透文興是個什麼樣的人。他一直對他抱有兩種心理，有時想見他，有時又怕見他。

「人的悲劇性就在於虛僞，人的現實和理想總是有差距，但人爲了滿足自己的虛榮心，便自欺欺人製造虛假，強迫自己去做一些原本自己不是眞心實意想做的事，爲達到私慾的滿足而創造極端。可慾望是沒有止境的，可憐的人便成了慾望的奴隸，無休止地逼自己陷入這種悲劇式的創造當中。」

古義寶似懂非懂地聽著文興的話，他總感到他的話離他那麼遠，那麼難懂，一點不像趙昌進的話，句句他都明白。

「一個人受點挫折好，經受一次挫折，你會長許多知識，世上沒有一帆風順的事。犯了錯誤當不成模範，那還可以做普通的人，我倒認爲，做爲人做一個實實在在的普通人要比做模範眞實得多。我倒可以送你一句話，一個人只要不想當官，不想爭名逐利，他會活得很輕鬆很瀟灑。」

「副科長……我對不住你們。」

「不要老是陷在對住誰對不住誰這樣一個狹隘的思路裡。這樣你等於一輩子爲別人活著，你要想對得住對不住自己。什麼時間到農場去？」

「明天。副科長，我完了。」

「別，別這樣想，以後的路還長呢。人的本質都是美醜善惡並存的，人做不做錯事，多做錯事少做錯事，是人的修養決定的。有的人不做錯事，是因爲他修養好，能把握自己，並不能說明他靈魂中沒有邪念；做錯事的人，是他在某種特殊的環境特殊的條件下沒能很好地把握自己，讓醜惡壓倒了美善。做了錯事，犯了錯誤，還得靠自己來拯救自己，靠別人都是空的。如果能正視自己的錯誤，重新振作起來，或許以後的路會走得好些；如果就此消沉下去，那只會自己毀滅自己。」

古義寶在文興那裡坐到很晚才離開。從文興宿舍出來，古義寶心裡覺得輕鬆了一些，儘管他覺得文興離他很遠，他無法跟他站到同一個台階，他與他走的也不是同一條道，但文興讓他羨慕；這時他從心裡感到文興的水準比趙昌進高，這倒並不是趙昌進傷了他的自尊，趙昌進的

水準也很高，可趙昌進的話他都能聽懂，包括他的眼神和沒說出的話，他都能看懂，但他全部知識的基礎是農民思想。文興則完全不同。可他不明白爲什麼趙昌進卻比文興進步快。

「孫副場長！」一個十分細柔的聲音傳過來。

「孫副場長？領導沒有說過這個農場有個孫副場長。」古義寶忍不住側身瞅了一眼。一位相貌平常的女人在求馭手捎腳。

馬車停了下來。女人的小推車爆了帶，前不靠村後不靠店。他們似乎很熟。可馭手對她不怎麼熱情，似乎是無可奈何。馭手幫女人把小車上的東西抬到車上，又把小推車的一個車把綁到馬車後邊。古義寶一直躺著沒坐起來。一股女人特有的香氣鑽進他的鼻子，他感覺到那女人就坐到了他的旁邊，他心裡產生一絲想睜眼看她一眼的慾望，但終究沒有睜眼看她，這時候他聽到女人的聲音都煩。

古義寶在馬車上依舊想他的心事。他心裡像一團漿糊。他沉浸在痛苦、後悔、氣恨之中無法解脫。他想的最多的還是跟尙晶的那件事，趙昌進說得對，抓雞不著反蝕了米，羊肉沒吃反惹身臊，一時衝動落得像發配的犯人一般。他不甘心，越想心裡越酸，越酸卻又越要想，想到後來天上是黑黑的，後面也是黑黑的，前面的一切都是黑黑的。

他一點都沒想自己要去的是什麼地方，也沒有想要去相認相識相共事的是些什麼樣的人。

這一切對他似乎都無所謂。

古義寶閉上眼睛，任騾子在黑暗中隨心所欲地拉他走向什麼地方。

23

疲憊的騾子拉著沉默的馭手和頹喪的古義寶搖搖晃晃趕到太平觀農場，日頭已經從西面山頭掉了下去。

炎日偏西收斂起灼人的光芒，古義寶才迷迷糊糊閤上了眼皮。

他的精神和肉體早已疲倦不堪，硬是讓痛苦和悔恨折磨得靈魂無法安寧。在他慢慢明白無論自己如何痛苦如何悔恨也無法改變已成事實的過去的道理後，他那破碎的心靈便漸漸麻木，瞌睡和困倦便乘機一齊向他襲來，讓他暫時中止他那無休止的自我心理折磨，讓靈魂從苦難中得以片刻的解脫，也讓他暫且遠離和忘卻不討人喜歡的馭手和陌生女人。

他不知道自己睡了多久。或許是睡足了，或許是因爲車子停止了顛簸，古義寶的眼睛睜開了，睜得平平淡淡毫無生氣。剛睜開眼的一剎那，他記不起自己這是在幹什麼，不知道這是什麼地方，也不知道他來這裡幹什麼。他還以爲是在三連睡了一個午覺剛醒。當他坐直身子，明白了自己是在什麼地方，明白自己來這兒幹什麼，明白自己現在要幹什麼後，心裡像被什麼東西蜇了一口。

騾子已經卸套，馭手和騾子都離開他去了他們該去的地方。他不知道那個女人是什麼時候下的車，也不知道車是什麼時候到的農場，他一點沒覺著他們停車卸套，他睡得太死了，這些日子他哪一天也沒正經睡過一個囫圇覺。

馭手怎麼連個招呼也不打？拉磚拉糞拉牲口也得卸車呀！他竟會毫不理會地把他擱置在營房操場角落的水溝邊就不管了！

古義寶見這個馭手時就覺得這人怪，跟他見面時臉上說不清是一種什麼表情，既沒稱呼古義寶什麼，也沒有叫他的名字，一路上連句話也沒跟古義寶說。古義寶雖然也沒精神跟他說話，但做爲下級的他，又是第一次見面，怎麼說他也得先開口跟自己打個招呼，可他就愣是一句話也沒說，弄得古義寶跟他在一輛馬車上待了一路還不知道他姓甚名啥。到了這裡，他竟把他當個沒用的東西一樣扔水溝邊理都不理，如同扔一條死狗。他敢如此對他，說明他根本沒把他這個場長放眼裡。

古義寶再一次感到悽楚。

一陣輕鬆的吉他聲把他的目光拽了過去。操場那一邊的樹下一個穿海魂衫身材十分健美的戰士瀟灑地依在白楊樹上彈著吉他，樂曲十分受聽。另一邊柳樹下幾個戰士光著膀子在甩老K。操場邊的地裡有一個年齡似乎很小的戰士在採著什麼花。古義寶發現他們對他的出現沒一點反應。

古義寶心裡酸溜溜地收回孤獨的目光，順便把它投到兩排破舊的營房上。看樣子兩排房子蓋建時就沒有完全竣工，磚牆既沒抹面，也沒用水泥勾縫，一律光腚牆面，風吹雨蝕，已是磚小縫大了。門窗也像安上時就沒有刷漆，木頭都朽了，只有很少幾扇窗子上有玻璃。再看操場，就北面那個已經歪斜欲傾的籃球架下的小半拉球場是平的，其餘都坑坑窪窪凹凸不平長滿了雜草，恐怕從來就沒打過全場球。

古義寶心裡除了涼還是涼。他這才意識到原來這就是他以後要待下去的地方。

古義寶扛起行李捲，他無法叫人，這裡的人他一個都不認識。左手順便又提起那只提包，反正都得自己拿。他不知道他該上哪間屋，只好走向甩老K的幾個兵。

「第一排，東頭第三間吧。」

「也可能是第四間，自己去看看就知道了。」

他們兀自甩著牌，沒有人抬起頭來跟他說話。

古義寶扛著行李朝第一排房子走去，他看見東邊倒數第四間屋門留著縫，就用腳推開了門。

「你沒長嘴！」

古義寶退縮不得，又騰不出手帶門，尷尬極了。屋裡那個駁手光著脊樑正摟著一個女人在親嘴，地上一大盆擦身子的水還沒倒。

古義寶連聲說對不起，沒趣地收回那條跨出的腿。剛走出兩步身後嘩地濺來了水，駁手連門都沒出就把那一大盆水潑到門前，古義寶的褲腿上濺滿泥和水。古義寶回頭苦笑了一下，駁手已經關上了門。古義寶把鋪蓋卷放到第二個門前。他這回汲取了教訓，先敲敲門，聽見裡面沒有動靜，才輕輕地推了推門，門沒鎖。屋裡像剛遭了劫，一張雙人床上散滿了亂七八糟的廢報紙，報紙從床上一直散落到地上；一張寫字台六個抽屜兩個拉開半拉，四個扔在地上；一把椅子倒在地上，只有三條腿；一個雙開門舊式大衣櫃，兩扇門半開著，裡面像挨了炸彈；屋裡亮著燈，可開關繩拉斷了，不知已經亮了多久。

古義寶無處下手，走出屋來，他想他還是先把那只木箱和柳條箱拿進來再說。

彈吉他的還在彈吉他，甩老K的仍在甩老K，採花的也還在採花，他們與他好像毫無關係。

古義寶知道自己沒法把那只木箱扛到屋裡，他又不想叫這些心裡沒有他的兵，他想找輛小推車。他圍著兩排營房轉了一圈，終於找到一輛推煤渣的小鐵車。

柳條箱比較順利地推了回來。古義寶再去推那只木箱。木箱太重，裡面裝著他當兵來也是他有生以來最寶貴的財富，有他用自己的心血和汗水換來的那些記載著他的光輝歷程的影集和報紙剪貼，有他的全部功勳章，還有書和他的日用品。他拼著全身力氣搬了三次，實在沒能力把它搬到小推車上。他下意識地朝周圍看了看。在地裡採花的那個小戰士，不知是剛看到古義寶還是實在看不下去，他跑了過來。小夥子好年輕，至多十八歲，手裡拿著一束小白花。

「你來啦。」小戰士或許不知道該怎麼稱呼他。

「來了。」

小戰士幫古義寶一起把木箱抬到小推車上，又搶著幫他推。

「不，我來。」

「不，我來。」

古義寶冰涼的心感到了一點溫熱。

「你叫什麼名字？」

「金果果。」

「這名字有意思。」

「沒意思，別人老取笑。」

古義寶沒讓金果果幫他收拾房子。他自己也無心把房子收拾成什麼樣。只是把屋裡的廢紙整理捆好，掃了掃地，修了拉線開關，連箱子都沒開，臉也沒洗，倒頭就睡。

古義寶在屋裡整整睡了一天一夜。這一天一夜中，只有金果果送來兩次饅頭、鹹菜和菜湯。

夜裡，天下起雨來。雨下得不緊不慢，一直下到天亮。古義寶在床上躺得乏味，翻身下了床，兩天沒刷牙自己都覺出嘴裡臭烘烘的。刷完牙洗罷臉，既沒食慾，也沒興趣幹事，拉過那把只有三條腿的椅子坐門口看著天下雨。天陰得厲害，雲層壓到對面的山頭上，雨沒有停下來的意思。古義寶看著門外場院上雨點砸出的一片水泡花，看得發呆。

隔壁馭手屋裡的嬉鬧聲讓古義寶心煩，夜裡他被那吱哇亂叫的破床吵醒三次。他媽的！古義寶順口罵了一聲：「豬！」古義寶朝門外的雨狠狠地吐了口唾沫。

雨絲疏了一些，隔壁的床也停止了歡叫。這時天起了風，雖然不大，卻十分歡暢，吹得樹葉嘩嘩作響。一陣輕風旋過門前，刮落一隻無名小蟲，不偏不倚正落在古義寶門前的一個水窪裡。水窪不大，周圍是平的，雨點細而均勻，四面都往裡流細細的幾乎看不見的水流，這便匯成一個肉眼不易看出的漩渦。無名小蟲掉進去後的旋轉才看出這無形的漩渦，但它對於小蟲來說卻是致命的威脅。小蟲感到了水窪對牠的威脅，拼命地掙扎起來。小蟲的腳很多，或許就是因為腳太多的緣故，牠掌握不了方向，每當牠接近生的彼岸時就轉了向，被細小的流水再次帶入漩渦。古義寶有些同情小蟲，但沒有想到要救牠或助牠一臂之力，他十分專注地看著小蟲如何自己來掌握和創造自己的命運。小蟲再次拼出全力掙扎，牠一點一點接近彼岸，令人遺憾叫人生氣的是牠又一次迷失方向，目的明確的慾念便變成了毫無能力的胡亂掙扎，牠再次被細流帶進漩渦。小蟲氣餒了絕望了，牠放棄了掙扎，聽憑漩渦帶著它在水窪裡漫遊。古義寶有點生小蟲的氣，怎麼就這樣沒志氣呢，何況這關係到自己的生死存亡。小蟲似乎感到了古義寶的氣憤，牠再一次掙扎起來，但除了在水窪裡打轉外，牠再無驚人之舉。古義寶一直看到牠徹底絕望，看到牠完全放棄生的願望。到後來小蟲的翅膀無力地張開了，到後來一滴雨點正打在了小蟲的身上，小蟲便翻了身，肚子朝了天，徹底死去了。牠的內臟即將開始腐爛，一切都發生在這短暫的瞬間。

古義寶很失望。他心情十分沮喪地將身子靠到椅背上，閉上了眼睛。他忘記了椅子只有三條腿，忽然和椅子一起倒在地上。

古義寶躺到床上，沒有一點睡意。他忽然意識到他目前的處境與剛才落水的小蟲有某種相似之處，他對於周圍的環境就如同小蟲對於水窪，他對於外界的種種壓力如同小蟲對於一股股細流和無形的漩渦。

古義寶再次走到門口朝水窪中小蟲的浮屍看了一眼，不禁打了個寒顫。

古義寶忽然想起了文興的話，他不明白他爲什麼會如此未卜先知。

門外的雨點讓他有些心煩，於是他站起來關上了門。重新躺到床上，他怎麼也睡不著。

24

古義寶以場長的身分吹響了集合的哨子。

天晴了。晴得天高雲淡，清風颯爽。

古義寶到農場已三天，除了知道馭手姓孫和認識金果果外，對農場的事一無所知。原場長本該做好交接再走，可他連古義寶的面都沒見就捲起他的東西走了。走得那麼倉惶，不知是在這裡待膩了，還是怕這種赦免夜長夢多，還是另有什麼不可告人的隱情。他扔給古義寶的就是古義寶住進去的那間被土匪搶劫了一般的房間和一個無從下手的破爛攤子，除此既沒有一句話，也沒有任何文字。這個農場有幾個兵，有幾畝地，存幾塊錢，有何財產，古義寶一概不知。

古義寶吹響哨子後五分鐘，農場的兵一個一個走進那間稱之爲場部辦公室實際只有兩張破寫字台和幾把椅子至多二十五平米的屋子。古義寶看著錶，過了十五分鐘還不見馭手進來。古義寶問在座的，除了原來的場長還有沒有指定班長之類的負責人。在座的沒有人回答。古義寶就把眼睛盯住了金果果。金果果被他看得沒辦法，說除了場長就是孫德亮負責，他是志願兵，場長宣佈他是副場長，我們就都叫他副場長。

孫德亮就是馭手，還兼著農場的司務長和給養員，掌管著農場的財政大權和唯一的交通工具——馬車。

古義寶打心裡不欣賞孫德亮，倒不是他這幾日夜裡折騰得他難以入睡，也不是因爲他把他扔馬車上不管，他從骨子裡覺得他不是個好軍人。

古義寶讓金果果去叫孫德亮。金果果十分爲難。古義寶也看出他的爲難，他就沒再讓他爲難，自己走出門去。

古義寶敲了門，又叫了名，裡面沒有立即開門，只是甕聲甕氣地說了聲知道了。

古義寶回到場部辦公室，又等了大約一刻鐘，孫德亮才懶洋洋地走進辦公室，進門還自找台階地嘟囔，開會？開什麼會呀。

「孫班長，人是不是都到齊了？」古義寶盯著孫德亮。

「你是問我嗎？人是都到齊了，不過這裡沒有孫班長，只有孫副場長。」孫德亮掏出菸，紅塔山，檔次不低。

「我來時，團裡跟我交代，這個農場只有一名幹部，也就是只一個場長，沒有副場長。你這個副場長的稱呼就到現在爲止。」古義寶不緊不慢，卻十分堅決。

孫德亮的腦袋來回轉了幾下，沒有說出什麼來。在座的一個個相互交流了眼神，有的還做了鬼臉，一個個毫不掩飾地流露著幸災樂禍。

接著古義寶開始了他的就職演說。他說今天開個見面會，因爲前任沒跟我交接就走了，所以我除了知道金果果和剛才知道的孫德亮外，其餘一無所知。我不用說大家一定是知道的了，好事不出門醜事傳千里嘛！今天咱們開的是見面會，每個人都自我介紹一下，相互認識認識。我先說，然後大家照著我的樣說。

我叫古義寶，古代的古，義氣的義，寶貝的寶。一九七五年入伍，一九七八年提幹，一九八〇年提升爲副指導員，一九八二年提升爲指導員，立二等功一次，三等功六次，曾被軍區評爲「學雷鋒標兵」和「模範指導員」，原來我總以爲自己當之無愧，現在看儘管我做了許多事情，但我離這些稱號有相當的距離。我到農場來是因爲我犯了錯誤。我的錯誤或許大家知道了或許知道得不清楚。我的錯誤是企圖與本連副連長的愛人發生不正當的關係。人家告我是強姦未遂，實際是企圖通姦……

屋裡的氣氛一下變得嚴肅起來，戰士們都把眼睛盯住了古義寶。

我並不是想故弄玄虛，製造氣氛。那天我看了小蟲淹死的悲劇後，躺在床上想了許久。我問自己到底是就此甘休轉業回家，還是要在部隊繼續幹下去？我的回答是要繼續幹下去，不能認輸，要讓大家看看我古義寶究竟是狗熊還是英雄。再說我怎麼也得把春芳她娘倆接出來，要不兒子一輩子還得跟土坷垃打交道。要重新正名，別人是靠不住了，只有靠自己，要不就跟那小蟲一樣只有絕路一條。跌倒了自己爬起來，在哪兒跌倒在哪兒爬起來。要爬就不能怕醜，一切從頭開始，從零開始。怕什麼，文幹事說得對，是人誰不犯錯誤，不就是通姦還未遂嘛！我這麼一想，一種從未有過的膽氣便悄然而生，讓我感到渾身是勁，心裡坦坦蕩蕩的沒了一點猥瑣的自卑，說起話來堂堂正正沒了顧慮和忌諱。於是我就開始認眞設計怎樣從跌倒的地上一點一點爬起來。

我不是要爲自己開脫什麼，這沒有什麼好開脫的，不管做成沒有做成，都說明我的靈魂裡已經有做這種事的意念，這種意念是流氓意識，這種心理也是流氓心理，這是我對自己的認識，是一點也不能原諒的。但是我對自己有一點欣慰的是我在關鍵時刻驚醒了，理智和紀律觀念讓我沒有鑄成大錯，組織上的結論跟我說的是一致的。

組織上和周圍的人包括我們在座的有的同志，可能把農場當作是改造人的地方，我也認爲農場是改造人的地方，但我所說的改造與他們認爲的改造有本質的區別。我覺得在這裡是幹實業，是創業，人在自己的創造中可以改變自己的世界觀，可以重新造就自己的一切。所以我聲明，我不是罪犯，我是中國人民解放軍的一名正連職軍官，我是這個農場的場長，我有權力指揮和管理這裡的一切，我也相信我能勝任這一職務。我的介紹完了，下面按照現在坐的順序做自我介紹。

我叫金果果，今年剛入伍，在一連當通信員，我給副指導員愛人去送開水，正巧她在擦身子，她說我偷看她洗澡，我眞不是故意的。後來就把我打發到農場來了，臨走我在副指導員宿舍門口拉了堆屎……

我叫韓友才，一九八一年入伍，原來在六連三班當副班長，看我們司務長不順眼，他丈母娘家就在本地，他老往丈母娘家提東西，揩連隊的油，喝我們的血。有次我站崗，炊事班沒給我留飯，我故意找茬（編按：找碴）打了司務長，打得他鼻青臉腫難見人……

我叫梅小松，蘇州人，去年入伍，在四連當戰士，在師醫院住院，跟外科護士小白挺談得來，醫院告我談戀愛，我說你們說談戀愛就談戀愛，談戀愛也不犯法，後來就讓我來農場改造……

我，你知道了，一九七九年入伍，共產黨員，原來在後勤處汽車修理所當給養員，立三等功一次，沒有犯過任何錯誤，後勤領導說爲了加強農場的骨幹力量才把我調來……

……

除了孫德亮自稱是清白的黨員骨幹外，其餘的人都犯過大大小小的錯誤。古義寶發現大部分人懷著一種破罐子破摔混兩年復員的念頭，榮譽感、上進心在這裡幾乎被扼殺。古義寶從自己這些日子的心理體會到他們的心情。到了這一步他們還在部隊圖什麼呢？這時候他特別想到了文幹事，要是他在就好了，他會讓他們重新鼓起勁來的。他一邊聽著一邊想著，他感到這些天自己眞錯了。人都有自己的年輕時代，哪個小夥子不想在部隊好好幹？誰沒有榮譽心？誰不想在年輕的時候有作爲？可命運讓他們碰到了這樣一些事，又讓他們碰到這樣一些領導，他們被別人看成另外一種人，被送到這個遠離部隊、遠離領導、遠離老鄉戰友、無人問津的農場，他們當兵時的一腔熱情全涼了。做爲他們的直接領導，怎麼能眼睜睜地看著眼前這些年輕的小夥子自甘消沉不管呢！他一下感到了自己的責任，那種要做事的慾望一下又回到了他的身上。大家還沒介紹完，他就有點等不及似的。

今天我先要講一個問題，叫自己別把自己看低了。在座的除了孫德亮說自己是沒犯過任何錯誤的黨員骨幹外，其餘的都或多或少或大或小犯過錯誤。我來農場的時候，有位領導對我說，世上只有兩種人不犯錯誤，一種是沒有出生的人，一種是死了的人，他說做錯事的和沒做錯事的人靈魂其實是一樣的，沒做錯事的只是修養好能把握住自己，其實並不說明他靈魂裡沒有邪惡和髒東西。問題不在於別人怎樣看我們，那是他的事，他愛怎麼看就怎麼看。關鍵是我們自己怎樣看自己。如果我們自己都看不起自己，我們還算人嗎？犯錯誤做了錯事又怎麼啦？錯了就改。只要我們自己對得起自己。

古義寶說著說著就站了起來。

我們不能這樣糊里糊塗過下去，這是在毀滅自己的青春！我這幾天就是這樣過的。這樣太不值了！我們要活個樣給別人看看，我們不比誰差！至少比那些自以爲不錯其實不怎麼樣的人強！

戰士們都開心地笑了起來。

我們是部隊，是軍人，部隊就要有部隊的樣，軍人就要有軍人的形。我們一切都要按部隊的制度來生活，我們是一支沒有代號的分隊！我們要讓這支沒有代號的分隊叫響！行不行？行！

這裡不記得什麼時候有過這樣的吼聲。

我現在發給每個人一張紙，我們十八個人，分成三個班，你們給我選三個班長，三個副班長，無記名投票，然後我報團軍務股備案。

古義寶說幹就幹，當場投票，當場點票驗票。

投票結果十分理想，意見相當集中，韓友才被選上了班長，梅小松也被選上了副班長。孫德亮只得一票，還是他自己投的。古義寶當場宣佈了投票結果，說農場是非編單位，我場長有權任命班長，只要報團裡批准備案就行，你們的任職就可以裝進檔案。古義寶宣佈正副班長的任命後，同時宣佈金果果爲場部通信員兼給養員，孫德亮工作太多太忙，免去給養員的兼職，爲專職馭手，歸屬一班。炊事員採取輪換的方法。同時還宣佈玉米地除草採取分地包幹的辦法，今後凡是能分工包幹的活都一律分工包幹，獎勤罰懶，包括我古義寶在內。

孫德亮有些下不了台，非常氣憤，他連喊了兩聲我反對，說要到團裡去告古義寶。

古義寶卻十分平靜，這時候他感覺自己心情特別好，他好像覺得自己從來沒這樣痛快地按自己心願辦過事。他看著氣急敗壞的孫德亮，覺得十分可笑。古義寶很客氣地對他說：「你想告我，完全可以，我一點沒意見，但你先聽著，你必須先執行我給你交代的任務。你三天之內把賬結清，然後我一起參加，把賬交給金果果。」

孫德亮氣得扭頭出了門。屋裡發出一陣大笑。

25

事情發生在早晨開飯時。

韓友才打了孫德亮。

古義寶聞聲趕到伙房時，孫德亮的鼻子被打破流著血，韓友才的額頭上也流著血，兩個人勢均力敵，但孫德亮已被韓友才按在地上。

事情的發生似乎是有預謀的。早晨開飯時，孫德亮讓炊事員把一盆飯，一盆湯，一盆鹹菜疙瘩條端到飯堂，自己打上飯準備回宿舍與老婆吃早飯。剛走到門口，韓友才把他叫住。韓友才問他盆裡端的是什麼。孫德亮說你管不著。韓友才說我現在是你班長正管著你。孫德亮說你這個班長頂個屁，我到團裡去一告連他媽場長都不頂個屁，都他媽老實給我改造。韓友才說老子今天非管你不可。韓友才掀開了盆蓋，裡面除了米飯還有一盤炒雞蛋，一盤鹹菜炒肉絲。韓友才責問他你交多少伙食費，我們一天到晚吃什麼，你們兩口子又吃什麼，你不是明打明的喝我們的血嘛！

孫德亮惱羞成怒，開口罵道，你他媽算哪棵蔥，你管得著嗎！韓友才忍無可忍，一拳打在了孫德亮的鼻子上。孫德亮一看鼻子破了，也急了，一傢伙把盤子砸到韓友才的額頭上。兩人就打成了一片。其餘戰士都默默地看著，沒一個拉架，也沒有一個加入。

古義寶把兩人拉開。

孫德亮怒火中燒，破口大罵，說古義寶是幕後指揮者，故意整他，打擊骨幹，助長歪風邪氣，一定要上告，不給韓友才處分，他誓不甘休。

古義寶立即在飯堂當場調查事情經過。孫德亮不在場，一個個義憤塡膺，調查成了一邊倒的對前任場長和孫德亮的控訴。韓友才更不買賬，說古義寶如果追查責任，追就是了，處分已經背了一個，再給一個我正好挑著，大不了不當這個鳥班長，誰還稀罕怎麼的！古義寶感到有點難以控制局面，他意識到如果自己這一次要把握不住這場面，那以後休想在這裡做成一件事，這裡的環境已經讓他們混淆了榮譽感和恥辱心的界限。

古義寶在一片吼叫聲中摔了桌子上的一只碗。

「都給我聽著——你們爹娘把你們送到部隊來，就是讓你們來領處分的嗎？自己做了錯事還值得驕傲嗎？孫德亮多吃多佔是他的問題，他有錯你就可以動手打人嗎？難道別人犯罪你就可以殺人嗎？我們對敵人對戰俘都寬待，何況孫德亮還不是敵人，你們頭腦裡還有沒有法律？還有沒有軍紀？孫德亮有錯我可以治他的錯，你先動手打人是你的錯，有錯就要認錯！並不是你站在正義一面就可以隨心所欲，這樣簡單的道理不明白嗎？」

古義寶一番慷慨激昂的話，說得大家啞了聲。古義寶自己也不知道自己怎麼會突然發這麼大的火，也許這就是急中生智，也許這就叫情不自禁。

古義寶一看大家被他鎮住了，心裡鬆了口氣，再一看大家的那副喪氣樣，心裡又一酸，他們都是忍無可忍，反先把他們訓一通，太不公平了。於是他的話就軟了。

「我們都還年輕，一個人一生中能在軍隊裡過一段軍人生活難得，到我們老了再明白這一點就晚了，那只能是後悔或自責。我們現在明白現在珍惜還來得及。一個人犯錯誤就好比在你白襯衣上沾了個污點，有了污點，就要想法洗掉它，讓衣服恢復本來的顏色，要不就越來越黑，到最後不可收拾。有了一點污點就破罐子破摔，結果只能把一切都毀掉。做人也是這個道理。樹要皮，人要臉，你們覺得背個處分無所謂，可背著處分能算光榮嗎？你們還找不找對象？你們復員回去怎麼面對父老鄉親？我也是犯了錯誤的人，我也不想自己犯錯誤，可錯誤已經犯了怎麼辦？只有一個辦法，只有用自己的汗水才能洗刷掉自己身上的污點。韓友才你自己好好想想，想通了告訴我，你必須做檢討，向孫德亮賠禮道歉。至於孫德亮的問題怎麼處理，由我來決定。」

韓友才沒有讓古義寶爲難，在古義寶的陪同下向孫德亮道了歉。孫德亮只好無可奈何地坐下來清理他的賬。

孫德亮在自己的三本糊塗賬面前低下了頭，臉上那一條條橫肉都順了過來，渾身的疙瘩肉也一下都變成了塑膠泡沫，額上一次又一次地冒冷汗。他賬上的所有問題都躲不過古義寶的眼睛，古義寶曾經是一個精明的司務長。

古義寶沒有一點懾住對方的快感。他相當氣憤，農場的伙食差得沒法再差，除了一大缸鹹菜疙瘩頭外，幾乎沒有什麼家底。連隊早就不吃粗糧了，這裡還是早飯大米、午飯饅頭、晚上窩窩頭老三頓。食堂裡三張飯桌油垢厚得已看不出桌面的原色。豬圈裡兩頭克郎豬汗毛稀鬆只有一副骨架子。一翻開賬本，伙食賬已透支兩個月伙食費；現金往來賬面上有二萬五千多元餘款，存摺上卻只有六百多元，就在古義寶來接任前三天，前任還從存摺上提走一千五百元現金，沒有任何票據；農場生產收入和支出全部是一筆糊塗賬，小麥、蘋果，除了交給團裡的數位有記載外，其餘一概沒記錄，既不知道一共收了多少，也不知道都給了誰。

搞後勤，抓生產是古義寶的專長，當兵就幹這一行，農場搞到這個樣，明眼人一看就明細。

「伙食超支，生產收入支出不入賬，這些我可以先不追究，可現金往來賬不平，提款沒有開支票據，這一點你必須說清楚！孫德亮，我跟你無怨無仇，不是我要跟你過不去，是你給我出難題，我沒法向咱十幾個弟兄交代，也沒法向團裡領導交代。」

孫德亮抹了一把冷汗：「錢有時候我去提，有時候他去提，他提了花了也沒給我發票……」「那就是你的責任。你們平時多吃點多佔點，你老婆在這裡白吃白喝，這都好說，都在明處，說清楚了大家會原諒會理解的，可這是兩萬多元現金哪！不是我嚇唬你，這是可以立案判刑的！」

孫德亮終於列出了一張單子，他自己結婚挪用了五千多元，其餘兩萬元都是前任場長提款後沒給開支的發票。

古義寶感到自己抓到了農場這張破網的綱。他從戰士們的眼睛裡發現，前任場長和孫德亮他倆完全把他們當作勞改犯來對待，而自己卻以改造管理者的身分自居，嚴重地挫傷了他們的自尊。原來的連隊，甚至團裡的領導實際也是這麼對待他們的。這些年來，把他們往這裡一推，沒有一個人來關心他們，也沒有一個人來過問他們，老兵復員連團裡都去不了，就在這裡打起背包，買張車票就打發他們走了。更不用說噓寒問暖、成長進步了。

這樣一種狀態，他們就是不破罐子破摔又能怎麼樣呢？古義寶忽然想到了這個問題。但他回答不了。他覺得無論是誰，都不能這樣對待他們，誰也沒有這種權利。咱們是人民軍隊，他們也是人民的子弟。

古義寶鋤完自己包幹的玉米地，跟三個班長交代好工作，自己上了團部。這次他沒有坐孫德亮的馬車，跑到太平觀鎮乘公共汽車。

這些日子，他的腦子完全被農場的現實和發生的事情佔滿了，看著身邊十幾個戰士，看著近百畝荒涼的土地，看著三十畝果園裡衰老的蘋果樹，他再沒有心思去想自己的那件窩囊事。強姦就強姦，通姦就通姦，去他娘的，反正我沒跟她睡，別人愛怎麼說就怎麼說，愛怎麼想就怎麼想，老子的日子還長著呢！是騾子是馬拉出來遛遛，是英雄是狗熊等著瞧。

古義寶到了團裡先找了後勤處長。古義寶彙報了前任場長和孫德亮挪用侵吞公款的事，要求他們退回公款，給孫德亮行政警告處分，給前任黨紀政紀處分，不然他沒法對農場的戰士交代；第二件，他要求團裡給他權，要團裡把這十幾個兵當回事，要有懲有獎；第三件事是他要求團裡借給農場五萬元錢，撥一台拖拉機，借款一年後償還，另上交五萬元利潤。後勤處長對古義寶的熱情和藍圖沒感一點興趣，相反給古義寶兜頭來了一棍。處長說關於錢的問題如果證據確鑿本人又承認的話，孫德亮可以給予處分，但退款要慎重，他哪來這麼多錢退呢！逼急了給你來個自殺，或弄出點什麼事來，你吃不了兜著走。至於前任的問題，你反應了也就行了，由組織來處理。不過有一點我鄭重地提醒你，你是犯了錯誤才去的，多做事多改造思想，少管別人的事，不要急於想用整別人的問題來洗刷自己，表現自己，如果那樣想就錯了，到頭來可

能適得其反。

古義寶氣得差點跟處長急。他已經從孫德亮嘴裡知道了一些他跟前任的關係。處長說完，他扭頭就走了。古義寶不甘心，又直接找了分管後勤工作的副團長。副團長對古義寶也沒有表示出多少熱情。說起來也是，人家是團首長，你是個小連級農場幹部，他不需要對你表現出更多的熱情。再說古義寶這是不知越了多少級反應問題，他可以聽也可以不聽，他要沒情緒聽，一句話就可以把你打發走，何況他還是接見了你，而且讓你坐下來說，還問了你喝不喝水，這已經夠給面子的了。下級是沒法要求首長以怎樣一種態度來聽下級彙報的。副團長一邊翻閱著報紙和文件，一邊聽古義寶彙報。古義寶看他是一副漫不經心的樣，心裡就十分的難受，故意停頓了一下。副團長反應很快，立即說，說啊，我聽著呢。古義寶說，如果首長忙的話，我以後再來彙報。副團長臉上立即有了明顯的不高興，說我是專門扔下事在聽你的彙報。古義寶便壓縮了想說的話。或許是一個人的習慣，副團長對古義寶說的話全聽了，等古義寶說完，他先表揚了古義寶的創業思想和創業精神，表揚了他對工作的負責，也表揚了他對戰士的關心。他要古義寶把這些都發揚下去。對於古義寶提出的問題，他告訴古義寶要重證據，如果證據確鑿，可以按組織程序反應，由組織來處理。說到錢和拖拉機口氣就變了。擺出了一大堆困難，勸他只要好好地把這十幾個刺頭兵帶好不出事，能把那百十畝地種好就行了。

從一種角度看，副團長說的是實在話；但從古義寶的角度來看，他覺得他是在敷衍他。從副團長辦公室出來，古義寶沒一點精神，這個農場怎麼會弄好，他們根本就沒指望它給團裡創造什麼，他們就是把它當作一個改造懲罰犯錯誤人的場所。

抱著一股熱情，懷著一肚子希望趕到團裡，原以爲團領導會給他支持給他鼓勵給他力量。團首長的態度直接影響著戰士們的情緒，他原打算想用團首長的關心去激勵戰士們，誰知竟會是這樣。回去怎麼跟戰士們說，他要實話實說，只會給戰士更大的打擊。孫德亮又怎麼處理。孫德亮不處理，農場還是正不壓邪，戰士們還是轉不過這個彎來。戰士們的思想不轉彎，他的下一步計畫就無法實施，一切打算都將變成一句空話。

古義寶越想越沒有勁，迷迷糊糊買了票，糊里糊塗上了車。等車開出縣城他才發現自己上錯了車，走錯了方向。給司機賠了一百個不是，司機才給他停了車。下車一看，他差不多到了老連隊三連。他在夕陽中看著那熟悉的營房，心裡打翻了五味瓶，酸甜苦辣一齊湧上心頭。他在山坡上坐了下來。連隊的營房在他眼睛裡模糊了。他眞想一口氣跑回連隊，看看他原來的那些戰士，這個時候他多想見到他們，他們哪怕是罵他一頓，他心裡也會好受一些。他不能回去，那裡已不再屬於他。他戀戀不捨地一步三回頭朝城裡走去。他沒有想這樣走回城裡要走多少時間，他趕回車站人家還認不認他這剪過的票，今天還有沒有到太平觀的車，這些他都沒有想，倒是想起來中午到現在還沒吃什麼東西，肚子裡餓得咕咕叫……

26

古義寶開始冒虛汗，手腳直哆嗦，渾身一點勁都沒有。他想到過去推小車步行進城買菜那情景，現在想起來真可笑。他有些擔憂，害怕再次暈倒，他有低血糖的毛病。

古義寶朝四下裡看，不遠處的坡地是一片瓜園，隱約可見看瓜的老大爺。他咬緊牙勒緊腰帶朝瓜園走去。

「哎喲，這不是古指導員嘛！」看瓜的老大爺認識古義寶，這裡附近的老百姓大都認識古義寶，他常領著戰士們到各村助農勞動。

古義寶卻不認識老大爺，自然叫不上他的名和姓。他如實地向老大爺說明來意。老大爺立即到地裡給他挑了個大西瓜。

老大爺看著古義寶那吃瓜的餓相有些狐疑。

「指導員這麼晚了你這是要上哪兒？」

「進城。」

「喲，這麼多路你也不騎個車？」

「別提了，上錯車了，這半道上剛下來。」

老大爺越聽越糊塗，怎麼會上錯車呢，連隊不就在前面嘛，他不回連卻要進城這是走的什麼路，而且餓成這個樣子，總不會出什麼事吧……

古義寶抬頭看到了老大爺的狐疑。

「大爺，我不在這個連了。」

「喔，我尋思著不對勁，像你這樣的好人還能不升官，提了個什麼官？」

這話問到了古義寶的痛處，他苦笑笑，「大爺，沒提官，是工作調動。」

「那也準是個好缺。」

「不是什麼好缺，是農場搞生產。」

「也嘿，部隊怎麼也這德行，好馬加鞭，懶驢養槽，有這麼使喚人的嘛！」

「不，大爺，是我自己做了錯事。」

「錯事？誰不做錯事，毛主席還做錯事呢，做錯一事就把人當驢使啊，有這麼做人的嗎？怪不得呢，大白天怎麼會坐錯車呢，我明白，你心裡還是戀著這個老連隊，走慣了。人都是這樣，走到天邊，魂還在老家，好人啊，可這年頭有點怪，好人反倒常常吃虧。想開點，日頭總有照到好人頭上的時光。」

古義寶吃完西瓜，付錢給老大爺，老大爺怎麼也不肯收，說沒有在瓜田吃瓜付錢的道理。古義寶只好一個勁地感謝。老大爺挺講情義，送古義寶到公路上，還幫他截了輛拖拉機。

古義寶趕到城裡，車站已沒有去人平觀方向的車了。他溜到公路上，打算碰碰運氣，能不能再截輛便車。

古義寶站公路上，不知是晚風吹醒了他的思維，還是老大爺那番話消了心中那股氣。他忽然問自己我進城來幹什麼啦，就這麼空手回去。他這才想起自己的挎包，那包裡還有要辦的事。他使勁敲了敲自己的腦袋。

他記起挎包落在了處長辦公室。當時被他氣暈了頭，拔腿就走，到副團長那裡也沒能出這口氣，一時亂了心緒，把其他的事情忘得光光的。那包裡有他要到軍需股爲農場戰士們補辦服裝證的花名冊。夏季服裝發了兩個多月了，他們這裡也沒人上心造表，這些人來農場時手續都沒有，糊里糊塗打發到農場就沒人管了，當頭的也弄不清誰是哪年入伍該發什麼東西，上面也沒人管他們的事情，就這麼拖下來了。好在古義寶幹過這一行，熟門熟路，重新把農場人員造冊登記，然後準備到軍需股給他們重新辦服裝證，以後按證領服裝。另外他還要到軍務股去，弄清這些戰士的檔案在哪兒，他要把他們的檔案都要來，他要對他們的政治生命負責，要給他們一份屬於他們自己的檔案。

可現在處長早吃過晚飯跟老婆孩子在看電視了，即便拿到包機關也沒人打夜班爲你農場辦服裝證。師招待所離車站不遠，古義寶就上了招待所。

古義寶在招待所安下住的地方，到街上吃了碗肉絲麵，回到招待所，心裡空落落的，總覺該做點什麼，其實還是那件事，他怎麼也想不通，自己一心一意想做事，爲什麼領導卻不理解，不支持。他的潛意識裡想找一個人評評這理。可找誰呢？趙昌進，他再沒臉去碰釘子了；文興，他想來想去，眼下他只有跟文興能說上話。

要去找文興的念頭折磨著古義寶。可他又考慮找了他怎麼說，他一個師裡的副科長，跟他說了又有什麼用。他就這麼拿不定主意在招待所的院子裡猶豫著。

古義寶的眼睛忽然一亮，尙晶走進了招待所大門。古義寶慌忙背過身去，急步躲到一邊。等身後那節奏有序的高跟鞋響過去，古義寶才轉過身來。尙晶穿一件時髦的無袖連衣裙，腳登白色皮涼鞋，肩背一隻漂亮的坤包，一板一眼，一擺三晃地緩步走向那座專門接待上級首長的新樓。她到招待所來幹什麼呢？古義寶不僅僅是好奇，那天從她屋裡逃走後，至今未見過她。他身不由己地邁開了腳步，他這時才意識到他還是想她，說不上是愛她還是恨她，反正她在他心中仍然有位置。他沒考慮爲什麼要見她，也沒想見她要說什麼。

古義寶與尙晶保持距離尾隨其後。拐進新接待樓的小院，古義寶再次變成傻子。他怎麼也想不到也不相信眼前的現實。在接待樓門口迎候尙晶的是那位元大記者。古義寶做夢也沒有想到會碰到這麼一種情景。

記者眉開眼笑，尙晶含情羞澀，兩人嬉笑著走進樓去。

古義寶一直傻在那裡，他心裡很亂。他想到了記者與尙晶在連隊看電視，他和趙昌進推門那一刹那的臉紅。一股醋意伴著委屈湧上心頭。她這是從連隊專程趕來看他，還是藉故在學校留宿特意來會他？古義寶不願往下想，心裡卻丟不開這事。他在接待樓前徘徊著。他記不清自己在院子裡轉了多少圈。忽然他問自己，在這兒轉什麼呢？在等她？她出來碰上了又能跟她說什麼呢？人家劉金根都不管，你狗咬耗子多管的哪門子閒事，再說誰用得著你管！

古義寶這才想起要去找文興。自己要辦的事不去辦，在這是空操閒心，她值得自己爲她操心嗎？她給的苦頭吃的還沒有夠嗎？去她娘的！她愛做什麼做什麼。古義寶走上大街後心裡還是酸酸的，他還在想，她爲什麼要這樣對他而對別人卻是這般熱情主動。不知不覺古義寶就進了師機關的大院。他找到了文興的住處。讓他遺憾的是文興不在宿舍。他就只好找一個不該找文興的理由進行自我安慰。回到招待所，他心裡仍舊想著尙晶，不知她走了沒有，不知她找記者有什麼事，他很想再去接待樓看看，但他還是遏制住這個念頭，沒再去接待樓小院。這一夜是他有生以來過得最沒有意思最無聊的一夜。

第二天，他到處長那裡取了挎包，當然要先做一些自責。然後到軍需股辦戰士們的服裝證，事情沒辦成。不是助理員故意刁難，他說出的理由讓古義寶火沒法發，氣沒法生。他說這些戰士入伍後都在原來的連隊已經辦過服裝證，是他們到農場去的時候沒有把關係手續帶過去，只能讓他們跟自己原來的連隊聯繫要。古義寶問他們的服裝怎麼領。助理員說服裝都按過去的實力發到原來的連隊去了。古義寶的一股火頂到了嗓子眼裡，但他沒讓它噴出來，他意識到自己的身分，他沒資格朝機關的首長發火。他讓自己的話努力變得帶有奴性的乞討意味。他說，這十幾個兵已經在農場了，他們也夠可憐的，機關也已經知道他們在那裡了，把服裝再發到原來的連隊，他們怎麼去領呢。

儘管如此，助理員覺得他的話還是不中聽，他很不滿意地說，這是我造成的嗎？連隊沒有上我這裡來減數；農場沒有上我這裡來掛號，我能管到每一個兵嗎？

古義寶立即賠不是，滿臉堆上笑，說他的話不是這個意思，是想讓機關給他們農場單立一個戶頭。助理員這才收起怒容，說那你得去找團首長明確才是。

古義寶在軍需股碰了一鼻子灰，到軍務股又挨了一頓訓。古義寶問農場戰士的檔案在哪裡的話還沒說完，參謀就火了。弄半天是你在裡面搗亂，我每次統計實力總是碰不上數，就是你們在裡面瞎搗亂。你們到底有幾個兵啊？

古義寶眞想哭，要不就找人吵一架。弄半天他們是一幫黑人，在哪裡都不掛號。

參謀接著便對古義寶做指示，我告訴你每個月不管人員有沒有變動，都要給我報一次實力，電話不通直接讓人送來。

古義寶耐心地等參謀做完指示，再堆起笑臉問戰士們的檔案。參謀一聽又火了。你問我我還要問你呢！戰士調動的時候爲什麼不到這裡來辦手續？古義寶再耐心地跟參謀解釋，這些戰士都因有了一點錯誤，都是某個首長一句話打發去的，他們自己能辦什麼手續呢。參謀還有一點人情味，聽了這句話，他的火氣就平息下來。古義寶在這時才想起要遞菸。古義寶一邊陪參謀抽著菸，一邊請求參謀給這些戰士的連隊打電話，讓他們把戰士的檔案直接送軍務股來，然後他過些日子再到軍務股來取。參謀覺得沒有什麼可否定的，農場雖然是個非編單位，可它的存在是現實，如果把這些戰士的實力仍舊分散在各個連裡，這些迷糊的文書，常常把他們忘掉，弄得他每次報實力都傷神費腦。於是他答應了古義寶的請求，留下了古義寶的花名冊。

古義寶出了軍務股撒腿就跑，他不想再在團裡待下去，這裡沒有他待的地方，也不是他待的地方。

「古義寶！」

古義寶剛跑了十幾步聽到身後有人喊他。古義寶回過頭來，見是文興。

「文副科長……」不知為什麼，他的兩眼竟濕了，就像受了委屈的孩子見到了親人似的。

「咱們是一個團的了。」

「您……」

「我到團政治處工作了。」

「您當主任了吧？」

文興點點頭說，趙昌進趙科長也到團裡當了政委。

古義寶真有點喜出望外。他立即拉文興到一邊，說主任我有話要跟你說。

文興聽古義寶把農場和這次到團來的情況前前後後說了一遍，他一下嚴肅起來。他讓古義寶把農場的經濟問題給團紀委寫一份正式的報告。對古義寶農場建設的設想給予了肯定，鼓勵古義寶放開手腳幹，不要考慮這麼多，也不要整天背著那包袱，幹實事才是真的。另外他要古義寶對那些戰士一定要關心，要真誠地待他們。拖拉機和借款團裡確實有困難，還是白手起家從實際出發，在農場找找財路，一步步來，他也答應幫著想想辦法。

古義寶算是得到了一點安慰。他一口氣跑到汽車站，立即坐車趕回了農場。

27

孫德亮的處分是他老婆走之後宣佈的。孫德亮的老婆是幫孫德亮鋤完包幹的玉米地之後才走的。

部隊內部有規定，無論幹部還是戰士的愛人臨時來隊探親，一般只住一個月。有正式工作的不說，你讓她多住也不能多住，即便是那種難捨難分的多情人，至多開個十天八天的病假條也就了不得了。限制的是那些戶口在農村和沒有正式工作的，尤其是一些志願兵的老婆，來了就不願意走，其實呢掙錢並不多，情感追求也不是那種爲了愛情可以犧牲一切的檔次，可就是願意在部隊住著，也不管經濟收入的實際，大有混一天算兩個半天的勁頭。按說人家兩口子在一起住長住短，別人是不好管的，不吃你的不用你的，也不違法，愛住多久住多久，管天管地管不著人家兩口子睡覺。

在軍隊話就不能這麼說。什麼叫軍隊，軍隊是隨時準備打仗的集團；什麼是軍人，軍人是隨時準備去犧牲的人。這樣一個特殊的團體和特殊的人群，過的當然是特殊的生活。它要求整齊劃一，不允許有過多的個人意志；它要求高度的整體意識，要把個人自由縮小到最小的範圍；它要求官兵一致上下一致，不能讓過多的特殊化削弱士氣；它要求這裡只准有犧牲和奉獻，而不允許有消滅這種意志的東西存在。

無論幹部還是士兵，他的老婆在軍營裡住長了，給部隊只會帶來消極因素而不會帶來積極因素。人家士兵沒日沒夜頂風冒雪的訓練、站崗、放哨、巡邏，你整天摟著老婆睡覺說得過去嗎？部隊有明文規定，愛人已經隨軍的連隊幹部，也只准星期六回家吃飯睡覺，其餘時間必須與戰士實行「三同」，這是一條紀律，也是考核基層幹部的一條標準。軍隊就是軍隊，它不能跟老百姓混爲一談。

古義寶沒有催孫德亮老婆走。他只是個別找孫德亮談了一次話。主要是他消極對待分工包幹鋤玉米地的事，別人都鋤了，就他遲遲不去鋤。另外古義寶把團首長對他挪用公款的看法給了他暗示，要他按月從工資裡逐步扣還。

孫德亮軟了，而且哭了，請求等他老婆走了之後再扣。古義寶還是頭一次看到長一身疙瘩肉的大男人這樣哭，他可憐這種人。但他現在是他的兵，是他的部下，他同樣有責任關照他。他同意了孫德亮的請求。

古義寶找了孫德亮，孫德亮第二天就去鋤玉米地，他老婆也去幫他鋤。鋤完玉米地的戰士都放了兩天假，有到太平觀去玩的，也有去看老鄉的，卻沒有一個去幫孫德亮鋤地。古義寶陪他們兩口子鋤了兩天。孫德亮很過意不去。古義寶只能幫他鋤兩天，第三天鋤完地假就完了，古義寶要領著戰士們開始整修操場和道路。修路的戰士們看著孫德亮兩口子鋤玉米地都忍不住笑。都說古場長還眞有兩下子，竟會把這頭熊治得服服貼貼。

那天，古義寶讓金果果到太平觀訂做一個大蛋糕，還讓他買一箱啤酒，買兩隻雞，割五斤肉，壓十斤麵。

金果果有些犯愣。一來是伙食費挺緊張，二來是伙食改善得慢慢來。圈裡的豬崽剛買來，地裡的小白菜、秋芸豆、秋黃瓜、空心菜都剛種下，就這樣古義寶已經把兩個月的工資墊進去了。

古義寶看出了金果果的心思。他跟金果果說日子再苦，該花的還是要花，今後不論是誰，生日都要集體給他過。今天的蛋糕上寫孫德亮生日愉快幾個字。

古義寶親自下了廚，酒菜擺好後，金果果吹了開飯哨。戰士們一走進飯堂都愣了。不過午不過節的這是擺的什麼席。孫德亮也跟著犯愣，當有人唸出蛋糕上他的名字時，他竟臉紅了。說實話，從他記事起，他父母都沒給他過過生日。他心裡犯嘀咕，他怎知我的生日。

古義寶把孫德亮請到蛋糕前，讓他切分蛋糕。孫德亮的手有些顫抖。

酒過三巡，古義寶說了話。他說到現在爲止，咱這屋裡的人都算是犯過錯誤的人了，大家都平等了，誰也不比誰高貴，誰也不用瞧不起誰。還是這句話，不管別人怎麼看我們，我們要自己看得起自己，我們要相互尊重，我們要做出點樣來給他們看看。大家舉杯，爲我們的明天乾杯！戰士們都激動起來。這頓飯是他們來農場後吃得最香喝得最舒服的一頓飯。

孫德亮開始多了個心眼兒。他從心裡覺得這人厲害，先搧你個耳光，接著再往你嘴裡塞塊糖；整了你，回頭再來討好你，叫你有痛說不出口，人家對上對下於公於私全佔理。這麼一想，孫德亮的酒喝得就很有分寸，話也很有節制。看著大傢伙這麼樂，這麼歡心，他就不想再搧火加油。

古義寶似乎看出了孫德亮的心思，過來主動給他敬酒，連乾了三杯。大家跟著起哄，孫德亮要不喝就太不給面子了。這頭一開便不可收。一個個都跟著來敬。孫德亮的心眼不夠用了，到後來他連自己的嘴也管不住了，不知怎麼就放聲哭了起來。孫德亮哭著哭著就罵自己，大家肚子裡都有了酒，沒有覺著有什麼尷尬，都說這小子醉了，可聽他罵自己的那些話，似乎又不像醉。他罵自己是王八蛋，對不起弟兄們，自己多吃多佔弟兄們的血汗錢，幫著那個狗日的做壞事。那個狗日的每年都要給後勤處長送二十多筐蘋果，師裡的領導和地方關係戶都是直接把蘋果送到人的家裡。麵粉一季不知要送出去多少。那個狗日的不是個玩意兒，太平觀上的姑娘小媳婦叫他搞了好幾個。就是用蘋果、小麥拉上的關係。連「白虎星」他都想沾，人家正經不理他，龜孫子他跪著求人家，把小麥、蘋果硬往人家裡送，人家夜裡用小推車給送了回來。他狗日的還罵人家，還讓我往人家那裡送肉送雞，讓人家把肉都扔了出來，我他媽真給當兵的丟臉。

古義寶硬給孫德亮灌了半碗醋，讓韓友才把他扶回了宿舍。

古義寶喝得也不少，情緒高漲卻沒有事可做，他就找幾個班長聊天，商量怎麼掙錢。

韓友才說，要掙錢就不能種麥子玉米，這幾年山楂銷路不錯，可以改種山楂。

有的說種葡萄好，葡萄當年就有收成，這裡離葡萄酒廠也近，不愁銷路。

有的說可以搞苗圃，苗圃見效也快，今年下種，兩年嫁接，第三年秋天就好賣。

說來說去，古義寶總覺得解決不了眼前的急，改果園也好，搞苗圃也罷，都要有本錢，有了本錢才好擴大生產。當務之急是眼下沒有掙錢的路。

大家想了半天，眞想不出救急之法。

古義寶說，咱坡上這麼多紫穗槐能幹點什麼？韓友才說，以往都割了直接賣給那些編蘋果筐的。

古義寶問，我們農場自己需要的蘋果筐怎麼辦？

韓友才說，以往都是花錢收購。

古義寶問，農場有樹條爲什麼不自己編筐呢？韓友才說，沒有會編的，要自己會編，除了咱自己用，還可以賣一些，多掙點錢。

古義寶說，不會編，請師傅教一教不就會了嘛！韓友才說，那得請白寡婦來教，她每年都編筐賣，只怕人家不會來教。

古義寶又聽到他們提這女人，覺得這女人好怪，不知她究竟是個什麼樣的人。他們告訴他，白寡婦就在太平觀東街梢住，離農場最近。她是個苦命的女人。人模樣不是特別俊俏，可耐看，人又內向，心也善，手靈巧得很，只是命太硬。嫁到這裡不到一年，肚子裡的孩子還沒生下來，男人在採石場讓石頭給砸死了。做了兩年寡婦，南方來了幾個做瓜子生意的，有個小夥子租了她家的房子做作坊。小夥子挺能幹，人也本分，時間長了兩人有了意思。小夥子打算倒插門入贅。兩人去辦了結婚登記手續，買了些衣服，高高興興回家。誰料還沒到家，碰上一個司機酒後開車，一傢伙就朝他們撞來，爲了救白寡婦，小夥子活活地給撞死了。白寡婦哭得死過去又活過來，又死過去再活轉來，這死去活來的哭，哭斷了再嫁人的念頭。左鄰右舍都說她是剋夫命。她姓白，背地裡就都叫她白虎星。事情還眞怪，鎮上有個會計，一直看著她眼饞，總想招惹她。她人挺正派，門鎖得挺嚴，立定和小女兒相依爲命的主意。有回會計喝多了酒，乘著酒興，爬了她家的牆。有說被他搞成的，有說沒讓他搞成的，反正是會計招惹了她。沒出一個禮拜，會計吃魚，說讓一根魚刺卡了嗓子，弄了半天沒弄出來，喝了點醋就沒在意，誰料到晚上竟突然死了，說魚刺紮到肺裡發炎感染了。這眞把鎮上的人都驚了。從此她也沒再找人，連門都很少出，也不串門，鄰居見她也遠遠地躲著她，生怕讓她給剋了。

古義寶聽了好生奇怪，天下竟會有這等人這等事？商量來商量去，覺得眼前能辦的就只有

請人教編筐，可以節省一筆包裝費，但賺不了什麼大錢，二百個筐才幾百塊錢。有的說乾脆去打小工。又覺當兵的去打小工掙錢不合適。

鬧扯了一晚上，沒扯出個結果，古義寶就讓大家回去睡覺。古義寶還是睡不著。這地方真窮，連掙錢的路都沒有。他思來想去，要改變現狀，只有發展果木。發展果木先得投資，要想法弄一筆錢。可這錢不知到哪去弄。

28

趙昌進到團裡當政委，堅持騎自行車上班。

原來的政委轉業還沒有走，趙昌進只好仍舊住在師機關宿舍，團機關離師機關不遠，騎車十五分鐘就到。管理股長給他派車接他上班，他讓車空著回去了。趙昌進的腦子是什麼樣的腦子。在師首長眼皮子底下，在師機關的科長、副科長、參謀幹事們的眾目睽睽之下，每天上班下班車接車送，這不是嫌機關幹部們在辦公室沒有談話資料？騎車和坐車雖則一字之差，可它們之間的差異在領導在上級機關那裡所產生的不同影響不是一句兩句話所能表達的，這一點，趙昌進心裡一清二楚，他這樣的聰明人絕不會做這等傻事。只有沒有文化沒有頭腦的大老粗土包子才會這樣幹。趙昌進不僅僅讓司機空車返回，而且上班後，直接找到參謀長、副參謀長，鄭重地規定，不要派車接他上下班。

趙昌進一進團機關營院，他的頭和「嗯」就停不下來。開始他很不習慣。或許這是機關幹部的職業病，無論機關多大，哪怕當到處長、局長，你還是聽吆喝的「答應」，還是個辦事的，而不是首長，沒有發號施令的權力，只有聽喝的義務，除了下部隊在部門系統的下屬面前可以端點架子外，基本上是要夾著尾巴鞠躬盡瘁地過日子的。習慣成自然，有些機關幹部你讓他端架子他也端不起來，就像戲台上那些穿蟒袍佩玉帶的官走台步，要沒那個功夫自己就先彆扭起來。

人的適應能力是超過任何動物的。趙昌進很快就滿足和品味於這種不停地點頭和嗯嗯之中，習慣就成癖。萬一有人對他視而不見或者不打招呼地跟他擦肩而過，他心裡反會有一種不舒服，還會對對方產生許多想法，而且會把這種想法記到心裡。

趙昌進今天騎車進院到走進辦公室，一共點了三十一次頭，嗯了三十一聲，也可能是三十二次三十二聲，有一次是幾個機關幹部一塊兒叫他政委，他不知是點了一下頭嗯了一聲還是點了一下頭嗯了兩聲，還是點了兩下頭嗯了兩聲。

趙昌進剛坐定，文興來見他，交給他一份材料。說古義寶反應了一些情況，我附了個意見，請你閱示，說完就離開了他的辦公室。

一聽古義寶，趙昌進先就一愣，他把別的要看的材料和文件、報告、請示先放到一邊。看了古義寶寫的材料，再看了文興附的意見，趙昌進立即陷入了沉思。

說心裡話，趙昌進真不想當這個政委，他的奮鬥目標是軍宣傳處處長。

要論當官，古往今來按說是寧做雞頭不當鳳尾。到團裡當政委，正經一個一把手。更何況軍隊裡戰爭時期軍事幹部說了算，和平時期是政委掌大權，現在世界由冷戰轉入對話，由軍備競爭轉入經濟競爭，一眼看下去沒仗可打，正是政工幹部大顯身手飛黃騰達的時期。黨委集體領導，政委是書記，幹部任免升遷大權在握，要權有權，要人有人；有權就有錢，有人就有勢，再加上搞新聞的腦子和筆桿子，幹上幾年不愁不提升。

當個處長，說起來也是正團職，其實就是個大幹事。權力不大，事兒不少，整天寫講話稿，寫總結，寫經驗，辛辛苦苦爲別人做嫁衣。碰上真有水準或者真沒有文化的領導還好，要碰上似懂非懂或者不懂裝懂的領導，你越有才能越倒楣，到頭來心血費盡一場夢，功名利祿兩頭空。

然而，按辯證法的觀點看，客觀事物都有它兩個不同的側面，對觀察事物的人來說，自然就有多種角度和多種選擇。趙昌進對當官的道理不是從上面這個角度去看待的。他不想當政委的道理有三。

其一，不是他的抱負。政委叫著是好聽，權也不小，實惠也不少，前途也廣闊。但是，團政委是個父母官，手下一千多號人的提拔、轉業、復員、找工作、找對象、娶媳婦、生孩子，吃、喝、拉、撒、睡，什麼都得管。百人百性，千人千心，誰都可以給你出難題捅簍子，出了事，挨了處分都找不到經驗教訓，睡覺睜著一隻眼睛也擋不了出事。這個位置適合那些從連、營這條線提上來的人坐，它要求的不是才學，而是管理能力和實幹。宣傳處長，雖是孫子輩，和平時期政治工作有著特別的地位，無論哪個政工領導都格外重視宣傳處長的人選。宣傳處長需要的是思想、口才、文才和機關工作經驗。他當兵半年就上了直屬隊報導組，一直在機關幹到科長，可以說走上講台能說，拿起筆桿能寫，上下關係會處，大小委屈能忍。他自認為更適合在機關發展。在機關挨挨訓的常常是那些老實有餘，機敏不足，出力不少，效率不高的大好人。有才學，不張狂，會辦事的在機關照樣前途無量。再說，團政委一個軍裡有十好幾個，宣傳處長卻只有一個，物以稀為貴，人才少便是權威，他可以向更高一級機關發展。

其二，命運給了他選擇的機會。趙昌進從官方管道獲得資訊，軍裡對他的任用有兩種意見，一是宣傳處長，一是團政委。

其三，文興已先他在這個團當了政治處主任。他們在一個機關若親若疏若即若離相處了近十年，他們之間沒有表現出矛盾和不合，但外人都知道他倆在許多問題上觀點不一，他倆始終沒能相互敞開胸懷。在古義寶的事上他和他一直持對立態度，結果人家是勝利者，他卻敗得無地自容。這事讓他感到窩囊又委屈。自己陪著古義寶在台上當演員，他卻坐觀衆席上當評判；他在台上費心費力埋頭表演，而他在台下悠閒自在地評頭品足；到頭來，他出力出汗演出的是場醜劇，給上下留下個可笑的丑角形象；他卻毫不費力地成了智者，有先見之明的天才。他感到兩個人如此共事格外累，總要警告自己小心提防。

趙昌進的這些思想沒有對任何人說，包括他的老婆，他只能把這些悶在肚裡，在外觀上，在老婆面前，他一直表現著那種升官所應有的喜悅和姿態，但他內心對這一任用一直耿耿於懷。當他得知軍裡對他的任用有兩種打算的資訊後，他盡個人的一切能力找了能找的關係，並通過軍區報社和軍區宣傳部有關人給軍裡輸送傾向性建議。但古義寶的問題影響了他。在他看來，到團裡當政委，對他個人來說，表面上是榮升，實際上是一種失敗，一種不能稱之爲失敗的失敗。

趙昌進此時不再對已經過去的事情遺憾回顧，他很現實很實際，他知道他想要達到的只有靠自己的才能和努力來實現，他明白自己身後沒有可依靠的支柱，左右沒有可攀附的高枝，他只有面對現實腳踏實地做出能讓上下左右佩服的實績。

此時，他也不在想古義寶所反應的情況是否眞實，也不在考慮文興的意見是否合適。他在考慮對此事自己應該採用一種什麼態度。古義寶剛犯錯誤不久，從模範幾乎跌到囚犯的邊緣。上面至今還十分認眞地記著他在古義寶問題上所起的作用和應負的責任這筆賬，在這個時候，他假如採取一種積極態度處理古義寶反應的問題，即使古義寶反應的問題完全屬實，性質也嚴重，但在客觀上表明他在支持古義寶，在繼續表揚和宣揚古義寶，進而可以分析爲他對古義寶問題的處理不服，是一種暗地裡的對抗。這種行爲太幼稚！再想，古義寶所反應的問題，不僅僅是一個志願兵和一個普通幹部的問題，這事牽涉到後勤處長和原來的班子，原班子的團長、副團長、副政委、參謀長都還在位，人家會說你新官上任三把火，沒燒到部隊建設上，卻在整人。

想到這裡，趙昌進對這事的處理便有了一個明確的態度：掛起來。

趙昌進一反常態，主動找了文興。說古義寶反應的情況應該抓，這是關係到黨風軍紀的一件大事。但是，經濟問題的處理要愼重，這直接關係到一個人的名聲前途，先不忙處理，也不忙組織人調查。讓古義寶撲下身子，先好好腳踏實地做點工作，做出點實際成績來，眞正來個脫胎換骨，這個問題你掌握著，私下裡先摸摸情況，待時機成熟了再認眞抓一下，材料先放我那裡。

這些意見，趙昌進沒有寫到紙上，是跟文興兩個人面對面口頭說的，沒有任何文字記載。文興很認眞地聽了趙昌進的意見。聽完趙昌進的意見之後文興沒再發表意見，只說了句：你定吧。

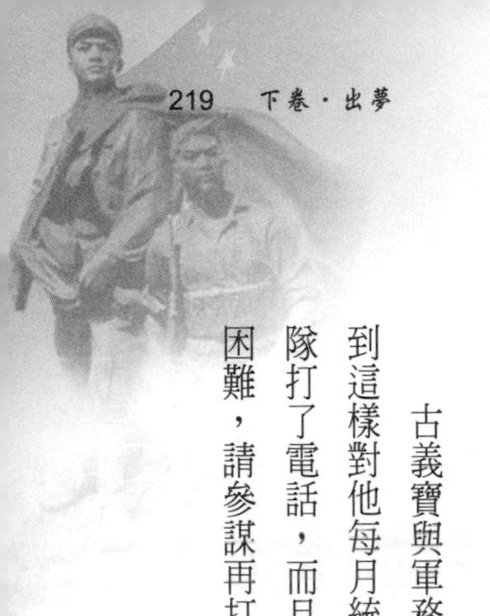

29

農場在秋日燦爛的陽光下，充滿生機，日新月異。

營房的牆壁用水泥勾了縫，門窗刷了油漆。水泥和油漆是古義寶到團後勤、師後勤化緣似的乞討來的。營區的樹木整了枝，球場和通往太平觀的路修整後撒上了細沙；地裡的玉米收了，種上了麥子；果園的蘋果碩果累累，長勢喜人；太平觀的人們每天清晨新鮮地聽到農場營房裡傳出清脆的「一二一」和嘹亮的歌聲。於是鎮上便傳著農場的新聞，說部隊農場換了一個十分厲害又十分能幹的軍官，還說這軍官是見過大世面的，上過報紙，登過講台，進過電視。農場雖小，可是當地的駐軍，鎮上有什麼重大活動，總忘不了請農場的負責人上主席台，不論官大官小，這是黨政軍的一方代表。

農場裡今天充滿喜氣，歡聲笑語傳出去幾里地。古義寶爲戰士們領來了新衣服。

古義寶與軍務參謀達成口頭協定後，過了一個禮拜，他又去找那位參謀，參謀不知是考慮到這樣對他每月統計實力有好處，還是古義寶的一片誠意感動了他，他眞給那些戰士原來的連隊打了電話，而且有兩個連隊把檔案送到了軍務股。古義寶一面感謝參謀，一面又呈報他們的困難，請參謀再打電話。那大參謀情緒不大好，不知什麼事讓他不順心，很有些浮躁，古義寶的話也讓他煩。沒等古義寶說完，他就不耐煩地把電話推到他面前，讓古義寶自己打電話。古義寶立即站了起來，堆上滿臉的笑，說不是我不願打電話，我說上十遍不如你說一句，人家不聽我招呼。參謀說你說是軍務股就是了，說是我讓你打的，限他們兩天之內全部送來。

古義寶要的就是這句話。他眞的就名正言順地在軍務股以參謀的名義給沒送來檔案的連隊打了電話，限他們兩天之內送到軍務股。還眞管用，接電話的無論幹部還是文書，都先檢討再答應一定送到。

古義寶終於把農場戰士們的檔案都弄到了手。然後拿著他們的服裝證到軍需股領服裝。助理員有些良心發現，看他下這麼大功夫，從各個連隊要來檔案和調動手續，沒再朝古義寶發火，給農場立了戶，建了賬，並按規定發了該發的服裝。

戰士們打心裡樂。他們嘴上沒說什麼，可打心裡覺得古義寶眞把他們當兄弟一般。衣服不少。襯衣、訓練野戰服、迷彩服、夏常服、短袖上衣、膠鞋、領章、領花、腰帶、蚊帳，每人領了一大堆。戰士們一個個喜得嘴大眼小，試的試，穿的穿。

太平觀傳來的一種令人毛髮豎立的喊聲凍結了農場裡的歡樂。

「不好，失火了，快！」古義寶一聲驚叫，把十八個人的思維全部統一到一個字裡。他們放下了手中的新衣，有的穿上也顧不得脫。他們畢竟是穿軍裝的軍人，聽到古義寶的一聲吼，如同戰場上聽到了衝鋒的號角，一個個似奔赴沙場的戰馬，隨古義寶向太平觀冒著濃煙的地方飛奔。

著火的是鎮上百貨商店的倉庫，倉庫與白寡婦家牆挨著牆。城門失火，殃及池魚。白寡婦她們那排房子的男女老少都在大哭小喊。

人性在災難面前自然復歸，靈魂在生死考驗中得以淨化。聞聲趕來的人們，不管是男是女，不管年老年幼，都忘我地投入了滅火的行動，提水的提水，扛梯的扛梯，上房的上房，往外搶東西的搶東西。

古義寶帶領戰士趕到現場，發現火勢正在蔓延，搶出貴重商品是當務之急，他立即把戰士們一個個澆濕，領著他們衝進倉庫。彩電、收錄機一台台抱了出來；冰箱、洗衣機一台台抬了出來；然後是布……

戰士們的手燒傷了，戰士們的臉燎起了泡，但沒有一個人顧得這些，他們始終衝在最前面。

小鎮上沒有消防隊，全靠人提水端水，杯水車薪壓不住火。火勢有增無減，火龍肆無忌憚地到處亂竄，眼看就要威脅到白寡婦的家。古義寶叫出韓友才、孫德亮，讓他們想法把澆地的柴油抽水機拖來。他自己拿起一把鎬，叫上金果果和梅小松一起上了房頂。他們捅開了挨著白寡婦家一面的庫房屋頂和天棚，先切斷蔓延的烈火。此時，韓友才他們拉來了柴油抽水機，安到了井口。他們把水管一直拉進倉庫。把水龍直接對準了起火的火源……

緊張、激烈、玩命的兩個小時過去了。火像一頭巨獸被征服，被粉碎，火龍屍骨遍地，星星點點地冒著絲絲苟延殘喘的息息淡煙。

商店領導，鎮領導都緊緊地握住古義寶的手。他們要古義寶把受傷的戰士帶到鎮醫院去治療後再回去。古義寶辭謝了他們的好意，說一點輕傷不要緊，場裡有衛生箱，抹點紅藥水就好了。

戰士們第一次從群眾的眼睛裡話語中體會到人生價值的含意，品味到被人尊敬的甘甜，領略到把自身與社會生活相融合的歡樂和愉悅。儘管他們的臉上手上有傷痛，他們的新衣服破了身上髒了，但他們的列隊動作從沒有像這次這樣規範、迅速、整齊，精神也從沒有像這次這樣抖擻煥發。古義寶帶隊要離開現場時認識了白寡婦。白寡婦沒有握他的手，也沒有給他什麼東西，也沒有說什麼感激的話，她走到他面前撲通跪下朝他磕了三個頭。古義寶手足無措，但猶豫之後還是用雙手扶了她的胳膊。他無法認眞看她，也無法重複他來農場時與她半路邂逅的記憶，她在他當時的一瞥中根本就沒有留下什麼記憶。直到古義寶把隊伍帶出太平觀，他才在鬆弛的思維中閃過這一次的印象，她有一對會說話的眼睛和白嫩的皮膚。

古義寶把戰士們帶回農場，讓大家洗整。鎮上派來了醫生。戰士們深受感動。醫生給每一個戰士都做了檢查。該包紮的做了包紮，該上藥的上了藥，該吃藥的給了藥。他們似乎是從來沒有得到過這樣的關心。

救火以後的第五天。古義寶和戰士們在坡地邊割紫穗槐，太平觀那裡一隊人馬敲著鑼鼓朝農場走來。

百貨商店送來了大紅錦旗，旗上寫著「英勇的戰士，人民的子弟」十個金燦燦的大字。副鎮長帶隊前來慰問，還送來許多營養品。古義寶和戰士們一個個手忙腳亂。戰士們都還沒經過這陣勢，激動得不知說什麼好。這對古義寶來說雖不是什麼新鮮事，但地方政府和群眾如此發自內心而不是為了某種形式的需要的感謝，他也是第一次感受到。

副鎮長說完讚揚和感謝的話之後，問古義寶有沒有需要鎮上幫助解決的困難。

古義寶沒有陶醉，或許他真是見過世面經過鍛鍊。他很沉靜又挺實在地跟副鎮長說，感謝的話就見外了，軍民本是一家，都是我們該做的。要說困難，我們還真是有點困難。我們想把農場的部分耕地改種果木，就是缺資金，團裡窮，拿不出錢來投資，如果鎮上能借貸的話，我們想借貸三萬元，兩年後本息一次還清。

副鎮長正好分管商業和財政，當場就拍板敲定。

該是古義寶感謝鎮領導的時候了，他把兩眼笑成了兩條彎彎的線，握著副鎮長的手，他自己也不知道一共說了多少個謝謝，戰士們死勁地拍著巴掌。

金果果到晚上告訴古義寶，說他跟副鎮長一共說了十四個謝謝。

30

文興去農場那天，古義寶正領著戰士們在栽種山楂。

這些日子古義寶的心情有些沉重。幾個月來，他一趟趟往團裡跑，從後勤那裡沒要到一分錢，連句安慰寬心的話都捨不得給他，倒像他要幹的事都直接危及他們的個人利益。古義寶十分苦悶，他從他們的言語中眼神裡覺察到自己在他們面前完全是個罪犯。

救火事件後，古義寶拿到三萬元貸款。他興致勃勃跑到團裡找後勤處長彙報。後勤處長正在招待所陪客吃飯。他沒請古義寶吃飯，趕蒼蠅蚊子一樣把古義寶推到院子裡，一邊剔著牙一邊問他什麼事。古義寶把事情一彙報。他雙眼瞪得像是古義寶罵了他娘，說古義寶你想幹什麼，你眞大膽！請示誰啦！誰給你這個權力！要賠了誰負責？趕緊給我把錢退回去。還說古義

寶別沒有數，有了錯就老老實實改造思想，別整天做夢似的還想做一鳴驚人的事，污點不是那麼容易洗乾淨的，弄不好越洗越髒。後來不知是忽然感到自己這樣說話有失身分，還是看古義寶的倒楣樣動了惻隱之心，他說著說著就放低了聲音。別異想天開，能種點什麼就種點什麼，你能幹點什麼就幹點什麼，別再給我捅婁子！你不在乎我還在乎呢！說完就背手進了餐廳繼續他的酒菜。

古義寶被他噎得差一點就跳起來，一股熱勁被他兜頭一盆冰水。處長訓完把他晾在院子裡回去繼續喝他的酒，連半句商量的話都沒有。古義寶站在院子裡心裡很難受。他沒再去找別的領導。走出招待所，他感到兩腿沒一點勁，在路邊一棵柳樹下的石頭上坐了下來。他問自己這事難道做錯了？他不知道錯在哪。他也不明白處長爲什麼要發這麼大脾氣。

古義寶灰溜溜地回到農場。他不能讓戰士們知道這些，他裝出一副很高興的樣子。他只能到夜裡躺在床上，睜著兩眼盯著天棚自我排遣。他怎麼也想不通，他找不出自己哪一點做得不對，他怎麼能領著這幫小夥子整天睡大覺，一個人怎麼能拿了工資不幹活，帶兵的怎麼能領著部下胡鬧不做事。想著想著就來了氣，我他媽不就是一時心血衝動抱了人家一下嘛！難道我這輩子就不能再堂堂正正做個人了？我做的事就都是壞事！去他娘的，我愛怎麼做就怎麼做，反正沒有人管我們死活。我不能在這裡無事可做憋出病來。

儘管古義寶這麼想了，但他的心裡終究是沒底，本來做這事就要擔風險，上面再不理解不支持，就更添了一份擔憂。

他想到了幾個骨幹，這事要沒有他們的理解和支持就什麼也別說了，自己想得再好也寸步難行，他一個人就是把這條命搭上也辦不成這些事。於是他把韓友才、金果果、梅小松幾個找來，把自己的打算兜底倒給了他們。他說這事團裡沒人管，後勤領導完全不支持，他們壓根就沒指望我們能幹出什麼事來，我們在某些人眼裡是一幫混球，他們一點不相信我們。我們做這些事並不是爲了要給他看，可我是人，我們也是中國人民解放軍的一員，我們要靠自己來證實自己。當然做這事是有風險，如果我們失敗了是要擔責任的，這錢是人家借貸給我們，不是送給我們，是要還給人家的，如果我們賠了，團裡不會幫我們不說，可能還要處分我們。但是我完全有信心有決心做好這件事，要是失敗，我當然要負主要責任，牢由我去坐，我只希望大家能理解我，和我一道來做這件事，只要我們大家心齊，我什麼都不怕。

幾個骨幹沒讓他失望，韓友才說要坐牢我去陪你。金果果說只要我們經心，沒見種莊稼沒有收成的。古義寶聽他們這麼一說，眼眶子都濕了。他下了決心，不管團裡管還是不管，也不管別人怎麼說怎麼想，這事就這麼做定了。

戰士們卻不是都這麼想，古義寶的情緒他們看得一清二楚。擴果園，改佈局，他們看著古義寶整天上竄下跳忙碌，人瘦了，臉色也不好。團領導卻沒一個露面，連個助理員都沒來過；錢，錢要不來；拖拉機，拖拉機要不來；說處理原場長，古義寶跑了半天，也沒見動靜，倒楣的只是孫德亮，檔案袋裡多了一個警告處分決定；除此古義寶每回上團裡帶不回一句讓大家高興的話。他們覺得團裡壓根就沒把他們當回事，弄不好是古義寶自己想將功補過領著他們瞎折騰，弄好了不要緊，弄不好他們白出力白流汗不說，再弄出點罪過來就太不合算了。這些天，翻地、刨坑、運肥，活是累了一點，可誰都是這樣，付出了就想得到收穫，沒有收穫的付出或者收穫沒有把握的付出，自然就容易引發思想情緒。累一天，晚上躺到床上，有些人就流露出這種情緒。

古義寶也發現了這些，他也沒功夫一一找他們談話。他對農場的建設充滿信心，他堅信只要肯幹，肯下功夫，肯動腦筋，講科學，流出去的汗水總會有收穫。要立竿見影，今天栽樹明天就賺錢，他沒有那本事。他不管這些，咬定牙根認定一根筋，一切按他的計畫辦。他從園藝場花錢請來了技術員，由他來幫著統一規劃，自己用心思跟著當徒弟。他想讓戰士們在實際中在事實面前理解他，和他想到一起，幹到一起。

救火後他發現戰士們的整體觀念發生了可喜的微妙變化，掏廁所、起豬圈不用再專門指派排班，清掃營院也不用他特意安排。古義寶趁熱打鐵，藉送錦旗的機會，搞了一次自尊自愛教育。但人是有思維的，人的觀念尤其是人的個性不是一次兩次教育和感動所能改變的。這些日子他明顯發現孫德亮的情緒有變化。昨天少拉了四趟肥。他已經在一些人面前嘀咕，後悔那次酒後吐露的眞言。前天晚上還跑到村裡跟人喝酒，喝得醉醺醺的跟老百姓吵架。古義寶眞有點招架不住了。

當文興的吉普車出現在農場時，起初，驚喜讓古義寶忘記了激動，看清楚後他渾身爲之一振。戰士們也是第一次見到團首長來到農場，都不同程度地表現出激動。

文興沒讓古義寶坐下來彙報，而是直接去了田間。他並不是有意要做出那種與戰士打成一片的樣子，只是他不喜歡做那種別人在幹活，自己卻要別人放下手中的活坐到屋裡給他彙報的彆扭事。文興跟每一個戰士握了手，他那握手的樣，倒像是他欠了戰士什麼似的。戰士們一個個羞澀地伸出了沾滿泥土的手，十分激動。文興問了每一個戰士的名字、年齡和入伍時間，然後，他也脫了軍裝跟戰士們一起栽山楂樹。文興一邊幹活一邊跟古義寶隨便聊。古義寶把向地方借錢，準備改種三十畝山楂，二十畝葡萄的宏大計畫一一做了彙報。古義寶像個精明的農家裡手，如訴家常地向文興說了他的全部打算。

他告訴文興，山楂林每畝種一百一十六棵，市價賣一塊四到一塊五毛錢一棵，人家支援部隊建設，賣給咱一塊錢一棵，三十畝山楂林花三千五百塊錢左右。管理好了第二年就能結果，一畝地可以收一千來斤，三十畝地可收三萬多斤，收購站收價就一塊四毛錢一斤，能收入四萬多塊，單山楂林第二年就能還清借款的本息。還有葡萄……

文興被古義寶打動了。他沒有看到農場原來的模樣，但他從新修的路面，新整的操場，新勾的牆縫和擴種果園的現實，可以想像出農場原來的面貌。他被打動的並不是古義寶的農場建設的新創舉，而是古義寶的行爲。古義寶臨來農場前那晚的那副消沉落魄的模樣深深地印在文

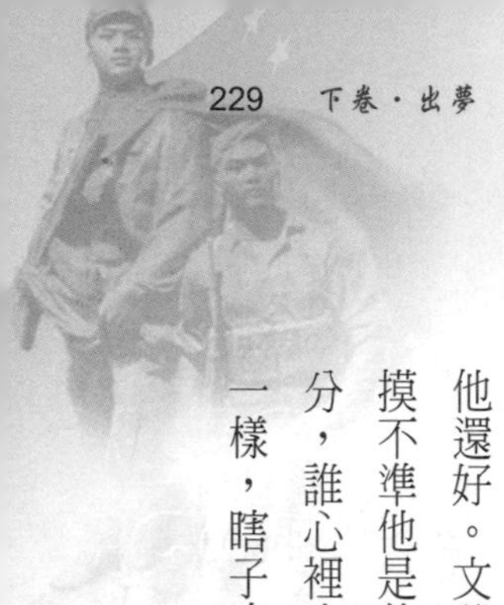

興的腦子裡。他沒想到他會變得這樣像條漢子。在上級不把他們當回事，他以如此的膽量和精神在忠於職守，可領導和周圍的人根本不把他們當作跟自己同等的軍人當作自己的部下自己的戰友來看待，他們忍受著不公正的歧視而默默無聞地在爲單位努力創造著財富，而這種創造是在完全得不到領導的關心和支持下進行著，是在無所期求回報的情況下進行著，這正是一個人一個軍人的可貴品格之所在。

文興本打算來看看就回去，順便告訴他們，他從師後勤部那裡幫他們要到了一台舊拖拉機，讓他們抽空去弄回來，最好安排一個人先在地方學一學再去直接開回來。一看到農場的情景，文興就改變了計畫，他讓司機開空車回去了，並讓司機轉告政委，他明天坐公共汽車回去。

午飯後，文興先找了孫德亮。孫德亮有些緊張。文興沒讓他緊張下去，他沒有坐下跟他面對面的談話，卻讓他陪他一塊上趟太平觀，買一張明天下午回城的汽車票。儘管如此孫德亮還是有點忐忑不安。上路後，文興問孫德亮，古義寶來農場後對他怎麼樣。孫德亮一口說了兩個好。文興笑笑問是不是心裡話。孫德亮說是心裡話，他說他幫助他，給他過生日，比親哥待他還好。文興問那他查你的賬，免你的官，給你處分你沒有意見？孫德亮狐疑地看了看文興，摸不準他是什麼意思，可看他對古義寶的親熱勁，心裡就更沒了底，他試探性地說，要說受處分，誰心裡也不會好受，自己做了錯事，不好受也得受。不過有一點叫人心不服，現在哪裡都一樣，瞎子吃柿子，專撿軟的捏。文興說既然你心裡不服，那爲什麼不向上反應呢？你應該把不服的事實擺出來。孫德亮說主任你能做主？文興說只要你實事求是，有證有據我當然給你做主。孫德亮有些來氣地說，人家幹部貪污沒有人管，我挪用點公款他給我處分，說穿了不過是拿我開刀，殺雞給猴看，好讓他鎮住別人。說到這裡孫德亮感到奇怪。他問文興他沒有跟你們領導反應這裡的問題。文興說反應是反應了，可他沒有證據啊，經濟問題可不能憑空亂說，要有證據，憑空說冤枉人怎麼辦。孫德亮說要證據我有的是，我回去就給你寫。文興說，寫證據可不是寫家信，你要負責任，不是隨便亂寫就可以做證據的，要有時間、地點、具體證據，最好有第三者能證明，沒有事實證據，別說古義寶無權管別人，連我也毫無辦法。所謂公正，是要靠公衆來堅持正義，單靠某一個人是無法做到公正的，大家都主持正義了，邪惡醜行也就沒有市場就無處藏身，這世界自然就公正了。

孫德亮從心裡佩服文興的領導水準，自己不知不覺就被他繞進去了，也被他繞得心服口服。他低下頭，說晚上他把自己知道的情況都寫出來。

文興這才跟他擺道理，他耐心地跟他說，先進和落後只能是在特定的範圍特定的環境中相比較而言，它們沒有明確的標準和界限。所謂落後，只是某一些人思想上有一些疙瘩，精神上有一些包袱，他自己沒即時卸掉，別人也沒有即時幫他卸掉，他負擔就比別人重，就顯得沒有別人那樣輕鬆，那樣精神飽滿，那樣全身心地去投入工作，而把一部分精力用到排解個人的思想情緒上去了，於是做什麼都比別人慢一些，差一些，時間長了，他就顯得落伍了。在這個農場，除了古義寶，你應該是介於幹部和戰士之間的骨幹，應該成爲古義寶的助手，成爲戰士們的兵頭。戰士們對你有意見，領導處分你，是你確實有做得不對的地方。有錯不要緊，要緊的是是否知錯，知錯是否改錯。人們不會因爲某個人有錯就瞧不起他，而是瞧不起那些有錯不認錯，知錯不改錯的人。有錯改了，人們只會更加敬佩尊重你。別的東西，可以靠別人給你，有群衆威信這一點是任何人無法給你的，只能靠自己的思想和行爲來樹立……孫德亮陪文興上太平觀回來，似乎輕鬆了許多，除了拉肥，還一個人獨自起了一個豬圈的糞。

晚飯後，文興到宿舍轉了一圈，被子疊得四四方方跟連隊一個樣。看豬舍，十多頭豬齊刷刷的眼看就好賣了。轉完營房他又分別找了韓友才和梅小松。睡覺前他才跟古義寶坐到一起。文興沒有再跟他談農場的規劃，也沒有讚揚他的工作。他只問他打算什麼時候休假，實在抽不出時間來，也該讓愛人和孩子到農場來住一段時間，組織上可從來沒有表揚過爲了工作不管老婆孩子的幹部，法定幹部每年一個月探親假就是要幹部管老婆孩子的。最後他問古義寶還有什麼事要他做。古義寶說最好跟戰士講講話。

文興跟農場戰士講話是第二天午飯後他去太平觀乘車前。他只講了一個問題叫兵都是好兵。他說我們部隊的兵，小範圍就說在座的，恐怕沒有一個是爲了破壞部隊建設才來當兵的。既然大家都是抱了同一個好的目的，同穿一身軍裝，同在一個單位，過一段時間爲什麼就分出了先進和落後呢？主要是帶兵的沒帶好。因爲每一個戰士都有不同的家庭，不同的社會關係，不同的文化程度，接受了不同的文化教育，在不同的環境中長大。因此，他們的性格、素養、思維方式和看問題的方法就有差異，當兵以後，他們在工作、學習、生活、社交、家庭負擔等方面會遇到各種各樣不同的問題。即使在生活中遇到的是同一個問題，也會產生不同的反應。比如，同年入伍的同鄉有人先入了黨，有的人反應平淡，有的人則想得很多。反應平淡的人也有兩種情況，一種是能夠正確對待，對自己有正確的估計，明白自己有差距，繼續努力；一種是麻木的平淡，無所謂，不求進取。想得多的也有兩種情況，一種是感到有壓力，找自己的差距，想自己的問題，表現爲消極，主觀上實際是積極的；一種是患得患失，想領導對自己的看法，想戰友對自己的想法，想家庭和朋友對自己的議論，思想包袱很重，積極變爲消極。當領導的就是要即時地去發現這些，即時地去幫助他們解決這些思想問題，如果不去即時發現和即時解決，戰士就會背上包袱；如果戰士背了包袱當領導的還沒有即時發現還不去幫他卸掉包袱，那他們的包袱就越背越重，他們自然就要落到別人的後面，這就是所謂的落後。落後和先進的比較，當然需要相互之間的比較，但我覺得主要的是自己跟自己比，拿自己的現在與過去比，今天與昨天比，不斷地調整自己，就會不斷地前進。任何比賽，到達終點總是有先有後，重要的是自己是否盡了自己的一切能力。人生也是一場比賽，我們都會有自己的終點，重要的不在於你跑得多長走得多遠，要緊的是自己是否認眞跑好走好了每一步。

文興在戰士們的熱烈掌聲中結束了自己的講話。他最後說，我相信農場會成爲一個很好的集體，要做到很好，當然要靠大家的努力，不是一個人的努力，也不是幾個人的努力，而是要全體的整體的共同努力。

31

孫德亮和金果果一起去的白寡婦家。兩天後，她才到農場來。

地邊坡上的紫穗槐全都割了。古義寶決定請人教戰士編筐，一來賣樹條沒有賣筐利大；二來農場自身需要用筐，賣掉全部樹條的收入也抵不過買筐所需的開支。再說這段時間正好是秋閒。讓古義寶爲難的是請白寡婦。商量來商量去，只好派孫德亮去跟她商量，賣給她一部分樹條，多了她也要不了，剩下的樹條請她來教戰士編。考慮一個人上寡婦家不合適，就讓金果果一起去。

白寡婦很熱情，又是搬凳又是倒茶。孫德亮先只說了賣樹條的事。白寡婦有些犯難。她已經買了一些樹條在編，再說她一個人也編不了許多，就算再買一些，那也解決不了農場樹條的銷路。

自從那次戰士們救火後，她打心裡感激他們，要沒有他們，她的家早就破了，現在人家有事求到她門上，她幫不了這忙，心裡很過意不去。於是她既沒回絕，也沒滿口答應，說過兩天再回信兒。

孫德亮這才說能不能請她到農場教戰士編筐的事。白寡婦一口就應下了。

白寡婦穿了一件親手勾的線衫。這地方姑娘媳婦的手都巧，人人都會勾花邊，勾的花邊外貿收購出口遠銷歐美；個個都會繡花鞋墊，繡花的、提花的，花色品種多極了，完全可以當展品上民間工藝展覽會。白寡婦的手可說是巧中之巧。粗活細活都拔尖。她勾的線衫穿身上格外可體。戰士們老遠就看出是她，各自手裡的活就都慢了節奏。

古義寶接待了白寡婦，見面時兩個人都有些莫名的緊張。白寡婦的眼睛一直看著地，說話的時候也看著地。這正好給古義寶提供了觀察她的機會。自從來農場那天半路同車，到戰士們向他解釋「白虎星」，到後來救火她向他下跪感謝他雙手扶她，她在他心裡始終是個謎。他不相信唯心的東西。可他又不理解，爲什麼她這樣的人偏遭厄運。愈是如此，他就愈關注她。

他覺得她跟尙晶是兩種完全不同的女性。如果說尙晶好比豔麗的玫瑰，那麼她更像高潔的玉蘭。她說話的語調和聲音也是那麼溫文，不像尙晶那麼熱烈奔放。她說小孫和小金那天去後，她第二天就去了果園。她跟那個果園很熟，她年年給他們編果筐。他們答應可以多收她的筐，編多少收多少。她說戰士們跟她學會編筐後，用不了的筐可以賣給果園，農場不用出面，由她與果園聯繫。

古義寶不知怎麼感謝才好。說這事讓你跑這麼遠路去費心聯繫，讓你爲農場的事操心受累，眞過意不去。

古義寶說這話的時候，她抬了一下頭，正好與古義寶的眼睛對了眼。她又低下了頭，兩個白皙的臉蛋紅了起來。

古義寶說著了，她爲了這事不僅受了累，而且受了委屈。她本來認識那果園的老場長，老場長爲人厚道，看她一個寡婦人家，挺可憐，每年都照顧她，她送去的果筐都收，送多少收多少，而且價比別人的好。那天她去找老場長，老場長不在，他老胃病犯了，住了院，一時半晌回不來。副場長在。她不大願意跟那個副場長打交道，這人心地不正，背人處老說些下流話挑逗她，她又不好得罪他。也從沒跟他認真計較。老場長不在，她不找副場長辦不成事。於是她硬著頭皮找了副場長。副場長半仰半坐在圈椅裡，拖著長腔怪聲怪氣說妳讓我收你的果筐，妳給我什麼好處啊。她說妳想要什麼好處。他說我想要什麼妳心裡早就知道。她說我一個窮寡婦人家，能給你什麼。別打馬虎眼了，我要的東西都在妳身上，這些年了，妳眞不知道，我哪點不如那個老東西。她說請你放尊重一點，不要隨便糟蹋人家老場長，他是個什麼樣的人你心裡比我清楚。他說好啊，我不行他行，那妳就等他出院後來找他吧。她沒有站起來走。要不是爲了農場的事，她根本不會這樣死皮賴臉去求他。可這時沒法由著自己的性子來，她要走了，農場的事也就沒轍了。她坐在那既沒有走，也沒再求他。那個副場長似乎看出了她的心事，就從椅子上起來，一邊走向她一邊涎著臉說，都是過來人了，有什麼難的，鬆鬆褲腰帶的事，難道就這麼難嗎？她沒有回答，也沒有站起來。他來到她身邊伸手撫住了她的肩頭。當他的手想要滑向她的胸脯時她一下站了起來。

「你眞不想要你的命嗎？你沒有聽說嗎？碰過我的三個男人可都死了，你要眞不怕，你就來碰我，我可不是跟你開什麼玩笑，我是實實在在的白虎星。」這一招還眞靈，眞就一下把副場長給嚇住了。

這些她自然不能跟古義寶說。她說，這麼客氣幹嘛，救火，爲了使我免遭災難，你們連命都捨得豁出去，我這點事還値得這樣說。你要覺得行，你把戰士們叫來，我現在就教他們。

古義寶沒再跟她客氣。他把戰士們召集起來跟白寡婦學編筐。不用說，戰士們有誰不樂意呢。都拜她爲師，有的乾脆就叫她白師傅、白老師。

古義寶的高興是可以想像的。他帶頭跟她學起來。

說幹就幹，白寡婦從包裡拿出圍裙、刀、剪之類的工具，有模有樣地當起了師傅。她不慌不忙有次有序地開始了她的教學。她先教戰士們劈條，粗的樹條可以劈成兩半爿，既省料又便於手編。她告訴戰士樹條要劈成均勻的兩半，全靠拿刀的手和送樹條的手相互配合控制，向上偏，刀口往下壓；向下偏，刀口向上翹。她讓戰士們都試著劈了兩根，然後從中挑出接受特別快的兩個戰士，讓他倆專門負責劈樹條。接下來她教大家打筐底。她用劈開的樹條和整根的細樹條夾雜在一起在地上先擺成了一個六角雪花狀，然後用一隻腳踩住，選用細而有韌勁的樹條一上一下跟蜘蛛織網一般編出了圓圓的筐底。戰士們都跟著她一步一步，一動一動，編出了自己的筐底，儘管有的不圓，有的不平，但每個戰士都欣喜地捧著自己打出的筐底。接下來她再教上邊，再下來是收口和編筐蓋。

這些新徒弟裡最認眞的還是古義寶。他兩眼一眨不眨地盯著她的手，他不只是想到他要最先學會，她不在的時候好當個助教；他完全被她的兩隻靈巧的手吸引住了。他難以置信地盯著那兩隻潔白而且嬌嫩的手，這樣小巧而又細嫩的手怎麼會如此麻利如此嫻熟地做這種粗活呢？堅硬而又粗糙的樹條在她手裡如同細軟的繩索一般。她編出的筐光潔、牢靠，而且造型美觀。

師傅教得耐心又細緻，徒弟學得用心且認眞。一天下來，戰士們基本掌握了編筐的要領，都獨立編出了自己的筐。

第二天，古義寶覺得時間忽然過得特別快，一眨眼就是半天，再一眨眼太陽就要下山。同時他還有個新的發現，他看到有幾個戰士脖子裡都露出了潔白的襯衣領子。一向不大愛刮鬍子的孫德亮，出操回來也仔細地照著鏡子刮了鬍子。古義寶看到這些笑了，這幫小子，還挺虛榮愛面子。

古義寶看到這些的時候，他也發現了自己的變化，他今天就醒得特別早，醒來後閃到腦子裡的第一個人就是她。而且他把她想了好一陣子，他對她的悲慘命運十分同情，對那潑到她頭上的髒水和臭名深爲不平。他不相信那種唯心的說法。想著想著他就想到了她的人，想到了她動人的眼睛，想到了她白皙的皮膚，想到了她靈巧的手，想到這裡他忽然又想到了另一個方面，他預感到她對他和農場是一種威脅。於是第三天，他就跟她商量，戰士們已掌握了基本技術，他們不能再讓她這樣天天跑來，如果有問題，他們再去找她。她就只好答應了。爲了感謝她，古義寶讓孫德亮和金果果給她送去一車樹條。他知道給她工錢或者別的東西她是不會要的。

孫德亮和金果果裝了一車樹條，高高興興地給白寡婦送去了。

32

文興回到機關，第二天一上班就找了趙昌進。文興沒有向趙昌進彙報農場的情況，只給了他一份材料（編按：資料），放下材料就離開了趙昌進的辦公室。涉及古義寶的事，文興也很爲難。他積極了不好，不積極也不好。積極了，人家會以爲你故意找他難堪；不積極，人家認爲你是有意躲一旁看熱鬧。

趙昌進一看材料，心裡一沉。他意識到文興在向他施加壓力，在暗暗跟他較勁。這份材料就是孫德亮提供的原場長貪污公款，濫用公物搞關係的證據。

趙昌進有些爲難。處理吧，牽涉到後勤處長和團裡的領導一串人，憑他的經驗，一個單位

查出問題來，並不表明你頭把手能力強，相反上面只記得你這個單位有問題，對個人添不了半點光彩，再說即使上面肯定了你的成績，上下左右對靠整人發跡的人歷來看不起。不處理吧，他又感到無法掩飾，他跟文興只有工作關係，沒有一點私交，更談不上交情，這事他按他的步驟，一步一步都做了，證據也有了，不處理他就成了報喜不報憂，包庇錯誤，掩蓋矛盾。

趙昌進思前想後，他感到這事要是他介入，無論怎樣處理，無論是何種結果，對他來說都只有被動。於是他耍了個滑頭，不好辦的事情往下推。他在材料前面附上他的批示：此事請副政委以紀委的名義查處，本著既對組織負責又對同志負責、重調查重證據、歷史從寬現實從嚴、思想教育從嚴組織處理從寬的原則，從加強作風建設入手，壞事變好事，把此事對部隊的消極影響縮小到最低限度。

態度有了，原則有了，要求也有了，辦好辦壞就是別人的事了。

趙昌進做好這些之後，撥電話叫來文興。把加了批示的材料退給文興，讓他向副政委做次全面彙報。文興看了批示，不經意露出笑意。趙昌進裝沒看到。兩人沒交換意見就把這事先應付過去。

文興去副政委那裡，沒有按照趙昌進的要求把農場的事向他做全面的彙報，只是把孫德亮寫的證據附在古義寶寫的材料的後面交給了副政委。副政委問文興，政治處是否已組織人做了調查核實。文興說沒有，材料是他到農場順便帶回來的。如果做處理還是要進行調查核實。副政委說，讓紀檢幹事也參加這個小組。文興表示完全可以，除此他再沒有介紹任何情況。他希望副政委能不帶任何框框來進行調查，公正地處理這件事。

當天晚上，文興特意拜訪了副師長。副師長和文興是老鄉。

副師長是當訓科長時跟文興攀上的老鄉。說來也巧，文興剛到機關就趕上野營拉練。說是部隊「文革」支左支壞了形象，如今不打仗不救災整天蹲營房裡不接觸社會，兵養嬌了，隔老百姓遠了，與群眾感情淡了，想通過野營拉練，練出鐵腳板硬功夫，用硬作風硬骨頭來讓老百姓加深對軍隊的瞭解；也想通過野營拉練，與老百姓同吃同住同勞動來跟老百姓拉近距離，拉回老八路時代的軍民魚水一般的感情。那一天一氣急行軍跑了六十里。三分之二的機關幹部腳底打了泡。晚上到了宿營地，伙房改善生活，分麵分餡在各家各戶老鄉家包餃子。文興不愛吃餃子，一吃餃子就胃痛。文興不敢聲張，怕給老鄉添麻煩，悄悄到炊事班想找剩米飯剩饅頭。沒想到當初是做訓科長的副師長也是如此，兩人拉起來便認了老鄉。老鄉在軍中有著一種特殊的感情，無論官大官小，職高職低，一攀上老鄉就沒了等級距離，說話辦事都跟自家人一樣不用客氣。不過職務懸殊的老鄉關係有兩種情況長久不了。一種是官小的老想讓官大的利用職權提攜幫忙，另一種是官大的老計較官小的孝敬。他們倆恰恰都沒有這方面的企求，副師長需要文興的文化和知識，文興敬重副師長的是隨和和待人真誠。兩人來往甚密。副師長買電視買音響買冰箱，凡屬技術文化方面的事，都找文興。文興碰上不愉快的事也愛找副師長說說。

文興去副師長家，副師長一家正在打「升級」。副師長立即讓文興換他老伴，說讓兒子姑娘快拉一圈了。文興自然很樂意做這樣的事。

果不然，文興換上去不多一會兒，他們就連續升了六級。

副師長一緩過氣來就和文興聊起天來。問他團裡怎麼樣，什麼時候回老家休假。兒子一聽他們聊天，說不玩了，一邊說工作一邊玩沒有勁。女兒也說不玩了。副師長還挺認真，說不玩可以，但不能算我們輸，是你們主動退陣的。兒子說，照顧大人的面子，不算輸，可也不能算贏，就算平吧。副師長這才放牌。

副師長跟文興說，如今一個副師長太忙，既要管訓練，又要管後勤。最近到軍裡開了個後勤工作會議，上級要求要大力發展生產，下撥經費縮減，部隊要改善物質文化生活，主要靠自己生產積累資金。

文興說，副師長要有空，到我們團農場去看看。

副師長問，你們農場是不是搞得挺好？

文興說，我不好說，還是你自己有空去看看好。

副師長問，你小子老給我打埋伏，你要這麼說，我什麼時候真得抽空去看看。拖拉機他們開走沒有？

文興說，我讓他們派人先學會了，直接來開回去。可能最近就來開。

副師長又問，趙昌進到團裡去後幹得怎麼樣？

文興說，幹得挺好，對自己要求挺嚴，點子也挺多。

副師長說，是實話嗎？我總覺得你們之間不是那麼合得來，我知道你不願在背後說人的壞話，可世界並不像你小說裡寫的那麼單純。我覺得問題不在於人與人之間有矛盾，兩個人在一起工作，沒有矛盾才是怪事，可以斷定其中必定有一個是和稀泥的，要不兩個人都是聖人，凡人不可能是這樣。要害不在於有矛盾，而在於會不會處理矛盾。有矛盾不要緊，要緊的是即時處理矛盾。當然，這更多的是領導的責任。我老在各種場合說，有些單位班子不團結是上級機關和領導造成的，你配班子的時候爲什麼要把不會在一起配合工作的人放到一起呢！有這麼多單位這麼多工作要人去做，非要把兩個弄不到一起的人攪在一起工作，這不是自己給自己添亂嘛！有些人不接受這一點。事情很簡單，不能在一起配合就調開嘛，俗話說樹挪死，人挪活，有的人一挪地方就換了個人似的。我看有些當領導的不會當領導，機關也不會當參謀，上級明明給了你權力，也給了你這種權力施展的範圍，可有些領導和機關有權不會用，簡單容易的事情他不做，死心眼，非要自找麻煩去做人家的思想工作，去解決那種一輩子都解決不了的問題！想起來都好笑。我希望你不要這樣去做政治工作和幹部工作。

文興說，我看你改行當政委算了，說不定會在政治工作上有所發現有所創造。

副師長說，本來政治工作和軍事工作是不能截然分開的，也是和平時期人浮於事造成的，戰爭年代很多單位是軍事首長兼著政治委員和黨委書記的。哎，你跟我說實話，你是不是到機關幹更合適一些。

文興說，在團裡也挺好，離基層近，接觸實際多，工作具體，容易鍛鍊人。副師長說，有什麼想法就說，我總覺得你們文化人還是適合在機關工作，基層工作應該讓那些從營連線上鍛鍊出來的人做更好些。

兩個人聊了一個晚上，文興臨走又跟副師長說，農場，你什麼時間有空就什麼時間去，想什麼時候去就什麼時候去，用不著跟團裡打招呼，也用不著提前通知農場。要去看就看眞實面貌。

副師長聽到這裡，才明白文興今天來看他的眞正目的。他們團農場肯定有事，可他猜不著是好事還是壞事。一般應該是好事，可他的神氣又難說。到這時，副師長已經確定，他一定要盡快抽空到他們團農場去一趟。

33

白寡婦再到農場去的那天，金果果正好把拖拉機開回農場。拖拉機雖是舊的，但對農場來說卻是極寶貴的機械化。戰士們看著金果果駕著拖拉機在操場上轟隆隆地轉，又是新鮮又是羡慕。

白寡婦是來看編筐的進度。她考慮沒有汽車，只能用農場的馬車，這就要送好多趟，只能編一批送一批。

古義寶心裡熱情外表拘謹地接待了白寡婦。他也說不上爲什麼，他在尙晶和林春芳面前從來沒有過這種感覺，一到她面前，尤其是他們倆單獨在一起的時候，他就緊張，總是心裡有話嘴上說不出。

女人在這方面都是敏感的，何況白寡婦這種精明過人又陷在感情創傷中的女人。她自然看出古義寶的反應，但一眼就明白，他的慌亂是心地誠實的表現。他對她沒有甜言蜜語，也沒有虛僞的阿諛奉承，更沒有心懷邪念的眼神，只有眞誠和熱情。從她內心來說，她很喜歡也很需要這種眞誠和熱情。在這個世界上，她感覺到周圍已沒有對她眞誠的人。但她理智地明白，他是軍人，他不可能把內心的這種情感向她表露，也不可能把深藏心底的熱忱變爲行動。正因爲這樣他才在她面前表現出緊張和慌亂。有了這些，白寡婦在古義寶面前反更顯出大方和文雅。古義寶就更顯出慌亂。他給她倒水端水，水杯裡的水被他顫得往外溢。

「那就這樣定了，明天先送一趟。」

「哎，明天先送一趟。」其實他們要商量的事就這麼簡單，連屋子都用不著進。古義寶還是邀她進了他的辦公室，她也很樂意地跟他進了辦公室。

「先到妳家裝，還是這裡裝好了再去裝妳的？」

「咱們農場要用多少筐？」

「差不多一千個筐。」

「我看這樣，我的筐就不往果園送了，留給咱農場自己用，也省得呼呼隆隆把拖拉機開到我那裡去，周圍的人看著還不知道怎麼回事。」

「這樣也好，妳編的品質好，也省事。」

「你忙，明天就不用去。」

「第一次，我還是去好，再說小金的駕駛技術我還不放心。」

「那我就在路口等你們，我就不進來了。」

「也好，你就在路口等，省得跑進來。」

一個非常好的天氣，天空晴朗得叫人一抬頭看天就想唱歌，再加颳著小風，讓人備感舒坦。一清早，古義寶指揮著戰士們裝好車，裝了滿滿的一車斗，又用繩子四面拴牢。

古義寶老遠就看到白寡婦站在那路口。他第一次見她穿裙子。上身白底藍點的襯衣與下身黑底白點的裙子配得那麼協調，又顯得十分高潔。

拖拉機駕駛員後面的那張座位，緊緊巴巴正好坐兩個人。白寡婦一上車，古義寶就全面陷入了一種抵抗。白寡婦身上有一股淡淡的馨香讓他焦灼不安。兩個人相當長的一段路沒有說話。古義寶察覺出這樣的不說話比說話更說明一個問題。於是他主動開了口。

「很對不起，我到現在還不知道妳的名字。」

「你沒有問過我啊。」

「我現在問妳不介意吧。」

「有一點，我知道你們背地裡叫我什麼。」

古義寶的臉一下紅到耳根。在背地裡他也跟大家一樣叫她白寡婦，是有點太不尊重她了。

「對不起，我跟大家一起向妳道歉。」

「沒關係，我是跟你說著玩的，大家都這麼叫我，我怎麼會在乎呢？名嘛，反正就是一個稱呼，叫什麼不是叫呢？」

「有名有姓，還是應該叫姓名。」

「你現在眞想知道？」

「眞想知道，一點不是應付。」

「我叫白海棠。好聽嗎？」

「好，太漂亮了。」與其說古義寶在回答問話，不如說是他在自我品評。

就在這時金果果突然咣當剎了車。古義寶和白海棠毫無一點準備，兩人本能地抱在一塊，車停穩後也沒意識到要鬆開。古義寶一面摟著白海棠一邊驚恐地問金果果怎麼啦？金果果沒回答卻紅了臉。古義寶往外一偏頭，我的娘哎，車差點下了溝。古義寶這才意識到，金果果是聽他們倆說話走了神。想到這一層，古義寶驚慌地發覺自己的胳膊還摟著白海棠。他十分難爲情地立即縮回手。順便說了句小金你慢點啊！

小金重新發動上路後。古義寶和白海棠不約而同地對了臉，白海棠伸出小小的舌尖無聲地做了個鬼臉。古義寶從沒見過這麼自然又這麼迷人的鬼臉，幾乎掠走了他的魂。

有了金果果的急剎車，他們倆又一段時間找不到好說的話題。還是白海棠找到了該商量的事。

「古場長，你們的蘋果今年賣嗎？」

「還沒跟團裡請示，即便給團裡幹部留一點，大部分還是要賣的。」

「要賣的話，我可以跟果園的老場長說說，有外地的客人，介紹一些過來。咱們當地收購太便宜，賣給外地客人價好高一些。」

「那可真要謝謝妳了。」

「這有啥好謝的。」

甜蜜的路程總會讓人感到太短，他們沒感覺到什麼就到了果園。

白海棠讓他們等著，她隻身去聯繫。過了一會兒，那個副場長酸裡酸氣地跟著白海棠來到車前。

「喲嘿，還雇了兩個保鏢。」

他們誰也沒答他的話。

「我說白、白白什麼來？」

「白寡婦，白虎星，有什麼你說。」

「這活兒有點糙啊。」

「副場長，請你高抬貴手，我給咱果園編筐也不是一年了，今年怎麼活就糙了呢！別雞蛋裡挑骨頭好不好，給我們老百姓留條活路。」

「啊，好厲害啊，狗了啊！收貨。」

卸完車，白海棠跟古義寶說，她和小金去結賬，讓他在車上等著。古義寶想跟他們去，白海棠沒讓，說要覺沒事乏味就到果園去轉轉，跟人學學技術。

古義寶不明白爲什麼白海棠不讓他跟去結賬，可覺得她的話有道理。於是古義寶朝果園深處走去。

這是一個以蘋果爲主的果園。蘋果結得不錯，果枝都彎了。穿過兩片果林，前面出現一小塊苗圃。有兩位老師傅在苗圃裡勞作。古義寶走了過去。

古義寶沒打招呼，先掏出菸，一人丟了一支。兩位老師傅見是解放軍，也沒客氣就接了菸。點上菸，自然就有了話。古義寶問苗圃裡是什麼果苗。老師傅說我們蘋果園自然是蘋果苗。古義寶又問是自己育的還是買的成品。老師傅說自然是自己育，自己接，哪有果園買成品的道理。古義寶問，本苗是什麼苗。老師傅說是野海棠。

兩個師傅看他問得這麼在行，又問得這般細緻，有些奇怪，問他當兵怎麼對這行有興趣。古義寶就跟他倆實話實說，說是特意來請教學習的。兩位老師傅就呵呵笑了。邊抽著菸邊聊起來。他們告訴他，果樹最怕病蟲害，常見的是白斑、白粉黴、黴菌，要常打「一〇鋁」和「粉鏽寧」。新果樹要緊的是水和肥，要五天一水，半月一肥。古義寶一一記在心裡。古義寶說你們的果樹結果不少，有什麼訣竅。老師傅說，果樹收成基本靠天，靠年成，風調雨順年成好，結得就多；天旱天澇年成不好，你再操心也白搭。要說事在人爲呢，整枝是門關鍵的活，整好了整對了，果就結得多；整不好整差了，副枝沒剪，主枝沒留下，剩下些側枝，再好的年成也結不了什麼果。古義寶說明春請兩位老師傅到農場幫整整枝不知肯不肯去。兩位老師傅說，這不在我們，只要你跟領導講好，我們沒有不去的。

古義寶又問，搞苗圃賺不賺錢。老師傅說，按說搞苗圃是最賺錢的。本小利大，花點功夫就賺錢。本苗，像野海棠，山裡紅，三分錢一棵；有籽自己也可以育，更省錢。今年育，來年

嫁接，到秋天就可以出手，一塊五、一塊六一棵，這是什麼賺頭。你要嫌自己嫁接費事，成接率低，你可以買半成品，一株半成品也就四毛錢光景，育一年，一株賺一塊多。關鍵要摸準銷路。古義寶又問，現在什麼果苗銷量大。老師傅告訴他，山楂苗銷量最大。如今不光果園栽山楂，老百姓自個家裡也栽。

古義寶跟老師傅學技學得正起興的時候，白海棠結賬卻碰到了麻煩。

白海棠和小金拿著收貨單去讓副場長簽字結賬，副場長說今天結不了賬，讓白海棠隔天再來。白海棠知道他是故意刁難。她怕這傢伙的話說出來難聽，就讓小金到外面等。

等小金出了門，白海棠看看副場長瞇著的色迷迷的眼睛正色道，你不要故意跟我一個寡婦過不去。你不是就想佔我的便宜嗎？這沒有什麼了不起，如果你不在乎你的命，我可以答應你。

白海棠還沒說完，副場長流著口水就湊過來。白海棠吼了一聲，你給我站住！我說的不是在這兒，我是人，不是牲口，不是隨便在什麼地方就可以跟人睡覺的，你有種就到我家去。我可要告訴你，我第一個男人結婚不到一年，在石礦讓石頭給砸死了；我的第二個男人，只跟我睡一回，第二天讓汽車給撞死了；第三個想碰我的男人，只摸了我一把，第五天就讓魚刺給卡死了。你要覺著你命硬，你就去！

白海棠說完啪地把單子拍桌上，讓他簽字。副場長疑疑惑惑簽了字。當他把單子遞給白海棠時，順手捉住了她的手，疑惑地問，是眞的嗎？妳可別唬我。白海棠仍是那般平靜，不信你就去啊。白海棠接過單子轉過身來，兩眼立即湧滿了淚水，她咬住下嘴唇，努力不讓淚流出來。出得門來，她沒跟小金說話就低著頭走向後排房子。小金不知發生了什麼事，在後面直叫白師傅。

回來的路上，古義寶大談他的收穫，他一點沒注意到白海棠的變化。她一路上只是勉強地應答古義寶的話，一點也沒來時的那種歡樂。

34

師長和團副政委是同一天到的農場。

古義寶領著戰士在打井，看到一輛小車開進了營房。古義寶讓戰士繼續挖井，自己帶著泥身子回營房。是副政委和後勤處長來到農場。古義寶只向首長們敬了禮，他滿手是泥，沒法跟他們握手。

「古義寶你膽子不小啊！我讓你把貸款退給人家，你居然自做主張搞起果園來了，要賠了你負得起這個責任嗎？」後勤處長見面就給他來這麼一通。古義寶一句話不說，默默地站在那兒，心裡涼涼的。

「農場的事等會再說，你幹你的事去，把孫德亮給叫來。」副政委的態度讓古義寶也難以琢磨。

古義寶回到工地，讓孫德亮回營房。戰士們問是什麼事。古義寶說搞不清楚。一層陰雲罩在戰士心頭。

孫德亮在營房的路口碰到了後勤處長。看來他是特意在那裡等他的。後勤處長見了孫德亮，沒好氣地責問他，那個證明是你自己要寫的還是古義寶和文主任要你寫的？孫德亮狐疑地反問，處長，寫錯了嗎？後勤處長說，你心裡有數，別他媽古義寶整你，你就亂咬人，等會副政委問你，你要是胡說八道亂咬人，有你好受的，告訴你，農場是後勤處管，而不是政治處管。

傻瓜也能明白，後勤處長完全是在威脅。孫德亮心裡直打鼓。

孫德亮坐到副政委面前，心裡好不自在。別看他腰圓膀粗，膽子卻很小，他尤其怕大官。

副政委開始問話的時候，他的手腳都顫抖。

副政委看出他的緊張。又給他交代一遍政策，說組織不能冤枉一個好人，也不會包庇一個人的錯誤，你是黨員，說話就要負責任，既不能誇大，但也不能縮小，要實事求是，你出具證明就要承擔法律責任。副政委越是這麼交代，孫德亮就越緊張。副政委見他不能完整地來敘述這件事，就只好一點一點提問。

「你爲什麼早不寫晚不寫在這個時候寫這個證明呢？」

「是文主任讓我寫的。」

「文主任是怎麼讓你寫的呢？」

「文主任上次到農場來，讓我跟他一起到太平觀買車票，路上他問我古義寶在農場幹得怎樣，我說不錯，他說他整你你沒有意見？我說我是有錯，不過這樣光處理戰士不處理幹部不公平，他說不公平你可以說，幹部有問題你可以反應，不過要有證據，沒有證據組織上怎麼好處理一個幹部呢，我說要有證據上級眞能處理？他說有證據當然是可以處理的。這樣我就寫了那個材料。不允許嗎？要不允許我就收回。」

「問題不是允許不允許，是你這份材料所說的事是否確鑿。」

孫德亮看了一眼後勤處長，處長狠狠地瞪他一眼。他再看副政委，副政委的臉鐵板一塊，看不出是什麼意思。他心裡就有點毛。這裡一個是副政委，還有個後勤處長，文主任一個人能鬥過他們兩個嗎？要鬥不過，後勤處長說了，農場是後勤處管而不是政治處管，到頭來，倒楣的還是自己。

「首長，要不，證明我收回算了。」

「爲什麼要收回呢？這麼說你寫的不是事實，是捏造的。」

「處理我我不服，所以我就寫了，裡面有些事他也沒跟我說過他取錢要做什麼，我是估計的。」

「你怎麼這樣不負責任呢！憑估計就寫證明材料？」

外面響起了汽車剎車聲。他們向外看，是副師長來到了農場。副政委後勤處長立即撇下孫德亮出門迎接，弄得孫德亮站在屋裡走不是不走也不是。直到他們把副師長迎進屋，後勤處長朝他一瞪眼，他才逃似的回到工地。

副師長說，這是怎麼搞的，不約而同啊。副政委怎麼有空一塊來抓後勤生產了？

副政委說，哪是來抓生產，一個戰士告原來的場長，我是來查證的。

副師長說，這也是抓啊，後勤生產中的問題不少，是要好好抓一下，在我的印象中，你們這個農場過去是沒有什麼收益，種點麥子種點花生，產量也不高，機關連隊連花生都吃不上。

副政委說，問題是有，不過這個戰士承認是瞎告。副師長說，有這回事，找古義寶談了嗎？副政委說，還沒談。

副師長說，沒談就先別下結論。

後勤處長插嘴說，他的問題大著呢，還沒找他談。

副師長奇怪地問，喔，都什麼問題？說來聽聽。

後勤處長來了精神，他不請示不彙報私自改變農場的佈局，不種糧食種果樹；還擅自向地方貸款，我當面批評了他，讓他退回貸款，他理都不理，根本沒把領導放眼裡。

處長說得動色動容，可他沒看到副師長皺起了眉頭。

副師長問後勤處長，你今年來過農場沒有？後勤處長說，沒有。

副師長又問，今天到農場把農場看了沒有？後勤處長說，還沒來得及看。

副師長說，還是看了以後，再談這些問題好一些。

副政委聽了副師長的話，感到了一種尷尬。

外面嘹亮的口號聲打斷了他們的談話。古義寶帶著整齊的隊伍從工地回到營房。並不是故意要做樣子給領導看，他們平常出工收工都如此。隊伍走到隊部門口，古義寶一聲口令整好隊，步伐標準地跑向副師長報告，其規範程度不亞於正規連隊。

副師長親切地讓他們解散洗整準備吃飯。戰士們情緒高漲。

吃飯前，副師長看了戰士的宿舍，內務衛生比正規連隊不差，窗明几淨，被子疊得也是有稜有角；營區路光場平，花木蔥蘢。副師長特意看了廁所和豬舍，這兩處最能反應一個單位做工作紮不紮實。一切都有些出乎副師長的意料。在毫無準備的情況下，一個遠離機關領導從事生產的小分隊能這樣按照條例條令嚴格要求，真是少見。

後勤處長沒有跟副師長去看這些，卻找了古義寶。他是特意來找古義寶的，他非常著急地問古義寶副師長在這兒吃飯準備了沒有。古義寶說一切都安排好了。後勤處長問準備了些什麼菜。古義寶說四菜一湯外加一個炒雞蛋。後勤處長急了，說這怎麼行呢！趕緊派人到太平觀去買點燒雞豬下水之類的熟菜。古義寶說來不及了，都是自己首長，也不會見外。

他們正說著，值班員吹響了開飯哨。副師長和副政委也來到了飯堂。副師長看了戰士們的飯菜，紅燒土豆、炸茄合、肉片炒芸豆絲、涼拌黃瓜和番茄雞蛋湯。他們桌上多一個木須肉。

不用說，只看副師長那笑容和頻頻不住的點頭，便知道他相當滿意。副師長問戰士平時是不是都這樣。戰士們說中午晚上都是四菜一湯。

吃過飯，副師長就讓古義寶領他們下地。副師長不休息，副政委他們自然也不好睡午覺。古義寶領著他們，先看農作物，再看果園，副師長一邊看一邊把後勤處長說的那些事問古義寶的想法和打算，古義寶就把自己如何向鎮上貸款，如何擴種山楂，如何自己學編果筐和下一步的設想，向副師長做了全面彙報。副師長越聽越高興，副政委和處長卻越聽臉上越掛不住。他們最後轉到打井工地，戰士們已經上班。副師長在工地對戰士們說，你們幹得很好，很有成績，就這麼幹下去。

就這幾句話，給了戰士給了古義寶莫大的鼓舞。工地上戰士們幹得更加歡實。

來到蘋果園，副師長看蘋果結得不錯，問今年的蘋果打算怎麼處理。古義寶說還沒有接到團裡的指示。副師長問後勤處長是怎麼考慮的。後勤處長支吾著說不出意見，說還沒向黨委彙報。副師長說，彙報也得有個基本方案，黨委研究總不能憑空議論。後勤處長說，我考慮農副業生產主要是爲了改善部隊生活，打算給全團的機關幹部發一點，剩下的再賣一些，關係單位還要送一些。副師長說，改善部隊生活，可不是你這種改善法，不能部隊生產什麼就發什麼。你給機關發，連營幹部發不發？幹部發實物，戰士怎麼辦？農副業生產要有經營觀念，要創造經濟效益。有了經濟積累再全面安排改善部隊的物質文化生活。今後不能隨便亂發實物，內部優惠便宜可以，但要買。先積累資金，再從全團範圍、全體官兵的角度改善物質文化生活，否則，光顧機關，不顧基層，誰願意在基層幹。

古義寶這才說，我們做了一些準備，想聯繫一些外地客人，外地客人收購價比本地一斤貴五分到一角錢。

副師長說，這才是經營頭腦。後勤處長瞪了古義寶一眼，心裡罵道，你小子真會見風使舵。

孫德亮捧著一疊賬本找到副師長他們說，首長，證明我不要收回，這些賬本就是證據，誰要不信，就讓會計來查好了，我要有半句假話，開除我黨籍，讓我復員都可以。

副師長臨走時對副政委他們說，我打算在這裡組織一次現場參觀，時間訂了後再告訴你們，團裡不需要做任何準備，也不需要提前通知古義寶讓他做什麼準備，他們該幹什麼幹什麼，讓大家來看一看就行，如果我們全師的農場和生產單位都能這樣，兩年以後，我們師的物質文化生活就會變個樣。

副政委和處長都不住地點著頭。

35

副政委到家天已斷黑。他們沒有跟副師長一起走。聽了副師長的一番話，副政委心裡有一點愧。他意識到自己工作的飄浮。到了農場，他居然什麼也沒看到，什麼也沒令他發生興趣，農場在他腦子裡如同一張白紙。他壓根就沒想到要看戰士們的宿舍，也沒想到要看看農場的生產，更沒想到要瞭解古義寶，幫農場解決什麼問題。他的任務就是來證實一下這份材料，其餘一切都與他無關。副師長來後，領著看了農場的一切，尤其是孫德亮前後的變化。令他深思，同樣的時間，同一單位，不同的態度，得出的是兩種截然相反的結論。要是副師長不來，或者來了也跟他一樣走馬觀花虛晃一趟，對農場的問題，對農場，對古義寶意味著什麼呢？

副師長走後，他重新找孫德亮談了話，而且翻了賬本，又找古義寶瞭解了農場的情況，儘管後勤處長在一旁摸不著底亂插杠子，幾次提醒他時間不早了，他還是按照自己新的思路做了想做的工作。臨走，他告訴古義寶，師裡要組織其他單位來農場參觀，不能弄虛作假，但工作還是可以再往前趕。古義寶激動地感謝了首長們的關心。

副政委回到家，心裡還覺得不踏實，他撥了趙昌進的電話。電話撥通以後卻沒人接。

其實趙昌進就坐在電話旁的沙發裡。這時他什麼電話也不想接。今天他的心情特別不好。

吃過晚飯，他出門去遛馬路，碰到了組織科的田幹事。兩人在機關幾次一塊寫過材料，相處不錯。田幹事問他到團裡後是不是心情不好。他覺得這問題提得奇怪，田幹事的印象不僅僅代表機關，而且代表著師首長的印象，他兼著黨委秘書的工作。他問田幹事上面怎會有這麼個印象。田幹事說，按說這事不應該說，不過都是多年的同事朋友，提個醒。黨委在分析年度工作時提到，覺得你到團裡工作後，團裡沒出現什麼新的起色。就這一句話，弄得趙昌進一晚上提不起精神來。

電話再次響起，他愛人急了，在外面吼了他一嗓子。

接完副政委的電話，趙昌進爲之一振。他對自己說，不能再一味沉浸在個人的恩怨之中，如此下去，只會被淘汰。他沒想到古義寶還是條漢子，他沒有被錯誤壓倒。自那次把他拒之門外後，他再沒有來找他一次，說明他還是個有良心的識趣人。他感到自己原先的想法太幼稚，有些感情用事。只一般的認爲文興是故意跟他擰著勁幹。他樹古義寶的時候，他旁敲側擊，消極抵觸；古義寶犯了錯誤，他不管他了，他反去大發慈悲，苦心說明。沒想到人家處處高你一籌，過去反對反對了，現在再幫又幫對了，自己還糊里糊塗陷在小孩子意氣中。趙昌進立即反過來給副政委回了電話，在電話上他十分乾脆地說，你把情況向團長彙報一下，告訴他，我的意見明天上午立即開黨委會。

黨委會在緊張的氣氛中進行。趙昌進一反常態，副政委彙報完，他沒像以往那樣待其他人發表完意見，再總結拍板，而是搶先談了個人意見，讓大家討論。

看來他已做了準備，他的意見很具體，第一，根據現有證據，不需要再層層研究逐級上報，我提議黨委研究，給原農場場長黨內嚴重警告處分。第二，後勤處要結合這一問題，進行一次整頓，不論是誰，按照端正黨風的十條標準認眞對照認眞檢查……

文興靜靜地看著趙昌進。他感到奇怪，人眞是個怪物，說變就變，幾天功夫他忽然變成了另一個人，而且變得那麼不加掩飾，叫你沒法想像。

團長、副政委立即表態附和趙昌進的意見。副團長不表態是可以理解的。文興沒讓副團長爲難下去，他發表了自己的意見。他在認定這事性質的嚴重性和它對部隊凝聚力的破壞性後，提了一點不同意見，提出對原場長的處理，不宜太急，還是按組織程序辦較爲穩妥。

事情立即在機關擴散，成爲團裡的一大新聞。後勤處成爲新聞的中心。

此事由副政委掛帥組成一個專案組。找原場長談話，一個回合他就把事情全兜了出來。這小子早就留了一手，每年給後勤處長送的和根據後勤處長的指令送給部隊和地方關係人的東西，有一本細賬，一目了然。團裡原來的領導多少都收了一些蘋果、麵粉、花生之類的東西。沒佔一點便宜的只有文興和趙昌進兩個人。

材料攞到趙昌進面前，他一下陷入了孤獨的困境，事情到了這一步，不搞下去當然不行，

可搞下去，他面對的是一隻刺蝟，他不知道如何下手。他沒有辦法，也顧不了面子，他找了文興，思前想後，他只能找文興商量。這是他到這個團後，第一次誠心誠意主動找文興商量工作。

文興似乎比他超脫。他認爲這事如果處理不好，全團的工作就無法再有突破，這一屆黨委也就再沒有戰鬥力和號召力，上下也就談不上凝聚力。到了這一步，他認爲只能講組織原則，無法顧及個人恩怨。他幫趙昌進分析，認爲問題不是想像的這麼難。關鍵的問題在黨委，領導的問題涉及黨委，那就需要黨委成員自己來解決。就每個人的問題來說，性質也是不一樣的。團裡的領導只是一般的享受了領導的特權，而且是後勤主動送上門的，他們是被動的，也可以說是光明正大的，至多是個說清楚和認識的問題，即便按價退出來，一筐蘋果也不過一二十塊錢。後勤處長就不一樣了，他們是利用職權謀私利。農場場長的問題是貪污行賄。這樣一分析，性質有了區別，問題有了主次，解決起來也有了輕重先後。對這一事件的處理要害是看我們黨委內部能不能統一認識，應該先單獨和團長、副團長、副政委通氣，統一認識，如果他們能有積極態度，事情就好辦。當然他們的態度還取決於你的態度，他們兩個人的工作都必須你親自來做。

趙昌進第一次打心裡佩服文興。

趙昌進心裡還是個愁，說來說去工作還都要他來做。說事容易做事難。團裡的領導，雖不是什麼大問題，可先要他們做自我批評，需要他去做他們的工作，來的時間不長，跟他們都還只是工作上的來往，沒有什麼私交，對他們每個人的性格脾氣還沒有完全摸透，他們會怎麼想？他們要不願拿出高姿態怎麼辦？再說眞要讓他們吐出吃進去的東西，心裡好受嗎？這不是吐口痰的事。錢不在多少，說起來不好聽，讓誰往外掏錢誰不心痛？再說黨委成員裡別人都有份，就自己清白，清白人來整不清白的人，心裡就難接受。他會說，你不就是晚來幾天，你早來也一個樣，一下會讓你找不到可說的話。

趙昌進心事重重，飯不香覺不甜。這些自然瞞不過當護士的老婆。趙昌進本不想跟她說，可她開口就點破了他的心事，不說她就會往斜裡去想。

他老婆聽他一說竟哈哈大笑起來。

趙昌進有些不高興，說這麼大的事，你當笑話聽。他老婆說，你眞傻，你當我是笑這事，我是笑你這個大傻瓜，眞是聰明一世糊塗一時，書呆子一個。趙昌進讓老婆說懵了頭。他老婆說，就這麼點事愁得你這個樣，你還能做啥官喲！

趙昌進眞讓老婆說糊塗了，這麼大的事不算事什麼事算事，他沒好氣地說，別他媽不挑擔子不知重，躺著說話不腰痛。

他老婆說，還眞得開導開導你。這樣的事，就你這兩下子，怎麼處理都不會有好結果。事

情卻總是這樣的規律，越難辦的事也越好辦。老百姓有句話叫孩子哭了抱給他娘。團裡的領導是你能處理的嗎？你去找他們談，不是自己找難堪嘛！你聽文興的，他能要你好？他自己怎麼不去找他們談？他是主任，他怎麼去找他們談呢！趙昌進反爲文興辯了一句。

我看你是昏了頭了。你不想想，他跟你心貼心辦過一件事嗎？你別傻，你去找他們，就是你跟他們過不去，怎麼處理他們都會記著你這筆賬，有機會就會給你來一下。你應該向上彙報，他們與你同級，是上面才能管的，再說組織觀念也應該向上彙報，沒有上面的態度，你就想處理，你不是自找不利索嘛！在機關混這麼多年，你連這還不清楚嗎？上面沒有人爲你說話撐腰，你累死了也沒有人可憐你。你就這麼悶著頭一門心思幹，上面說你錯了，你都不知道跑哪去哭。再說他們後面有沒有人？你都清楚嗎？你趕緊向上彙報，聽聽主要領導的意見，他們要是能派人來，不是一切問題都好辦了嗎？

趙昌進讓老婆說得啞口無言。雖然好多是婦人之見，可也不無道理。

第二天，趙昌進直接向師政委做了彙報，政委眞的當即說讓組織科去人協助處理。趙昌進大喘了一口氣，他眞感激老婆。當他把上面來人的事告訴文興時，文興皺了眉頭。他遺憾趙昌進沒能理解他的一片苦心，他是想既要處理問題又不在主要領導之間感情上產生隔閡。他感到趙昌進沒能跟他想到一塊，上面來人表面上減輕了趙昌進的壓力，骨子裡卻加大了他與其他團領導之間的裂痕，不管你是怎麼想的，人家會說你打小報告故意擴大事態，藉上級來壓人，故意在領導那裡敗壞他們的名譽。

36

趙昌進與古義寶再次面對面坐下來談話是師裡組織參觀以後。農場收完蘋果並全部銷售出去，頭一次掙了一萬五千多塊錢，上上下下都高興。只是後勤處長不高興。

趙昌進在上級機關的配合支持下，以快刀斬亂麻的姿態和速度，處理了原農場場長的貪污案。趙昌進在這個團裡一舉樹立了權威。場長黨內記過，行政轉業處理。後勤處長黨內警告，轉業處理。其他團領導多佔的東西都相應地補了錢。趙昌進就此親自動手寫了一份經驗材料叫《黨風要轉變，先抓一班人》，軍區將材料轉發全區。同時黨委做出決定，農場生產的蘋果、麵粉、花生，今後一律價撥，內部以市場價格的百分之六十優惠。生產盈利統一改善全團幹部戰士的物質文化生活，並且首先向基層傾斜，決定從團家屬工廠的生產收益中撥出部分經費做全團幹部的生活補助，連隊幹部每月補助崗位津貼五十元，營團機關幹部每月補助三十元。機關幹部心裡都打了一個咯噔。無形中都覺得趙昌進厲害，馬虎不得，得罪不得；私下裡都說，

師裡派下來的，上面準有靠山。

眞正讓趙昌進得意的還是農場的現場參觀。副師長籌備的現場參觀，得到了師黨委的重視和支持，師長親自帶著人也到了太平觀農場，參觀後，當場確定要擴大現場參觀的規模，每個團分管後勤的副團長必須來，營、連都要來一名幹部。參觀雖然沒讓他們團介紹經驗，但凡到農場參觀的人都一致肯定了他們的成績。對他們團的生產都讚不絕口。人們重又看到了古義寶的名字變成了鉛字。肯定農場就等於肯定了古義寶，肯定古義寶也就肯定了趙昌進過去的工作。

趙昌進是特意來農場找古義寶的，到農場古義寶卻不在。說是送韓友才和梅小松到果園拜師學藝了。趙昌進沒有走，下地與戰士們一起幹活，政委跟他們一起幹活，戰士們感動得不知累。

趙昌進在跟戰士們一起流汗的時候，古義寶已經不在果園。古義寶是送韓友才和梅小松去果園拜師學藝了。自那次跟兩位老師傅結識後，古義寶心裡老琢磨苗圃的事。他覺著兩位老師傅實在，說的也在理，提供的是有價值的資訊。這種事投資少，本錢小，利潤大，下點功夫出點力氣就賺錢。他想幹。現場參觀後，副師長問他下步有什麼打算。他就把自己的設想說給了副師長。副師長當場就表態支持。古義寶說，還要做一些準備才行。果園剛建，還沒有收益，沒有資金光貸款心裡沒底；再說還要搞些調查，先要摸摸銷路，還要培養好技術骨幹，有把握了才好搞。副師長說，搞生產經營就是要肯動腦筋，方案搞好後他要來聽聽，如果資金不足，師裡可以投點資。農場生產安排好，古義寶就先把韓友才和梅小松送去學藝。他考慮請人的事麻煩，要人家領導同意，還要人家有空，到時候你忙人家也忙，誰也不會扔下自己的活不管反去幫別人忙。

事情辦得很順利，跟他們領導一說就答應了。古義寶把他倆領到兩個老師傅那裡認了師傅，做了交代就回農場。按說他應該到農場了，可他拐了個小彎，上了白海棠家。一則考慮她幫忙教戰士們編筐，又幫著聯繫推銷，前些日子忙著推銷蘋果，沒空去謝她。二則他發自內心同情她，爲她悲慘命運不平，眞心實意想幫助她。聽說她們的地被政府徵用了，也不知有沒有要幫忙的事。回來正好經過她家，覺得場裡也沒什麼急事，古義寶就決定拐進去看看。白海棠一肚子心事地勾著花邊。勾一陣停一會。這些日子她憔悴了許多。

那次與古義寶一起去果園送筐，那個副場長那麼下流，古義寶和小金在那裡，她怕被他們知道，被他纏得沒辦法就信口應下了那事。事後越想越氣越想越恨越想越怕，氣的是那些男人，人面獸心，看她寡婦沒人管，誰都想欺負；恨的是自己，命這般苦，一生竟不會有人與她相愛相伴；怕的是這畜生眞來污辱她，她可怎麼辦。一路上她再沒一點精神與古義寶說話。

她在憂慮中一天一天度過。慶幸的是這畜生到她第二次去送筐都沒來找她。她心裡忐忑不安地又去送貨。令她高興的是老場長出了院。可令她心驚的事也發生了。那個下流副場長住了

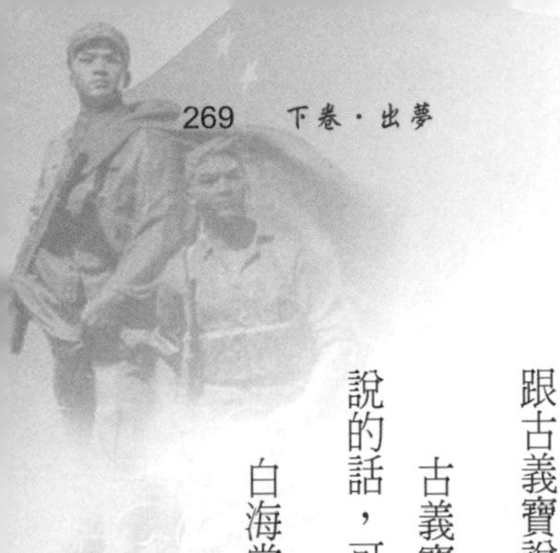

院。說是那次她送筐的第二天，他下了班騎車出去，不知怎麼從車上摔下來，把右胳膊給摔斷了。問他怎麼摔的，他什麼也沒說。白海棠記得他就是用那隻右手捏她的。說不定，他騎車就是要去找她。

白海棠驚的不是那下流摔斷胳膊，她驚的是自己。她再不能不相信命了，她眞是「白虎星」。她有一個只有她和死去的兩個丈夫知道的秘密，她下身眞是光的，連根汗毛都沒有。她這輩子眞的再不能碰男人了，誰碰了她就要送命遭災！

果園回來的那天夜裡，她想了半夜哭了半夜。要不是身邊躺著個女兒，她眞想一死了之。古義寶敲門把她嚇了一跳。女兒還沒到放學的時候，她正沉浸在憂鬱之中，突然聽到門響，她嚇出一身冷汗。拉開門見是古義寶，她竟百感交加流了淚。

古義寶看她的模樣慌了神，接連問了她好幾個怎麼啦。她好心酸，好孤獨，又好感動，也好喜悅。可她什麼也說不出來，什麼也不好說。關了院門進了屋她才鎮定住自己。不好意思地跟古義寶說，沒有什麼，什麼事都沒有。古義寶更墜入五里霧中。

古義寶說完那些感謝的話，就再說關心的話，說完這些話，他就沒了話。儘管心裡還有要說的話，可他不能對她說心裡更多的話。

白海棠也知道他還有想說而不能說的話，可她想到自己的命，更不敢讓他說別的話。

兩個就這麼默默地坐著。古義寶默默地品著她給他沏的茶，白海棠默默地勾著花邊。

「場裡忙吧？」

「嗯，挺忙。」

「會開得好嗎？」

「好，妳也知道？」古義寶感到新奇。

「都看到了，來這麼多小轎車。」白海棠斜眼看了他。

「現在領導挺重視的。」古義寶心裡挺美。

「可不，多少年了，從來也沒見過有這麼多小轎車開到農場。」

兩個人又沒了話。

「領導上還計較那件事嗎？」

「什麼事？」

「告你的人，她男的還在部隊上嗎？」

「這事妳也知道？」

「你以爲呢？你成了鎮上的新聞人物。」

「我再沒見過她。」

「你還想見她？」

「原來想見她一面，現在就沒有這個必要了。我做過這樣的事，妳瞧不起我是吧？」

「你說呢？」

他們倆誰也說不清爲什麼他們一下就能談這樣的事，而且談得那麼隨便。

「妳不能就這樣過下去，該有個長遠打算。」古義寶覺得不能光讓她關心他。

「我能有個什麼打算呢？我的打算只有一個，把女兒養大成人。」

「妳這麼年輕，又這麼……」古義寶沒能說出來，「不能這樣浪費青春。」

白海棠又斜過眼看他。

「……」

「地徵用後，做什麼呢？」

「想開個小商店。」

「我們能幫什麼嗎？」

「不要。你以後也別來了，我也不會再到農場去。」

「爲什麼？」

「你知道。」

「我不信那一套。那天在拖拉機上，小金剎車時，我已經碰過妳的身子，我不是什麼都好好的嗎？一個現代人怎麼能讓迷信這種無稽之談禁錮自己的感情呢！」

白海棠轉過身面對著古義寶。

「要是辦小商店，以後拖拉機進城可以幫妳直接到城裡進貨。需要我們幫什麼就只管說，妳已經幫過我們了，再說我們是解放軍，幫妳這樣有困難的人是我們的責任。」

白海棠直到古義寶走，沒再說什麼話。

古義寶回到農場，農場正好開飯。聽說趙昌進在等他，他的心提到了嗓子眼。趙昌進到農

場來，對他是一個很大的鼓勵，他心靈深處一直企盼著他的原諒。他每回想到他拒他於門外的情景就心寒。

趙昌進是吃過飯以後跟古義寶面對面坐下來談話的。古義寶敬重長輩一般爲趙昌進擦了椅子，泡了茶，等趙昌進在椅子上坐定，他仍立在那兒。趙昌進說站著幹什麼，他才坐下。

「來農場幾個月了？」

「五個月零七天。」

「我一直沒空來看你。」

「首長工作太忙。」

「感覺怎樣？」

「挺好。」

「家裡怎麼樣？」

「挺好。」

「孩子呢？」

「也挺好。謝謝首長關心。」

古義寶回答趙昌進問話一直是挺直腰板。趙昌進已經感到他們之間不再有原先的那份情義。趙昌進想改變這種狀態。

「你這段工作做得很好，團裡師裡都很滿意。」

「感謝首長鼓勵，其實都是首長的支持。」

「下一步工作不要貪大，也不要急於求成，要把已經鋪開的事紮紮實實搞出成果來，這樣才有說服力，我們也才好給你說話。冒風險的事沒有把握的事少做，一口吃不成胖子，不要讓人家覺著你在表現自己……」

趙昌進的話古義寶聽著不那麼舒服。他感到趙昌進與文興想的、關心他的出發點始終不一樣。現場參觀的時候文興也來了。會後他也跟他說了許多。他反覆跟他說，做事情絕對不要把個人的東西摻在裡面，一摻進個人的東西，往往想問題做決策就會缺乏客觀性，就容易出偏差。不是說個人的事不能考慮，所謂個人利益，我理解就是人生價值。但對人生價值的理解，因人而異。有人覺得人生有名有權有利就有價值；有的人則認爲人生價值是個人理想和集團、社會或者國家、民族利益的統一與結合。已經過去的事情就不要再去糾纏，未來的事情只能是憧憬，我覺得最要緊的還要想眼前的現實，把握好現實是最重要的。我贊成禪的「當下」說，

每個人只有把握住自己的每一個「當下」，才能把握住自己的一生。我一貫認爲，只要你盡心盡職爲社會爲單位做了應該做的，人們自然會給你一個公道。想好了的事就幹，當然這裡面更多的是技術和科學，這更不能隨心所欲，該幹的不幹只會坐失良機，不該幹的蠻幹也遭致損失。要多請教，多與戰士們商量，多請示彙報。盡量不出或少出差錯。

趙昌進發覺古義寶聽得不夠專注。

「職務問題不要多考慮，組織會考慮的。你愛人還有個隨軍的問題，自己要積極努力，只要做出貢獻來，做出成績來，領導自然會關心的。」

「這些我沒有想過。」

「不是說不能想，關鍵是要做出實際成果來。聽說這裡有個年輕寡婦來教戰士編筐，這樣的事少做，離這樣的人遠一點，你的教訓還不夠嗎？」

「我不這麼認爲，尙晶這件事的教訓，我會記住一輩子的，汲取教訓，不等於我再不能接觸女人。她是個苦命的人，住在我們門口，別說她對農場有過幫助，就是與農場毫無關係，她這樣的人，她這樣困難的家庭，我們也不能視而不見，袖手旁觀，請領導放心，我古義寶不至於糊塗到這地步。」

趙昌進感到古義寶眞變了，變得他們之間已沒有共同語言。聽了古義寶這番話，他感到他很被動，古義寶再不把他放在那樣一種位置來敬重他，他再不會對自己俯首貼耳，也沒了那種感恩之情。這時趙昌進才意識到那次拒他於門外太過分了，對他傷害太大，可能也就在那時，他們之間的一切都結束了。不過趙昌進不能就此撒手，他不能放棄他。於是他盡量緩和地說：「我不是不相信你，只是提醒你，你的一切都在重新開始。你真正立住腳後，我還會給你寫文章的。」

「我記住了。」

他們的談話始終在一種嚴肅的氣氛中進行。

37

列車的過道裡擠滿了人，廁所已無法使用。貧困中煎熬久了的百姓們，在改革開放的政策面前，如同久旱的禾苗逢甘霖，一下快活得瘋了一般。他們一聽說可以隨便掙錢了，紛紛擁向城市，長途販運的，打工尋出路的，做生意的，當褓姆的，出來碰運氣的，當然也有專門想投機或做賊的。

古義寶帶著梅小松和另一名戰士去買半成品山楂苗。古義寶搞苗圃的方案搞出來後，先送到團裡審查，團裡知道副師長對這事感興趣，專門派人送給了副師長。副師長看了方案後很高興，大筆一揮，批示師裡投資十萬元。古義寶接到通知時兩隻手直顫抖。副師長並不是感情用事，他是認眞看了古義寶的方案給常委做了彙報，師長政委點頭後才批的錢，批錢的同時提出了要求。第二年償還一半，第三年還清投資另交五萬元利潤。

古義寶既激動又有壓力，跟韓友才、金果果幾個骨幹把方案逐條逐項逐個環節重新進行研究落實。考慮到技術力量不足，爲了早見成效，決定採用購買半成品育苗的方式建苗圃。經果園的老場長介紹，與外地的園藝場取得了聯繫，半成品只要四角錢一株，簽約預付50％款，摟苗後一個月全部結清。於是古義寶帶兩個戰士上了路。

戰士不能坐臥鋪，只好到硬座車廂去挨擠。古義寶沒有直接上臥鋪車廂，他和兩個戰士一起上了硬座車廂。並不是他心裡不平衡，也不是要故意做樣子，他是一個人，他們是兩個人，在一起好說說話。沒承想上了硬座車廂，根本就沒法說話。古義寶去了沒地方坐，那個戰士只好站著。不一會一個老大爺和一位老太太就站到了他們面前，這給他們出了道難題，讓吧，兩個人就要站一路；不讓吧，人家好像專門就是衝著你是解放軍才站到這兒來的。兩位老人懇求的眼神不時拜訪他們，他們忍受不了這種折磨，站起來給他們讓了座。兩位老人謝了兩聲便心安理得地坐了下來。

古義寶只好站著和他們說話。時令已是仲秋，車廂裡卻是一片熱汗臭味。加上到站上車下車，整個車廂從發車開始沒一分鐘安寧。他們感到說話也特別累。小梅催古義寶回臥鋪車廂，車廂與車廂之間早已被堵死，他想去也去不了了。

還是小梅想出了主意，他讓古義寶下站停車時，從窗戶裡鑽出去，從月台上直接去臥鋪車廂。

小梅想的法還真管用。古義寶終於到達了十四車廂二十中鋪。古義寶抬頭一看，立即找出票看了看，沒錯，是十四車廂二十中鋪。可鋪上已經香香甜甜睡著一個人，古義寶仔細看，還是一個年輕的姑娘。

古義寶站在那裡猶豫了一陣，總不能就這麼站一夜，學雷鋒也不能這麼個學法。他輕輕地叫醒了那位姑娘，姑娘說，我沒睡錯，是十四車廂二十號中鋪。古義寶說，那是車站賣重了票？姑娘說她是上車後補的票。正說著，下鋪那位先生醒了。他相當煩，幹嘛幹嘛，搗什麼亂，當兵的有什麼了不起。古義寶忍著氣說，不是我搗亂，我買的是十四車二十號中鋪。那位先生驗了古義寶的票，沒好氣地說，你上車不來換票，列車員當然要處理嘍，找列車員去吧。

古義寶沒一點脾氣，人家說的在理，儘管不能按時換票不是他的責任，但確是他沒即時

換。沒話說，老老實實去找列車員。

古義寶很小心地敲了三遍門，敲第四遍的時候，裡面吼了一嗓，敲什麼！古義寶一愣。他想列車員是不睡覺的，爲什麼這麼橫。等了一些時候，列車員休息室的門開了一條縫，古義寶只看到小姐一長溜臉，餘光中發現裡面還有一個人，而且好像是男的。古義寶把自己的情況向小姐說了一遍。小姐也很煩，說你早幹什麼啦，坐那裡等著。小姐說完蹦地碰上了門，幸虧古義寶退得快，要不門準碰著他的額頭。

古義寶在車廂靠窗的座位上坐了下來。他聽著滿車廂的呼嚕聲和甜美的夢囈，耐心地等著。約摸有半個多小時，小姐和另一個男列車員先後出來，小姐打他面前經過時又說了聲等著。算是招呼。他只能老實等著，不等還能怎麼著。

古義寶在車廂的窗前差不多等了有兩個鐘頭，那個小姐才來叫他，她讓他下站停車時從月台上跑到第二節車廂，動作要快，這個站只停三分鐘，第二節車廂是行李車，那上面有幾個鋪，到了行李車找一位叫徐師傅的，他會給你解決的。古義寶一聽這麼麻煩，且沒有把握。懇求小姐說，凌晨一點多了，隨便找個鋪休息一下算了，到那裡要沒有鋪，我去找誰啊，行李車跟其他車又不通，到時候我想回都回不來了。小姐聽得很耐心，聽完了卻又煩了，說我上哪去給你找鋪，你願去就去，不願去就在這裡坐一夜。古義寶說，我可是買的臥鋪。小姐說，到站後可以辦理退錢手續。古義寶真沒了辦法。心想要知道這樣還不如一起買三張硬座擠一塊呢。

等車停穩後，古義寶不想放棄這個機會，坐在這裡太難受了，他在月台上做百米衝刺。他爬上行李車，火車就開了，年紀要大一點還眞不敢冒這個險。

古義寶喘過氣來，找了徐師傅。徐師傅一臉爲難，盯了古義寶一眼，看他是個軍官，似乎有話不好說，嘟囔了一句，有人睡了。古義寶什麼也不說，只是用眼盯著他，眼神裡略帶一點懇求。徐師傅就只好一步一步往那個角落裡的一組睡鋪挪。古義寶就一步一步跟。來到那個角落裡，徐師傅抬手把一張上鋪的一隻腳拽了拽。上面發出夢囈般的嗯嗯聲，又是個女的。徐師傅拽了兩遍，上面嗯了六聲，可沒有翻起身來。徐師傅還要拽，古義寶說算了吧。徐師傅就虧了他一樣不好意思，說那你就到郵包上去睡吧，挺軟乎的。還說什麼呢，不軟乎也只能這樣了。古義寶醒來天已大亮。他太睏了，在高低不平的郵包上睡得也挺香。不過醒過來再睡在上面就不再是享受。古義寶翻身下了郵包堆，靠車門找了個經得起坐的郵件當坐椅。徐師傅一臉過意不去地來到他旁邊坐下。

「一夜沒睡啊？」古義寶主動打了招呼。

「我們哪能睡，每站都有郵包上下。」

「抽支菸吧。」

「這裡不能抽。」

古義寶看徐師傅寡言，挺老實的一個中年人。

「去哪？」

「終點站。」

「在部隊做什麼官？」

「官？嘿嘿，什麼官，農場官。」

「場長？」

「算吧。」

「種什麼？」

「什麼都種，果樹、糧食、花生。」

「哎，你們要山楂樹苗嗎？」

「嘿，徐師傅，你怎知道我們要山楂苗？是半成品果苗還是可直接栽植的果樹。」

「苗圃裡嫁接過的小樹苗啊。你們買回去育一年就可以賣，賺頭挺大的。」

「徐師傅，你有貨？」

「我哪有，我的一個妹夫專門搞苗圃，幾次跟我說，車上客人四面八方的哪裡的都有，幫他打聽著點，有要山楂苗的幫他推銷。」

「他有多少？」

「他們靠山區，好幾十畝地都是果樹苗。」

「他要多少錢一棵？」

「四五毛錢吧，具體可以跟他談。」

「徐師傅，不瞞你，我們就是去買山楂苗的。我們已經聯繫了兩處，他們都有十來萬棵苗，我們談好是四毛一棵。」

「他們四毛我們三毛八，直接送貨到你們那裡。」

「我們是還想要一些。」

「你下車就不要走，我來幫你安排住處，我跑一趟正好有兩天假，我陪你去一趟。」

「行，看看他們離得遠不遠，要是挨得近，三家可以合起來送貨，也好省點錢。」

「好，就這麼說定了，下車你們跟我走，那兩家我也可以幫你打電話聯繫。」

古義寶很高興，沒想到晚上遭點罪，生意上卻碰上了好人，他還愁下車不知怎麼跟這兩家接頭，結果就碰上了徐師傅這個熱心人，事情就好辦多了。

下了車徐師傅沒顧回家，先安排古義寶他們在鐵路招待所住下，又招待他們吃早飯，吃完早點，他就跟古義寶要了那兩家的電話，立即幫他聯繫。事情很巧，這三家在相鄰的兩個縣，相距二三十里地。徐師傅當即就陪古義寶他們進了山。他妹夫那裡有十五萬棵山楂苗，他們打算要三十萬棵，這樣三家就多五萬棵苗。這事讓古義寶有些爲難。價是徐師傅妹夫的最低，加上徐師傅這樣熱情地幫忙，不要有點過意不去。那兩家雖還沒簽約，可事前都已做過聯繫，數量已經基本講定，現在要減數，誰家都不會願意。這時徐師傅妹夫把價壓到三毛五一棵。古義寶就跟小梅他倆商量。小梅的意見是做生意就不能講那麼多面子，誰家便宜就買誰家的，原來也只是一般聯繫，沒簽合同就不算數。結果那兩家也把價壓到三毛五一棵。古義寶他們就有些不好處理。還是徐師傅出面做了裁決，他說服了妹夫，每家都賣十萬棵，鄉里鄉親，公平合理。古義寶領著小梅挨家看了果苗，簽了合同。

古義寶簽完合同，心裡還掛著徐師傅妹夫剩下的五萬棵果苗。他忽然有了個主意，機關幹部宿舍院，每家都有個小菜園，一家育上兩千棵果苗絕對沒問題，一年後，每家不是都可以得兩千多塊嘛！這樣的事誰不願意做呢。於是，他把這個想法說給了徐師傅，說回去跟團首長彙報，要是同意，立即來電報，把這五萬棵果苗全部買下，到時候一起送去。徐師傅和妹夫非常感謝。他們也感到古義寶是個實在誠懇人。他們一口答應，這兩家由他們來聯繫，到時候即使他們不願出運費，他們一家出也沒有問題，古義寶也是感激不盡。

38

太平觀農場跟團裡不通電話，讓古義寶到團裡去是用電報通知的。電報是太平觀郵差送到農場來的。送來時古義寶正跟戰士們在突擊搞苗圃。

徐師傅和他妹夫真不錯。古義寶回來後，把自己的想法向團首長做了彙報，團領導同意古義寶的想法，稱讚了古義寶處處想著大家的品質。機關幹部知道後也都從心裡感激古義寶。古義寶用電報通知了徐師傅妹夫。他們也沒有要農場預付款，而且主動與其他兩個單位聯繫起苗、裝車、送貨的時間，按農場的要求，霜降前一週送到農場。

古義寶立即組織戰士搶栽。

古義寶想不出團裡叫他去有什麼事，農場裡實在走不開。他把電報擱下沒管。

古義寶是把幼苗全部栽下後才到的團裡。古義寶到了團裡，先上了幹部股，電報是幹部股拍的。股長說是文主任要找你談話。古義寶有一些緊張，猜不透是什麼事。

對古義寶來說眞是喜事。文主任告訴他，組織上提拔他爲後勤處生產股副營職助理員，兼太平觀農場場長。同時告訴他，組織上批准他愛人隨軍，把農場的工作安排一下，盡快回去辦理隨軍手續，如果忙暫時回不去，可以先把手續寄回去，讓愛人把她和孩子的戶口手續寄來，把關係辦好。

古義寶不知道說什麼好，他也沒像過去那樣激動地向領導表示自己的決心，反倒是羞愧地開不了口。

文主任還告訴他，那一批幹部處理後，團裡調整了一批幹部。當他聽到劉金根到後勤處當副處長，心裡不免一跳，還紅了臉。文主任讓他到後勤處報一下到，跟股裡的人也認識認識。

古義寶走出文興辦公室，心裡說不上是一種什麼滋味。似乎是被人捧了一下，接著又給了當頭一棍。劉金根提副處長，雖不能說對他是一種打擊，可他聽到這後，心裡怎麼也高興不起來。

古義寶來到後勤，恰恰是劉金根坐在處長辦公室，他成了他的直接領導。團級單位的後勤編制沒理順。原來後勤比司令部和政治處低半格，團參謀長和政治處主任都是副團職，後勤處長卻是正營職。以此類推，後勤處的股長比司令部和政治處的股長也低半格。司政的股長是正營，後勤的股長是副營。後來不知怎麼就改過來了，可又沒全改。後勤的股長改成與司政的股長一樣都是正營，可後勤處長沒改，仍是正營。這樣就出現一種不順的怪現象，後勤處長是後勤的最高領導，可他的職務卻跟他的部下股長們一般高。後勤處副處長當然也是股長們的領導，可副處長職務卻只是個副營，比股長們還低一級。後勤處長轉業後，沒配處長，劉金根副處長就是後勤工作的主持人，雖然他的職務跟古義寶這個助理員一般高，也是副營職，可說起來他是後勤首長。

當古義寶和劉金根面對面坐下時，兩人都相當尷尬。古義寶離開連隊後，他倆再沒見過面。

「怎麼到現在才來？」

「場裡正忙。」

「苗圃整好了？」

「好了。四十畝地，三十萬棵苗，機關幹部五萬棵，共三十五萬棵苗，投資十二萬塊，爭取一年後賺三十萬塊。」

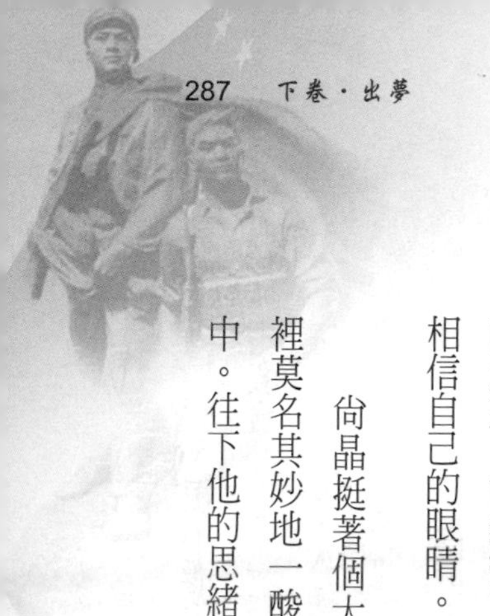

「你準備什麼時候回去遷戶口？」

「還沒考慮。」

「這樣的事抓緊點好。遷來後恐怕只好在團裡住，團裡有家屬工廠，農場那裡也沒法安排工作，我讓他們想法給找兩間房，你走的時候打個招呼。你命令下在生產股，主要是解決你的職務，工作還是管農場，到股裡去看看。」

他倆再找不到別的可說的話說。古義寶就跟著他到生產股跟股裡的人見面。

古義寶到生產股跟股裡的人見面出來後，原打算再去跟趙昌進打個招呼，看看他有什麼指示。到後勤一轉，他忽然感到心情不好。他就不打算再去見趙昌進，準備直接到車站乘公共汽車回農場。

拐過辦公樓，穿過宿舍區，古義寶突然刹住了腳步。他老遠見尙晶幸福悠閒地搖搖擺擺迎面走來。古義寶立即轉身快步插向另一條路，他確認房子已擋住他，他才停住腳步。他有些不相信自己的眼睛。他重回過身來，側著臉朝尙晶看去。眼前的尙晶讓他傻了眼。

尙晶挺著個大肚子。而且挺得那麼白豪，挺得那麼驕傲，挺得那麼目中無人。古義寶心裡莫名其妙地一酸。那次他在招待所碰到尙晶，記者在接待樓迎候尙晶的情景立即閃現在他心中。往下他的思緒就十分混亂。

劉金根不能生育是毫無疑問的。難道她找了別人？她怎麼會這樣不自重。想到這一層，古義寶心裡有一種莫名的氣，她怎麼能這樣！別人爲什麼能和她那個！他沒和她那個卻落得這個下場。他十分惱火地朝腳邊的一塊碎石飛起一腳。他忍不住哎喲地叫了一聲。那不是一塊小石頭，而是一塊大石頭露在地面的一個角。古義寶脫下膠鞋一看，大腳趾踢掉了一塊皮，出了血。他從兜裡摸出小手帕，撕下半塊包了腳趾。

古義寶再站起來時，他笑自己沒出息。眞是多管閒事，人家肚子大不大與你有什麼關係，劉金根戴了綠帽子自己都不生氣，還人模人樣地當著你的領導，你生的哪門子閒氣。她愛找誰找誰，愛幹什麼幹什麼，與你有何相干。她幹什麼也證明不了你什麼。你該倒的楣已經倒了，該受的罪也已經受了，該毀的名譽早就毀了。到今天還爲她心酸，難道爲她吃的苦頭還不夠！難道對她還抱著什麼念頭？去她娘的！轉念再一想，劉金根你有什麼可神氣的，你算什麼鳥男人，生孩子還他媽找替工，整日看著自己老婆的肚子，你他媽還有臉做人，還他媽副處長，像個人似的，別他媽給祖宗丟臉了！古義寶這麼一想，心裡亮堂了許多，只是腳更痛了。

39

林春芳從地裡回來，進門放下筐繫上圍裙就上了鍋台。儘管她同樣下地，跟別人做一樣的活，出比別人多的力，流比別人多的汗，受比別人多的累，可她忙了地裡的還得忙家裡的，這是農村做媳婦的本分。

一口鍋裡熬上白菜湯。一口鍋裡燒著水，準備打玉米糊。鍋沿上糊了幾塊玉米麵餅，這是爲公公爹準備的；湯鍋上蒸著幾個鮮地瓜，這是爲小叔子小姑子和兒子準備的。她自然是只有嚼地瓜煎餅的份。

林春芳把湯熬好，盛到盆裡，把玉米糊舀到每個人的碗裡，把筷子擱到每個人的碗上，家裡要吃飯的人也就都回到家裡。她這才顧得洗一把臉，看一看兒子放學回來沒有，或者急急跑進茅房，鬆一鬆早已憋痛的小肚子。

義寶還沒來信？公公爹一邊嚼著玉米餅一邊問。林春芳的回答只能是沒有，古義寶確實沒給她來信。現在她連他部隊的地址都不知道。

這王八羔子，我構不著他，要讓我逮著非揍他個半死不可。他掙的錢都用哪去了，不跟家寄錢，連封信也不打。這沒良心的東西，還他媽先進立功呢！立他娘個蛋！爹始終是家庭裡至高無上的絕對權威。他對這個家庭裡感到不滿的事，他想說誰就說誰，願以什麼方式說就以什麼方式說，他覺著怎麼說解氣就怎麼說。

林春芳只有陪著挨罵的義務。連公公婆婆也不會相信，古義寶會不疼他媳婦，世上沒見過。林春芳的日子就特別不好過。對上孝敬公婆，對下侍候小叔子小姑子，多出力多吃苦不說，到時候公公一不如意罵起兒子來，惡言惡語當媳婦的就只能聽著；古義寶要眞心誠意愛她疼她也還值得，事情恰恰不是公婆所知道和猜想的那樣，別說古義寶沒有給她好吃好穿的，他對她連夫妻的一份起碼的情分都沒有。這話她去對誰說。她的眼淚只能往肚裡流。

環境對人是殘酷的。林春芳不是那種不會思想的沒文化的村婦。可是貧困和無法自立的經濟地位，只能讓她的憧憬和思想夭折、死亡，那些婦道、做媳婦的規矩和眼前的一日三餐吃食、兒子的作業已經把她的腦袋塞得滿滿當當，她終日處在疲憊和心力交瘁的困乏中，她已經沒有心力去思想去憧憬。她的心和情感神經在公公無休止的隨時都可能暴發的咒罵中漸漸麻木，她對生活似乎已經厭倦。不過二十八歲，臉上卻悄悄地佈上了皺紋。

吃過飯，收拾好廚房，離下地還有一段時間，林春芳坐炕上給兒子補衣服。

林春芳拿圖章！門外郵差第一回叫了她的名字。

公公婆婆小叔小姑一齊把眼睛盯著走出院門的林春芳。

林春芳沒有圖章，問郵差簽名字行不行。郵差說必須用圖章，寫名字誰不會寫。林春芳爲了難，說她還沒有圖章，用公公的代行不行。郵差說沒辦法就代吧。林春芳就回到屋裡，說給公公聽。公公問是什麼東西。她說還不知道。公公知道，只有匯錢才用圖章，有錢不匯給他，而匯給自己老婆，還他媽沒分家他就這麼幹，要分了家他還管老的死活！老頭子這麼一想就來了氣，順口就說了句圖章丟了。林春芳知道公公的圖章沒有丟，他是在生氣。她就說沒有丟，早上擦櫃子還見在櫃上放著呢，要是錢，我取了給你就是了。春芳這一說，反將了老頭子一軍，可兒媳婦說的又沒半句錯，他有些下不了台。就只好來了句，知道還問我做甚。林春芳取了公公的圖章出得門來，郵差等得有些不耐煩了，說圖章是現刻起來的怎麼著，這麼長時間。林春芳只好認不是。

林春芳取到的不是錢，是古義寶寄給她的一封信。她也覺奇怪。平常不來一封信，來封信還掛號。公公婆婆小叔小姑都有些失望。林春芳聽著公公說，吃飽了撐的，寫封信還掛他媽的號。

林春芳到房裡拆開信一看，她的兩隻手不禁顫抖起來。她的罪總算受到了頭。她一直夢想的事終於變成現實，她可以隨軍到部隊去，可以離開這貧窮的山村，可以不用再整天看著公婆的臉面過日子，可以有屬於自己的家了，她的兒子也可以到城裡去上學了。她的一肚子驚喜直往外溢。

他說啥啦？公公的問話讓林春芳抑制住激動。公公正在爲古義寶這兩個月沒寄錢來生氣，這事要是讓他知道了，他會氣上加氣，還沒遷走就不寄錢了，要遷走了就更別想有錢寄回來，他要是死心眼到鄉里去瞎鬧，別說影響不好，讓他鬧黃了也是可能的。不能讓他知道。林春芳立即有了這個主意。於是她就很細聲細氣地說，沒說啥，問二老身體好不好，問兒子學習好不好。

公公一聽兒媳今天說話的聲音有些特別，他又說不上特別在哪兒，他覺著這信有些怪。就這麼兩句話用得著掛號，白花那錢，嘁，吃飽了撐的。可一想自己的兒子不至於這麼傻。會不會把錢夾在裡頭，聽人說掛號信是能夾東西寄的。想到這層，老頭子就又來了氣。像是眞的看到林春芳偷偷摸摸在藏錢。於是便亮起嗓門吼道，這麼兩句話寄掛號信，神經有毛病啊！

林春芳知道公公在懷疑，覺著不說句話不好，他不知要氣到哪一天。於是就拿著信出了房門，還是細聲細氣地說，那些是寫給我的話。他很想家，想我，想兒子，可部隊工作忙，他提了營職幹部了，讓他管著一個農場，他沒功夫回來。

經林春芳一說。老頭就沒再說什麼。他只好把沒泄完的氣悶到肚裡。

林春芳不聲不響地過了幾天，看著公公的氣差不多消了，才很平常地趁晚上沒事回了娘家。她把隨軍的事告訴了爹娘。爹娘便跟著一起高興。林春芳又把她的顧慮也告訴了爹娘。爹娘都說女兒想得對想得細，一家人統一思想把這事保住密，不到古義寶回來搬家不說。戶口的

事還是去請春芳的姑夫幫著辦。

爲了不讓公公知道這事免得節外生枝。戶口的手續春芳沒去辦，是春芳的爹拿著信去找春芳的姑夫辦的。手續很簡單，辦一個戶口遷移證，再辦一個糧油供應關係，說明吃糧供應到哪個月份。手續辦好後，春芳爹讓她姑夫立即就到郵局用掛號信把手續寄給了古義寶。一件大事算有了著落。

林春芳比往常更賣力氣地在地裡幹活，更勤快地料理著家裡的一日三餐，更孝順地孝敬著公婆小叔子小姑子，嘴上比以往更甜，待人也顯得比以往更和氣，人也比過去愛打扮收拾。全家人都覺出了她的異常，可又想不出是什麼原委。

日子又平平常常過了一個多月。古義寶給家裡打了一封電報，說近日回來搬遷。

林春芳不好再瞞，就跟公婆說，可能是他提拔了營級幹部，她和兒子可以隨軍了。沒想到公公竟沒生氣，反高興地咧開嘴樂起來，說我們的早春也成城裡人了，再不是咱窮山溝裡的土小子了。

全家人就等著古義寶回。可是一等竟是半個月，不見古義寶到家，不知出了什麼岔子，又沒法聯繫，一個個急得不知怎麼辦才好。

古義寶是半個月前就離開了部隊。他沒有直接回家，而去了別地方。不是組織給了他臨時任務，也不是農場有急辦的事，更不是戰士有事托他。是他自己想辦一些事。

農場這一年多來，改佈局，擴果園，建苗圃，就這麼十幾個人，整天忙得跟搞會戰似的。有幾個戰士有了探親假，離家三四年了，誰不想穿著軍裝回去看看爹娘，見見父老鄉親。古義寶做了安排，讓他們一個一個錯開來回去。可是一個戰士都沒回去。農場實在太忙，人手太少，他們不忍心走。古義寶回家前安排農場的事，順便一個個問了問幾個戰士家裡的情況，還借了梅小松的收錄機，錄下了戰士們給父母兄弟姐妹捎的話。他沿路到戰士家裡去看望他們的父母。每到一家他先放戰士給家裡人捎話的錄音，做父母的聽到自己兒子的話，都喜得掉眼淚，兄弟姐妹聽了也都很高興。然後他再詳細地向戰士的父母介紹戰士的情況，說明他們不回來探親的原因。每到一家，古義寶也受一次感動。戰士的父母見到他，就跟見到自己的兒子一個樣，殺雞宰鴨買酒包餃子，那一片血肉的親情讓他更感到自己對戰士的責任。臨走他再把父母兄弟姐妹們要捎給戰士的話錄了下來。

古義寶到的最後一家是孫德亮家。孫德亮家離車站有十多里地。古義寶趕到他家，家裡沒有人，都在地裡刨地瓜。古義寶打聽著找到地裡，孫德亮的老婆和家裡人正往窖裡運地瓜。古義寶脫下軍裝就幫他們運。一家人很過意不去。古義寶架車孫德亮老婆拉車，古義寶便一邊跟她講農場裡的情況，說孫德亮的事，說原來的場長受處分的事。他跟她說，孫德亮沒時間回來，等忙完了，種上麥子就到部隊上去。孫德亮老婆嗯嗯地答應了。古義寶看看天色不早就告辭。一家人都留他，他說他還沒回家，今天要趕回去。他們就不好留他。

古義寶趕到車站已沒有車，他在路上攔了一輛卡車，卡車順便把他捎到離他家三十來里的地方，他再步行走回家。

家裡人一看他那樣，跟逃兵似的。他說他睏死了，明天再說。林春芳要給他做飯，古義寶沒讓，吃了兩個涼地瓜倒炕上就睡。睡著了又覺一件大事沒做，又醒過來看了看兒子。接著完成任務似的跟春芳做了早該做的事。然後倒下便了卻心事一般地呼嚕起來。

古義寶第二天讓他爹沒能發起火來。他一下給了他五百塊錢。他說他們走什麼也不用帶，只帶一點換洗的衣服就行。他爹拿到了錢，什麼氣也就沒有了。古義寶對爹在錢上的種種想法一點不在意，當兒子的知道自己爹這輩子過的是什麼日子，也打心裡敬服爹承受困難的毅力和心勁。他給家裡錢和搬遷不要家裡鋪張，並不是怕爹或做給誰看，而是一種發自內心的對爹娘的孝敬和不可推卸的責任的承諾。他覺得這輩子，無論怎樣孝敬爹娘都是應該的，爹娘的養育之恩是無法用錢物來抵償的。

古義寶說場裡太忙，只待兩天就走。兩邊的老人就趕緊忙活，一邊吃了一天飯，該請的客人和村幹部也都請了一起吃，第三天古義寶和林春芳帶著兒子，拎著兩個衣服包就上了路。兩邊的老人一邊送一邊流淚，像生死離別似的，喜中有悲，悲中有喜。

40

農場苗圃的果苗被偷了。是孫德亮首先發現的，偷了有一千多棵。戰士們十分氣憤，好幾個戰士嚷嚷著要到附近村子裡去查。古義寶自然不能依著他們幹。

農場雖是部隊，但人太少，他們一直沒設崗。現在有人偷苗圃的果苗，不採取措施當然不行。

古義寶召集韓友才他們幾個骨幹商量對策。他們分析，賊肯定是附近的老百姓。去村裡查，會影響軍民關係；不採取措施，農場的果苗又保不住。他們商量來商量去，覺得只有晚上站崗加強看護才是上策。於是他們決定，兩個小時一班崗，一人上一班，農場的人推磨轉。已是深冬，夜裡一個人站崗巡哨是件苦差事。戰士們心裡都恨賊，給他們添這麼大辛苦，都想抓個解解氣。

一設崗，賊不敢來了。戰士們都想抓個賊，想抓卻又抓不著。半個月下來，連個賊影也沒見。賊不來，戰士們慢慢便放鬆了警惕。有的睡崗，有的誤崗。賊竟從戰士的眼皮子底下又偷走了幾百棵果苗，氣得戰士們直跺腳。

那天古義寶上第三班崗。時間是十二點到下半夜二點。戰士們不同意古義寶也參加排崗，

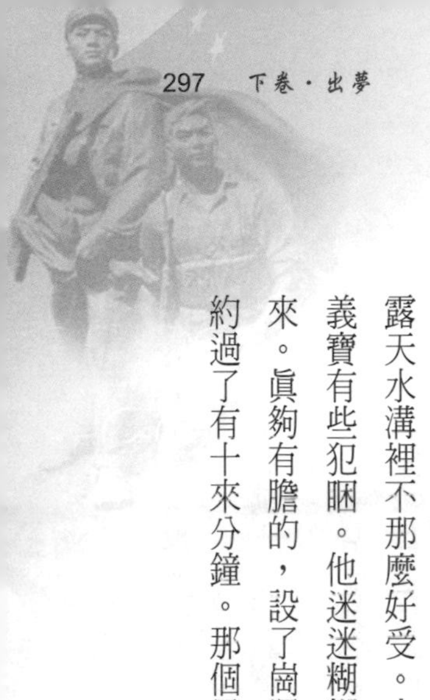

但古義寶說人太少，不讓他上崗等於通宿不讓他睡覺。戰士們便沒了話。

古義寶把林春芳和兒子接到部隊。劉金根在後勤宿舍給他找了套一居的單元房。讓他把家安頓下。安好家他領著林春芳到家屬工廠報了到，領孩子到附近的學校轉了學，跟她娘倆過了五天家庭生活就回到農場。林春芳對古義寶是發自內心的感激，她沒跟古義寶說，但她對他的一切都滲透著這個主題。這一點古義寶完全體會到了。當他說他要回農場時，她沒有表現出絲不樂意的情緒，而是一口答應，相反還勸他，這裡你不用掛心，我一切都會的，廠裡的活我已經學會了，只要出力氣就行，沒有多少技術。

古義寶也鬆了一口氣，這對她和兒子來說，確是關係到他們一輩子命運的事，他算盡到了做丈夫做父親的一個重要的責任。古義寶急著回農場，並不是要做樣子給誰看，或者考慮進步，他確實感到了肩上的份量。師裡投資的十萬塊錢，不是兒戲；手下的十幾個戰士，他們父母都給了他重托，他不敢有半點馬虎。

古義寶上了崗先到苗圃轉了圈。然後他在旁邊的水渠裡貓了起來。大冬天，半夜三更趴露天水溝裡不那麼好受。古義寶把大衣緊緊地裹在身上，背著風趴著。過了有半個來小時，古義寶有些犯睏。他迷迷糊糊聽到一種聲音。他揉了揉眼睛，苗圃裡趴著個黑影。古義寶警覺起來。眞夠有膽的，設了崗還敢來偷，倒要看看誰這麼有種。古義寶沒有動。耐心地等待著。大約過了有十來分鐘。那個黑影在壟溝裡動作起來。古義寶瞪大眼看明白那人在一點一點把挖出的果苗往一隻袋子裡裝。

「不許動！」古義寶大喝一聲，從水溝裡衝出來。

那人背起袋子撒腿就跑。古義寶隱約覺出是個中年人，看來很壯，跑得兔子一樣快，古義寶追不上他。古義寶緊追不放，那人捨命地越跑越快。

一直追到太平觀，古義寶未能縮小與他的距離。古義寶見他拐下公路，朝白海棠家那條胡同跑去。古義寶拼命緊逼。他見那人在白海棠院門口一閃，同時聽到白海棠家的院門響了一下。等他趕到，人已不知去向，那只袋子卻扔在白海棠的院門口。

古義寶有些摸不著頭腦。爲什麼袋子會放她門口，但他斷定絕不會是白海棠幹的。在搞苗圃的時候，他又到白海棠家來過一次。白海棠的小店已經辦了起來，是個小雜貨店，菸酒糖茶日用品什麼都賣。古義寶是在店裡見她的。她雇了一個姑娘當店員。看到古義寶來，她就讓姑娘看店，自己邀古義寶到家去。

古義寶跟她回了家，她給他泡上茶，問他場裡這麼忙，正在搞苗圃，怎會有空來看她，準是有事。

古義寶說是有事，是專門來找她商量的。她問他什麼事。古義寶說，他想幫她在院子裡搞個小苗圃。她說她怎會搞苗圃。他說很容易的。農場買半成品的時候，幫她也買了三千棵，栽

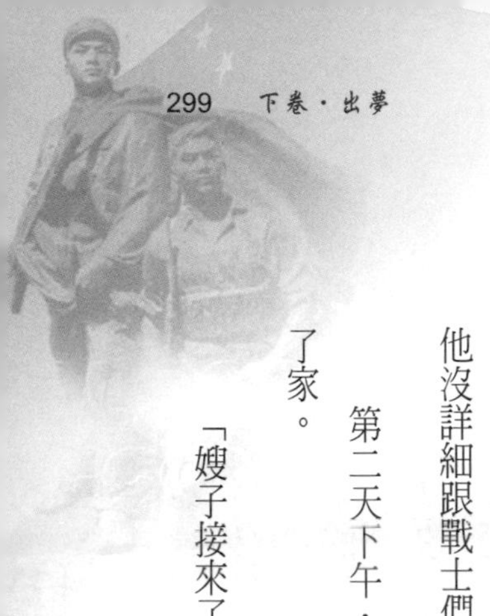

下後，澆水施肥就行了，明年育到秋季，出手就能賺一塊多錢一棵。

白海棠愣睜著兩眼看著古義寶，她不明白他爲什麼要這樣幫助她。他是有家室的人，她又是一個這樣的女人，交往到現在，她看出他對她不是一般的好，可也從來沒有非分舉動，儘管有時讓他看得她心裡發慌，可也從來沒有一句戲言和不當的話語。

「你爲什麼要對我這樣好？」

「妳的命運太慘了。」

白海棠的鼻子酸了，眼眶裡噙著淚。

古義寶幫白海棠買了三千棵半成品，讓金果果領著幾個戰士幫她在院子裡整了個小苗圃。

白海棠硬留戰士們吃了晚飯，她做了八個菜一個湯，吃得戰士們眉開眼笑。

古義寶貼著白海棠院門的縫朝裡看了看，院裡一片寂靜。古義寶背上袋子回了營房。這事他沒詳細跟戰士們說，只說昨晚賊又來了，沒抓著，要大家提高警惕。

第二天下午，古義寶上小店專門去找了白海棠。白海棠仍是讓姑娘看店，她陪著古義寶回了家。

「嫂子接來了？」

古義寶一愣，他奇怪，他的行蹤，他的事情，她怎麼什麼都知道。古義寶看了她一眼，說：「妳消息這麼靈通。」

「鎮上的人誰不知道。你們是一方駐軍哪。怎不接到這裡來住？」

「這裡沒法安排工作，孩子也要上學，在場裡住著也不合適。」

「怎麼沒法安排工作，跟鎮上的領導說說，哪裡安排不下她一個人，孩子上學太平觀也可以上啊，在場裡住有什麼不合適？怪不得都不願跟當兵的呢，這麼不遠不近地住著，不是跟守活寡差不多。」

「不說這，我有事要問妳。」

古義寶把農場發生的事和夜裡的事都跟白海棠說了一遍。白海棠也覺奇怪。農場丟果苗的事，她聽到鎮上人說了。她也納悶，什麼東西不好偷，怎去偷解放軍的果苗呢。再一聽夜裡的事，她也就更覺怪。這些年，她自認自己是災星，怕人家忌諱，不串門，不訪友，不借人東西，也不與人交往，免得生出是非來落埋怨生閒氣。聽古義寶一說，她覺得有人在搗鬼，起碼有人對解放軍幫她嫉妒。可誰能對解放軍的東西明目張膽地偷呢？

古義寶說，這事他拿不準該不該跟鎮上的領導反應。

白海棠覺得，這事還是及早跟鎮上的領導反應好。光靠部隊站崗抓不行，即使抓住了，部隊也不好處理，還是要交給鎮上來處理，這樣對農場對鎮上都很爲難；跟鎮上說了，鎮上可以直接管，也可以直接查，你們要是抓住什麼人，兩邊也不會有什麼爲難。

古義寶覺得白海棠的話有道理。他開玩笑地說，這麼說我要聘妳當顧問了。白海棠也開玩笑說，顧問我才不幹呢，我要當你的政委。說完竟紅了臉。

古義寶不好意思把玩笑再開下去。古義寶說我要回去了。白海棠說想走就走吧，我也沒法留你，留也留不住你。

兩人對著眼看了看，都沒再說什麼。

41

本來是冬閒的日子，賊把農場戰士們攪得不得閒。這些日子全力突擊拉鐵絲網。古義寶按受了白海棠的意見，第二天就向鎮領導做了彙報。鎮領導非常生氣，也很認真，當即把派出所所長叫去，讓佈置下去查。

古義寶一看這架勢，眞要是查出是誰來，或者他們抓住誰，也不是件好事。與農場和鎮，與他跟鎮領導，與戰士們同群衆都沒什麼好處。他原只是想讓鎮上過問一下，把小偷給嚇住就完了，沒想到鎮領導還眞讓派出所當回事查。回來他想還是自己加強防護看守好。他跟幾個骨幹一商量，覺得最好的辦法還是拉鐵絲網，把整個果園和苗圃圈起來，又好管理，又防了小偷，還顯得正規。

古義寶就上了團裡，先向後勤的領導劉金根做了彙報。劉金根態度很積極，也許他急於想改善他們之間的關係，現在他是他的領導，與下級搞不好關係當然是他領導的主要責任。另一層，劉金根告發那件事的時候，也沒想到會對古義寶的命運帶來這麼大災難，看到他到農場後的那副落魄樣，他心裡有愧。他也發現周圍的人的目光裡，對他總含著一種說不出來的東西。他後來也聽說了，他本可以到作訓股當副股長的，說是有位領導對他的行爲有看法，說他農民意識太濃厚，這事帶有誣告的性質。尙晶對他也有了不可溝通的隔膜。他心裡也很苦。現在他覺得有了表明心跡和補償的機會。劉金根當即表示，架鐵絲網需要的材料，他馬上負責聯繫解決。這倒讓古義寶沒想到，他本打算先給他彙報，算是禮貌，人家是你領導，你做事就不能邁著人家過去，要邁著人家過去，等於是從人家頭上跨過去，也就等於讓人家鑽你的褲襠，誰心裡都不會好受。給他彙報後，他再找團裡和師裡的領導解決。如今劉金根主動攬下，他就不好再直接去找其他領導，要再找了又是麻煩，你這是耍人玩，是十足典型的瞧不起人。古義寶有勁還不能使。劉金根說，這些日子你一直在農場忙，春芳他們來了，你家都沒顧安，這兩天你在家安排安排，先別回農場，我爭取兩天之內就把材料問題解決。

人家領導做出這樣的姿態，古義寶也就不好再硬這麼彆扭下去，就表示了感謝，順便說有空到家裡坐坐。劉金根聽他說這話，臉上的陰雲就散開了許多。

古義寶頭一次這麼認眞地盡心盡職地做丈夫和父親。他給兒子買了新書包，新鉛筆盒，還給他買了電動坦克，喜得兒子又蹦又跳，他還從來沒有過玩具，只能羨慕地看人家玩，現在一下有了這麼多財富，他的高興當然無法抑制。他不停地叫爸爸，他感到男孩還是跟著爸爸有意思。古義寶沒有光讓他高興，也檢查了他的作業，小子學習挺用功，這當然是林春芳的功勞。古義寶眞沒爲兒子操過什麼心，一切全扔給了林春芳。她跟他講了許多道理，還跟他說她一輩子只能指望他，講到動情處每次她都流眼淚。俗話說窮人的孩子早當家，這小子心裡有數，知道媽媽辛苦，也親眼見媽媽累，也知道他們遷到城裡來都是靠爸爸出力出汗拼命幹活換來的，自己要好好學習，要不對不起爸爸媽媽。

林春芳看到這些，心裡就跟喝了蜜似的甜。再加上古義寶這兩天蹲家裡，她上班他做飯，炒的菜特別好吃。晚上她雖然再沒見他有那次那種衝動，但每一次他都很認眞地履行著丈夫的責任。她對他不敢有過多的奢望，她也清楚他並不眞發自內心愛她，但這樣她已經很滿足了，她還是從心裡由衷地感激他，眞心地愛他。古義寶也發覺她來部隊後，皮膚也白了，穿衣服也悄悄地講究了，臉色也紅潤了，皺紋也不見了，人比原來年輕了許多，也俊俏了許多。

第二天晚上劉金根來找古義寶，告訴他材料全解決了，是師裡幫助解決的，單子開好了，直接到師後勤倉庫去提貨。古義寶很感動，比告訴他提副營職助理員還高興。把劉金根拉進屋坐了坐。林春芳說，還是得老鄉，金根這些日子沒少操心，還到廠裡打招呼，說你不在家，一人帶著孩子，要廠裡照顧我。

第三天，古義寶就帶著戰士把材料拉回農場。

古義寶回到農場，農場出了事，孫德亮和一個戰士兩人跟群眾打了架。群眾一直鬧到派出所。

古義寶到鎮上彙報後，派出所眞認眞地查了。很快就查出了結果。果苗是調戲白海棠而讓魚刺卡死的那個會計的老婆偷的。她不恨自己丈夫下流，反記恨白海棠，說是她勾引他男人；她丈夫的死，不埋怨丈夫吃東西不小心，反埋怨白海棠是白虎星剋了她丈夫。她看到倉庫失火殃及白海棠家，高興得又拍手又拍屁股。看到白海棠孤苦伶仃自己卻有兩三個男人爭著討好心裡美滋滋的。

令她氣憤的是古義寶來了以後，部隊農場處處照顧這白虎星，還幫她家裡建苗圃，還轉了城鎮戶口，開了小店，小日子過得挺滋潤，她又想不出法損她，心裡的氣窩憋著出不來挺難受。後來她想她的好日子都是農場給她的，於是她就想出這招，夥同她的姘夫偷了兩回，她覺得光這麼偷損不了白寡婦，於是又想出了那晚上的招，她要嫁禍白寡婦，讓農場戰士不相信她。沒想到事情被查了出來。偷的果苗自己不敢栽，通過果園的那個副場長幫她賣了出去，她當然給他嚐了甜頭。結果讓鄰居發現了。派出所當即令她交出非法所得，還罰了她五百元。她在家咬牙切齒哭罵了一個晚上。第二天在枕邊跟姘夫交代任務，一定要他爲她出這口氣。

說也巧，那一天輪著孫德亮他倆到太平觀義務修車、理髮。正修著車，那女人的姘夫和另一個人來到孫德亮他們跟前。兩個叼著菸開了口。

一個說解放軍好樣的啊，免費修車還理髮。那個姘夫說解放軍幹什麼都義務，白寡婦的破鞋他們也義務修補！兩人說著就鬼叫般的大笑。孫德亮停下手，說你該幹什麼幹什麼去，別在這裡搗亂。那個姘夫說，你小子著的什麼急，沒有你的事，靠邊先等著，等你們古場長鼓搗夠了才輪著你呢！那一個說，究竟是解放軍啊，白虎星他們也不怕。那姘夫說，解放軍那玩意兒厲害，是大炮，口徑大，火力足，一炮就把白虎嚇跑了！孫德亮忍無可忍，走過來問，你倆想幹什麼，你再胡說八道我送你上派出所去。那姘夫說，嘿！這小子也跟白虎星打了炮了，你看他急的。

孫德亮一把揪住了他的胳膊，要拉他上派出所。那姘夫揮起拳頭朝孫德亮臉上就是一拳。孫德亮沒想到他會打他，毫無防備，讓他打得兩眼直冒金星。孫德亮這時候的腦子哪還夠用。

他一下子火了。我操你媽的！一個直捅拳正好打在那姘夫的鼻子上，血忽地冒了出來，那傢伙見自己鼻子出了血，這下急了眼，操起修車的一把扳手就砸，孫德亮一閃，一傢伙砸在他的左肩上，痛得他眼睛裡淌眼淚。他放開手腳抓起一隻凳子就跟他對打起來。另一個小子過來兩個人打孫德亮一個，那個戰士也急了，也揮拳加了進來，一場好打。當兵的畢竟有過訓練，兩個都不是對手，最後兩個都被打得躺在了地上。百姓百心，有的說該打，打得好；也有的說，不好打這麼重，當兵的打人太狠。

他倆不依不饒，一塊兒鬧到了派出所。

古義寶一聽頭都麻了，眞是怪事，世上的事就這麼怪，成一事壞一事，就是太平不了。古義寶立即上了派出所。所長說沒有解放軍的責任，是這兩個傢伙尋釁滋事，挨打活該，這樣的人你們不打我們還要打呢。

說是這樣說，解放軍畢竟是人民的軍隊，不准打人罵人是寫到紀律裡的。他們再不好也不能打，何況還打那麼重。實在過意不去。古義寶一直檢討到鎭領導那裡。鎭領導更認眞，說別聽他們瞎吆喝，我們還要辦他們呢！他們這是蓄意報復，破壞軍民關係，已經觸犯到了法律。你們不用管，一切由我們地方來處理，你們好好地把兩個戰士領到醫院去看看，檢查檢查有沒有內傷，這裡的事一切由我們來。

儘管如此，古義寶還是心事重重。軍隊和老百姓是魚水感情，發生這樣的事不是好事。再

一想到那女人是因了妒忌他們幫助白海棠才做出這些事的，古義寶心裡更是沉甸甸的。

古義寶不得不承認，他竭力幫助白海棠，不僅僅是出於對她命運的同情，也不完全是因爲她幫助了農場要給她回報，他對她已經產生了感情，他對她確有好感。雖說不上他這種感情純粹是男女私情，也不是他想搞婚外戀，他只是從內心喜歡她，同情她，進而他眞誠地在幫助她。他知道，他與她不可能有什麼結果，他也不企圖有什麼結果，他也絕不會與她做出越軌的事情，但他喜歡和她交往，喜歡聽她說話，喜歡她給他出主意，喜歡和她保持這樣一種純潔的關係。

但是他一下感到，他和她不是生活在桃花源裡。既然那個女人會這麼想，別的人就也會這麼想；她能感覺到他們的關係不同尋常，別的人自然也會看出他們的不尋常，戰士們也會感覺到其中的不尋常。如果戰士們也有了這種感覺，他覺得就無法坦然面對他們。至於領導知道了會怎麼想，他認爲倒在其次，他擔憂的是他的戰士們對這事怎麼想。

來到農場，跟這些戰士生活在一起後，他漸漸產生了另外一種觀念。他覺得文主任跟他講的那些道理跟趙昌進跟他講的完全是兩種不同的人生觀。人沒有必要爲了自己出名而活著，也沒有必要爲了出名去拼命。世上的人這麼多，你的名能出到何種程度呢？這樣，人就活得太累了。爲人一世，應該是實實在在做人，實實在在做事，實實在在過日子。既然和戰士們有緣相識相聚，自己就有一份對他們負責的責任，就不能對他們有一點隱瞞，更不能有半點矇騙。

農場搞到這樣，這麼多領導來參觀，其實個人沒有什麼值得誇耀的能耐，事情都是大家做的，自己不過把大家聚到一起，讓大家的思想統一在一起，大家能想到一起，做到一起，這樣的事誰都能做。再說一個人做事誰能保證不出差錯。這不，上面剛剛組織參觀，後面就發生了跟老百姓打架的事。這些事誰都難以預料。

古義寶想著這些，心裡拿不準自己該怎麼辦，不過，有件事他覺得必須立即辦。他讓金果果買一些營養滋補品，他說他明天要帶著孫德亮他們去看看那兩個老百姓。

42

驚蟄一過，大地回春。農場的戰士們歡天喜地看著苗圃裡的果苗一日一個樣地萌出綠芽。鬆土、灌水、施肥，戰士們興致勃勃喜氣洋洋。

年底，團黨委給他們報了集體三等功，團裡第一次給農場補了五個新兵，梅小松考上了後勤管理學校。農場再一次被振奮，一個個精神十足。

這些日子，古義寶成了大老闆。四處買果苗的紛紛聞訊趕來。古義寶商人似的把售價每棵提到一塊六，一棵就創利一塊二，而且簽合同要求預付30％。把合同全部簽完，預付款就收到十萬多塊。古義寶請示團裡同意，先把師裡的五萬塊錢償還。副師長高興得咧嘴笑。

簽了合同收了預付款，古義寶心裡踏實了，戰士們也看到了自己汗水的價值，農場裡充滿喜氣。他對農場的未來充滿信心，只要把這批果苗育好，到秋天買主來把苗起走，交上款，這筆生意就做成了，毛利可得二十五萬元左右。合同簽完後，古義寶又回團裡一趟，彙報是一個方面，對春芳盡責讓她高興也是一個方面。

古義寶從團裡回來，還沒走進營房，金果果跑著喊，場長不好啦！古義寶慌得跑了起來。意想不到的事情發生了。苗圃裡的果苗嫁接的芽眼發出了兩種不同的芽，可以肯定，其中有相當的一部分是假苗。古義寶不敢停腳，立即讓金果果開著拖拉機跟他上了果園，請來了老師傅。老師傅一看，沒有錯，近百分之二三十的果苗不是山楂，是野山裡紅。古義寶一屁股坐到地上。這幫狗日的奸商。可是這批果苗是從三家苗圃買來的，栽種的時候混到了一起，現在根本沒法分清假苗是哪一家的。

老師傅說，現在的辦法只有把假苗移出栽到一處，重新嫁接，只是這批苗今年出不了手，要多育一年。

古義寶的腦子一下子亂了。合同已簽，預付款已收，不能按合同交貨，減少收入是小事，對方還要罰你，損失就大了，怎麼辦。事情到了這一步，犯愁生氣總結教訓都改變不了眼前的事實。

古義寶立即召集骨幹商量。最後決定：一、三天之內移栽完假苗；二、全體人員學嫁接技術；三、立即找那三家售果苗的單位，追究責任；四、聯繫其他出售果苗的單位，哪怕不賺錢，也要保證給合同單位按數按時供貨；五、假如找不到可出售的果苗，只好跟合同單位商量減數。

古義寶安排好這些，才回團裡彙報。

古義寶吃過晚飯，天黑以後去找劉金根。劉金根打開門見是他，很客氣地請他進屋，古義寶也很客氣地謝絕。兩人不免都有些尷尬。發生那件事後，他倆除了工作外，再沒有過私人之間的來往。古義寶不想進屋是不想見到尙晶，他覺得沒有必要見她，見她也沒有意思，他要進去了三個人都會尷尬。尤其是現在她已經生了孩子，他與她之間對這事又有過坦率的表白，他進去等於捅劉金根的痛處。不管劉金根知道不知道這事。他知道，他不能這樣做。古義寶把劉金根叫了出來。

其實劉金根並不知道他倆在生孩子這事上有過那種坦率的表白。要知道他們之間有過這種交流，他在古義寶面前就無法做出現在這副樣子。他對自己生育有障礙是清楚的，所以他不願到醫院去檢查。但他不知道古義寶爲他專門拜訪過醫生。儘管他一直偷偷地在吃藥，但他對自己沒有把握。尙晶的懷孕對他無疑是一個打擊，他感覺蒙受了極大的恥辱，忍受了做爲一個男子漢所無法忍受的痛苦。尙晶只是極平常地告訴他她懷孕了，沒有做任何溝通，就像告訴他今天天氣眞好一樣隨便，他的心被她捅出了血。在劉金根的心靈深處，看著已經把自己的一切奉送給別人，而且跟別人已經有了身孕卻還向他報喜的妻子，他的心完全碎了，他感到自己喪失了做人的全部尊嚴。他產生了要與尙晶離異的念頭。但理智讓他打消了這個可笑的念頭。離異又有何意義，只能更明確地證明他的無能。他把恥辱和痛苦嚼碎了咽到肚裡。他只好用沒有誰知道這事來安慰自己痛苦的靈魂。有了別人不知道這根拯救他靈魂的稻草，他才以副處長的身分與古義寶，與機關的上下心安相處。

劉金根以爲古義寶不進屋是那件事，他就不好強求。他們倆蹲在門前的那棵白楊樹下說了農場的事。劉金根聽了，他也沒有更好的主意，他說只好如實地向團裡彙報了再說。第二天，古義寶和劉金根一起向團領導做了彙報，團裡立即向副師長做了彙報，師團領導倒沒怎麼批評他，反倒是給了他不少安慰和鼓勵。越是這樣古義寶心裡越平靜不下來。彙報後他立即趕回農場。

古義寶穿一身嶄新的軍裝走出農場時，心裡充滿了信心。

古義寶首先找到了徐師傅。徐師傅聽他一說，心裡也上了火，立即跟他一起上了他妹夫那裡。他妹夫的苗絕對沒有問題。但那兩家沒有證據也不好交涉。徐師傅的妹夫出了個主意，讓古義寶先不出面，他先派人摸清底細，然後再出面交涉。古義寶覺得有道理。第二天徐師傅妹夫就摸清了情況，是原先最早簽約的那一家搞的鬼，主要是因徐師傅的妹夫壓了價，讓他們受了損失，又是徐師傅妹夫負責送貨，於是他們故意摻進了假苗。事情弄清了，可還是沒法辦，沒有證據可找他們賠償，提供情況的也不願出來作證，他還要在這裡生存。

事情到了這一步，古義寶沒了一點主意。倒是徐師傅的妹夫仗義，他說時間還來得及，在夏至前十天重新嫁接，他帶技術人員去幫忙，只是這一批果苗今年出不了手，要多育一年。古義寶只能感謝。古義寶只是覺得對那一家搞假苗的單位太便宜他們，即便不賠償也要讓他們知道這是不法行爲。

古義寶來到那一家苗圃時，他們似乎早有準備。那位負責的沒等古義寶說完就嬉皮笑臉地打斷了他的話。他說，解放軍同志對不起，這裡不是你的部隊，要上政治課回你部隊去上，我們都是老百姓，只知道做生意，賺錢吃飯，不知道什麼精神文明。你說我們不法，你可以到法院去告我們，要憑空栽贓我們，對不起，這裡不歡迎你。

古義寶反被他噎得喘不過氣來。

古義寶回到農場，出乎意料的事情又發生了。幾家合同單位同時要求退訂，果苗一下剩下了近一半，理由是他們農場的果苗有假苗，即使不是假苗對果苗的品種好壞也不敢相信。古義寶一下意識到，這肯定是那一家摻假苗的單位搞的鬼。

古義寶又換上嶄新的軍裝走出農場時，心裡沒一點底。不過，他做了一些準備，這次出差他帶了一些他認爲有用的東西。古義寶到的第一站是本縣山區的一個鄉供銷社。供銷社接待他後，直接把他介紹給生資公司。生資公司的領導很熱情，倒像是對不起他似的。一談到實質性的問題，表現出了爲難。說他們接到一封信，說你們農場的果苗是他們那裡的苗圃出售的，裡面有假苗，不光有假苗，品種也不好，果小產量低。

古義寶把假苗的眞實情況介紹後，從軍用挎包裡拿出了一樣東西。那是他的六個立功證書和一枚二等功五枚三等功勳章。古義寶說我以軍人的名義，以我人格的名義保證，請你們相信解放軍，相信我個人的人格，我們絕對不會拿解放軍的聲譽來開玩笑。

公司領導看了這些後，反過意不去，又勸菸又勸茶。他們解釋，絕不是不相信解放軍，也不是不相信你個人，像你這樣的功臣，這樣的模範軍人不相信還相信誰呢。主要是，我們的預付款是從群衆手裡一家一戶籌來的，我們不敢有半點差錯，這是群衆的血汗錢哪！要沒有這封信，我們也不會退訂。你這麼一說，我們也就放心了。

古義寶說，可以在合同上加一條款，發現有假苗和品種問題由我們農場賠償損失。

說到這程度，事情也就算敲定了。古義寶拿出原先的合同，又加上了補充的條款。

古義寶趕到鄰縣的生資公司時，他們正要下班。生資公司的領導帶著一臉不悅接待了古義寶。他們相當浮躁地聽古義寶說了情況。等古義寶說完後，那位經理不容商量地說，做生意不是搞軍民關係，照顧不了面子，既然有人揭發有假苗，你也承認有假苗，那就說明問題是存在的，有問題我們退訂是正當的。這批貨我們是絕對不要了，我們已經向別的單位補訂了貨。看在解放軍的情分上，我們不要求賠償損失就夠意思了。

古義寶心情灰暗地找到招待所。登完記辦好手續已經過了九點，他開門進屋，房間裡已住進了一個人。這人已洗了澡，坐在被窩裡看電視。

此人很健談，古義寶一進屋他就不住地跟他說話。他問他在哪裡當兵，當了多少年兵，現在是個什麼級別的官，問他到這窮鄉僻壤來幹什麼，還問他心裡怎麼不高興。古義寶心情不好，有一搭沒一搭地回著他的話。說著說著說到了山楂苗。那人一下來了精神，翻身下了床。十分認眞地問，你們那裡眞有山楂苗？像是懷疑，又像是驚喜。

古義寶被他的一臉認眞搞愣了。說，解放軍什麼時候騙過老百姓。那人一下站了起來，捉住了古義寶的手，說，我是專門到縣裡來落實山楂苗的，去年收了錢，今年又說沒有了。

古義寶問他是做什麼的，那人說是鄉長。古義寶奇怪，鄉長怎會住這樣的四人普通房間。鄉長說，鄉跟鄉不一樣，我們鄉在山裡，基本還得靠天吃飯，出來能省則省。古義寶就把生資公司退訂的事說了，打算明天就去別的縣。鄉長一聽急了，說，爲什麼老百姓對我們共產黨有意見，就是叫一些只圖自己當官享樂，不管百姓死活的人搞的。你千萬別走，他們退我們訂，預付款裡有我們的錢，要是他們不退款，我回去再一個村一個村地湊，砸鍋賣鐵也給你付訂金。古義寶讓他說得鼻子發酸，眼圈都紅了。

第二天，古義寶跟那位鄉長訂了合同，他沒有按要求讓他付訂金。可數量只是原來縣生資公司訂的五分之一。鄉長幫他跟其他鄉聯繫，但像他這樣的鄉長還是太少。

古義寶只好乘上去另一個縣的汽車。

古義寶按照程序，先讓他們看了介紹信，再說買賣，他們說了跟上一個縣差不多同樣的理由。古義寶便拿出他的那些功勳章。沒想到，他們對這些沒什麼反應。仍表示要退訂，而且要求預付款要按10%付利息彌補損失。古義寶就介紹那個鄉長的情況，他們仍沒感什麼興趣，切對他們來說都無所謂。他們感興趣的只是利息，說利息要現金，要退給訂戶，不能開發票。古義寶實在說不動他們，只好狼狽地收起自己的那些東西。他感到自己好可憐，跟叫花子差不多。

古義寶心裡鬱鬱不樂。心想這個縣的生產絕對搞不好，有這樣一些人搞生資公司，能搞好了才是怪事。他到招待所住下後心裡很不甘心，總不能這樣白跑。他到街上吃了碗麵，然後上了汽車站，他站在縣內交通圖前，讓思維隨著那網狀的交通圖四處漫遊。遊來遊去，他在腦子裡遊出了第二天的計畫。他覺得不能捨近求遠輕易放棄現成的客戶去找新客戶，縣裡不行直接到鄉裡。

想幹就幹，他立即轉身找城關鄉供銷社。找到城關鄉供銷社時，裡面沒了燈光。他敲了一會門，敲出來一位看門的老大爺。老大爺挺節省用電，他關著燈在屋裡看電視。老大爺告訴他，這裡只有他一個人，什麼事也辦不了，有事明天來。古義寶問他主任的家在什麼地方。老大爺說他沒去過主任家，只知道那條巷子叫槐樹溝，不知道主任住幾號，主任姓宗，要真有急事，就只好到那裡去打聽。

古義寶有些失望。這一天算白跑了。他還是身不由己問人槐樹溝怎麼走。這時既沒有公共汽車，也沒有三輪車，他只能憑兩條腿跑。不知問了多少個人，也不知回去的時候該如何走，他咬定主意一定要找到那個主任。

那個主任終於讓他找到了。主任對古義寶夜晚到他家造訪顯然不太歡迎，要不是看古義寶是位軍人，恐怕連門都不會讓他進。

古義寶感覺到了這些，因爲主任並不想掩飾。進屋後，他和他夫人都沒給古義寶倒水，古義寶卻眞想喝水，麵條太鹹，又出這麼多汗，他們卻客氣都沒客氣一下。這屋子在外面看不怎麼顯眼，進了屋讓古義寶感覺到的是他好像走進了一幢高級賓館。古義寶身著軍裝，面對不歡迎他的主人，坐在大理石地面，壁布貼牆，吊燈壁燈，眞皮沙發的客廳裡，感到了一種屈辱。古義寶一下沒了推銷的興趣，甚至有些後悔跑這麼多路來找他。古義寶把要說的那套話盡量壓縮，主任更珍惜他的時間，沒等古義寶全部說完來意，他就十分乾脆地謝了解放軍的一片好

意，他說城關供銷社從來不做這樣的生意，城關的農林牧副漁所需的一切都是縣供銷社直接供應。這裡是個窮縣，城關鄉更是個窮鄉，沒有資金做什麼生意。

古義寶感到背透了，他也無心再與這樣的人談下去。窮縣，窮鄉，你這是窮鄉供銷社主任住的房子嗎？古義寶心裡生出一股無名氣，他沒拿出那些功勳章，他知道拿也是白拿，或許這樣的東西在他們這種人眼裡更不值分文，會更令人討厭。

43

十天之後，古義寶擦著黑回到農場。

場長回來了，戰士們都圍到場部。他們的場長出去幾天，臉瘦了一圈。一看場長的模樣，戰士們知道事情不那麼順利，都急著想知道事情的結果。古義寶一反常態，沒好臉也沒好聲跟戰士們說話，反讓他們都回去休息，說有事明天再說。戰士們心裡灰灰的，一個個沒趣地回了宿舍。

古義寶問金果果還有飯嗎？小金這才知道場長還沒吃飯。問他想吃什麼。古義寶說，有剩飯就熱一下，沒剩飯就下麵條。古義寶說有酒就弄瓶酒來，炒個雞蛋和花生米。金果果覺出場長有些異常，心裡也陰了半邊。

金果果去為古義寶準備酒菜。古義寶回宿舍洗臉。

不一會，金果果和炊事班的一個戰士，送來了酒菜。酒是高粱特麴，菜是炒雞蛋、油炸花生米、雪裡紅炒肉絲、榨菜雞蛋湯。放下酒菜，金果果問什麼時候下麵條。古義寶說現在就下了拿來，你們該幹什麼幹什麼去，用不著陪我。那個戰士出門後朝金果果做了個鬼臉，他也覺出場長今天不對勁。他們沒見過場長這樣跟他們說話。

金果果端來麵條時，古義寶連脖子都紅了。酒下去了半瓶。

「場長，空著肚子喝酒對胃不好。我給你撈麵，你別喝了。」金果果從來沒見場長喝這許多酒。

「你別管我，我知道自己的酒量，睡你的覺去。」

金果果覺得場長有點醉了。可又沒法勸阻。他為難地退出屋來。

金果果找著韓友才一塊再到場長宿舍時，場長宿舍的門開著，一瓶酒喝得只剩一個瓶底，

麵條卻一筷子沒動，人已不知去向。他們立即跑到廁所，廁所裡沒有；繞營房轉一圈，也不見。

古義寶此時正漫無目的地在通向太平觀的路上高一腳低一腳地晃蕩著。他心裡悶，他心裡苦，他悶得難受，他苦得心痛，他心裡想著要找一個可以傾訴的人說說話。路在他的腳下高高低低，歪歪斜斜，顯得特別艱難，他走得趔趔趄趄，跌跌撞撞，已經摔倒了好幾次。他卻不急不惱，摔倒了就爬起來，爬起再繼續走。他走著走著，在一個院門口停住。他努力地抬起頭，睜大眼看了一會，然後敲了院門。

好一會兒，傳出白海棠一聲警惕地問：「誰？」

白海棠看清是古義寶後，立即開了門。古義寶跨進門，撲通摔倒在院子裡。白海棠慌了手腳，急忙扶他。古義寶癱了一般，她只好兩手從背後抄到前胸，拼著全身力氣，才把他抱了起來。剛抱起來，古義寶就哇哇地吐起來。那熏人的酒氣和污物的異味，讓白海棠不敢喘氣。

女兒在裡屋炕上已躺下，問是誰來了。白海棠答是部隊的叔叔來了，快睡，明天還要上學呢。

古義寶吐淨喘過氣來，帶著哭腔說，我完啦！白海棠心裡緊張極了，她不知道發生了什麼。她連抱帶拖，把古義寶弄進屋裡，放倒在那張大沙發裡。然後端來一盆溫水，幫他把臉上手上身上擦洗乾淨。

「妳……妳是海……海……海棠嗎？」

「是，我是海棠，到底出什麼事啦？」

「他們都都撕毀合同要要退貨，要損損失十幾萬哪！」古義寶說著流下了眼淚。

白海棠沒想到是這麼大的事。看他痛苦成這樣，她心裡難受極了。

白海棠感到事情嚴重。可看他這個樣也不是商量事情的時候。她一時也沒了主意。她給他泡了杯鹽糖水，她聽說喝醉酒，喝鹽糖水對胃有好處。扶他喝完水，又餵他喝了幾口醋。古義寶的臉一會兒由紅變白。他不住地撕扯胸前的衣服，嘴裡不住地吐氣。白海棠用涼毛巾給他冷敷，古義寶一下抓住了她的手。含混不清地說，海棠，我沒有醉，我心裡清楚著呢。妳是天底下最好最好的女人，我這輩子不會再讓誰欺負妳，誰要是再敢欺負妳，我就給他好看。

「海棠，妳說我這人怎樣。妳說，妳說。」

白海棠聽著古義寶似醉非醉的話，心裡有些熱。她也不管他能不能聽明白，也跟他來個實話實說。她說：「你是好人，少有的好人。」

「不，我不是好人，我也再不要做好人了，我就是老想做好人才把自己給害的。我心裡好

苦啊。」古義寶說著哭了起來。一邊哭一邊揪著自己的胸脯。

白海棠知道他難受，她又沖了一杯鹽糖水，扶古義寶餵他喝下。

白海棠要去放杯子，古義寶不讓她走。他要站起來，嘴裡還在說，我沒有醉，我沒有醉。說著說著又吐起來。白海棠扶著他，讓他都吐出來。吐完，白海棠扶他躺下。

古義寶還在說：「我是偽君子，十足的偽君子……」

白海棠先拿毛巾給他擦淨臉，冉去收拾髒東西。收拾停當，又餵古義寶喝了些醋，再沖了一杯鹽糖水，慢慢餵他喝。

古義寶一邊喝一邊還在說，我要重新讓他們認識我古義寶是誰，我他媽的是在賭氣。說著他又抓白海棠的手，說，春芳，我對不起妳，我一直在欺負妳，我一直在騙妳，我心裡想跟妳離婚，實際又不敢跟妳離婚，我要做好人哪！海棠，妳好可憐，妳能幹，妳心地善良，老天不公哪！老天爺也不是個好玩意兒，它沒長眼睛，總是讓好人吃虧受難！

「你別說了，別說了。」白海棠流下了眼淚。

「我要說，我喜歡妳，我就是喜歡妳，我就是要幫妳，我當著趙昌進也這麼說，當著農場的戰友還這麼說。我喜歡妳，可我不能愛妳啊，我是軍人哪！」

「別說了，你別說這些了，我求求你。」

「海棠，我這輩子一直喜歡妳，我不會讓別人再欺負妳，妳願意嗎？」

「我願意，我……」

「海棠，」古義寶一下把白海棠拉到胸前，拉得那麼緊。

白海棠沒有躲避也沒有反感，她側過臉，流著眼淚輕輕地說：「你對我的好心，我心裡明白，說實話，我也從心裡喜歡你敬重你，你爲人好，又能幹，做事有男人氣，可是我不能挨近你，也不敢挨近你，你是軍人，我不能爲了自己毀你的前途，毀你的一生。再說我眞是白虎星，這只有我的兩個男人知道，我今天也告訴你。我會報答你的。農場的事不要急，只要有果苗在，就不愁沒有辦法。」

院門外響起了敲門聲。白海棠去開門，卻見孫德亮已經走進門站院裡了。

孫德亮在白海棠扶古義寶進屋時就進了門。古義寶醉醺醺地走出屋，孫德亮正好要去看他，他發現他要去找白海棠，孫德亮心裡就生出一個念頭。他那次和那兩個人打架後，儘管後來知道是那會計老婆從中在搗鬼，但那兩個人的話卻老在他心裡泛。他自己也感覺到古義寶同白海棠的關係不一般，如果眞要有事，那可不是鬧著玩的。於是他就跟他到這裡，一是怕他萬一有什麼閃失，二來他也想看看他倆究竟是怎麼回事。進了院子，他看到了他們的一舉一動，也聽到他們說的每一句話。他還是頭一次見過男女之間這樣純潔的感情，在他的觀念中，男女之間相好，除了那種性愛外還能有什麼呢？

白海棠不無埋怨地說：「你們怎麼能讓他醉成這樣？快背他回去，再餵他喝些鹽糖水，要溫的，你晚上要陪他啊！」

44

假苗的事很快在團裡傳得家喻戶曉，傳來傳去便走了樣。有的說，古義寶這一回是眞完了，他急於洗刷自己的錯誤，想一鳴驚人搞大苗圃，結果買的山楂苗全是假苗，是山溝裡那些野山裡紅，要賠幾十萬哪！有的說，古義寶這小子夠精的，我們都讓他給耍了，他說得好聽，先讓機關幹部的耳朵過點發財癮，一家幫他種幾千棵山楂樹，說一棵能賺一塊錢，第二年就都能得幾千塊，實際上他是與商販穿了一條褲子，暗地裡不知吃了多少回扣，不顧農場的利益，不管眞苗假苗一起要，讓團裡一下損失幾十萬！

古義寶回到家，天已擦黑。一進門，林春芳沒開口卻先流了淚，林春芳一哭，兒子跟著也哭了。古義寶站在那裡不知怎麼好。

林春芳說，全團無論幹部戰士，不論職工還是家屬，見她都用那樣一種眼光看她，好像我們做了賊犯了罪似的。

兒子說，學校裡的同學罵他是小騙子，說老子是大騙子，兒子是小騙子。

古義寶見妻子和兒子爲他受這麼多屈辱，心裡一怔。他沒想到會這樣，他感到對不起他們，他愧爲男人，愧爲丈夫，愧爲父親。他走過去爲兒子擦了淚，鄭重地對他也是對林春芳說，人家說什麼，由著他去說，嘴長在他的身上，那是他的自由。但我要跟你說的是，爸爸在這件事上問心無愧，我不是想爲咱家賺一分錢，也不是我自己想圖什麼舒服和快樂，我是想爲農場爲團裡多賺一點錢。我是有錯，我的錯是經驗不足。

兒子說，爸爸，我求你一件事行吧？這件事做完，你再不要做這樣的軍官好不好，你也做背槍的軍官，做後勤生產官人家看不起。

古義寶的心一抖。他沒想到兒子會提出這樣一個嚴肅的問題。他怎麼跟他說呢，跟他說雷鋒？跟他說張思德？跟他說白求恩？這時他什麼也沒法跟他說，他什麼也說不出口。他心裡很痛。這些年來，他在自己的崗位上，竭盡自己的全力，做好自己的工作，可自己做的這一切，在自己的兒子眼裡卻毫無價值，毫無意義。

林春芳看出古義寶的心情。她把兒子拉到身邊。說，早春，你還小，不懂部隊上的規矩，部隊上做什麼都是上級安排的，不是你想做什麼就做什麼。兒子也看到了父親痛苦的臉。兒子只是輕輕地跟他媽說，上級安排自己也是好爭取的吧。

林春芳讓兒子做作業，自己就去給古義寶做飯。她給他煎了兩個雞蛋，炒了一盤豆角，拌了個黃瓜。拿出兩瓶啤酒。古義寶一直悶悶地抽菸。他心裡苦哪！

事情就這麼怪，不做事的人，反倒一身輕鬆，什麼也耽誤不了；他一想爲單位做事，面前卻是步步艱難，做好了，人家不說什麼；做不好，誰都有一張嘴，說什麼你都得聽著，沒有人理解。自己也三十幾歲的人了，還在副營的位置上踏步，再踏個一年兩載也就到頭了，到時候想幹也幹不了了。想到這層，他好心寒。

古義寶喝著啤酒，盯著林春芳看，看得林春芳不好意思低下了頭。他發現了林春芳的變化。她差不多脫掉了山區農村味，上身穿電腦繡花的白襯衫，下身穿米黃色百褶裙，皮膚也變得白嫩細膩光潔，看上去年輕了許多。

古義寶賭氣般地吃著，他一氣喝下了兩瓶啤酒。林春芳給他炸了一盤饅頭乾，又下了一大碗雞蛋麵，他居然統統吃了下去，撐得肚皮有點痛。林春芳洗碗收拾的時候，古義寶把兒子叫到跟前，看了兒子的作業。數學都是優，語文也不錯，個別是良好。古義寶鼓勵了一番。他跟兒子說，兒子，你要永遠記住，你是農民的子孫，今後的一切都要靠自己努力，別指望別人來幫你拉你，你媽爲了你遭了不少罪，你一輩子可以不孝敬我，可你不能不孝敬你媽。你爸我不是個好人，也沒什麼本事，當兵當個火頭軍，當官當個生產官，你不要學我。「義寶你喝醉啦，跟兒子說些什麼？」

「我沒醉，我說的都是實話。兒子你說呢？」

「爸，你是好人，你的話我都記住了。」

「好孩子。這是我出差給你買的東西。」

古義寶這段日子一直沒回家，出差給林春芳買了一套裙子，給兒子買了一身運動服，還給兒子買了手搖削鉛筆刀和聰明一休的雕塑，沒空回來給他們。林春芳和兒子都很高興，也很喜歡他買的東西。

兒子做完了作業，很乖地收拾好書包，很有禮貌地跟古義寶說，爸，我睡覺了。說完就刷牙洗臉到自己的小床上睡覺。古義寶看著兒子的一舉一動，眞打心裡喜歡。他沒想到林春芳能把兒子帶得這樣好。

古義寶有滋有味地喝著茶，一邊喝茶一邊問家屬工廠的一些情況。

古義寶等兒子睡著後才跟林春芳詳細說假苗的事。他跟她說，這事責任重大，不僅這七八萬株假苗要重新嫁接推遲到明年才能賣，而且影響到已經訂出的合同，好多單位退訂，現有訂數只有十二萬多，還有近八萬果苗沒有買主。這樣一裡一外損失差不多有近二十萬。再說這事牽涉面大，每個機關幹部院子裡都有果苗，都要重新檢查，假苗要重新嫁接，你一隻手只能封住一張嘴，往後的日子輕鬆不了。一方面要即時給假苗嫁接，不能錯過季節，錯一個季節就要錯一年；一方面要盡快找買主，不能把該賣的苗壓在地裡。這些日子沒什麼事就不能回來了，把這些全都落到實處才能回來看你們。

林春芳聽著心裡酸酸的，眼淚不知不覺就流了下來。她爲自己的丈夫不平，爲了農場的事，他操碎了心，顧不了家，可別人還要這樣在背後說他，對她母子歧視。別人不喜歡他，她愛他，她坐到古義寶身旁，緊緊地靠到古義寶懷裡。古義寶摟著她，輕輕地問，妳跟我這輩子後悔嗎？林春芳使勁地搖搖頭。古義寶說，我一直沒很好地待妳，妳不恨我？林春芳用手堵住古義寶的嘴不讓他說。古義寶拿開她的手說，妳聽我說，我眞打心裡對不住妳，尤其是和尙晶的事。林春芳接過話說，你別說了，我對你一輩子都感激不盡，是你把我們娘倆帶出山溝來到城市，靠我自己，我沒有這個能力。這對我來說已經足夠了，我已經很滿足了。不管你做什麼事情，也不管你出什麼差錯，哪怕是做了錯事，我也會跟你一條心，要我做什麼都行。一日夫妻百年恩，你不要老去想那些過去的事。和尙晶的事那不能叫錯，鄉下人摟一把摸一把親一嘴的事多著呢，到了這裡就成了作風問題。這事要說錯，那是尙晶的錯，她想借種，借不成反咬人一口，如今借成了，她怎麼不去咬人了。這種人我一輩子看不起。

古義寶沒再讓林春芳的牢騷發下去。古義寶說，不說這些吧。家裡的事就全交給你了。早春這孩子是個好孩子，懂事，也聰明，將來肯定比我有出息，好好把他培養成人，也是你後半輩子的依靠。我這人不行，說不定什麼時候就會出大紕漏。林春芳又用手堵住他不讓他說。兩人這才親親熱熱慢慢去睡。

第二天古義寶找劉金根做了正式彙報。劉金根覺得事情重大，自己沒法表態，就帶著古義寶一起向團長和趙昌進做了彙報。聽完彙報團長沒表態，趙昌進十分尷尬。趙昌進沒想到這事會引起麻煩，以爲有幾棵假苗，重新嫁接一下也就完了，現在如果不採取措施，損失這麼大，他也不好表態。但心裡又開始對古義寶不滿。辦事情不牢靠不紮實。可當著團長的面他又不想這樣批評他。上次處理前場長的事後，趙昌進已經感覺到了他與原班子領導之間的痕隙，尤其在有關農場的事情上，他們都採取消極的態度。如今，農場出這麼大的差錯，實際等於給趙昌進臉上又抹了黑，他想團長不表態，心裡還不知怎麼高興呢。

團長沒有態度，趙昌進不能沒有態度。於是他首先批評了古義寶辦事不過細缺乏科學性，要好好總結教訓，不要一有成績就忘乎所以。然後指示，一方面要抓緊時間按計畫落實補救措施，一定要千方百計想盡一切辦法把退訂的果苗推銷出去，同時做好假苗的重新嫁接，不能貽誤季節。如果眞要造成重大損失，後勤領導和農場領導都要承擔責任。

古義寶回到農場傳達了團首長的指示，把補救工作做了具體安排，派韓友才帶五個戰士到機關挨家挨戶檢查，把假苗全部移到農場嫁接，記住各家各戶的數量。其餘人員繼續學習嫁接技術。

晚上古義寶又上了白海棠家。白海棠正在洗澡。北方鄉下人洗澡比較少。這裡不像江南家家戶戶有家庭浴室，村上也少有公共浴室，只有市鎮上才有浴室。他們夏天在河溝洗，冬天幾乎不洗，要洗也只能燒點熱水，在大盆裡擦一擦。太平觀鎮上有浴室，但白海棠從來不到浴室去洗澡。不知是她不願意讓別人看她的身子，還是有關她那白虎星的說法，她都是在自己家裡洗澡。她有一個大澡盆，自己燒水，先給女兒洗，然後自己洗。

古義寶敲門時，白海棠正泡在大盆裡搓洗。她聽出是古義寶，可又不能讓他進院，她的澡盆就放在進門這間屋裡正對著門。她讓女兒到院門口告訴叔叔，讓他等一會兒。

古義寶問，你媽在做什麼。小姑娘說，在洗澡。古義寶覺得來的不是時候，跟小姑娘說，告訴你媽，我走了，以後再來。小姑娘說，我媽不叫你走，她叫你等一會兒，她一會兒就好，要不你先到院子裡來。小姑娘說著就開了院門，讓古義寶進了院子。其實她媽根本沒讓她這麼做。小姑娘精得很，她發現她媽喜歡這個叔叔，她自己也喜歡這個叔叔，上次他給她買的連衣裙，同學都說好看。

古義寶就在院子裡等，當然他是十分願意等的。儘管這事的計畫他已經跟領導做了彙報，也給戰士們做了佈置，但他還想聽聽她的意見，再說還有八萬苗的事，他也想讓她找找門路。白海棠帶著浴後的嬌嫩爲古義寶開了門。古義寶也看到了她的嬌嫩，目光便老是躲躲閃閃，不敢與她相接。古義寶不是來欣賞她的出浴姿色，這也不是他這種身分的人可以的行爲，他也沒有資格來欣賞她。那天酒後闖到這裡，他覺得已經過分了，他心裡一直有愧，還沒機會向她道歉。坐下後，他就先說了這事。說自己的行爲過分了，有說了不合適的話做了不合適的事請她原諒。

白海棠聽他這麼一說，反有些不高興了。她故意說，既然你覺得上我這裡來不合適，那你今天還來幹什麼。古義寶一愣，偷眼看了她一眼，正好與白海棠的目光相撞。她嬌嗔一聲，我有啥好看的，白虎星一個，你也乾脆離我遠遠的。

古義寶知道她在說氣話，低下頭軟軟地說，人家眞有急事找妳商量才來的。白海棠接話說，對呀，沒有事你能上我這屋裡來？什麼保護我，也不過是一句醉話而已。古義寶說，那可是我心裡的話，誰跟妳說是醉話，我說的要不是心裡話天打五雷轟。

白海棠看他那一臉認眞樣，忍不住笑了。說，我是逗你開心，好了吧。有什麼事快說。古義寶就說了農場現在的困境。

白海棠完全明白他的意思。她對他把這樣的事情來徵求她的意見感到一種甜蜜。她理解他的心意，正因爲這樣她才眞心實意待他。她說假苗的事就只好這樣了，那八萬果苗她可以幫著

想想辦法，要不咱再一塊去趟果園，老場長跟外面的人接觸多，看看他還有什麼關係。另外你們也花點錢，讓縣廣播站廣播廣播，單位和個人要買的可以直接到農場來買，說不定這個量還不小呢。古義寶說，樹苗人家給做廣告嗎？白海棠說，這有什麼不能的，縣廣播站又不是中央電台。他倆商量半天，白海棠覺得古義寶做事太上心，於是她勸他：

「你不要太難爲自己了，爲什麼要這樣跟自己過不去呢？」

「也許就這麼一點優點，當了這麼多年兵，就學了這麼一點軍人的脾氣。」

「跟領導彙報了嗎？」

「彙報了，領導只能是原則地表態，具體的事情還不是要自己來做。領導倒沒有過多地責怪。可我想，一個人活著，不就是要做一些事情嘛！不管什麼樣的人，做什麼樣的事，他總是要做一些事情的，不同的是有的人做的是好事情，有的人做的是壞事情，他不會讓自己的一生白白地閒著的，一個人活著要不想做事，那他活著也沒什麼意思了，尤其是男人，更尤其是當兵的男人。要做事，就一定要做成，有頭無尾，有始無終，不如不做。我最討厭的是那種一邊做事一邊鬧著玩的人。這種人做事不像做事，玩又不像玩；常常是成事不足，敗事有餘。」

白海棠很有興致地聽古義寶說，她很願意這樣聽他說話。古義寶看她聽得入神的樣，心裡是一種享受。他也不明白，這樣的話爲什麼在林春芳面前他就說不出來，也沒有要說的願望。

在她面前就自然而然地說了，而且有說不完的感覺，說得那麼隨便，那麼自然，不需顧忌，也不必擔心。

白海棠說：「我知道你想做事，你是憑一種良心，憑一種男人脾氣在做事，我也很欣賞你這一點。但做事歸做事，不要把自己弄得太苦，心勁也不要太大，有些事不是光憑自己的心勁能做成的，一輩子呢，慢慢來，太急了也容易出差錯。」

古義寶聽了她的話，心裡更覺溫暖，他很幸福，他覺得這個世界上至少有她和林春芳兩個女人在眞心實意地關心著他。

「那咱就這麼辦。咱什麼時候上果園呢？」

「我聽妳的，妳想什麼時候去就什麼時候去，反正我有的是時間。」

說完兩人就默默地相對坐著。

古義寶忽然笑了笑。白海棠問他笑什麼。古義寶讓她猜。白海棠看他的眼神，沒猜倒先紅了臉。說，我不猜，準不是好事。古義寶說，妳說岔了，就是好事。白海棠想到她和他的事上，臉更紅了，說，你壞，我不猜這樣的好事。

古義寶這才明白她眞想岔了，臉也紅了。他說，我不會再想咱倆的事，這輩子只能這樣

了。妳說得對，這是命，誰也改變不了，我要說的是一件正事，一件實實在在的大事。

白海棠眞讓他說得正經嚴肅起來。

古義寶說，有件事我想跟妳商量。

白海棠一臉緊張。

古義寶說，我的兒子是個懂事的孩子，學習很用功，腦子也還聰明，成績都不錯，或許是跟他媽在農村受過苦，懂事早，也知道孝順；妳的女兒，我也很喜歡，也是個懂事的孩子，我想妳能不能把女兒嫁給我兒子。我有一種預感，我很可能在什麼時候會出點什麼事。

白海棠呆了。她沒想到，他笑的竟會是這事，她的鼻子酸酸的，但她抿緊了嘴唇，沒讓這酸酸到眼睛裡去。

白海棠說，你不該想這種事，你是好人，你不會出什麼事。有良心的人也不會對你使壞心眼。孩子們都還小，也不是談這種事的時候。

古義寶看著白海棠沒再說什麼。

45

農場的戰士們背著古義寶做了一件事。

事情是韓友才發起的。他先找金果果、孫德亮和幾個班長暗地裡商量，幾個骨幹意見一致，同意並且認爲完全應該做這件事。得到骨幹們的支持後，韓友才就和金果果私下裡策劃這件事。等事情有了眉目，他們乘古義寶和白海棠到果園去聯繫果苗客戶不在農場時，開了一個農場戰士全體會議，會上沒有一個反對，一致通過。事情就這樣辦了。

韓友才發起這件事的念頭是率領小分隊到團機關給機關幹部們挨家挨戶檢查假苗回來產生的。

韓友才去的第一家是個參謀。他進門後按照軍人的規矩先叫了首長又給他敬了禮，然後就在院子的地裡一棵一棵檢查果苗。參謀抽著菸看他們檢查，自己沒事可做挺無聊似的找話跟他們聊天。他問韓友才，古義寶給不給他們發獎金。韓友才說戰士怎麼會發獎金呢！參謀說，那他也應該給你們分一點好處費哪！韓友才說，不要說農場現在還沒掙錢，即便掙了很多錢，那也都是團裡的收入，他怎會給戰士發好處費呢！參謀說，那他就太黑點了，這麼多回扣，怎麼好一個人獨吞呢！韓友才心裡有了氣，說，首長你知道這果苗市面上賣多少錢一棵嗎？參謀說，我怎麼會知道呢。韓友才又問，首長你知道咱這果苗是多少錢一棵買的嗎？參謀說，誰知道你們多少錢買的。韓友才說，你既不知道市面的價格，又不知道咱是什麼價買，怎麼好憑空懷疑他吃回扣呢？參謀說，呵，還挺鐵，你肯定是班長吧？不過，人有些時候得明白些，如今你們虧下這麼大的窟窿，別以爲給機關幹部弄幾千棵樹苗就能遮人耳目封住大家的嘴，這筆賬夠古義寶算的。

韓友才眞想站起來跟他理論一番。一個人總得有點良心，他好心好意爲機關幹部謀福利，他們卻這樣以己之心度人之腹。然而他沒有，他一個士兵，一個在他們眼裡到農場去改造的士兵，他怎麼有資格跟機關首長理論呢。他只好把心裡的氣憋肚裡。他加快了檢查的速度。奇怪得很，這個參謀院裡的果苗居然沒有一棵假苗。

韓友才要離開的時候，那個參謀把他叫住了。他很不客氣地說，我說你這個兵還挺油，我說這麼幾句，你居然就敢糊弄我。韓友才很嚴肅地說，請首長說話穩重一些，我檢查了就由我負責，並不是所有果苗裡都有假苗，假苗只是一家因爲我們壓低價才摻了一些。

韓友才到的第二家是位助理員。助理員也沒有讓嘴閒著。他問，聽說假苗有十幾萬棵？韓友才說，有七八萬棵。助理員又問，聽說訂貨單位都把貨退了？韓友才說，沒有都退，退了有八萬多棵。助理員問，聽說要損失二十多萬塊錢。韓友才說，不是損失，這八萬多棵苗正找新的訂戶，訂出去了就沒有什麼損失；這七八萬棵假苗也不能說就是損失，我們可以重新嫁接，只是晚一年賣出去。助理員說，怎麼都說賠了二十多萬，還說你們把回扣都分了。韓友才已沒有興趣跟他談這樣的話題，他說，他們愛怎麼說就怎麼說吧，反正事實總是事實。誰也改變不了。

韓友才在機關兩天一共只查到六百多棵假苗，而且這六百多棵假苗集中在三家機關幹部的果苗裡，看來假苗沒有完全與好的果苗混起來，只是卸車時沒有注意，要注意了完全能查出是哪一家的。在機關查完果苗，事情出乎原來的意想，戰士們心裡挺高興，要家家有假苗，機關幹部不知要怎麼說呢。雖然如此，韓友才卻還是心事重重。倒不是他讓機關首長說了心裡不悅。他在想古義寶身上的壓力，他在想一些好事的機關幹部在隨便向他潑髒水，他在想團裡師裡的首長不知怎樣看這件事。自從古義寶到農場後，他的一言一行他們都是親眼見的，他把自己的全部心血都撲在農場的建設上，他把自己的感情全都給了自己的士兵，如果就因爲假苗這麼件事情，要再一次否定他的一切，他們是不會答應的。

在回農場的路上，他就一路尋思，他們怎麼能讓領導知道這些。他終於想到要做這件事，他們要以農場全體戰士的名義給團裡和師裡的領導寫一封信。

信由金果果起的草，寫好草稿後，先給韓友才看了，韓友才看了兩遍，改了幾個地方，再召集幾個骨幹徵求了意見，然後再開的全體戰士會議。會上金果果把信念了兩遍，大家又提了一些修改意見，金果果又再改了一遍，再後把信抄了兩份，分別寄給了師團黨委。信是這樣寫的。

尊敬的黨委，尊敬的首長：

我們是古義寶領導下的農場戰士，首先我們二十一名戰士立正向首長們致以崇高的敬禮。我們這二十一名戰士中，大部分是在原來的單位犯了這樣那樣的錯誤，被認為是不可救藥而打發到農場來改造的。的確，我們當初來到農場後，看到農場原來的破敗情景，看到原來農場領導對我們的態度，我們的心都涼了。沒想到，到部隊來當兵，保衛國家，為家爭榮，卻成了到農場改造的『勞改犯』。我們都只有一個念頭，混夠年頭就回家。

沒想到的是，我們這輩子能碰上古義寶這樣的領導。他跟我們講，一個人活著，不可能不做事情，一個人做事情，不可能不做錯事。人好比一樣東西，染上了污點，可以洗掉，洗掉了就和原來一樣；即使一時洗不掉，照樣可以使用；如果染上一點污點，就把它扔了，那它就廢了，什麼價值也沒有了。他說他也是犯了錯誤的，他一點也沒有掩蓋自己的錯誤。他說我們要想到對得起組織，對得起別人，但更重要的是要對得起自己，要對得起自己的生命。我們就是在他這樣的幫助和他自己的行為的感召下重新燃起生命之火和理想之花的。在他的帶領下，我們的農場才有今天的面貌，有了今天的面貌，上級領導才到我們農場來，才發現我們的一切，才給我們肯定，才給我們立集體三等功。我們中間已經有五個人入了黨，有一人考上了軍校，有兩名被輸送到軍農場當骨幹，試想要沒有古義寶這樣的領導，可以說就沒有我們的今天。

人都有私心，低級趣味的人陶醉於私慾的滿足，凡事總先想到自己；高尚的人的高尚之處，並不是他沒有私心，沒有私慾，他的高尚在於他能把握自己，凡事先想到整體的利益，當私利和整體利益發生矛盾時，他會毫不猶豫地以個人利益服從整體利益。我們認為古義寶就屬於這種高尚的人。他的高尚，在於他始終把自己當作一名士兵，他處處以士兵的身分要求自己，以士兵的身分與我們平等相處，彼此尊重。可以說在我們所接觸的部隊幹部中，我們還沒有發現第二個這樣的人。他的平易近人，與戰士同甘共苦，為農場生產不回家與家人團聚，不以幹部凌駕於戰士之上，不搞特殊，不是做樣子給誰看，而是一種發自內心的自覺行為，這種品質已經融化在他的靈魂裡。

我們農場的工作不能說已經十全十美，也不是說已經無可指責了。在擴大農場生產擴建苗圃中，我們是心急了一些，也缺乏經驗，應該把最後付款的期限推到來年春天看清果苗真假好壞之後。但這個錯誤並非不能彌補，剩下的果苗可以重找新的訂户，假苗可以重新嫁接。再說這個錯誤是因工作經驗不足而造成，絕不是有些機關幹部相互傳說的個人想吃回扣，不顧團裡的利益，慷公家之慨。現在有一種人，自己不幹事，別人幹事他指手畫腳；他終日無所用心無所事事，又怕別人幹事撈了好處。這種人才是端著共產黨的飯碗吃肉，卻又張口閉口罵共產黨的敗類。

如果首長們把我們這封信看做是說情信，那就有些看低了我們的人格。我們已經懂得怎樣尊重自己，應該如何尊重別人。我們只想對首長表示一種態度，如果說這件事有錯的話，我們

全體戰士願與古場長共同承擔責任；如果領導要追究責任的話，我們二十一名戰士願與古場長一起受處分。

致以　崇高的敬禮！

後面是二十一名戰士的親筆簽名。

此時古義寶與白海棠正在果園老場長的辦公室裡討教推銷果苗的良策。他一點都不知道也想不到戰士們在爲他做這樣一件事，他對自己的士兵從來沒有過這樣的企求和奢望。

46

春天是一年中最美麗的季節。農場的春天格外迷人。蘋果樹重新整枝，老樹發了新葉；葡萄園裡一片翠綠，山楂樹苗枝葉已茂；苗圃裡的假苗重又嫁接，已經萌出了新芽，花生、玉米長勢喜人，麥苗青青開始拔節。戰士們在春風蕩漾的綠野中，或鋤草，或澆水，或施肥，或打藥。笑聲串串，歌聲遍野。

農場的生意跟春天一樣也有了新的氣色。徐師傅的妹夫很講信用，親自帶了八個人來農場，與農場的戰士一起，整整突擊了十天，把假苗全部重新嫁接；退貨剩下的八萬多苗，白海棠領著古義寶找了果園的老場長，老場長給介紹了幾個外省的客戶，古義寶聯繫後，事情出乎意料，不僅剩下的苗有了訂戶，連重新接的苗也都訂了出去。古義寶激動得一蹦三尺高。他買了兩條菸，兩斤茶，兩瓶酒趕到果園謝了老場長。古義寶心裡的那塊石頭總算落了地。吃過晚飯，古義寶叫韓友才跟他到田野遛彎兒。韓友才有些納悶，從來沒見場長有這閒情逸致。

田野裡的微風帶著一縷縷淡淡的清香，吸起來有一點點淡淡的甜味。在春風中漫步田間小路，感受到的是清新、舒暢、生命旺盛。

古義寶走在前面，沒有說話，像是在專注地體味著自己的感受。一直走到機井邊，古義寶先在一塊石頭上坐下，順手拔了路邊的一株無名小花在手裡把玩。韓友才也找了塊石頭坐了下來。

「友才，眞對不住你，我這當兄長的沒本事。」古義寶沉重地開了口。

韓友才轉志願兵的事他年初就跟劉金根說了，也跟文主任說過，不放心又專門跟趙昌進說，還跟副師長做了彙報。他們也都認爲像韓友才這樣的骨幹，農場是很需要的。一到第四季度，古義寶早早地催劉金根報了上去，身體也檢查了，表也塡了，一直說沒問題，前段時間一公佈，結果沒有韓友才。古義寶問劉金根，劉金根不知道；古義寶問文興，文興也不知道怎麼回事，轉志願兵歸司令部管。古義寶直接找了趙昌進。趙昌進沒有明確告訴他是怎麼回事，卻讓他做好韓友才的工作，要他正確對待，要繼續爲部隊建設爲農場發展做貢獻，不行的話，年終總結的時候，給他報個三等功。古義寶眞想開口罵他一句。你就是這樣糊弄人，對自己的部下就是這樣一種感情。古義寶很不禮貌地站起來就走。副師長都說過話，這名額肯定照顧了關係做了人情。

「別提它了，這裡面的名堂我都知道。咱一個犯錯誤的農場戰士有什麼呢？我理解你的心意，你不必爲我跟上面鬧僵，不值，就算轉了志願兵又怎麼啦？不就是一個長久的飯碗嘛，人有力氣做事到哪裡找不到一碗飯吃。」

「話不能這樣說，這些年來，你搶險救災衝在先，科學技術學在先，重活累活幹在先，默默無聞做貢獻，這是大家有口共睹的，我們農場戰士也是人，不能任意讓人耍弄，更不能讓人欺辱。」古義寶說得慷慨激昂，他的激憤似乎完全不由自己。

「人家已欺辱你了，你又能怎樣呢？」韓友才反倒十分冷靜。

「那也得講出個一二三來。」

「這樣好嗎？我是爲你著想，你也三十好幾了，還是個副營，人家劉金根都轉正當處長了，說能力，論貢獻，他能跟你比嗎？胳膊是擰不過大腿的，算了，我壓根就沒指望這事，爲這事跟上面過不去不值。」

古義寶被韓友才說毛了，他感到一種更深的內疚，他意識到了自己剛才的激憤隱含著一種虛僞，他在表白自己，於是他改變了口氣：「我反正無所謂了，只是心裡對不起你，要不能給你轉志願兵，我無論如何也不能再留你。」

「我倒覺得在這裡跟大家一起搞農場挺有意思。」

「你眞是這樣想，我心裡還好受一點。」

那天古義寶跟戰士們一起在苗圃裡給果苗施肥，到了春天果苗像筍一樣飛長，需要充足的養料和水分，他們基本是五天灌一次水，一週打一次藥，半月追一次肥。他們正幹得起勁，兩輛高級轎車向農場馳來。官小不了，師團首長來，一般都是乘吉普車。看樣起碼是軍裡的首長。古義寶立即洗手向營房跑去。

古義寶跑回營房，首長們已經下車。他向首長們一一敬禮的時候，副師長給他介紹了首長。有軍區後勤部副部長，軍後勤部長，還有機關的處長。首長們沒有坐下來聽古義寶彙報，先看了他們的營房，又看了他們的宿舍和內務衛生，然後就下地看他們的花生、玉米、小麥、蘋果園、葡萄園、山楂園，最後來到了苗圃。

首長們一個個喜形於色。後勤部長跟戰士們一一握手，也不嫌戰士們的手髒，弄得戰士們擦手不及。他們沒有回營房再坐下來做指示，在苗圃就對農場戰士們說，你們辛苦了，你們幹得很好，很出色，這荒山野地被你們建成了花園。你們都這麼年輕，在這遠離部隊，遠離領導，遠離機關的荒山野，能安下心來就不容易，能埋頭工做完成任務更不容易，能像你們這樣用自己的雙手靠自己的勤勞創造出這樣的業績就難能可貴了。你們成年累月做著不是軍人應該做的事情，或許你們的父母兄弟姐妹會不贊成你們做這樣的事，周圍還會有一些人看不起你們，如果你們能明白這是我們軍隊工作軍隊建設不可缺少的，那你們就值得大家敬仰。我們的國家還不怎麼富裕，國家還拿不出更多的錢來養軍隊，我們搞農副業生產就是要補充經費的不足，靠我們自力更生來改善部隊的物質文化生活，你們工作的意義就在這裡。軍後勤生產經營現場會在他們團召開。

趙昌進再一次精神振奮。立即召開團黨委會，對會議的準備工作做詳細的安排。農場的現場參觀準備分工副團長和劉金根負責，從果木、莊稼的管理到田間小路修整，從營區環境到宿舍內務，從食堂餐廳佈置到豬舍廁所衛生，都提出了具體要求。他親自掛帥抓材料準備，分工文興帶上宣傳股長，再從後勤選一人，組成材料組，負責搞團裡的材料；他和組織股長負責古義寶的個人材料。分工副政委和參謀長負責與上面聯繫和會務工作。團長負責抓全團的正常工作。

農場裡熱鬧異常。軍裡、師裡、團裡的領導輪番到農場檢查準備工作。其實除了修整一下道路，搞一下環境衛生，沒有什麼可準備的，不過是以示重視罷了。

文興帶著宣傳股長和助理員在農場住了下來。農場生產是團經驗材料裡的一個重要組成部分。他們分別與古義寶和農場戰士們瞭解了農場的過去、現在及今後打算；瞭解農場和戰士們的前後變化；瞭解團黨委和領導對農場管理的變化。

吃了晚飯，文興邀古義寶到田間散步。現在古義寶自己覺得和文興已經縮短了距離。他感到能聽懂他的話了，那種望塵莫及的陌生感和差距感大大縮小，相互之間也隨便了許多。走出營房，文興問他趙政委來找他談了沒有。古義寶說還是上次現場參觀後找過他一次。文興問個人的材料有什麼考慮。古義寶說沒有什麼意思，要看的都擺在這裡，看看不就完了，還非得要自己再上去吹不行。文興說，按說個人不介紹也行，看現場比什麼介紹都有說服力和鼓舞力。不過你的發言是上面指名要的，上面要讓你介紹你不介紹也不好。古義寶說到時候再說吧，其實我個人有什麼，出力最多出汗最多的還是戰士，可上面就一點都不考慮戰士的實際問題，我是沒臉上去吹自己。文主任你說，我爲韓友才爭轉志願兵算不算感情用事意氣用事？領導就一點不給下面著想，你讓我怎麼跟戰士交代，我又拿什麼去鼓舞他們！文興說，這事就別提了，副師長是關照給了名額，爲什麼沒給他轉而轉了別人，你也知道，黨風不正不僅在地方，我們軍隊黨內也有，你想想副師長給調的名額敢不給他轉，轉的是什麼人就可想而知了，這不是團裡說了算的事。古義寶說，想想這些真沒有勁，戰士們辛辛苦苦爲誰啊？文興說，這倒也用不著這麼洩氣，咱們誰也不是爲誰幹，要是爲哪個人幹我也早就不幹了。正是因爲有像咱們這樣一大批心裡還有黨的整體利益的普通黨員，群衆才對我們黨仍抱有希望，要不群衆就不發牢騷

了，也不給你共產黨提意見了，發牢騷提意見是對你還寄予希望。古義寶說材料的事哪個領導都忘不了交代，我完全明白他們的心意，有的是對我以示關心，對我遭遇表示同情；有的純粹是考慮單位的榮譽，擔心材料整不好影響會議的效果。無論別人從哪個角度考慮，我一律都頻頻點頭，認眞領會，衷心感謝，其實就這麼點事用得著這麼興師動衆，他們要來參觀隨時都可以，那才是眞實，這麼準備別人反倒不服，弄得我們反而不踏實。兩個在田間遛到太陽落山才回營房。

古義寶的材料是開會前一天組織股長送來的。股長說，材料是政委親自改寫的，他讓你好好熟悉熟悉，爭取在會上介紹出好的效果。股長交代完就坐車走了。

現場會如期召開，參觀隊伍聲勢浩大，光小轎車就十幾輛，還有五輛大客車。太平觀的群衆都趕來看熱鬧。鎮上的領導也聞訊趕來面見首長。古義寶看到白海棠也站在人群裡朝他笑。他也朝她笑了笑，沒法跟她說話。經驗介紹安排在下午，地點在團裡的禮堂。

上面通知農場除了値班的人員全體參加，古義寶隨參觀人員參加會，臨走專門向韓友才做了交代，團裡派卡車來拉，要組織好，路上小心安全。

古義寶被首長接見完從禮堂後台的首長休息室出來，迎面撞著了尙晶。兩人一下都怔在那裡，臉上都是羞赧。古義寶不明白她怎麼會在這兒出現。

尙晶主動打破了僵局。她說，你好，祝賀你。還伸出了友誼之手。古義寶相當尷尬，他不想跟她握手，遲疑地僵在那兒猶豫不決。尙晶沒讓自己爲難，自動收回伸出去的手，她直爽地說，我知道你恨我，可是你從來沒給我一次解釋的機會。古義寶說，這有什麼需要解釋的，過去的事情再提只會讓大家痛心。妳怎麼會來？尙晶說，我當然要來，我現在是廣播站的記者，我要好好報導你的事蹟。古義寶的腦子更亂了。

他一點都不知道她變動工作的事。他立即就想到了那位元記者。他的感覺不錯，聯想也合乎邏輯。準是那位元記者幫她調動的工作，而且還不是她提出的要求，是記者主動爲她著想。有了孩子，再當教書匠有許多困難，他讓她到廣播站當記者，記者的工作輕鬆自由，用不著每天卡點上下班。古義寶想到這些，滿臉疑惑，心裡一句憋不住的話說出了口：「記者眞是神通廣大。」

尙晶一下放下了臉，她異常認眞地對古義寶說：「古義寶，請你尊重別人的人格，不要這樣看著我，也不要以己之心度人之腹，我可以面對天地對你說，我沒有做過一件對不起你的事，也沒有說過一句對不起你的話；另外我還要告訴你，我也沒有做過一件對不起劉金根的事！孩子是他自己的。」

古義寶的驚奇無異於晴空炸雷，他脫口問：「金根他知道嗎？」

「我到現在還沒告訴他，他對自己的行爲應該承受一些該承受的東西。其實他一直背著

我在吃藥。我找記者，只是爲了請他幫我調動工作。我沒有做過任何愧對自己，愧對你的事情。」

古義寶不知說什麼好，原來是這樣。通過記者讓趙昌進幫她調動這樣的工作，對趙昌進來說，不過是舉手之勞。他給縣委宣傳部打一個電話就辦了。古義寶發自內心有了一種負疚感，他不該一直這樣誤解她。

對古義寶，尙晶一直抱著一種愧疚。尤其是他和劉金根都到了後勤，他卻堅持不進她家門，這對她來說無疑是一種打擊和蔑視。她時時受到自己的良心和一種擺不到桌面上的人生道義的譴責。自從發生了那事以後她在情感生活中無法做到快樂。她跟劉金根相愛，腦子裡常常會冒出古義寶，他一出現她的全部情感便都冷卻。這一點沒有任何人明白，她也無法對任何人言說。

古義寶從尷尬和酸痛中擺脫出來。他愧疚地說，我沒有什麼可宣揚的，我只有教訓。我們在人生道路上兜了這麼大一個圈子，眞像做夢一般。我眞心誠意想對妳說一句話，我眞對不起妳。古義寶伸出手來與尙晶重新握手，然後走進了會場。尙晶的眼睛裡閃著淚花。

今天是他們團的喜日子。團直和附近的連隊都調來塡補會場，連家屬工廠的家屬也都來了。

會議在隆重的氣氛中開始。

團裡的經驗是趙昌進介紹的。他調動了自己的全部智慧和才能，抑揚頓挫，有聲有色，把團裡工作的影響力感染力說到了極致，鼓動到最佳效果。

接下來是古義寶介紹經驗。會前趙昌進特意問了他一句，材料看熟了嗎？他只說了句看了。

古義寶在掌聲中走上講台。多麼熟悉的講台。他依稀想到他去各地巡迴演講上過的各種各樣的講台；今天他卻感到陌生，他越來越感到過去所作所爲的可笑，硬是不要臉皮似的讓成千上萬人停下自己的工作來聽自己吹牛。

古義寶走上講台向聽衆敬完禮，他沒有坐下，熟練地抬高了話筒，他要站著向大家介紹他的經驗。

「各位尊敬的首長，各位遠道而來的首長，各位在座的戰友……」

古義寶在「各位」的時候，趙昌進急得心提到了嗓子眼。古義寶居然沒拿材料。這一份材料，凝聚著他的心血。他犧牲了好幾個晚上和星期天。他反覆考慮他的材料的角度。他想要是只從農場建設的角度寫，就太一般了，怎麼寫也是苦幹，與戰士打成一片，犧牲個人利益，沒有新意。趙昌進琢磨來琢磨去，終於找到了新的角度，允許先進有缺點，前進路上再輝煌。思路一打開，他的聰明才智便如泉噴湧。他立即有了新的構思：允許先進犯錯誤，看思想改造的長期性和艱巨性；公而忘私從我做起，看黨員幹部的先鋒作用的重要性和必要性；自力更生艱苦創業，看繼承傳統的永久性和有效性。三個觀點，三個方面有理論有事例，有思想有行爲。材料成稿後，他在文字上也反覆推敲，盡力讓語句通順流暢，讀起來朗朗上口。材料寫完後，趙昌進自己先關在屋裡唸了一遍，對拗口的詞句又做了修飾。這材料不用他發揮，只要照著唸下來，保證打響。可是他連材料都沒帶。簡直是胡鬧，完全是對他的藐視。

劉金根、尚晶，還有團裡的其他領導也都發現了這一點，有的以爲他把材料全背下了，又怕他萬一忘詞出洋相。不著急的只有文興。他在台下也發現古義寶沒拿材料，他沒有著急，他對古義寶絕對有信心，他相信古義寶現在絕不會做沒有把握的事，也不會故意在這麼多首長和兄弟單位面前出洋相。

「做爲我個人，我沒有什麼經驗可介紹的，這一點不是謙虛。不分場合的謙虛，尤其是自己覺得做出一點成績，上級在表揚你的時候你當著首長的面謙虛，百分之一百是虛僞。農場的事，擺在那裡，首長和同志都看到了，要說成績是有一點，那是全體戰士用自己的心血和汗水換來的，我不過是個組織者。做爲組織者，能跟戰士想一起，幹一起，什麼都有了，這樣的事誰都能做……」

趙昌進的嘴氣歪了，他眞想走上去把他一腳踩下台去。你這不是在開玩笑嗎！當著這麼多首長，這麼多外單位的領導，你想要誰的難堪，你要報復我拒你於門外，也不能用這樣的手段找這樣的機會，你這是在拿整個團，拿團黨委，拿全團的官兵在開玩笑哪！

劉金根在下面發現了趙昌進的神色，他心裡也捏了把汗。他倒並不爲古義寶擔憂，他怕的是趙昌進連他一起怪罪，他現在已經夠窩囊的了。到了後勤，他跟古義寶有許多接觸，工作上的事，他盡全力在幫助他。但他感到，他們怎麼也沒法恢復那種老鄉的感情。他承認是自己的錯。誣告他強姦，是自己當時氣昏了頭熱昏了頭的極端行爲。事後他也感到太過分了。可事情已經無法挽回，後悔也來不及了。他覺得同樣得到了報應。他是一心想調司令部作訓股的，那裡有他的專業，有他的理想，也有他的用武之地，就因爲他誣告，他被塞到了後勤，他心裡的痛苦跟尙晶都沒法說。更讓他痛苦的是尙晶，自從發生那事後，他們那一層紙就捅破了，他就失去了男人的尊嚴，失去了丈夫的權威。尙晶動不動就讓他難堪。那一天古義寶躲在牆邊看尙晶，他目睹了這一場面，他心裡的痛苦比古義寶不知多多少倍。

「要說體會是有一些，第一點，人要瀟灑，不要想當官。我並不是說一個人不要有上進心，大家都不要當官，我是說不要想當官。一位令我尊敬的首長早就告誡我，一個人只要他不想當官，不想爭名逐利，他會活得非常輕鬆非常瀟灑。當時我不完全理解。那時我正在千方百計創造條件爭取提幹。後來當我受到挫折以後，想想他的話，眞是至理名言。大家可以想一想，一個整天想著當官想著名和利，新板凳還沒坐熱屁股，就眼巴巴地瞅著上面有沒有空位置好鑽，他怎麼會想到別人，他怎麼會想到集體利益，想到民族利益，想到國家利益，想到黨的

利益……」

古義寶說到這裡，他的眼睛忽然一亮。他在會場裡看到了白海棠。她怎麼會來的。他當然不知道，他與參觀團先走了。她是跟拉農場戰士的車一起來的，她到城裡進點貨，一切都辦好了。她就進了會場。

古義寶莫名其妙地更來了精神。

尙晶目不轉睛地盯著古義寶，她不時地往本子上記著他的話。

「我過去就是個整天追名逐利的人，學雷鋒是假，爭個人名利是眞。每天一起床，想的頭一件事便是今天做點什麼能讓自己出名的事，別人以爲我是全心全意完全徹底爲人民服務，其實呢，我滿腦子個人主義。我那些義務修車，給學校送書，有車不坐故意步行進城買菜，到醫院看戰士先捐血，一切的一切都是爲了創造先進事蹟，給新聞幹事提供素材，想通過他的文章讓自己出名，想提幹部，出發點是徹頭徹尾的個人主義，沒有一件是實實在在眞心誠意爲群衆辦事……」

趙昌進實在聽不下去了，他站起來走到主席台的前排軍後勤部長跟前，說古義寶忘了帶材料，在上面亂講。軍後勤部長卻說講得不錯，挺實在的。趙昌進悻悻地回到自己的座位上。

「滿腦子個人主義的人早晚一天是要顯原形的，他裝得了一時，裝不了一世，做得了一件好事，十件好事，做不了一輩子好事。一個人的覺悟，不是看他的名氣有多大。名氣不代表覺悟，更不代表品質。要看他做了些什麼，給社會、給國家、給人民貢獻了什麼。過去我自認爲自己有了名氣，上過報紙，上過電台，上過電視，自以爲是個了不起的人了，是個高尚的人，結果靈魂裡還是照樣有骯髒的東西，所以與我戰友的愛人做出了十分低趣味的事……」

林春芳坐在家屬工廠的位置裡，她第一次看著自己的丈夫走上講台，給台下這麼多人做報告；也是第一次聽自己的丈夫講這麼多道理。她激動得直流眼淚。

「我的第二個體會是，官是責任，權是工作。這是我對這官和權的一點粗淺的認識。當兵的時候一心想當官，想提幹部，說心裡話，那是爲了找出路，想擺脫農民貧困的命運，十幾年農村生活苦怕了，窮怕了。當了官就有了天不愁地不怕的鐵飯碗，就再也不要回到那兔子不拉屎的窮山溝。當了官，儘管自己做了不少事，那不過是出於一種樸素的感情，出於一種良心的安慰，覺得拿了軍隊的工資，不能不給軍隊做事，幹不好沒臉見人，也對不起父老鄉親……」

文興在台下聽得津津有味，好像師傅在看著徒弟獻技。

最激動的還是坐後排的白海棠。這位非會議人員聽得卻比誰都用心。她的激動是發自內心的，是一種眞誠的喜悅。

劉金根一臉羞愧，從心裡感到自己一直不如他。

「到農場後，當我面對十八個意志消沉、自甘落後的年輕戰士時，我才眞正認識到，官並不是一種權力，而是一種責任。當時包括我自己在內，我們在一些人的眼裡，差不多是勞改犯，這些人被扔在那裡，誰也沒指望和要求他們幹什麼，誰也不來過問他們，他們連自己的軍裝都不知道該到哪裡去領。我們成了被領導、被機關、被戰友遺棄的罪人。他們怎麼會不消沉，即使他們不消沉又能怎麼樣？從這兒我理解了這個所謂的權，就是我掌握著部下的前途、命運，我要竭盡全力爲他們實現自己的理想而工作而服務。我是場長，我現在就要對我的二十一名戰士負責，我要瞭解他們的理想，瞭解他們的家庭，瞭解他們的朋友，瞭解他們的脾氣，掌握他們的學習、工作情況，還要知道他們的身體狀況，我要隨時幫他們解決遇到的一切困難。他們的父母把他們送到部隊，這是一種託付，在部隊我就是他們的父母兄長，只有這樣我才能對得起他們的青春，才能讓他們的父母放心。如果我把掌握自己部下前途、命運的這種權力，當作謀取私利的權力玩弄於掌股之中，那我壓根就不配當共產黨的官。同樣，連長，就有責任把這個連搞好，有責任把全連每一個人帶好；團長，就有責任把這個團搞好，對自己屬下的每個營需要解決的問題一清二楚；軍區司令員，就有責任把這個軍區搞好，對全區每個軍的任務、編制、工作的優長和存在問題、當前的具體困難全裝在胸中。官越大，責任越重大。那麼責任又是什麼呢？我認爲，責任並不是一句話。比如說某個部下做了錯事，我們當領導的常常會說，我也有責任，我沒有幫助好教育好他。我認爲這只能算是一種敷衍，根本稱不上是盡責任……」

趙昌進實在聽不進古義寶的一句話，他離開座位，上了廁所。

「我記得我的那位尊敬的首長跟我說過曹劌論戰的故事。當魯莊公說到『小大之獄，雖不能察，必以情』時，曹劌說：『忠之屬也，可以一戰。』當時我並不懂，後來我找了書看了，再想想我們帶兵的實際，我才慢慢明白其中的道理。我們帶兵也是這樣，你對自己的兵眞能做到『必以情』，能對他盡心竭力，眞誠相待，沒有一個兵會不尊敬自己的領導。要做到盡心竭力，並不是那麼容易的事。我們農場有個老戰士，他因爲對連裡的司務長揩連隊的油看不慣，藉故打了他，被打發到農場。打人是錯誤的，可出發點是可愛的。我見到他的時候，他說我現在有個處分背著，再給一個處分，我挑著回去。他爲什麼會這樣消沉低落，是因爲他感到沒有人對他眞誠，沒有人爲他盡心。後來他成了班長，他把農場當自己的家一樣，一天到晚泡在苗圃、泡在果園裡。搶險救災他衝在先，科學技術他學在先，重活累活他幹在先，默默無聞做貢獻。領導關心，要把他轉志願兵保留下來。可是他的名額被別人佔去了，據我瞭解，那個佔他名額的人，是從外單位剛調來的，根本沒有什麼專業技術，爲什麼呢？因爲他上面有鐵一般硬的關係……」

趙昌進又回到座位上。讓他奇怪的是會場裡竟這樣靜，人們聽得那麼專注。趙昌進轉臉看後勤部長，部長竟皺起了眉頭。

「我們都口口聲聲痛恨不正之風，可自己又不斷在製造不正之風。轉一個志願兵是小事，

可小事同樣能傷人的心。我找那個老戰士聊天，他說不就是個飯碗嘛！有力氣做事哪兒找不到飯吃。我說要轉不了志願兵，我不能再留你了。他說我倒覺得跟大家在一起搞農場挺有意思。面對這樣的戰士我能心安嗎？要當一個好幹部不容易，你必須做到，面對組織問心無愧，面對部下問心無愧，面對老婆孩子問心無愧，面對自己問心無愧！」

會場裡爆發出雷鳴般的掌聲。

「我的第三個體會是，人生要有價值，工作先要稱職。一個人在哪個崗位上都顯得不可缺少，那他肯定在本職工作上傾了心，成了權威；反過來說，一個人在哪個崗位上有他無他都無所謂，那他肯定是無所用心，無所作爲……」

47

林春芳從會場出來，興沖沖地回家，接著又興沖沖地上了農貿市場。人家說這甲鯽魚是剛從碼頭那邊釣的，三十塊錢一斤，她沒打頓就買了；人家說這是頭茬對蝦，二十塊錢一斤，她一點沒猶豫買了；人家說這螃蟹剛下船，她也買了；人家說這海螺是活的，她又二話沒說買了。一副大款的派頭，她成了魚販們的大主顧。

世上的東西通常情況下總是呈現一種自在的自然狀態，人也是如此，每個人平常總因他的性別、年齡、文化、地位、性格、特長、習慣諸因素的作用，給人一個相對穩定的公衆形象。用哲學的觀點來解釋，就是事物通常在度的範圍內做常態運動，一旦出現異常，必定是受到外界環境的影響或者內在因素的作用，很可能要產生質的變化。

林春芳會後的舉動有些異常。古義寶是告訴她今天他不回農場，在家住一晚。住一晚就住一晚，多年的夫妻了，也不是什麼新鮮事，不過年不過節，也不是誰的生日，用不著這般客氣。

古義寶是從團機關回來，具體講是領受了趙昌進不陰不陽的嘲諷後回到家才感覺到林春芳的異樣。

會議結束後，按照原定的計畫，首長們是要到休息室休息的。古義寶也要留下來接受首長的指示。首長做完指示後一起到團招待所吃晚餐。爲了這頓晚餐，管理股長腳後跟打屁股跑兩天了。會議結束，沒想到軍後勤部長說不休息了，說差點忘了，晚上家裡有事，要立即回機關。軍裡的首長要走，師裡的首長當然也不能留下來休息吃飯。趙昌進急得慌了手腳，恨不能生出兩個腦袋來應付這樣的尷尬場面。他懇切地哀求首長，說我們還要彙報工作呢，一切都準

備好了。部長說，工作今天就不彙報了，飯就免了吧，再說基層同志這麼辛苦，我們搞特殊化大吃大喝也不好嘛！這樣怎麼能問心無愧呢？啊？會議開好了就行了嘛，有什麼問題要解決以後再說吧！不就是營房維修嘛，我知道。首長決心一下，說什麼都白搭。趙昌進的情緒一落千丈，他意識到這個現場會產生的效果全泡湯了。趙昌進原來打算，通過這次會議，除了擴大個人和單位的影響外，還打算跟部長要一筆營房維修費，現在一切都完了。

古義寶也感覺到了部長的些微變化。部長臨走前再一次跟他握了手，也跟他說了話，但握手的時候，他明顯感覺到了這雙手會前會後的差異。會前握到的手是那麼溫暖那麼平易近人，現在他感到這雙手卻是那麼硬那麼涼。在農場，在會前，部長說話那麼實在，那麼給他鼓勁；臨走的時候他卻對他說，古義寶啊，謝謝你啦，你給我們這些老頭子上了一課，你幹得不錯，好好地幹吧，把農場搞好，繼續發展下去。話說得一點沒錯，只是讓人難以琢磨它真正的含意。

部長和師裡的首長們屁股後面冒著煙走了，似乎也帶走了趙昌進渾身的血液，他的臉那麼蒼白，四肢那麼無力。古義寶走過去向趙昌進敬了個標準的軍禮，說政委我回去了。趙昌進掀起眼皮定神看著他。他恨不能狠狠地抽他兩記耳光，再對著他的臉啐上一口唾沫。趙昌進當然不會這樣做，他只是定神地瞅著他，一直瞅到古義寶感到不自在才開口說：

「你真進步了，我可再不敢小瞧你了，你說得多有水準啊，太過癮了！太痛快了！太解渴了！謝謝你給咱團爭了光，給我添了彩，你真是個不可多得的人才，部長也說了，你就好好在農場幹吧，希望你能幹出新的輝煌來！」

趙昌進說完扭頭就走了。

古義寶被趙昌進這一通不鹹不淡的話說懵了頭。這是什麼意思？古義寶當然不能完全理解趙昌進話裡的全部意思。

上次部長到農場參觀後，情緒十分高漲，給團裡做指示時說了兩句激動人心的話，一句是你們團農副業生產搞得很好，聽說團機關辦公室的房子不行了，需要軍裡幫助解決的困難可以寫報告，但口不要張得太大；另一句是我們黨歷來是允許同志犯錯誤的，也允許同志改正錯誤，有了錯誤改正了就是好同志。古義寶這樣的人才難得，團裡有什麼考慮？團裡要是不好安排，能不能向我們後勤推薦啊！

趙昌進感到，會議完了，一切也都完了，部長那兩句話恐怕也就作廢了。別人不知道，趙昌進知道，頂韓友才轉志願兵名額的那個戰士，就是部長直接給趙昌進打的電話。古義寶在這樣的場合揭這種事，他會怎麼想？

古義寶悶悶不樂回到家，林春芳正在精心烹飪。古義寶感到奇怪，他問春芳今天是怎麼啦？林春芳說今天我高興。古義寶說啥事值得這麼高興？林春芳說你今天這麼大的事還不值得高興，還不值得慶賀嗎？古義寶說就這麼點破事，至於嗎？林春芳完全沉浸在她的情緒之中，她根本沒注意古義寶的神色。直到吃飯的時候林春芳才發現古義寶不對勁。她問他是不是不舒服，古義寶搖搖頭；她問他是不是出了什麼事，古義寶還是搖搖頭；她問他那你怎麼沒一點精氣神，古義寶說什麼事都沒有，別神經過敏。林春芳精心設計製作的晚餐沒有達到預想的效果。

古義寶躺到床上，沒像往常那樣對林春芳履行他的義務，心裡的事讓他提不起精神。他反覆回味著部長和趙昌進的話。他感到做人眞難，做事眞累，難的不是自己如何爲人，累的也不是事情本身，難的是別人不讓你按照自己的心願爲人，累的是別人不讓你按照自己的意願做事。要在乎這些，一個人活得就不可能是眞實的自己，事業上也將是一事無成。管他呢，愛說什麼就說什麼，愛怎麼想就怎麼想，我做我的事，你用你的權，反正我也不指望當什麼官，也再沒有當什麼模範的妄想。這麼一想古義寶的心才慢慢輕鬆起來。

林春芳躺下後，也沒有立即入睡。夫妻間的生活，她一直是被動的，她從來沒有要求，也沒有企望，其實她內心並不是這樣，健壯的身體，健全的體能常常讓她渴求得到更多的愛，可她不好表達，也不願表達。她不是不明白，而是太明白了。自從尙晶新婚那晚上古義寶突然成爲眞正的男子漢到後來千篇一律的平淡生活，她完全看透了古義寶的心。他對她只有義務和應付而沒有愛，他們之間只有婚姻完全沒有愛情。她也是人，她何嘗不渴望得到傾心的愛，她何嘗不渴求美滿的婚姻和幸福的愛情，自己也有兩隻手，沒有必要拖累別人，靠別人的恩賜也不會幸福。她多少次想跟古義寶攤開，可總是沒有機會。沒有隨軍前她想到的是早春，剛隨軍那陣，她對他一片感激，後來他就一直不順，在他心情不好的時候，她無法開口跟他說這樣的事。今天，她看到了他的成功，她打心裡爲他高興。她在會場裡就想到了這事，不管他怎麼想，她要把她的心裡話告訴他。令她疑惑的是，在會場他強得像個英雄，到家裡卻突然情緒不好，就這麼一會兒功夫，爲的啥，問他他也不說，她拿不準他心裡究竟在想什麼，也保不準跟她在想同樣的事，他開不了口我說，林春芳鼓了鼓勇氣終於開了口。

「義寶，有一些話我想跟你說。」

「什麼事，這麼鄭重其事的？」

「你娶我是不是挺後悔？」

「妳怎麼啦？」古義寶側過身子面對著林春芳。

「不管你說不說心裡話，我知道你一直是挺後悔的。」

「那妳呢？」

「我，你是知道的，說心裡話，我能找到你這樣的丈夫，很心滿意足了，過去我只愛你一個，現在也只愛你一個，以後也只愛你一個。你在部隊吃的那些苦不光是爲了你自己，也是爲了我們娘倆，我一輩子感激你。可是我知道你心裡苦，軍隊的紀律壓著，你有那心也沒有那個膽，我不計較你對我眞愛還是假愛，你怎麼對我都無所謂，可我不能眼看著你心裡苦，我不能這樣拖累著你。咱們倆散了吧，我只求你把兒子給我，有他我什麼都不要了，我把他養大成人，他會養我到老的。你要同意，我來跟領導提。」

「妳怎麼會想這樣的事？我坦白地告訴妳，我對妳是不夠好，可這輩子我是不會離開妳們的。」

「說的是心裡話？」

「信不信由妳，爲了女人我吃的苦頭還不夠嗎？不要再說這樣的事了。」

「義寶，我說的是眞的，我不是在套你，你要沒有想好，現在不說也行，你什麼時候想好了就什麼時候說，什麼時候說都行。」

古義寶沒再說話，他更沒了睡意，心裡好亂好亂……

代後記

【一個人的誕生】

——關於軍事文學和小說藝術的對話

石一龍：讀你的作品，總能感覺到彌漫著一種清新而質樸的鄉土氣息。這種氣息一直是你作品的基調，在鄉村、都市、兵營裡往返地穿梭。或者說當你離開故鄉愈久，就愈來愈發現故土的美好和給予的養分愈多。

黃國榮：你的這一感覺很準確，是對我小說風格追求的一種接受和認同。作家把自己孜孜不倦的追求滲透到作品中，能讓讀作品的人發現並感受其中，這對作家的努力可說是一種回報。我曾經在劉恒、莫言等「小說六家新作叢書」的前言和我的《鄉謠》的後記裡說過差不多同樣的話：小說無論怎樣做法，作家創作的靈性，作品描寫的人物，敘述的語言，傳達的藝術精神，無不滲透著民族文化、民族文字和地域風情對作者的薰陶滋養，這種滲透是融入意識浸入血肉的。

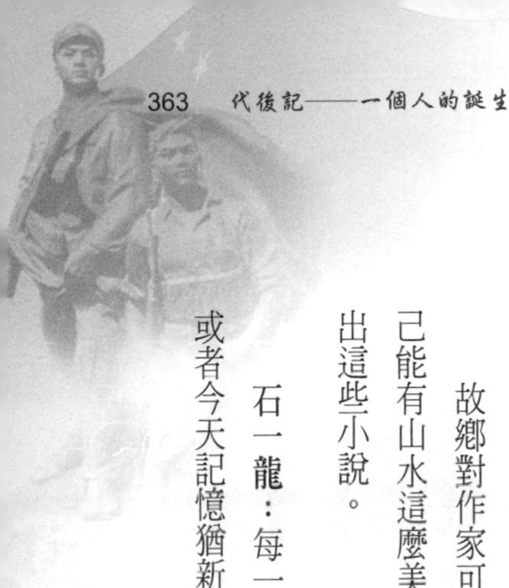

常說距離產生美，故鄉也是如此。當我久遠地離開故鄉之後，故鄉便在我心中變得神奇而美妙。每次回故鄉，故鄉一次比一次變得陌生，越是如此，我便越把記憶中的故鄉回憶。去年老爹九十大壽，我回到家鄉，用了兩個半天，獨自一人走遍村前村後的田間阡陌。尋覓我小時候走過的玩耍過的小路、小河、小橋、小土墩和老屋，尋找我兒時的夢。一切都消失了，只有廣闊的田野、縱橫貫穿的柏油馬路、樓房和廠房。童年的故鄉只能成爲記憶留在我的心中，讓我自由地回想，在我心田裡醞釀出甜美和芬芳。

作家對故鄉的眷戀，實際是對母親的眷戀。常言道，狗不嫌家貧，兒不嫌母醜。何況我的故鄉是山清水秀，人傑地靈，素有人間天堂美稱的蘇南。故鄉滲透我靈魂和血肉的一切可以概括爲兩個字——柔美。柔美的山，柔美的水，柔美的風，柔美的雨，柔美的人，柔美的情。我的作品中，無論軍營、都市、鄉村，穿梭期間的只怕就是這些柔美。我寫不出狠毒，不忍寫殘暴，即使是惡毒醜陋，也是表現在對柔美的殘忍。這似乎成了自己的性格。

故鄉對作家可說是他寫作的根基，比如頓河對於蕭洛霍夫，紹興對於魯迅。我非常慶幸自己能有山水這麼美麗，文化這麼悠久，物產這麼富饒的故鄉，要是沒有這個根基，我絕對寫不出這些小說。

石一龍：每一個作家走上文學之路都有一段難忘的經歷，你寫小說最初是爲了表達什麼？或者今天記憶猶新的是哪些？

黃國榮：我一九七八年才開始寫小說，已過而立之年。但民間文學對我的影響可說是四年級就開始了。我們家在一個叫高塍的小鎮邊上，鎮上有兩爿茶館，爺爺和父親都是生意人，閒時都泡在茶館喝茶。茶館又是書場，一邊喝茶一邊聽書。每次放學我不是直接回家，總是先到茶館找我爺爺和父親。爺爺總會給我倒一杯茶，讓出一個凳頭讓我坐，我便充大人似的聽書。《白蛇傳》、《薛剛反唐》、《七劍十三俠》、《三國》、《水滸》，最早就是在書場裡聽得。記性還特別好，回來就能說給我娘聽。這可以說是對我的文學啟蒙。所以我小學裡的作文就寫得很好，作文本是散的，有的被撕下貼到了班的壁報欄裡。

眞正讓我知道小說，引發我對小說產生迷戀的是初中畢業那一年。我們鎮上的文化站搞了一次講座，講課人是我們鎮上的一個高中畢業生叫陳茂生。他在高中就被打成了右派，據說連考三年大學，成績在鎮江地區數一數二，但哪個學校都沒有錄取他。那年他連續在《雨花》和《新華日報》副刊上發表了兩篇短篇小說。其中一篇我記得叫《李百曉跳出迷魂陣》，是寫女孩子學理髮的事，寫她的師傅下鄉服務時如何賺黑錢，如何刁難她，年輕的生產隊長如何破除封建思想帶頭讓女孩理髮，最後師傅又如何被女孩感動覺醒。當時他用的筆名叫陳出新，他給我們介紹了他如何在理髮店發現許多男人不願讓女的理髮這個細節，如何觀察女理髮員的反應，如何瞭解到下鄉服務中有人不實報收入賺黑錢的細節。當時我很激動，這就是作家！小說就是這麼寫出來的！心裡暗暗想將來我也要寫小說，當時的情景現在還記憶猶新。

自小喜愛文藝，當兵一直搞部隊文化工作。寫小說之前一直搞文藝創作，給宣傳隊提供

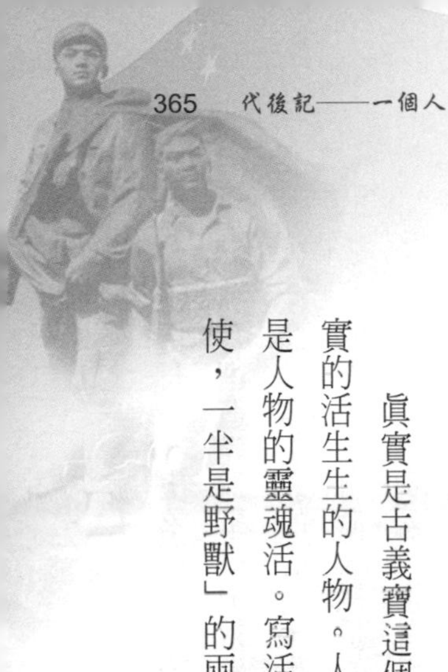

演出作品，幾個小話劇在軍區文藝會演中獲過獎。一九七七年落實編制，全軍的業餘文藝宣傳隊解散了，才真正撿起了文學夢。動手就寫長篇小說，一個冬天的業餘時間寫了近十萬字。軍區話劇團創作室的老鄉李榮德看後，說我適合寫小說，但勸我還是從短篇開始，少走彎路。於是一九七八年我當年就在《解放軍文藝》上發表了小說《突上去》。當時寫小說還沒有想到稿費，純粹是個人愛好。小說發表後，就再也丟不開，成了自己終生追求的事業。

石一龍：《兵謠》是那麼樸素而乾淨，寫了一個農民的兒子古義寶當兵、提幹的過程。寫出了一個人深邃、複雜的人生歷程和他堅忍不拔的軍人品格，寫了他深刻體驗的奮鬥成功和失敗的打擊，向我們展示真實的人生軌跡。從古義寶身上又看到新的「農民軍人」形象，而人物本身的意義大於文學的意義，能否談談古義寶這個人物塑造上的經驗和不足。

黃國榮：如果說《兵謠》有什麼成功之處的話，那麼古義寶這個人物應該說是之前的文學作品中沒有見過。陳建功稱古義寶是他夢想多年的社會主義新人的形象，評論家們稱他是人物畫廊裡的新形象。讀過這部小說的人都說古義寶這個人物非常真實。

真實是古義寶這個人物的主要特色。衡量一個作品是否成功，關鍵是作品是否寫出了真實的活生生的人物。人物真實就活，鮮活的人物才真實，不真實的人物就概念。所謂人物活，是人物的靈魂活。寫活人物的靈魂，就不能排除他出身的卑微，也不排除他人性中「一半是天使，一半是野獸」的兩重性。古義寶就是這樣坦誠地面對讀者：他當兵既有保衛祖國的願望，更有尋找出路擺脫貧困農村的個人動機；他到部隊學雷鋒做好事，既有爲人民服務的思想，更有創造先進事蹟爭當先進、爭取進步的個人目的；他爭當典型模範，既有軍人的榮譽意識和革命英雄主義的感召，更有創造政績繼續向上攀的個人升官願望；他失敗，從模範幾乎跌到罪犯的邊緣，有個人挫折的消沉，也有不甘失敗，反思錯誤的勇氣；他重新站立起來，既有證明個人價值的意氣，也有自覺戰士的覺醒。作品努力把這樣一個人物的眞實靈魂毫無保留地放到尖銳的矛盾中去展露，去沖刷，把他拿到人類共同的社會道德準則面前來拷問，拿到軍隊這所大熔爐中來鍾鍊，清晰地展現了軍營文化對農民文化的改造，達到眞實感人的藝術效果。

典型性是古義寶這個人物的另一特色。在相當一段時間內，培養典型成爲我們政治工作的一項中心任務。選擇古義寶這樣的一個學雷鋒的典型模範來做作品的主人公，用他的人生軌跡來反應那一段部隊的生活，是具有典型意義的。他的典型意義來自兩個方面：一方面那個年代我們確實培養製造了許許多多像古義寶那樣的典型模範，而且有相當一部分典型模範是失敗的；另一方面，和平時期，農村青年把當兵做爲改變命運尋求出路的重要途徑是十分普遍的。這樣一個人物就決定了作品中矛盾的尖銳和深刻。有人問，軍人爲什麼而犧牲？回答是，軍人爲榮譽而犧牲。榮譽是軍人的生命，爲榮譽而戰，爲榮譽而奮鬥，就是軍人的崇高。但是現實生活中，爲榮譽而戰，爲榮譽而奮鬥，並不純粹地崇高，其中不排除包含私念和個人慾望。古義寶的成長歷程眞實地再現了這種崇高與卑鄙的搏擊。先是崇高掩護了卑鄙，榮譽成爲虛僞的裝飾；後是崇高扼制了卑鄙，榮譽成爲自覺的本色。

形象地展現人物的心理歷程是古義寶這個人物的又一特色。對古義寶這個人物形象的刻畫，注意到了對農民意識的批判和揭示，但並不停留於此。古義寶從「入夢」到「出夢」，經歷的是靈魂的洗禮和涅槃。作品努力形象地描寫他攀登到跌倒的眞實過程，更著力於描寫他跌倒之後重新站起來的痛苦與艱難。這種描寫，盡力避免說教式的概念昇華，或虛僞地粉飾，努力從人性、從軍人的本色角度寫他人生道路上的眞實步伐。張志忠稱這是「一個人的誕生」。周政保說這是「命運的突圍」。陳建功講我們都是和古義寶一樣走過來的人，出身很卑微，帶著個人的目標進行奮鬥，經過了種種挫折和曲折，最後找到了自己人生的位置。

要說這個人物的不足，在愛情線的設置上，還是有人爲的痕跡，模糊了人物的個性。再是與同鄉劉金根之間的矛盾，時斷時續，沒能貫穿始終，影響了人物性格的展示。

石一龍：《兵謠》被文學界和評論界稱爲軍事文學的新收穫，你認爲它最大的收穫是什麼？它擺脫了那些限制？現在看這部作品，你做何評價？

黃國榮：說它是軍事文學的新收穫，恐怕主要是指它觸及了軍隊政治工作這個禁區。直接以反應部隊和平時期政治工作爲題材的長篇小說沒大見過。過去常常把政治工作簡單理解爲黨的領導，把政工幹部說成是黨的化身，因此，寫政治工作中的問題，寫政工幹部的缺點和錯誤就成了禁區。這樣的理解似乎機械。軍隊工作中哪一項工作不是黨的工作？政工幹部、軍事幹部、後勤幹部，哪一類幹部不是黨的幹部？哪一級不是代表黨在工作。我的創作本意，就是要對我們軍隊一段時間的政治工作進行形象而深刻地反思。如果說作品進行的這種反思，是眞實而又恰到好處的，那麼這就是它的最大的收穫。要說限制，過去那種只寫英雄的壯舉，而不寫英雄的缺陷和錯誤；只寫政工幹部正派萬能，不寫政工幹部失誤甚至做錯事，就是最大的限制。《兵謠》恰恰寫了這些，如果爲大家所接受，那麼它就擺脫了這種限制。作品中的生活不是我憑空編出來的，我親歷了那個時期，我有師軍政治機關十六年的工作經歷，作品也可以說是對我自己從事政治工作的一個總結，作品中的文興注入了我個人的許多思想，注入了我的思想方法工作方法和爲人處世的原則。沒有這些，文興與趙昌進在會上的那一場論爭，我是編不出來的。問題不在於寫什麼，而在於怎麼寫。文學不是新聞，也不是工作報告，更不是論文，它的任務不是簡單地要宣傳什麼，報告什麼，也不是要論證什麼，它的任務是爲讀者再現作品中那個時代、那個時期的生活，作者把新的發現和新感受隱含其中，讓讀者發現其中，感受其中，陪伴讀者一起去體會作品中的時代和生活。

《兵謠》自始至終在批判政治工作中左的影響，譏諷形而上學，但作品中沒有一句批判左的話語，也沒有涉及形而上學。批判和譏諷，包括作者的全部思想和理念，深深地滲透在人物的命運和生活、工作之中。讀者讀到的是他們在做人，他們在做事，在做人和做事中，他們又都不完全按讀者的意願行事，而根據各自的人生觀世界觀和性格行事，各人有各人的做人原則，各人有各人的做事方法和目的。讀者隨著作品中的這些人物進入熟悉而又新鮮陌生的世界，跟著這些人物去所作所爲，所言所行，所喜所憂，一起重新經歷這一段生活和歷史，在與作品中的人物一起喜憂苦樂中重新感悟生活，以得到新的啓迪。這部作品假如現在來寫，會寫得更加放鬆，更加自如。但它還是有其自身的魅力和價值。李准先生說：《兵謠》觸及了一個很敏感、難度很大的課題。敢於面對時代、面對最尖銳的時代生活課題，比如如何對待榮譽，如何對待崇高的問題。這是我們這個時代，不但是中國，也是世界面對的一個重要的課題，是一種挑戰。它實際上不僅僅寫了一個當代軍人的成長，也寫了現代人經受的磨練，寫了現代人生的一種體驗。它告訴我們，人應該活得真實。

石一龍：根據小說《兵謠》改編的電視劇《兵謠》在全國引起了強烈的反響和廣泛的關注，它是否實現了你小說創作的意義？你是喜歡小說《兵謠》，還是電視劇的《兵謠》？

黃國榮：電視劇和小說是兩個不同的藝術品種。電視劇主題的表現似乎更直露，更淺出，更明瞭，結構也更強調戲劇性和懸念，其藝術效果以演員的表演和畫面的剪接來打動觀衆，藝術效果目的很明確，或哭或笑或怒或恨，非常情緒化，其觀衆也更大衆化，更老少兼宜雅俗共賞。小說則似乎要求含蓄，給讀者留更多的空間，它主要以文字語言來傳達作品的內容和藝術追求，其藝術效果往往產生於讀者在讀閱過程的聯想、再創作和讀後回味之中。電視劇《兵謠》是我自己改編的，它基本上體現了小說的原意。但還是有許多侷限。儘管在某些方面彌補了小說中的不足，但時間空間和鏡頭的限制又帶來了許多新問題，小說中深層次的思想和情感是無法表現的。我還是更喜歡小說，小說還是更深沉一點。

石一龍：其實，軍營文化對農民文化的改造和昇華已經很長時間了，你在《兵謠》裡寫古義寶的「入夢」，也是爲了他更好地「出夢」，作品的出彩處，就是軍營對人心靈的啓悟以及胸懷的開闊與境界的拓寬。你對農民文化的理解與超越，對古義寶這個人物太重要了。我想這與你的成長的背景有很大的關係，這些都應該源於你的經歷吧，那麼，就談談你的成長經歷對於小說創作的作用和意義？

黃國榮：有一首歌叫《解放軍是所革命大學校》，廣爲流傳。老百姓之所以稱部隊爲大學校，是因爲部隊確實是一個教育人、培養人、鍛鍊人的熔爐。十八九歲的小青年，到部隊鍛鍊數年，出來就成了人材，這不僅僅表現在部隊學文化、學軍事、學科技這些方面，更重要的是育人。這種育人很大程度體現在軍營文化對農民文化的改造。歷史至今，部隊的主要成分來自農村，可以說改造農民文化是部隊思想政治工作的主要任務。古義寶的成長過程，正是軍營文化對農民文化改造的眞實反應。我以爲軍營文化的主體意識是軍人職業意識，它包括英雄主義、國土意識、民族意識，團隊意識；農民文化的主體是農民意識，主要是個人主義、老鄉觀念、宗族觀念、私有觀念。這種改造當然是潛移默化的影響和滲透，通過環境、教育、紀律，輔以獎勵和處罰等手段，促使個人主義向英雄主義、老鄉故土觀念向國土意識、宗族觀念向民族意識、私有觀念向團隊意識的轉化和部分轉化。

古義寶這個人物的塑造，與我個人的成長背景不能說沒關係，但關係不大，但與我的工作經歷是分不開的。我在部隊的成長可說是非常順利的。或許因爲在入伍前就參加了社教工作

隊，那一年多的鍛鍊可說是對我一生都有很大影響，我在那一年多時間裡得到的鍛鍊是全方位的。當時我僅十九歲，在鎮江地委培訓後就分到社教工作隊，兩期社教我都是一個人獨立負責一個生產隊。新隊員獨立負責一個生產隊的四清（清政治、清思想、清經濟、清組織）工作是不多見的。我爲工作哭過，在「三同」（同吃、同住、同勞動）中吃過許多苦。第一年我就被評爲優秀工作隊員。我來到部隊明顯比那些直接從學校或從農村來的戰友要成熟老練得多，無論思想、工作能力、處事方法，都比較出衆。因此我在新兵連就當班長，下連就當炮長（相當於副班長），第二年就當車長，當兵剛滿兩年就提了排長，四個月後就提拔爲師文化幹事。從提排長到當師文化幹事、軍文化幹事、文化處副處長、宣傳處副處長，到當師政治部副主任，僅十四個年頭，我沒有爲個人的事找過任何一位領導，也沒有任何一位領導事前給我下毛毛雨，每一次提拔都讓我意外。在同年入伍的戰友裡我可以說是佼佼者。但是，我卻碰到過許多像古義寶這樣的戰士和基層幹部，包括我同年入伍的戰友，他們都把我當兄長、知己，開誠相見，敞開心扉，向我託付一切，對我傾訴所有，包括選對象、未婚先孕、父母不睦、與戰友或領導產生矛盾等等個人大事，甚至隱私，都會毫無保留地向我袒露，以求得我的幫助。我自然也以誠相待，給他們眞誠的幫助。這些就是我能夠深入「古義寶」們心靈深處的原因。我瞭解他們，同情他們，幫助他們，所以自然要寫他們，也比較能夠把握他們。

石一龍：你曾說過：「作家寫作，實是咀嚼人生。咀嚼自己，也咀嚼別人。」我個人感覺到你人生的感悟十分超然，在中篇小說《小院》你做了有力的闡釋，既寫權利與情感以及兵營，寫了他們之間錯綜複雜的聯繫，我想這篇小說是帶有嘲諷性的，莫過於超越了小說一般性的意義，叩開了讀者的心扉。你寫《小院》時心態如何？他們都是存在的，是這樣的嗎？

黃國榮：的確如此，《小院》裡所寫的人，在我們生活中是存在的。現實中的「領導」、葉小青、管理處長、管理員可能一點都不像《小院》裡的他們。我把他們寫成小說裡的這個樣子，即使「領導」養葉小青這樣的情婦，還這麼聖潔，這麼富有情趣，感情還這麼眞純，是因爲我意識到人是非常奇怪的。在當今社會中，不能說沒有壞人、惡人、罪人，但就整體而言，社會的文明已經進入了一個新的階段，人們的文明觀念也已進入一個新的層次。人的情感、思維和性格，不再那麼簡單單一，也在多元化。我在中篇小說集《尷尬人》的自序中說過，作家寫作，實是咀嚼人生，咀嚼自己，也咀嚼別人，嚼來嚼去，原來人生是苦的。我在生活中發現，人生都是苦的，因爲人都有各種各樣的慾望，人要是有欲，他就必定是苦的。不幸有不幸的苦，幸運的有幸運的苦；貧困有貧困的苦，幸福有幸福的苦；失敗有失敗的苦，成功有成功的苦；世上的一切人都在與苦和難做鬥爭。有了這樣一種思考，儘管生活中有許多讓你鄙視的人，叫你氣憤的事，但我決定從反向的角度來觀察、體會、揣摩他們的心理，編織他們的故事，對他們的嘲諷也帶著某種善意。我想這樣或許更接近生活，他們也更像現實中的人。因爲他們也是有血有肉，有情有感的人，而不是某一種被作者拿來使用的符號。我自己非常喜愛這個中篇，遺憾的是有的名雜誌居然怕領導對號不敢發，只好找一家文藝影視綜合性雜誌發，它發表後也沒被人更多地關注。

石一龍：短篇小說《山泉》的「現實感」很強烈，你在結尾處寫到山泉笑著說：「我不說謊，我不投你。」使這個短篇小說一下子奇崛而富有內涵。山泉的善良與誠實，愣、硬、韌等都是其個性的表現，不僅刻畫了一個獨特的士兵，也寫了山泉的境遇與內心感受。由此可以看見軍營的某種精神風景在今天是怎樣的了。那麼你寫山泉，你寫這個士兵的生存狀態是否意味著什麼？

黃國榮：這篇小說取材於我與一位可愛的戰士的接觸。那年我在南京參加出版社社長、總編和編輯部主任集訓。集訓隊裡有一名通訊員，是列兵，當年的新兵，我已經記不得他的名字了。我過去就最喜歡與戰士聊天，只有眞正瞭解最底層的人的生存狀態，你才會眞正瞭解這個社會。因爲現在的工作和自己的軍銜，已很少有機會與戰士聊天。晚上要沒有事的時候，我就與這個戰士聊天。他是從警衛連臨時抽來的，我就問他家是哪裡，家裡都有什麼人，在連裡一天都幹些什麼，班長對他怎麼樣，平常都做些什麼等等，海闊天空，東拉西扯。每次聊天我都就他，他在哪個位置，我就跟他在那裡聊，從不把他叫到我的房間。那一天，他坐在隊部門口一張三屜桌後的椅子上，像是在看門。我就坐到三屜桌上與他聊。聊著聊著，我發現他那天有些心不在焉，老伸頭往隊部屋子裡張望。我問他看什麼，他說教導員在洗澡。我說他洗澡與你有什麼關係。他說教導員洗完後他要幫他洗衣服。我說他年輕輕的，自己的衣服自己不會洗，要你洗。他說不行，不要說教導員，班長的衣服、老兵的衣服都要洗。我問他現在部隊是這樣嗎。他說都這樣，新兵就得什麼都幹，替班長老兵洗衣服是小事，還要替他們站崗。我說你要是不替他們做這些，他們又能怎樣呢。他說整你的辦法多著呢，早晨體能訓練，別人跑一個三千米，他說你跑得不好，叫你跑兩個。俯臥撐別人做一百個，他說你不標準，再做一百個。引體向上，你明明做標準了，他說不合格，叫重做二十個，有的是辦法整你。我說我們當兵的時候可不是這樣。他說一看我就沒有架子，他們指導員的架子都比我大。我說我都是自己洗衣服，他們爲什麼就不能洗。他就叫我首長，讓我以後也不要自己洗他來幫我洗。我說我的衣服不用你洗，你也不要給他們洗。他說哪可不行，反正再苦也就幾個月了，新兵一來，他就不用洗了，新兵好給他洗了。

聽了他這句話，我心情很沉重。這時教導員在裡面拉開了衛生間的門，這個戰士旋即起身連招呼都沒來得及跟我打就轉身快步進了房間，衛生間裡立即傳出很大的水聲。這事一直懸在我的心頭。我老在想，難道現在官與兵，上與下的關係都這樣了嗎？尊幹愛兵的老傳統難道過時了嗎？官兵之情建立在什麼基礎上呢？於是我寫了《山泉》，我想做一呼喚，也許這聲音是微弱的，或許起不到什麼作用，但這是軍隊作家的一種責任。

石一龍：請允許我繼續我個人的——和讀者們的——的問題，你在小說中寫人物時敢於朝他的心靈深處走去。中篇小說《履帶》中你寫的關天慶，寫了他優秀而誠實的品質，其中的細節與衝突，讓我十分喜歡，以及寫他的戀人夏雪的信，構成了這個小說最豐盈的風景。你是怎樣逼近關天慶這個人物靈魂的？或者談談你塑造人物方面的經驗。

黃國榮：小說的價值在於它的原創性，無論長篇還是中篇，無論短篇還是精短，只要寫到人，或者人的某一種狀態，某一瞬間的情感，都應該是原創的。一個嚴肅的作家和成熟的作家都會這麼要求自己，每塑造一個人物，都會考慮他是不是「第一個」？是不是「前所未有」？是不是「新人」？絕不會去寫那種似曾相識的人物。我總以爲小說可以有這樣那樣的結構，也可以用這樣那樣的語言，但小說留給讀者，留給文學，留給歷史的還是人物，離開了人物談小說的成就，就等於離開了本質談現象。關天慶的靈魂裡有我自己的東西，我在連隊時，指導員承認我的價值，也非常欣賞我，但他並不眞從內心關心喜歡我，因爲我老給他提意見，而且總直捅他內心的不好的東西。他讚賞我，是連隊有許多事要我做，我可能會給連隊添光增彩；他不從內心關心我，是覺得上面有人關心我，今後連隊不可能留住我。果然，我提幹時人在外面搞宣傳隊，連身體都沒有檢查，是團裡直接下命令調走的。但指導員希望你爲連隊出力，爲連隊爭光，他用你，但不關心你。關天慶就是這樣的命運。關天慶的骨子裡並不只是想在部隊找一個鐵飯碗，他想進軍校，他有他的抱負。關天慶如此癡迷軍事，指導員卻一點都不爲之感動。指導員想的只是工作，只是他的烏紗帽。他不如夏雪，夏雪看到的是關天慶的價值，而不是他的現狀。所以她願意把終生託付與他。指導員看不到他的價值，所以他不負責任地在貽誤他的前途和青春。這就註定了關天慶的悲劇命運。一位地方青年給我來信，問我爲什麼要把關天慶寫得這麼慘。我給他回了信，我說不是我把他寫得這麼慘，而是紀樹義這樣的「指導員」們把金子當石塊一樣扔。

石一龍：作家總是在發現新的東西，總在作品中隱藏著他深重的思考。那麼你在《走啊走》裡面寫農民的活法，使我感到更沉重的東西，那就是現實和生存之於他們新的壓力。我想故鄉對於你的意義不只是眷戀、惦念、掛牽、喜與憂，而更多的是不是文學上的意義或昇華？

黃國榮：作家智慧的表現，在於他在生活中發現了多少新的東西。如果作家在自己的作品中不能帶給讀者新鮮的發現，或者他的作品中沒有多少新鮮的東西，那麼這個作家差不多江郎才盡了。當然作家也不是什麼救世主，小說能拯救社會，小說能給什麼人解決現實問題開良方，那才是見了鬼了。或許眞有那麼聰明的作家，他們能擔當拯救社會的重任，做著匡時濟俗的角色，這樣的聰明人當作家屈才了，組織部門應該把這樣的作家調到類似什麼政策研究室或體改委這種機構工作，發揮其獨特的才能。作家的責任在於關注生活，發現生活的新狀態，發現社會的新事物，發現事物發展的新矛盾，把自己的發現通過作品形象地再現生活，與讀者一起來共同認識這些新的東西，讓讀者在這再現的生活中得到愉悅，得到啓迪，鼓舞起生活的勇氣，樹立起生活的信念，更珍惜生活，注重生活的意義，滿懷激情地投入新的實踐。處在歷史變革的今天，社會日新月異，變化天翻地覆。我的故鄉同樣如此，我不能不關注父母的生活狀態，不能不關注我的兄弟姐妹的生存狀態。農民一直緊跟著歷史步伐，走過了昨天，走過了今天，還要走向明天。走啊走，走到今天，故鄉的農民忽然失去了土地。農民失去了土地意味著什麼？他們祖祖輩輩賴依生存的土地沒有了，他們再怎麼往前走？歷史總是要前進，人們自然也必然要跟著前進。但這種重新創造職業的前進的步履是十分艱難的，每走出一步不知要付出

多少代價，因為他們做的是前人沒有做過的事情，他們只有一雙手，一雙空空的手。我的兄弟姐妹們，就這樣兩手空空地站在這樣一個時代的面前。我對他們不只是眷戀、惦念、掛牽，我總在思考能幫他們做些什麼，結果我什麼也幫不了他們，我只能把我內心的感受和願望寫成小說。我的侄女正好暑假來北京玩，她一口氣讀完了《走啊走》，她說這不是寫的我爸嘛！我沒有說什麼，我只是笑笑。她這個在校大學生，還能讀出小說裡有她爸。我說不上高興，也不能說不高興。

石一龍：《福人》這個小說很有味道，你在寫王南山這個老人時竟然寫出「農民軍人」親人的世態相，寫出了他們的生活面貌。開掘了人物之外的意蘊。那麼，你是如何解決小說結構、人物、語言之間的關係的？

黃國榮：這個題目稍大了一點。一個短篇小說要能解決好結構、人物、語言之間的關係，那肯定不是篇普通的小說，《福人》只怕還達不到這個水準，但你能看出我想解決這個關係，說明你是認眞讀了這篇小說。社裡有人看了這篇小說，說我的小說忽然變了，變得讓人特別喜歡。要說變化確實是有，首先是語言。小說是供人閱讀的語言藝術，語言不過關，缺乏特色，小說就很難讓人讀下去。自《鄉謠》以來，我刻意在追求自己的語言風格，我想讓小說讀來有滋味，有韻律，有嚼頭。這篇小說人物的原形是我父親。父親前年眞的摔斷了腿，快九十的人了，醫生說老人骨質肯定疏鬆了，不能動手術，只能牽引。老爹在醫院跟醫生鬧彆扭，不配合治療，說不打針也不吃藥，光給他上老虎凳，一天還要收一百多塊錢。兄弟姐妹誰勸都沒用，我和大哥只好請假一起從北京回了家。老爹只聽我們的話，似乎只有我們兩個的話才是眞理。看到我們兩個，他的腿似乎好了一半，我們叫他怎麼樣就怎麼樣。醫生還眞低估了他，老爹的骨頭居然長好了，重又站了起來，又天天到茶館喝茶了。因爲是短篇，結構上盡量想精練嚴謹一些。先拋出王南山要叫市長來找醫院算賬的懸念，王南山口誇下了，市長眞的來了，他以爲市長是來看別人，因爲他根本不認識市長，這樣把老人的尷尬推向了極點。然後急轉直下，市長果眞是專門來看他的，市長再誇他是有功之臣，讓老人那種渴望別人尊重，渴望別人承認他的價值，渴望別人羨慕他的幸福的心理得到了最大的滿足。這樣故事的懸念與老人心態的交替起伏，形成了多變的波瀾，使平淡的生活曲折多姿，眞實地勾畫出老人的眞實心理。加上中間的倒敘和插敘，讓老人的個性得到較充分的展現。

我寫小說，一般讓語言和結構服從於人物，盡力爲塑造人物服務。離開了特定的人物，語言再好也只能是語言而已；淹沒人物的結構，或許越巧越顯得故弄玄虛。

軍事文學缺少了往日的情懷

石一龍：十九世紀和二十世紀都有十分輝煌的軍事文學作品，如《戰爭與和平》、《靜靜的頓河》，您認爲二十一世紀會不會出現這樣級別的作品？將會出現在什麼樣的國度？中國軍旅作家的學識和積澱有希望寫出這樣的作品嗎？

黃國榮：《戰爭與和平》、《靜靜的頓河》的確是那個時代的俄國作家奉獻給世界的偉大的軍事文學作品。這些作品無疑稱得上那個時代最優秀的作品。至於二十一世紀能不能出現這樣級別的作品需要具體分析。一方面就文學本身而言，它必定是時代的產物，代表著時代的文化方向和時代精神，作品和作品不能簡單地類比；另一方面社會的觀念和人的欣賞習慣、欣賞趣味和欣賞取向，都隨著時代的變化而變化，二十一世紀即使能夠產生像上述作品這樣級別的作品，也不可能再是這種樣式的軍事文學。長久的和平與現代文明的高度發展，人們或許會更淡漠軍事文學，現在就已經有這種趨勢。我以爲二十一世紀肯定會出現偉大的軍事文學作品。這種作品一般應該出現在受侵略和受奴役的國家和民族。從現有的歷史看，一般不會出現在美國，不大可能出現在日本，也不可能出現在德國，也不會出現在西歐。最有可能出現在中國。因爲中國有百年被侵略和被奴役的歷史。從目前軍隊作家的狀況看，已有兩三部成功的長篇小說出版的作家都具備這個實力（我指的是成功的長篇小說，不是指出版過兩三部小說），關鍵看作家的心態、創作慾望和創作準備，現在相當多的作家比較浮躁，利益驅動和名利驅動太強烈，這樣的心態是寫不出傳世之作的，連較好一點的作品怕都寫不出來，能一本一本在出書，或者獲獎，不說明問題，要讓歷史承認，有的作品或許今天紅火，很可能明天便是垃圾。我認爲最有實力的當是莫言，他的學識，他的實踐，他的小說語言和技巧都最具備這種能力，要看他有沒有這種慾望，準備不準備把後面的心血投入進去。

這是從現狀和目前的歷史來分析，如果發生世界戰爭，結果可能就不是上面所言。

石一龍：二十世紀是一個科學技術飛速發展的時代，愛因斯坦的相對論和玻爾的量子理論爲基礎引發了對於外部世界和內部世界的革命，給整個世紀帶來了一種前所未有的變化，現在的二十一世紀將會是一個高科技的時代，要給這個世紀帶來不可預測的變化，這樣的科學技術的發展對於文學、特別是戰爭文學產生什麼樣的影響？

黃國榮：高科技的發展，對文學來說，肯定是個衝擊。時代的發展和高科技在生活中的應用，催化人們的觀念，乃至生活習慣改變。生活節奏的加快，新文化的拓展，文化娛樂的多樣化，尤其是電腦技術的普及，對新世紀人們的業餘文化生活提供了更豐富，更多樣的選擇。通過閱讀紙介圖書來欣賞文學，獲得愉悅的人將會大大減少；另一方面出版形式也會變革，現在的電子圖書已經具有了規模。即使是紙介圖書，速食文學似乎更有市場，如痞子蔡的《第一次親密接觸》、《雨衣》等作品的暢銷就是例證。因此文學，尤其是嚴肅的戰爭文學面臨著兩個衝擊。一是讀者的減少，二是閱讀的通俗化趨向。這樣勢必導致文學圖書市場縮小，純文學和軍事文學作家隊伍削弱兩個結果，眼下八十年代崛起的那一批軍事文學作家，幾乎都在埋頭寫影視文學，對軍事文學似乎缺少了往日的情懷。

石一龍：您個人認爲軍事文學是否有一種武器論？冷兵器時代、常規武器時代、核武器時代、生化武器時代這幾個時代的軍事文學有何異同？您認爲武器的變化對軍事文學有什麼具體的決定性的影響？

黃國榮：這一方面，沒有做過深入地研究。武器是戰爭的主要因素，因爲武器直接決定戰爭的樣式，直接影響戰爭的戰略和戰術；再一方面武器標誌著時代的進程，也標誌著戰爭的目的和文明程度。因此各個武器時代的軍事文學雖然共同都是寫人，寫戰爭和戰爭的災難，寫戰爭對社會的影響，但不同武器時代的軍事文學自然就有很大差異。冷兵器時代，國家不統一，戰亂不息，社會很不穩定，軍事文學是那個時代文學的主體，從小說、散文到詩詞，多以軍事題材爲主。那一時期的軍事文學作品的主題，更多關注的是帝王正統觀念和民族意識。忠君、割據爭霸、鎮壓起義、抗擊侵略是基本內容，所塑造的人物大多是民族英雄和忠君的文臣武將。戰爭的手段和目的是徹底消滅對手壯大自己。其藝術特色精於戰術、謀略的描寫。常規武器時代的軍事文學在整個國家文學中也佔據重要地位。這一時期軍事文學的主題，主要表現正義與非正義，表現英雄主義。抗擊侵略，保衛國家，是作品的基本內容。所塑造的人物開始多樣化，有領袖人物，有高級將領，也有下層軍官和普通士兵。戰爭的目是摧毀瓦解對方的軍事力量，制止戰爭，以求和平。作品的史詩性是這一時期的藝術特色。核武器、生化武器時代的軍事文學，在整個文學中所佔比重明顯下降，人道主義是這一時期作品的基本主題，反對侵略反對戰爭是作品的基本內容，作品更多地塑造下層軍官和普通士兵的形象，多國聯合作戰是其特色，常以軍事打擊和經濟封鎖的手段扼制對方，進而制止戰爭的蔓延和擴大。表現人性和人的價值是這一時期軍事文學的一個顯著特色。武器的變化對軍事文學的主題、描寫對象、以及作品內容和藝術特色均有影響，不同的武器時代，就有不同的主題，不同的人物，不同的藝術特色。

石一龍：軍事文學一般分爲和平時期和戰爭時期軍事文學兩種類型，您認爲那一個更是軍事文學的正宗，那一個更能與其他門類抗衡？請舉例加以分析。

黃國榮：戰爭文學當然應該是軍事文學的正宗，它不僅可以與其他門類文學抗衡，而且具有壓倒其他門類文學的魅力。比如二十世紀五、六十年代的中國，佔據文學地位的主要是戰爭文學，像《保衛延安》、《紅旗譜》、《苦菜花》、《鐵道遊擊隊》、《野火春風鬥古城》、《晉陽秋》、《林海雪原》、《敵後武工隊》等一大批戰爭小說，形成了中國軍事文學的鼎盛和繁榮。雖然那時也有《暴風驟雨》、《青春之歌》、《創業史》、《豔陽天》，這樣一些優秀的其他題材的小說，但整體上戰爭小說佔主導地位。

石一龍：我們的民族出現過像《三國演義》這樣的戰爭題材的代表作，您是如何給中國二十世紀軍事文學定位的，有沒有出現經典的作品，若有請指出並請說明理由。

黃國榮：從二十世紀的中國文學來看，應該說軍事文學佔有重要地位，在五、六十年代和八十年代曾經兩度形成軍事文學繁榮的高潮，在文學中佔主導地位。《保衛延安》、《百合花》、《七根火柴》、《西線軼事》、《高山下的花環》、《紅高粱》可說是二十世紀軍事小

說的代表作，至於算不算經典，有待於歷史的檢驗。其中《紅高粱》更接近於經典。所謂經典，它必須經得起時間的檢驗，我認爲經典作品應該表現人類的共同情感，其主題更具有典型意義和普遍意義，其人物具有典型的個性，其語言極富民族特色，其結構也必須新穎別緻，《紅高粱》基本具備上述要求。

石一龍：您認爲二十世紀中國的軍事文學在整個世紀中國文學版圖處於什麼樣的地位？並請指出長篇小說、中篇小說、短篇小說、詩歌、散文、報告文學在各個門類的地位，佔有什麼樣的位置？

黃國榮：這個問題前面已經說過，軍事文學在整個二十世紀中國文學中佔有重要的地位，其中五、六十年代和八十年代中處主導、領先地位。軍事題材長篇小說在長篇小說中可說佔有半壁江山的地位，在世紀中葉佔主導位置；軍事題材中篇小說在中篇小說中應該是各有千秋，其中八十年代可說與其他題材平分秋色；軍事題材短篇小說在短篇小說整體中不及其他題材，但五、六十年代不乏出色的名篇；詩歌、散文、報告文學不太掌握整體情況，印象無法與其他題材匹敵，但五十年代和八十年代也曾有許多佳作流傳。

石一龍：新中國軍事文學一般分爲前十七年和後二十年，您認爲哪一個時期的軍事文學更能夠體現新中國軍事文學的最高水準？

黃國榮：從軍事文學的影響來看，前十七年的軍事文學在同時期中國文學中的地位，要高於後二十年。但從軍事文學的水準來看，後二十年的軍事文學更能體現中國軍事文學的最高水準，無論長篇小說、中篇小說還是短篇小說，後二十年的藝術水準遠遠超過前十七年。

石一龍：前十七年您認爲哪些作品屬於重要的作品？後二十年哪些屬於重要的作品？有沒有出現像《靜靜的頓河》、《好兵帥克》、《永別了，武器》、《弗蘭德公路》等這樣的作品，有能與其項背的作品嗎？

黃國榮：我認爲《保衛延安》、《鐵道遊擊隊》、《紅旗譜》、《紅岩》、《紅日》、《野火春風鬥古城》、《苦菜花》、《林海雪原》、《晉陽秋》、《敵後武工隊》、《烈火金剛》、《黨費》、《七根火柴》、《誰是最可愛人》、《百合花》、《同心結》、《五十大關》、《開頂風船的角色》、《沉船礁》、《歐陽海之歌》可算是前十七年的重要軍事文學作品。長篇小說《最後一個冬天》、《東方》、《皖南事變》、《地球上的紅飄帶》、《鐵床》、《紅高粱家族》、《凱旋在子夜》、《情感獄》、《炮群》、《末日之門》、《穿越死亡》、《英雄無語》、《我在天堂等你》、《亮劍》、《兵謠》、《遍地葵花》、《我是太陽》、中篇小說《射天狼》、《引而不發》、《絕望中誕生》、《高山下的花環》、《西線軼事》、《山中那十九座墳塋》、《冷的邊關熱的雪》、《男兒女兒踏著硝煙》、《雷場上的相思樹》、《紅高粱》、《靈旗》、《索倫河谷的槍聲》、《冬天與夏天的區別》、《農家軍歌》、《新兵連》、《蒼茫組歌》、《大校》；短篇小說《天山深處的大兵》、《小鎮上的將軍》、《秋雪湖之戀》、《三角梅》、《彩色的鳥在哪裡飛徊》、《最後一個軍禮》、《漢家女》、《我的父親是個兵》；報告文學《在這片國土上》、《惡魔導演的戰爭》、《藍軍司令》等可算是後二十年軍事文學的代表作品。能與《靜靜的頓河》同量級的作品是沒有，但可與其他幾部作品相媲美的作品並不少。比如《保衛延安》、《鐵道遊擊隊》、《西線軼事》、《紅高粱》、《高山下的花環》、《絕望中誕生》、《英雄無語》等等。

石一龍：反應和平時期軍營生活的作品一般認爲在前蘇聯和中國，您認爲這是否是客觀和中肯的評價？

黃國榮：這不好說，也許是因爲譯介的原因，我們是否將其他國家的作品全面地介紹到國內。從現有瞭解的情況看，這個評價似乎是成立的。我國後二十年的軍事文學作品主要以描寫和平時期軍營生活爲主。

泥沙淘去必有真金顯露

石一龍：您心目中最能代表新中國軍事文學水準的長篇小說、中篇小說、短篇小說、詩歌、散文、報告文學請各寫出三部作品，至少一部，可以空缺。您認爲代表作家有哪些？

黃國榮：我個人認爲最能代表新中國軍事文學水準的作品，長篇小說有《保衛延安》、《紅高粱家族》、《英雄無語》，中篇小說有《紅高粱》、《絕望中誕生》、《西線軼事》，短篇小說有《七根火柴》、《小鎮上的將軍》、《漢家女》，詩歌有《山嶽山嶽叢林叢林》，散文有《誰是最可愛的人》，報告文學有《在這片國土上》、《惡魔導演的戰爭》、《藍軍司令》。代表作家有杜鵬程、劉知俠、王願堅、劉白羽、徐懷中、魏巍、李瑛、黎汝清、莫言、朱蘇進、周濤、喬良、周大新、閻連科、項小米等。

石一龍：請您提出我們新時期軍事文學有哪些要害的問題？並請您對症下藥給開個處方。

黃國榮：我個人感覺新時期的軍事文學共性的問題有兩個不足：一是先天不足。新時期軍事文學的作家主要是兩個年齡段，八十年代崛起的那一批作家，生於四十年代末、五十年代初，這批作家有豐富的人生經歷，經受過苦難，閱歷也頗深，有明確而堅定的信念，能吃苦，奮鬥精神強，但他們是被耽誤的一代人，沒有機會得到正常的系統的高等教育，接受世界文學也較晚，缺文學理論課；八十年代末、九十年代這批作家是六、七十年代出生的，有的雖然受過高等教育，但生活經歷簡單平淡，閱歷較淺，信念不是那麼明確堅定，吃苦性差，不是那麼刻苦，缺生活課。二是創作準備不足。目前中青年作家的通病是浮躁，沉不住氣，不願爲文學付出全部；最大的障礙是淺嚐輒止，容易自我陶醉，剛找到一點文學感覺，就以爲攀到了文學的頂峰；最大的敵人是名利，爲利可以放棄畢生追求，爲名可以隨風飄搖，放棄明確的目標。別人最好的良方也無濟於事，我也開不出良方，一切取決於自己。大浪淘沙，自有泥沙淘去，必有眞金顯露。

石一龍：軍事文學是不是必須有愛國主義、英雄主義、理想主義，多數評論家認爲這是基本要素，您認爲需不需要？我們的文學作品存在著主旋律和多樣化，您認爲軍事文學也需要如此嗎？

黃國榮：把愛國主義、英雄主義、理想主義定爲軍事文學的基本要素，無可厚非，離開了這些，軍事文學還表現什麼呢？但我個人認爲，還應該加一個主義，叫人道主義。人道主義似乎更具有普遍意義，人道主義是人類共同的情感。人類所共同的東西，表現出來就更具有典型意義。美國影片《拯救大兵雷恩》（編按：搶救雷恩大兵）之所以在中國有如此廣闊的市場，原因就在於此。我們以往的軍事文學的侷限，只怕也在於此。主旋律和多樣化本來是一致的，我們不要把它們對立起來。爲什麼造成對立？有主管部門的問題，也有媒體的問題，也有出版社的問題，也有評論家和作家的問題。這一問題，我曾經與中宣部文藝局的同志交換過意見，他們也承認現實的確存在這個問題。就「五個一」評獎和「獻禮圖書」的確定，不能說沒有導向的偏差問題。由於有些文學性很差的作品獲獎，有些從概念到概念的作品定爲獻禮圖書並獲獎，客觀上讓大家認爲主旋律就是一味歌頌，多樣化就是政治性不強，誤導便已在其中。

所謂主旋律，無非是表現主流生活；所謂多樣化，還是毛澤東說的百花齊放。用百花齊放的方針來表現主流生活有什麼不好呢？把主旋律作品簡單地理解爲緊跟形勢、圖解政策、回答時下政治生活中的現實問題，一味歌頌，塑造一些所謂代表時代潮流卻思想大於形象的人物，是一種新的趕風潮的表現，還是「高、大、全」、「假、大、空」的遺風。這樣的作品無論獲什麼獎，歷史都不會認同。或許今天捧爲精品，明天便成垃圾。我認爲軍事文學沒有必要做這種區分，軍事文學都應該是主旋律，相反我們倒是要提倡多樣化，眞正的百花齊放，才能產生優秀的作品。

石一龍：我們有的評論家把前十七年劃分爲以杜鵬程、劉知俠等爲代表的「戰爭文學」，近二十年來以徐懷中、李存葆等爲代表的「軍事題材文學」，以朱蘇進等爲代表的「理想英雄主義文學」，以閻連科和陳懷國等爲代表的「農家軍歌」，您認爲這種劃分合理嗎？

黃國榮：這種劃分不是沒有道理，什麼東西總是需要一點標誌，這也是一種標誌。只是覺得最好不要以人來劃分，而以作品爲好。人總是有侷限性的，比如有的作家有了一篇影響大的作品，此後再無新作；有的一鳴驚人，此後的作品卻不盡人意，你再要以他爲代表，就缺乏代表性。作品則不同，作品問世後，永遠擺在那裡，不會變化。另外「農家軍歌」有沒有單獨劃出來的必要。自五十年代以來，我們軍隊的主要成分就是農民，軍事文學的大部分作品都不同程度地反應了軍營文化對農民文化的改造這個主題，把八十年代末出現的一些作品劃爲「農家軍歌」不太科學。似乎「農家軍歌」特指的是寫軍人的「農民意識」，這就對這些作品有些曲解，誇大了它們的負面影響。其實「小市民意識」與「農民意識」是近義詞，核心都是私有觀念。

石一龍：二十世紀八十年代軍事文學應該是新時期文學的重鎮，缺了它以後新時期文學就顯得不完整。進入九十年代後期軍事文學就朝邊緣化走去，顯得沉寂和荒涼。以魯迅文學獎中篇小說獎爲例，只有閻連科的非軍事題材的《黃金洞》獲獎，第五屆茅盾文學獎無一軍隊作家獲獎，您認爲軍事文學的發展趨勢是得到遏制還是繼續惡化，我們怎樣才能解決這個問題？

黃國榮：任何事物的發展都呈波浪式，太陽今日照著你，明日照著他，這是非常正常的事情，是規律。八十年代初期，軍事文學的確輝煌了一下，原因是因爲有了那一場邊界戰爭，全國有許多父母的兒子，許多家庭的親人爲了祖國倒在了那裡，埋在了那裡。前方和軍營牽著全國人民的心。同時，戰爭給軍隊作家注入了一支興奮劑，出現了一批好作品。兩個方面一結合，轟動效應就特別強烈。這種強烈有文學之外的因素。進入九十年代，經濟建設和改革成爲全黨、全軍、全國人民工作和生活的中心，成爲重中之重。因此改革文學和反腐文學輝煌一下是理所當然的。

用獲不獲獎，獲獎多少來衡量成就有失偏頗。評獎是檢驗創作成就的一種方式，但不是唯一的方式，任何獎項都不能說是文學巔峰的標誌。評獎有許多偶然性，任何評獎都是相對的。諾貝爾文學獎遺漏的作家，一點不比獲獎作家的成就小，何況茅盾文學獎、魯迅文學獎呢？項小米曾跟我說過這樣的話：「不能說評上的都是公正的，但我沒評上不能說不公正。」這話很有道理。一方面，任何一部作品都不是完美的，任何一部作品都可以列出若干評不上的原因；反之，評上了的作品，也並非就完美。再一方面，我們的評獎也不是無可指責，作品本身之外的因素不是沒有。

我認爲，這幾年軍隊作家寫出的作品，包括軍事題材和其他題材的作品，尤其是長篇小說，一點不比地方作家的作品遜色。只是地方評論界對軍隊作家、作品關注不夠，軍隊自身宣傳也不力，沒能讓地方評論界和社會更多地瞭解軍隊作家和作品。茅盾文學獎雖然沒能獲獎，但入圍的軍隊作家和作品數量並不少，這也同樣可以證明軍隊作家的實力。

石一龍：我們的軍事文學作品大都以現實主義爲主，風格和流派是否在軍事文學作品裡有所反應，並且產生了怎樣的影響？

黃國榮：現實主義是軍事文學創作的主流手法，「意識流」、「魔幻現實主義」、「尋根文學」、「後現代」等曾經刺激著軍隊評論家、作家不得不進入思考，甚至陷入困惑。但不可否認，各種思潮不僅僅迫使作家們進入思考和選擇，這種刺激極有效地打開了作家的眼界，啓動了作家的思路，營養了作家的思想。經過思考後的抉擇，作家們比原先自發的下意識的追求要明確得多、深刻得多、成熟得多。軍事文學之所以在現實主義道路上邁著堅實的步伐，應該說正得益於這些新的文學思潮的衝擊。

軍事文學表現出對現實主義的堅貞不移，本質的因素取決於我們的哲學支柱和軍事文學特殊題材領域的質的規定性。現實主義與辯證唯物主義和歷史唯物主義有著密不可分的理論淵源。就軍隊生活本身而言，它所肩負的是關係國家、民族、乃至人類命運的使命，因而反應軍隊生活的軍事文學，多以追求史詩效果爲目標，而現實主義在再現和表現歷史深度和廣度，揭示歷史本質方面，具有其他流派所難以達到的優勢。我這麼說並非說軍事文學唯有現實主義一種方法，事實上無論莫言的作品，還是閻連科的作品，都已經受到「魔幻現實主義」、「後現代」等潛移默化的影響，已經增強了作品的色彩和魅力。

石一龍：您認爲新時期重要的軍事文學評論家有哪幾位？他們對軍事文學的貢獻和缺失在哪裡？您怎樣看待他們的軍事文學批評？現在的軍事文學評論處於一種什麼樣的狀況？

黃國榮：周政保、朱向前、張志忠、丁臨一、黃國柱是新時期活躍文壇的軍事文學評論家。他們幾乎是與八十年代崛起的軍事文學作家一起成長起來的評論家。他們在閱讀、評介、研究同時代作家和作品中，形成自己的文學觀和理論追求，評介、介紹、幫助了作家，也使自己走向成功和成熟。他們對八十年代軍事文學的繁榮和輝煌發揮了應有的作用。像朱向前對朱蘇進、莫言、周濤「三劍客」的研究和「農家軍歌」現象的剖析指導，周政保的《非虛構敘述形態》專著對報告文學創作現實問題的分析研究，以及其他幾位評論家對軍事文學作家和作品的評介，對青年作家的幫助和指導，對於軍事文學的發展、推動發揮了不可磨滅的作用，乃至在文壇產生了深遠的影響。要說缺失，似乎各自的風格特色不是太鮮明，缺乏個性鮮明的獨立的系統的理論體系，評介推薦作品，多於理論研究。就目前的狀態看，理論落後於創作。這一批評論家有的擔任了領導職務，幾乎放棄了理論研究和文藝批評，有的忙於事務，無法觀照創作進程。軍事文學評論處於青黃不接的狀態，除較年輕的張鷹外，幾乎沒有年輕人從事理論研究和文學評論工作。

石一龍：請問軍事文學這個概念在當代文學的發展里程中還存在嗎？它是融入了大背景的文學格局，還是在近年來軍事文學作品不景氣時的一種悄然隱退或者是迷失了方向？

黃國榮：軍事文學的存在是客觀事實，它也並沒有迷失什麼方向，它在當代文學中是有其自己的地位的。尤其是九十年代末的軍事題材長篇小說創作，其數量和品質可以說已超過歷史水準。據不完全統計，近五年來有五十多部軍事題材長篇小說面世，有多部作品在全軍、全國評獎中獲獎，並產生較廣泛的社會影響，有近十部作品被改編爲電影、電視劇。作家和評論家感到不習慣的是軍事文學已不再具有轟動效應。我認爲目前的狀態才是正常，八十年代那種禁錮被打破後的轟動恰恰是不正常的表現。文學只能是一種陪伴，說服務都有些誇大。

石一龍：請您對莫言的作品做出一個判斷和評價，他在中國軍旅作家和當代文學中各處於什麼樣的地位？他的價值和貢獻、缺點在那裡？

黃國榮：我非常喜愛莫言的大部分作品，比如《透明的紅蘿蔔》、《紅高粱》系列、《天堂蒜苔之歌》、《牛》、《拇指扣》、《三十年前的一次長跑》以及最近的《檀香刑》等等。我在一次與部隊青年作家談話時說到莫言的文學視角是童貞視角，他什麼時候用童貞的目光來觀察這個世界，這個世界便變得貞實，變得非常滑稽可笑，作品就充滿幽默，最惡最醜的東西在這種貞純面前更顯得可笑。莫言的小說語言和結構都達到相當造詣，他那幽默帶韻律而又恣意張揚的語言，一如江河奔瀉，淋漓酣暢。對「魔幻現實主義」，莫言是中國作家裡研究最多，也是吸收最多的。他在軍事文學和當代文學中都是名列前茅的作家，也是最具實力的作家。如果要說缺點，我覺得他什麼時間想刻意表現什麼的時候，往往就有失偏頗，會把握不住自己內在的魔力，往往作品除了語言之外，主題、人物、結構似乎都不像是他的作品。《豐乳肥臀》的人物設計和命運安排，明顯帶有刻意和人爲的痕跡，顯出匠氣。《紅樹林》也不太令人滿意，現實官場的人物在他筆下鮮活不起來，筆觸伸不到他們的靈魂深處，誇張而沒有生命。這是我個人的看法，未必就對，也沒有跟莫言溝通。

石一**龍**：您是否關注其他軍旅作家的創作？如果關心，關心誰？出於一種怎樣的心態？

黃國榮：我還是比較關注軍事文學的創作，或許是我現在工作位置的緣故，我必須瞭解它的進程和全貌，否則我坐在這個位置上就不稱職，也無法對軍事文學的發展做出自己應盡的責任。我特別關注莫言、周大新、閻連科的創作，朱蘇進和喬良這些年似乎小說作品少了一些。前三位依然堅守著文學陣地，長篇、中篇、短篇筆耕不止，時有與自己的名氣相稱的作品問世。我特別關注他們，一方面是他們非常值得關注，他們代表著當下軍事文學創作的水準，便於掌握出版社選稿的尺度；另一方面我也好掌握軍事文學創作的進程，寫更好一點的小說。

石一**龍**：怎樣看待地方作家的軍事文學創作？像鄧一光的《我是太陽》、都梁的《亮劍》等都影響很大，他們是否走出軍事文學的困惑？

黃國榮：軍事文學歷來不是軍隊作家的專利，地方作家寫軍事文學並不奇怪，也不新鮮，周梅森也寫過許多戰爭小說，而且我認爲他的那些戰爭小說比他現在寫的那些改革小說要好。地方作家寫軍事文學自然有他寫作的動因，或許他是軍人之後，或許他的親屬是軍人，或許他成長在軍營的環境裡，或許他尙武。地方作家寫軍事題材有他特別的地方，或許這叫距離美，他本身不是軍人，沒有軍隊生活的經歷，軍營、軍事、戰爭對他來說非常陌生，也就特別神秘，這種陌生和神秘往往給作家提供許多思維的空間，如果他文學素養好，能把握好所寫人物的內心世界，他又有足夠的創作準備，他一定能寫出與軍隊作家很不相同的軍事文學作品。地方作家寫出好的軍事題材作品，對軍隊作家當然是一種挑戰。但我認爲，就目前的狀況看，地方作家的軍事題材作品的文學水準並沒有超過軍隊作家。

痛苦與歡樂的自我剖析

石一龍：最近讀了你的長篇小說《鄉謠》，讀了以後被陶醉了。整個心裡都是那些人物，好像一下子也回到故鄉去了。既沉實而又詩意、空靈，彷彿一幅江南的風景畫。請你談談創作這部小說的過程。

黃國榮：《鄉謠》能讓你陶醉，令我高興。作家最瞭解自己的作品，我對自己以往的作品不敢說大話，但我相信《鄉謠》的魅力，它是能夠讓眞正喜愛小說的人陶醉的。作家最大的快樂是，當他的用心苦心追求被別人讀懂，被同行理解認可；作家最大的遺憾是，同行和專家誤讀，或者草草流覽沒解其之味。張鷹寫的評論的標題說出了我對《鄉謠》的追求：史詩筆法，淡雅畫卷。《鄉謠》出版後，出版社似乎並沒有看好這部作品，沒有做任何宣傳，也沒有開作品討論會，這對作者是非常無奈的事，我自己不可能跑出來喊。倒是素不相識的陳遼先生和幾個解放軍藝術學院文學系的幾個年輕人自發地寫了幾篇評論文章。幾個文學圈內的朋友倒是給了它很高的評價，有人拿《鄉謠》與余華的作品比，如何如何。我理解他們是給我鼓勵。要說寫《鄉謠》的體會只有一點，創作準備對作品成敗至關重要。《鄉謠》的創作準備是非常充分的。我在後記裡說了，二祥這個人物在我意識裡存活差不多二十年了，眞正主導我創作構思也已有十年左右。我之所以不讓他草草誕生，是想盡可能把他孕育得健康一些、結實一些，人物不孕育好，我是不敢動筆的。在這些年裡，我一有空就走進二祥的生活世界，我與他探討他的人生目的，探討他的婚姻，探討他的命運，研究他的性格習性、他的喜好和厭惡、他的兄弟、他的鄰居，商量他一輩子最愛的是誰、最恨的是誰、最敬的是誰、最畏的是誰、最同情的是誰？探究他爲了實現他的人生目標，他一輩子都做過什麼，做成了什麼？做壞了什麼？做過什麼好事？做過什麼壞事？幫助過誰？坑害過誰？一點一點想，一點一點積累，把這個人物想活。另一方面的準備是對故鄉風土人情、風俗習慣、婚喪嫁娶、典章禮儀、人情世故、鄉村文化做回憶和收集，找了縣誌，核對查證一些歷史、時節、重大變革的時間。再一方面是回憶收集我們村和我們小鎮五十年間發生的事件、風波、變遷，勾勒出五十年的社會進程的框架。再一方面是語言的準備，磨練選擇既有江南鄉土氣息、又大衆流行、還富有文學意味帶韻味的語言。爲此我調動了青少年時期故鄉的全部生活積累，抱著寫了這部《鄉謠》不再寫故鄉長篇的打算。孕育活人物，積澱好文化，結構好框架，磨練好語言，然後一氣呵成。初稿只用了四個月晚上和節假日的時間就完成，寫得非常順手。

石一龍：《鄉謠》的視野十分開闊，故事具有史詩品格，人物命運有著巨大的歷史涵容性與啓迪意義。閱讀的過程中，是令人欣喜的，我們的小說家或許正缺乏你的這種創作態度。你的中篇小說《爲人在世》與《鄉謠》之間的聯繫是什麼？後者是前者的延續嗎？或者說你賦予了《鄉謠》什麼新的東西？

黃國榮：我以爲，短篇小說可以是人生的一剎那，中篇小說可以是人生的一個片段，但長篇小說必須是史，那怕是寫一天的事情，或者是一個小時內發生的事情，但它必定還是史，他不可能只寫這一天或這一個小時，他必定帶出他的以前的人生和歷史，那只是結構的方法不同而已。沒有人物命運的曲折，沒有歷史的縱深和廣闊的涵容量，一部長篇是難以成立的。《爲人在世》可以說是《鄉謠》的練筆。寫《爲人在世》是一九九七年，剛寫完第一個長篇《兵謠》，《鄉謠》已進入實際構思，一是二祥這個人物在心裡已十月懷胎成熟，急著面世；另一個是想磨練語言，先試一試效果，於是就把二祥的一生概括地寫了這個中篇。在《青年文學》發表後反響還可以，於是在進一步做調整的基礎上，包括創作心態的調整，於一九九八冬天就

開始寫《鄉謠》。前者只是後者的一個輪廓，它只是摘取了二祥人生中的幾個片段，人物也單薄，結構也是跳躍式的大跨度，也談不上史的容量。後者才是我眞正獻給故鄉父老鄉親們的禮物。

石一龍：我對《鄉謠》裡的人物形象很感興趣，他們都源於你故鄉土地中深切的情感，在二祥身上飛離與棲落，有著穿越歷史時空的寓意和象徵性。你同時通過人物也概括了特定歷史時期的風貌和精神特徵，對歷史做出判斷時你的文學眼光很準確。在失落、幸福、饑餓、蒼老中讓富有人性化的二祥變得清晰起來。

黃國榮：人物對小說是頭一等重要的，衡量一個作家的文學成就，主要看他塑造了幾個在文學畫廊裡留得住的人物。歷史是人創造的，時代精神、社會風貌、地域文化、作品主題以及作者想表現的一切，都必須通過人物，通過人物的生活、生存方式、處世爲人、苦難幸福、喜怒哀樂和內心世界來展示，離開了人物的作者意圖只能是概念。我是帶著對鄉鄰可憐的心情離開故鄉的，故鄉在我的記憶裡只有四個字：秀麗貧困。從小到大我看到父輩們終日勞作苦鬥，他們的喜怒哀樂，友誼仇恨，全是因了吃飽穿暖這個人生目標。我內心非常同情他們，對鄉鄰一直是種負債的心情，所以我怎麼也丟不開父老鄉親們的苦與難。苦和難就是二祥的生存環境，我們有相當一段時間不去關注農民的苦和難，不去幫助他們排除苦和難，而讓他們沒頭腦地餓著肚子忍著貧困跟著政治搞這樣那樣的運動，搞來搞去他們什麼也沒能搞懂，卻一直受著窮，挨著苦。二祥就在這苦和窮的折磨下形成了獨特的二重性格。陳遼先生對二祥這個人物做了樸素實在的分析，他把二祥的獨特性格概括爲五個「二重組合」：既懶散又勤勞，此其一；既憨呆又狡黠，此其二；既守義又刻薄，此其三；既是好丈夫，又不是男子漢，此其四；既是好公民，又是「造反派」此其五。他的癡憨與精明，軟弱與倔強，悲慘的生活遭遇和快樂人生哲學，消極抵抗運動又積極參與運動等矛盾性格的相容混成一體，反應了當代農民的國民性本質，透露出底層人物的生存狀態。我努力通過他透射出特定歷史時期的風貌和精神特徵，也標示著半個世紀中江南農民的命運和他們走過的人生歷程。

石一龍：你的小說人物都那麼有血有肉，非常形象化。在人物原型和小說人物之間，你是怎樣掙脫現實的平淡，進入小說敘述的。它們之間有何關係？

黃國榮：《鄉謠》中主要的人物都是有原型的，但又不是某一個具體人。二祥這個人物的原型是我自小就同情的一位長輩。解放前他家眞是富裕的，他父親也娶了三個老婆，他年輕時也眞有一位漂亮的老婆，眞的讓他逼到上海做奶娘另嫁了別人，但他沒有到上海找過她，他一直打光棍至今。他眞有一個兒子，而且與我同庚，到七歲時因病沒錢治療夭折。他也做過許多發財夢，大部分都失敗了，全村人都把他當活寶尋開心。我自小就同情他，他似乎對我有一種特殊的情感，特別信服我。每次我回故鄉，他都是頭一個聞訊趕來看我，我當然每次都給他菸抽。每次見面，他總要不厭其煩地問我有什麼賺錢的主意。現實生活中的「二祥」就是這樣一個平平常常，平平淡淡過一輩子的農民。他不可能承載作品的主題，五十年江南農民的曲折命運，五十年江南農民的苦難歷程，五十江南農民艱苦創業的歷史，五十年江南農民在政治風

雨中走過的獨特路程，五十年江南農村的變遷，五十年江南農村翻天覆地的變化都要通過二祥這個人物來展現。作家不可能只寫已經發生的事情，他的天賦應該是創造可能發生的事情。我給二祥寫了這樣一副對聯：五十個春秋，風風雨雨，每一個日子都是難；一輩子人生，平平淡淡，每一步旅程都有坎。我在小說後半部分寫二祥不願在敬老院養老享福，而請求擺菸攤自食其力，而且眞的掙了錢的情節。讓我驚奇的是，我回故鄉發現生活中的「二祥」，眞的離開了敬老院，自己在家裡開了小店，賣菸賣酒，而且給村上人送貨上門，我事前一點都不知道。這或許是我眞的理解了「二祥」們的內心世界。

石一龍：《鄉謠》的語言與風情很有韻味，江南吳越的水鄉生活與地域色彩，使小說更有特色和份量。請你談談語言對於你的小說創作的意義以及你小說的語言觀？

黃國榮：我歷來認爲語言是小說家文學水準的一個重要標誌。我在寫《鄉謠》之前，曾經給自己訂下這樣一個標準：應該讓讀者隨時隨便翻到哪一章，哪一節，哪一頁，都能讀下去，而且很快就讀出滋味，讀出興趣，迫使他讀完這部書。我是這樣努力的。小說是語言藝術，要讓讀者對一本厚厚的小說產生閱讀的興趣，頭一條就要靠語言。引起我對小說語言特別重視的是兩件事，一是中篇小說《尷尬人》發表後引起好評，《小說月報》頭題轉載，並且獲了《昆侖》優秀作品獎。但項小米則給我提意見，說小說語言不夠好。再是《兵謠》初稿出來後請評論家和小說家會審，大家一致給予肯定。海波在與我打電話時，除了肯定之外，勸我作品已經寫不少了，要注意培養自己的語言風格，他還建議我再讀讀海明威的《永別了，武器》。海波的電話對我觸動很大。幾年前項小米提了意見，我一直在暗暗下苦功，短篇小說《信任》、《山泉》，中篇小說《履帶》、《陌生的戰友》、《小院》我都在下功夫磨練自己的語言，而且這些作品轉載的轉載，獲獎的獲獎，還說我語言沒有風格，確實刺激了我。我在《鄉謠》動筆前，反覆考慮這個問題。於是就先寫了《爲人在世》練筆，嘗試改變語言。小說語言要過關，首要的是準確，準確才能逼眞，逼眞才能傳神；二是要凝練，凝練才能簡潔；三要有韻律，讀起來有一種聲音，一種帶著地域風味的聲音在流動；四是要活，語言要有動感，要有畫面在流動。五要幽默，語言缺了幽默，小說就枯燥無味。對小說語言，我與余華有同感，江南人寫小說，語言是一大障礙，用方言寫全是錯別字，別人也聽不懂，不像劉恒、莫言，平時說的語言跟小說語言是一致的。難，實際是一種挑戰，迫使我下功夫磨練。沒有捷徑，一是讀自己喜歡的語言，二是學北方語言，我反覆看《北京土語辭典》，確實有幫助，見效明顯。《鄉謠》之後又寫了短篇《福人》和中篇《走啊走》，分別被《小說選刊》和《中篇小說選刊》轉載，朋友們說，完全變了樣。

石一龍：你的作品有一個很重要的特色，那就是十分自然。你在寫小說的初期，受到過誰的影響？這種影響對你意味著什麼？

黃國榮：小說要寫得自然，寫作時必須從容。要做到從容我覺得需要兩個先決條件，一是把自己調整到一種最佳心態，排除一切名和利的干擾，按自己最喜愛的敘述語言開始跟自己講故事；二是寫三十萬的小說要準備六十萬字甚至更多的素材在備用。作家其實不是什麼天才，

不過一門手藝而已，就像別人會設計時裝，會裝電腦，會經營做生意，會研究晶片一樣。要說天賦的話，我覺得作家可能生來記憶力強一些，思維敏銳一些，心善，特別富有同情心；好奇，凡事愛刨根問底。我記得還沒有上學之前我就老愛問爺爺，太爺爺是做什麼的？奶奶爲什麼在我三歲就死了？我家的家史就我知道得多。愛記事，村子裡鎮子上誰家與誰家有仇，誰家對誰家有恩，誰家窮，誰家富，誰家善，誰家兇，誰與誰打過架，誰與誰結過親，誰偷過誰的南瓜，誰佔過誰家的便宜，記得清清楚楚。現在才知道這些原來是財富。要說受誰的影響，影響最大的還是魯迅，還有王汶石。魯迅也是江南人，他的作品描寫的生活和語言，都讓我感到特別的親切。像《祝福》、《阿Q正傳》、《孔乙己》、《社戲》、《故鄉》、《端午節》，所寫的人和事，人物對話和敘事語言，小說中的場景和風俗習慣，就像發生在我的故鄉一樣。尤其是魯迅先生對動詞的運用特別精當，讓我十分敬仰，可以說影響一直至今。另外是王汶石，我最早買的一本小說集就是他的《風雪之夜》，《新結識的夥伴》到現在還記憶猶新。王汶石善於寫人，寫人物的內心世界，這對於我喜歡寫人物的心理有直接的影響。

石一龍：你在小說創作過程中遇到過哪些困難？又是如何解決這些困難的？

黃國榮：轉眼之間，寫小說也二十多年了。要說困難碰到過，主要是三大困難，一是寫人與寫事的關係問題，二是語言問題，三是寫作沒有時間。初學寫作者都有那麼一段退稿期，我的退稿期不是在寫作之初，而是在發表了一部分作品之後。我是一九七八年正式開始寫小說，實際上我的第一篇小說《解放軍文藝》就要用，叫《正副班長》，那時用稿還要調查，我在師裡當文化幹事，文藝社給我們師政治部發了調查信。就在這時，我又寫好了《突上去》，《正副班長》只有四千字，《突上去》有八千五百字。結果我接到刊物一看，用的是《突上去》，自己頂了自己的稿子。一九七九年我又寫《找連長》，上海故事會立即給用了，接著又寫了《鯉魚跳龍門之喜》，投給了《萌芽》雜誌，《萌芽》也立即就用了。此後，《解放軍文藝》集中在發反應邊界戰爭的作品，地方刊物在發傷痕文學作品，我連續寫了幾篇小說都遭退稿，差不多有兩年沒有發表作品。退稿信大都說人物立不起來，缺乏紮實的細節。自己陷入迷茫，腦子一下失靈，不知道怎麼去解決這個問題。再翻出自己已發表的作品看，也找不到問題的癥結。這時朱蘇進的《射天狼》、徐懷中的《西線軼事》和李存葆的《高山下的花環》相繼發表了。在慢慢的閱讀中，才認識到主要問題沒有處理好寫事與寫人的關係，往往只想結構故事，而不去致力於人物的塑造。事情寫得很多，也很紮實，但人物經不起推敲。這個問題一直到九十年代初接連寫出《小竹島之戀》、《赤潮》、《晚潮》、《尷尬人》四部中篇才好一些。語言問題前面已經說了，到寫《鄉謠》才有所長進。三是時間問題，業餘作家就這命，只有業餘時間，現在仍是如此。我每天六點左右起床，七點半的班車，一年中連一個月法定的假都休不了，寫作全部在每天的晚上和節假日。這樣看起來好像沒有時間，但時間是自己擠出來的，我在全社的一次大會上講過，全年的雙休日就是一百多天，再加上節日，差不多有一百二十天，不算業餘晚上時間，全年有三分之一的時間歸個人支配，如果眞要想做事情，什麼事業都能成就。

作家實際是伴隨著自己的實踐一點一點成長成熟起來的，這是一個不斷肯定又不斷否定自我的往復過程，今天的成功是明天的重新開始。我在第一個小說集上寫了一句話：寫作是一種無止境的交織著痛苦與歡樂的自我剖析、自我認識、自我征服的自尋煩惱。現在的體會仍是如此，沒有這種自我剖析、自我認識、自我征服的自尋煩惱，永遠超越不了自己。

石一龍：寫作對你意味著什麼？或者說在現實生活與寫作之間，你是怎樣處理它們的關係的？

黃國榮：我把寫作一直是當作事業來追求的，要不是這樣，我早就放棄了，因爲我根本沒有一點寫作的時間。我在部隊當文化幹事，後來當副處長，當師政治部副主任，再到解放軍文藝出版社來管發行工作，一幹就是七年，再當總編室主任，再當副社長，在哪個崗位上，我都沒有寫小說的時間，也不允許我寫小說。從寫第一篇小說開始，我就非常明確：工作是我的職業，始終是第一位的，這用不著講覺悟，發給你工資，安排你職務崗位，你就得忠於職守；寫作是我的業餘愛好，始終是第二位的，但我把它當作事業來追求。要搞業餘寫作，首先必須把工作做出色，要不連業餘寫作也搞不成。我沒有想過要搞專業創作，我覺得離開了工作就離開了生活。無論在部隊還是在出版社，不謙虛地說，我在哪個崗位上的工作都對得起自己，對得起單位，也對得起事業。

現實生活是豐富多彩的，也是非常有誘惑力的。現在這個社會，要生活得好一些，首先需要錢。也有人勸過我，憑你自己的經營能力和在全國發行界的影響，要是開一家圖書發行公司，很快會成爲百萬富翁。這話確實不是恭維和瞎吹，我自己也明白，我有這個能力。但我不會去這樣做。因爲我發自內心地熱愛解放軍文藝出版社這塊牌子，我愛文學，要不，我絕不會放棄職務到文藝社來幹發行這種苦差事。事實證明我的選擇是對的，我的選擇一輩子不後悔。我雖然沒有當什麼官，也沒有成爲富翁，但我無愧於自己。

石一龍：你是否關注當前文壇的狀況？最看好哪些作家？

黃國榮：我比較關注當代文壇，因爲身在此行，從工作，從個人寫作，都是必須的。這些年文壇不是那麼令人滿意，作家們評論家們都有些浮躁，有兩種傾向，一是時髦的政治改革小說作家，吹肥皀泡一樣接二連三地推出長篇小說，評論界也揣摩著上面的聲音給予捧場，作品的文學品質越寫越差。二是個人化寫作成風，有的藉著讀者的癡迷，一個勁地迎合，不珍惜自己的身子骨和名字。我最看好的地方作家是莫言、劉恒、鐵凝、余華、韓少功，余華和韓少功這幾年寫的東西少了一些。賈平凹讓我有些失望，他以前的中篇小說和散文的確不錯，可他的長篇一部接一部地讓人失望。年輕的我看好遲子建、畢飛宇、鬼子、東西，他們有股子靈氣，對生活有自己的視角，作品有自己追求的獨創性。

石一龍：你認爲自己哪一部作品最滿意？最不滿意的是什麼？

黃國榮：《鄉謠》是我目前最滿意的一部小說，最不滿意的是中篇小說《赤潮》，一個非

常好的素材沒能寫好。

石一龍：你說你是用三隻眼看世界，一隻眼凝視軍營，一隻眼關注都市，一隻眼遙望故鄉。你已經寫了《兵謠》、《鄉謠》兩部關於兵營和鄉村的長篇小說，那麼下一步是否要寫一部都市的小說，你有這樣的想法嗎？

黃國榮：我是說過用三隻眼睛看世界的話，這不是說我有多麼大的能耐，我的經歷就是故鄉、軍營、都市三大塊，我的作品取材也是這三大塊。我現在正在著手準備寫城市生活的第三部長篇，叫《街謠》。我在出版社幹了十五年了，又幹過發行，對出版社、書店、書商和作家都非常熟悉，我會把它寫得非常精彩。這部小說的思考也有七八年了，在中篇小說《尷尬人》裡寫了一點，一九九五年就有人叫我寫《書商》，我覺得沒準備好，所以沒有寫，現在已到了時候，今年冬天我就能把它寫出來。這樣《兵謠》、《鄉謠》、《街謠》，軍營、鄉村、城市，還是三隻眼睛看世界。這三部小說的共同特點都是寫人物的命運，我將給它們冠以「命運三部曲」成爲一個系列。

石一龍：你談到軍旅題材的語言不及故鄉語言那麼有特色，你認爲是你什麼原因影響軍旅題材的語言特性或價值與意義？

黃國榮：我的軍事題材的小說語言是不如故鄉題材的小說語言生動有味。我覺得作家不可能只用一種語言寫小說，語言應該根據作品的題材、生活的環境、地域和人物來確定。軍事題材作品很難寫出鄉土題材的語言特色，原因有兩個方面。一方面是因爲軍營裡的語言五花八門，沒有一種穩定的代表性語言，就是軍營普通話也是南腔北調，什麼樣的都有，很難找到一種共性的東西。所以軍事題材小說只能用普通話夾雜著人物對話的方言來寫，敘述語言特色就不明顯；鄉土小說就不一樣，那裡是生我養我的故鄉，家鄉的語言我想改都改不了，扔也扔不走，儘管別人聽著好笑，但自己還是非常喜歡，所以說起來就生動流利，改造起來也仍有特色。另一方面還是下的功夫不夠，軍營同樣有地域，就是戰爭的戰場也有地域，軍人的故鄉在五湖四海，他們各自有各自的語言，只要下功夫，同樣會讓軍事題材作品的語言富有特色。自己仍需在這方面做努力，最近又寫了兩個中篇一個短篇，一個軍事題材叫《蒼天亦老》，在《解放軍文藝》上發表，想在語言上有所收穫，不知有否長進，有待讀者鑑別。

國家圖書館出版品預行編目資料

突圍 / 黃國榮著.
第一版——臺北市：宇河文化 出版；
紅螞蟻圖書發行, 2008.8
面； 公分.——（風潮；1）

ISBN 978-957-659-675-9（平裝）

857.7 97010534

風潮 01
突圍
作 者 / 黃國榮
美術構成 / Chris' office
校 對 / 周英嬌、楊安妮、朱惠倩、黃國榮
發 行 人 / 賴秀珍
榮譽總監 / 張錦基
總 編 輯 / 何南輝
出 版 / 宇河文化出版有限公司
發 行 / 紅螞蟻圖書有限公司
地 址 / 台北市內湖區舊宗路二段121巷28號4F
網 站 / www.e-redant.com
郵撥帳號 / 1604621-1 紅螞蟻圖書有限公司
電 話 / (02)2795-3656（代表號）
傳 真 / (02)2795-4100
登 記 證 / 局版北市業字第1446號
數位閱聽 / www.onlinebook.com
港澳總經銷 / 和平圖書有限公司
地 址 / 香港柴灣嘉業街12號百樂門大廈17F
電 話 / (852)2804-6687
新馬總經銷 / 諾文文化事業私人有限公司
新 加 坡 / TEL：(65) 6462-6141 FAX：(65) 6469-4043
馬來西亞 / TEL：(603) 9179-6333 FAX：(603) 9179-6060
法律顧問 / 許晏賓律師
印 刷 廠 / 鴻運彩色印刷有限公司
出版日期 / 2008年9月 第一版第一刷

定價300元 港幣100元

ISBN 978-957-659-675-9 Printed in Taiwan